KB220333

너를 기억해

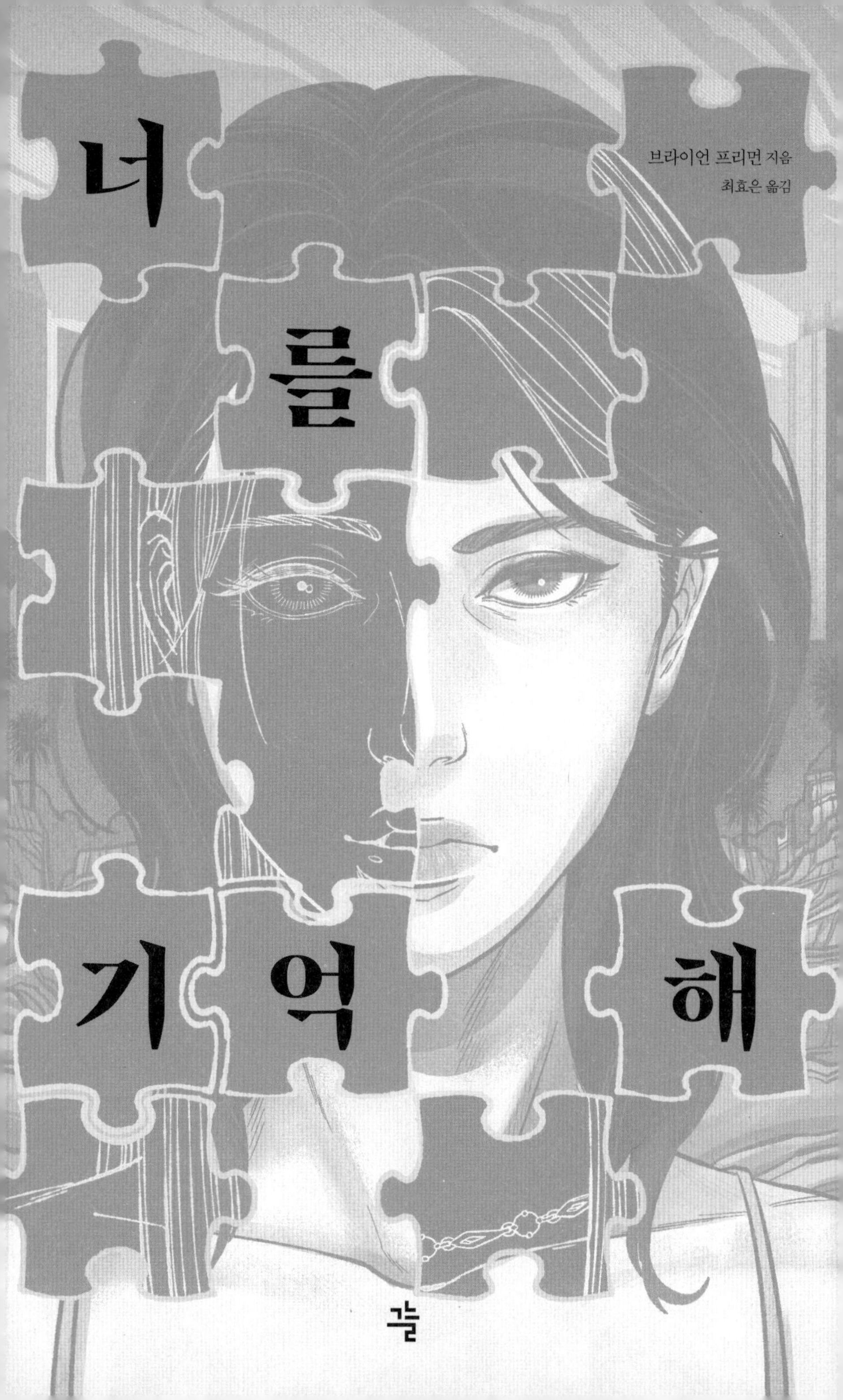
너를 기억해
브라이언 프리먼 지음
최효은 옮김

마샤에게,
그리고 에일린 프리맨을 추억하며

영혼은 둘이나 생각은 단일하여…

– 존 키츠

차례

1부

1

7월 4일 독립기념일이 얼마나 재수가 없었냐고? 하나씩 차근차근 설명해 주지.

우선 그날 아침에 회사에서 잘렸다. 그렇다. 나에게는 자주 있는 일이다. 헤드헌터는 내가 회사 내에서 정치 게임을 할 줄 모르거나, 별로인 사람들에게 너무 직설적으로 대하는 경향이 있다고 말했다. 그러니까 나는 입만 열면 사회성이 꽝이란 말이지. 뭐, 나도 동의하는 바이다. 하지만 생각해 보자. 발기부전 치료를 위한 보형물의 인터넷 광고를 써야 한다면 "고개 숙인 남자들을 위한 깜짝 놀랄 만한 희소식" 정도의 제목은 되어야 독자를 낚을 수 있는 거 아닌가?

나는 내 상사가 '고개 숙인 남자'에 대해 농담을 할 줄 알았는데 아니었다. 불행히도 내가 이 사실을 깨달았을 때는 이미 전체 마케팅 부서 직원들 앞에서 '고개 숙인 남자'에 대해 10분이나 농담을 질펀하게 늘어놓은 뒤였다. 내가 농담을 끝낼 즈음, 상사는 마치 자신이 고개 숙인 남자가 된 듯한 얼굴이었다. 그랬기 때문에 일부러 휴일에 굳이 시간을 내어 나한테 전화를 했다. 상사가 내일부터 회사에 나오지 않아도 된다고 말할 때 나는 하나도 놀라지 않았다.

또다시 직장을 잃었다. 굳이 세어 보라고 한다면 1년 동안 세 번째 실직이다. 마음 같아서는 한 몇 달 걱정 없이 먹고 살 만한 돈이 있는 척하고 싶지만, 실상은 거지나 다름없다.

이렇게 지옥 같은 나의 독립기념일이 시작됐다.

다음으로 2년 된 남자친구 니코가 헤어지자고 했다. 2년이라는 세월이 있는데 그는 인정사정없이, 직접 만나서도 아니고 문자 메시지로 나를 걷어차 버렸다.

핼리, 너는 좋은 사람이야. 하지만 나에게 사정이 생겼어.

그 사정이 뭐냐고? 허 참. 알고 보니 니코는 내 룸메이트이자 가장 친한 친구와 잤고, 동거하기로 했다는 거다. 여기까지만 해도 불쌍하기 짝이 없을 일이다. 그런데 행간의 의미를 가만히 잘 생각해 보면 문자의 맥락상 내가 애인도, 베프도, 심지어 집까지도 잃었음을 알 수 있다.

나의 독립기념일을 종합해 보면, 무직에 빈털터리고 외톨이이며 솔로이고 집도 없다. 그러고 나서 마치 로켓의 빨간 불꽃이 독립기념일 밤의 대미를 장식하듯이 나는 죽었다. 농담이 아니다. 정말로 나는 죽었다. 부정맥이 발생하더니 어느 순간 심장이 완전히 멈추어버렸다. 29살의 핼리 에버스, 삼가 고인의 명복을 빕니다. 일단 죽고 나면 살아생전보다 더 나쁠 일은 없다고 생각한다? 그렇다면 아주 큰 오산이다.

그렇게 나의 악몽이 시작되었다.

* * *

7월 4일 독립기념일 저녁, 나는 라스베이거스 스트립의 한 카지노에서 열리는 루프탑 파티에 참석했다. 분위기는 멋지고 꿈같았지만, 무엇보다 너무 더웠다. 밤 10시가 다 된 즈음에도 바깥 기온은 40도를 훨씬 웃도는 정도였으니 말이다. 네바다주*에 살면 다른 데보다 태양이 좀 더 가깝게 느껴지는 경향이 있기는 하다. 어쨌든 무더위는 심장마비를 일으킨 첫 번째 원인이었다. 더위에 익숙해졌다는 생각이 들어도 절대로 그렇지 않으니 주의해야 한다. 심장이 약한 경우에는 특히나 더더욱 그렇다. 내 경우가 바로 이 경우였다.

이번 파티는 뉴욕의 벤처캐피털 회사인 템플 펀즈가 주관하는 행사로, 템플 펀즈는 수백만 달러를 쏟아부어 신생 의료기기 벤처회사들을 지원하고 있다. 물론 벤처회사들은 차기 대어를 낚기 위해서 항상 혈안이 되어있다. 엄밀히 말해서 연례 메드엑

<hr />

* 미국 서부의 주로 라스베이거스가 주요 도시이며 모하비 사막이 넓은 지역

스 박람회는 전일 저녁에 끝났지만, 참가자 대부분이 남아서 도박을 한 판 더 하기도 하고 템플 펀즈의 설립자인 폴 템플과 경영진이 주최하는 공짜 술 파티를 즐긴다. 게다가 독립기념일이 아닌가. 루프탑에서 보는 불꽃놀이는 놓칠 수 없는 장관이다. 원래도 이 파티에 참석하려고 하기는 했었는데 설상가상으로 구직시장에 다시 뛰어들어야 한다. 그러니 파티에 반드시 가서 나를 채용할 용의가 있는 술에 취한 의사와 엔지니어들을 수백 명 만날 기회를 무조건 잡아야 하는 상황이 됐다.

찌는 듯한 무더위에도 불구하고 정원은 마치 마법의 사막과 같았다. 꼭대기에서 보면 우리 주변에 있는 다른 카지노 건물의 불빛이 저 높이 구름 위에 떠 있는 것처럼 주변을 둥둥 떠다닌다. 주황색 불빛이 야자나무를 물들이고 있고, 수영장은 영롱한 청록색으로 어슴푸레 빛나고 있어 당장이라도 뛰어들고 싶어진다. 늦은 저녁 아스라한 어두움에 사람들은 얼굴에 알 듯 모를 듯한 그림자를 드리우고, 마치 좀비처럼 발을 질질 끌며 이리저리 부딪히거나 비틀거리면서 돌아다닌다. 수영장 주변에는 별채로 이루어진 오아시스들에 커튼이 드리워져 있어서 그 안에서 원하는 짓이라면 무엇이든 할 수 있다. 디제이의 연주가 더욱 강렬해지더니 베이스가 쿵쿵 울려 퍼지며 시끄러운 댄스 음악이 흐른다. 두아 리파**의 몸이 붕 떠오르는 듯하더니 이내 내 몸도 공중으로 들어 올려지는 듯하다.

***

** 영국 출신의 싱어송라이터, 모델, 패션 디자이너 겸 배우

15

두 번째 문제는 바로 이것이다. 내가 술을 마셔도 너무 많이 마셨다는 것. 처음 보는 사람들 앞에서는 낯을 가리기 때문에 종종 술의 힘을 빌리곤 한다. 모르는 사람들과 어울려야 한답시고 화이트와인을 조금씩 홀짝이는 대신 드라이아이스 연기가 폴폴 나고 LED 얼음의 색깔이 시시각각으로 변하는 진한 칵테일을 연거푸 들이킨 게 화근이었다. 현명한 전략이라고는 절대로 할 수 없지만 그래도 술의 덕을 보기는 봤다. 함박웃음을 짓기도 하고 깔깔 웃어대기도 하며 농담도 건네고 윙크도 하며 추파를 던진 덕분에 나만큼이나 술이 떡이 되도록 취한 수십 명의 인사팀 사람들 명함을 모을 수 있었다. 하지만 동시에 나는 이번 기회에 다른 일을 해보라는 신의 계시가 있는 것은 아닌지 수도 없이 생각한다.

그렇다. 나의 진짜 문제는 바로 이거다. 직업이 있어야 하고 돈도 필요하지만, 돈을 벌기 위해 내가 하는 일이 싫다. 어디서 많이 들어본 소리라고? 내 전공은 언론학이지만 이제 더는 아무도 기자를 뽑지 않는다. 그래서 나는 대학을 졸업한 후 지금까지 7년 동안 의료기기 회사에서 홍보자료나 보도자료를 작성하는 일을 해왔다. 내 일은 그러니까 의학박사나 공학박사가 대부분 쓴 매우 '과학적인' 글을 쉬운 말로 풀어서 쓰는 거다. 그런 다음에 변호사들에게 회람하여 제품이 어떠한 효과가 있다는 등 하는 허황된 약속 따위는 일절 없는지 확인하는 거다. 다행히 나는 일을 잘한다. 아니, 그냥 잘하는 게 아니라 상당히 잘한다. 그러니 내가 입 밖에 내서는 안 되는 말을 지껄인다 해도 나를 뽑겠다는 회사가 계속 있는 것 아니겠는가.

그렇다 하더라도 나는 내가 아닌 누군가인 척하는 게, 또 내가 좋아하지 않는 것들에 신경을 쓰는 척하는 게 힘들었다. 솔직히 내 삶의 거의 모든 부분이 불행하지만 어떻게든 바꿀 수 있는 희망이 보이질 않는다.

터놓고 말해서 진짜 최악의 하루였다.

그렇다고 이런 날이 처음 있는 건 아니다. 내 손목의 상처가 말해주듯이.

"어이, 안녕하세요."

루프탑 너머 근처 카지노의 불빛을 멍하게 바라보는 내 귓가에 외국인 남성의 목소리가 들렸다. 이 남자는 내 목걸이에 걸린 이름표를 읽더니 덧붙였다.

"핼리 양."

"안녕하세요."

미소를 장착하자. 친절하게.

목소리의 주인공은 30대쯤 되어 보이는 남성이었다. 키는 178센티미터 정도로 나랑 비슷한 것 같았는데, 마침 내가 하이힐을 신고 있어서 내가 조금 더 커 보였다. 짧고 뻣뻣한 숱 많은 검은 머리에 눈썹이 인상 깊었다. 색이 바랜 바지를 입고 셔츠의 앞섶을 열어젖혀 셔츠 사이로 풍성한 가슴 털이 다 드러났으며 올리브색 캐주얼 재킷을 입고 있었다. 남자는 땅딸막한 양주잔으로 위스키를 홀짝였다.

재킷 주머니에 달린 메드엑스 뱃지를 보니 남자의 이름은 도브였다. 텔아비브에 있는 기기회사의 연구과학자라나. 처음 들어보는 곳이다.

"박람회 재미있었어요, 핼리?"

도브가 물었다.

"좋았어요."

"그런데 무슨 일을 하시죠?"

도브의 질문이 계속되었다.

"마케팅이요."

"아, 마케팅이라."

의사나 과학자들은 이 단어를 말할 때 하나같이 거들먹거리며 능글맞게 웃는 경향이 있다. 그렇다고 그 사람들한테 뭐라고 하는 건 절대 아니고.

"작가예요."

나는 뒤이어 덧붙였다.

"아, 그렇군요. 음, 작가들 대단하죠. 생각을 한데 모아 사람들이 이해할 수 있도록 풀어낸다는 건 정말 놀라운 재능인 것 같아요."

도브는 일단 성의 없는 칭찬으로 나를 적당히 구워삶더니 술에 취한 사람들이 으레 그렇듯 대놓고 직업 외 나머지 부분에 대해 듣기 좋은 말을 늘어놓기 시작했다. 나는 이럴 때를 대비해 준비해 놓은 가장 섹시한 파티용 드레스를 입고 있었다. 짧고 반짝이는 드레스는 빨간색과 보라색의 하늘하늘한 여러 겹의 천으로 되어있다. 키가 크고 비쩍 마른 편이지만 이 드레스는 나에게 아주 잘 어울린다. 창백한 혈색을 감추기 위해 입술과 볼에 금색 반짝이도 뿌릴 만큼 얼굴에도 힘을 주었다. 어깨까지 내려오는 검은 머리는 진한 자주색으로 가닥가닥 염색하여 뒤로 빗어 넘겼으며 같은 색깔로 네일 컬러도 맞추었다.

"그래서 어디 살아요, 핼리? 집이 어디죠?"

도브가 나에게 물었다.

"여기요."

"라스베이거스요? 정말요? 모르몬교도나 무용수만 여기 사는 줄 알았는데요."

"네, 제가 모르몬교도 출신의 무용수로 시간제 아르바이트를 하거든요."

내가 대답했다.

도브의 눈이 깜짝 놀라 가늘어졌다가 이내 내가 농담했다는 걸 알아차렸다.

"아, 재미있는 분이네요. 정말 재미있어요. 영리하기까지 하시군요."

"둘 다 맞는 말이에요."

"이스라엘에 가본 적 있어요?"

도브가 물었다.

"아니요. 한 번도요."

"꼭 가보세요. 사막을 좋아하시면 정말 푹 빠지게 될 겁니다."

마침 일자리가 있는지 물어보려던 찰나, 도브는 발아래를 내려다보더니 넌더리가 난다는 듯 혀를 끌끌 찼다.

"또 나왔어! 이 작은 괴물들, 없는 곳이 없어. 정말 싫어요. 보기만 해도 소름 끼친다니까요."

아래를 내려다보니 라스베이거스가 고향이라고 할 수 있을 만큼 어디서나 보이는 작은 사막 도마뱀 한 마리가 있었다. 도마뱀은 분명히 지금 자기가 어디에 있는지 혼란스러워하며 거인들 사이에 있는 게 두려울 터였다. 내가 막 무릎을 꿇고 도마뱀을 들어 올리려는 그 순간, 도브가 도마뱀을 무자비하게 구둣발로 밟아버렸다. 도브는 손뼉을 마주치더니 만족스럽다는 듯 한숨을 쉬고는 발을 들어 죽은 도마뱀을 벽 쪽으로 차버렸다.

나는 할 말을 잃었다. 완전히 잃고 말았다.

"도대체 지금 무슨 짓거리를 한 거죠?"

나는 도브를 향해 소리쳤다. 진심으로 소리를 지르고 말았다.

"네? 도마뱀이잖아요."

"당신이 죽였잖아요. 이런 미친놈!"

"장난해요?"

도브가 나를 쏘아보았다.

"도마뱀이 무슨 짓이라도 했나요? 아무런 해를 가하지 않는 아이예요. 딱 하나밖에 없는 목숨을 당신이 단숨에 날려버렸잖아요. 맙소사, 누가 이런 짓을 해요?"

도브는 순순히 항복한다는 뜻으로 두 손을 들고는 나로부터 뒷걸음질 치기 시작했다. 마치 광견병에 걸린 개를 피하듯이. 나는 도브의 가슴팍을 세게 밀어서 나에게서 더욱 멀어지게 했고 내 힘에 도브는 비틀거리다가 거의 넘어질 뻔했다.

"미친놈!"

나는 가차 없이 외쳤다.

소리가 너무 컸다. 커도 너무 컸어. 파티에 참석한 내 주변의 사람들이 모두 내 목소리를 듣고 우리 쪽으로 고개를 돌렸다. 도브는 간신히 균형을 잡고는 최대한 빨리 나에게서 멀어졌다. 하지만 나는 도브가 뒷걸음질 치면서 중얼거리는 소리를 똑똑히 들었다. 그러니 아마 다른 사람들도 다 들었을 것이다.

"미친년."

그래. 이렇게 또 취직할 가능성이 하나 날아갔다.

일순간 정적이 흘렀고, 주변 사람들이 모두 '술이 떡이 돼서 욕이나 지껄이는 여자'를 계속해서 쏘아본 탓에 내 얼굴은 불에 타는 듯이 빨개졌다. 심지어 템플 펀즈의 창립자인 폴 템플도 나를 신기하다는 듯이 쳐다보더니 바로 옆에 있는 남자에게 몸을 기울여 무엇인가를 속삭였다.

"저기 저 여자, 혹시 일자리가 필요한지 알아보시오."

이렇게 말했을 리는 당연히 없겠지.

다행히 마침 그때 '패리스 카지노'가 길 건너편에서 독립기념일을 축하하는 불꽃놀이를 시작했고 사람들의 관심은 일제히 불꽃놀이로 쏠렸다. 사람들 대부분이 불꽃놀이 광경을 올려다보며 환호성을 질렀고 나는 살금살금 조심스럽게 그 자리를 빠져나올 수 있었다. 내 허리케인 유리잔이 비어있던 터라 나는 발길을 야외 바로 옮겼다. 마치 내가 바보가 된 것 같았고 슬픔을 좀 해소하고 싶었다.

"저기요, 한 잔 더 주세요. 저기요?"

나는 바를 향해 소리쳤다.

턱시도를 입은 바텐더가 웨이트리스 중 한 명과 시시덕대면서 불꽃놀이를 보고 있는 모습이 눈에 들어왔다. 바텐더는 나를 보지 못했거나 나를 봤어도 내가 팁을 많이 줄 손님이라고는 생각지 않았을 것이다. 나는 어깨를 으쓱하고 바에 손을 뻗어 2/3쯤 차 있는 카베르네와인 병을 집어 들었다. 코르크 마개를 획 잡아서 열고는 귀찮게 잔을 찾을 필요 없이 병째 꿀꺽꿀꺽 마셨다. 와인은 내 볼을 타고 흘러내리기도 했다. 그러다 보니 마침 입에서 피를 질질 흘리는 흡혈귀처럼 보였을 게 분명하다.

멀지 않은 곳에서 내 이름을 부르는 소리가 들렸다.

"별로 좋은 생각이 아닌 것 같아요, 핼리."

칵테일 테이블 근처로 눈을 돌리니 아주 매력적인 여성이 혼자 서 있는 게 보였다. 여자는 아주 익숙한 실망스러운 표정을 지어 보였다. 내가 와인 마시는 걸 원치 않아서? 아니면 내가 와인을 훔치는 걸 원치 않아서? 어쩌면 둘 다 때문일 수도 있겠다. 어쨌든 이 여자는 내가 아는 사람이다. 솔직히 나는 이 여성을 너무 잘 알고, 여자는 나를 훨씬 더 잘 알고 있다. 여자는 ―놀라지 마시라!― 내 정신과 상담사다.

신은 사람들에게 수호천사를 보내준다고 했다. 신은 나에게, 내 상담사를 보내주었다.

나는 병을 들고 상담사가 있는 테이블로 갔다. 혹시 와인을 더 마실까 싶어 상담사의 와인잔을 향해 와인병을 살짝 기울였다.

하지만 상담사는 머리를 저었고, 나는 또 한 입을 마셨다. 와인과 다른 독한 걸 섞어 마시다니, 역시 좋지 않은 생각이었다.

"토리, 싸구려 술집 중에서도 하필 여기라니요."

"안녕하세요, 핼리."

"여기서 뭐 하고 계신 거예요?"

토리가 놀라운 듯 눈을 깜박였다. 어쩌면 눈을 굴리고 싶었을지 모르지만, 환자 앞에서 대놓고 그럴 수는 없다고 생각한 것 같았다.

"음, 메드엑스 박람회요?"

토리는 분명 '헐'을 덧붙이고 싶었을 테지만 실제로 그러지는 않았다.

"네, 맞아요, 죄송해요."

내가 말했다.

"어떻게 지내요, 핼리?"

"별로 잘 못 지내고 있어요."

"그런 것 같네요."

우리 머리 위에서 불꽃이 터지는 동안 토리는 와인잔을 들어 한 입 마셨다. 총천연색으로 반짝이는 불빛 아래 토리는 와인잔 테두리 너머로 정신과 상담사 특유의 집중력을 발휘해 나를 관찰했다. 사람들은 대부분 다른 사람을 흘깃 바라보고 눈길을 돌리지만, 토리의 검은 눈은 움직이거나 깜빡이지도 않고 마치 미술작품에 그려져 있듯이 어디를 가든 나를 따라다닌다.

심지어 이 더운 라스베이거스의 밤에도 토리는 여전히 멋있어 보였다. 토리는 그다지 노력하지 않아도 상당히 매력적인데, 나는 그 점이 부러웠다. 토리의 머리카락은 붉은빛이 도는 갈색이고, 어깨까지 내려오는 풍성한 곱슬머리다. 피부색은 아주 멋진 황갈색으로 코와 볼 주변에 주근깨가 약간 있고 옅은 색 립스틱을 발랐다. 나보다 조금 작지만, 훨씬 더 볼륨이 있어 남자들이 단박에 알아챌 정도다. 토리가 입고 있는 보라색 드레스는 토리의 몸매를 아주 잘 드러내 준다. 귀와 손가락에는 비싼 장신구가 반짝이고 있었으며, 은은한 라벤더 향수의 잔향이 우리 사이를 맴돌았다.

"오랜만이네요. 넉 달 만인가요?"

토리가 물었다.

"그쯤 된 것 같아요."

"마지막 예약 때 오시지 않았잖아요."

"네, 마침 그때 일이 생겨서요."

그때 도망친 건 나다. 토리 잘못이 아니다. 토리는 내가 10대 때부터 걷어찬 수많은 정신과 상담사 중 가장 최근에 상담했던 사람이다. 나는 토리를 좋아하는데, 왜냐하면 토리는 젊고, 내가 예전부터 보아온 따분한 늙다리들이랑은 달랐기 때문이다. 토리는 유년 시절에 대해 공격성 트라우마가 있는 환자들을 —예를 들면, 나 같은 사람— 전문으로 하는데, 나 같은 환자들은 종종 의료기기나 제약회사들의 실험용 쥐 취급을 받곤 한다. 그래서 토리가 오늘 여기, 메드엑스 박람회에 있는 것이고 사실 우리도 작년에 이 메드엑스 박람회에서 만났다.

"아까 무슨 일이었어요?"

토리는 내가 도브와 논쟁을 벌였던 쪽을 고개로 가리켰다.

"별일 아니에요."

"별일 아닌 것 같지 않던데요."

"어떤 멍청이가 내가 싫어하는 행동을 했거든요."

"어떤 행동이요?"

"도마뱀을 밟아 죽였어요."

토리는 칭찬받아 마땅하게도, 이 일을 사소한 것으로 치부하지 않았다.

"도마뱀 좋아하시잖아요."

'엄마, 봐요! 내가 밖에서 무엇을 찾았는지 와서 보세요! 귀엽지 않아요? 키워도 돼요?'

"네, 그렇죠."

"정말… 잔인하네요. 그렇게 하면 안 되죠."

토리가 말했다.

"그러게 말이에요."

토리는 그동안 우리가 함께해 온 상담을 통해 도브가 내 내면의 어느 곳을 자극했는지를 알아챘다. 솔직히 말해서 토리는 만나자마자 나를 단박에 이해했다. 작년 메드엑스 패널 세션 후 처음으로 토리와 이야기를 나누게 되었을 때 토리의 신비로운 검은 눈동자는 내 왼쪽 손목으로 향했다가 다시 나에게로 돌아왔다. 너무나 빨리 일어난 일이어서 순식간에 지나가 놓칠 법도 했지만 나는 놓치지 않았다. 토리는 아무 말도 하지 않았다. 말할 필요도 못 느낀 듯했다. 내가 토리의 속마음을 읽었으니까.

'그래요, 그 상처, 나는 봤어요.'

그래서 어떻게 되었냐 하면, 나는 토리에게 내 정신과 상담사가 될 기회를 주었다. 8개월간 나는 2~3주에 한 번씩 토리를 만나러 갔고 토리는 마치 나를 양파처럼 한 겹 한 겹 벗겨내었다. 그리고 넉 달 전, 우리는 비로소 문제의 핵심 —그러니까 우리 엄마의 죽음— 에 이르렀다. 토리는 지금까지의 긴 세월 동안 내가 스스로에게 무엇을 숨기고 있는지 보기 위해 최면 치료를 할 생각이 있냐고 물었다.

나는 그렇다고 대답했다.

마침내 문제를 직면할 준비가 되었다고 말이다. 하지만 그리고 나서 나는 다음 예약 시간에 나타나지 않았고, 그 이후 다시는 토리를 보러 가지 않았다.

"질문 하나 해도 돼요, 핼리?"

"그럼요."

"다른 정신과 선생님에게 혹시 진료를 받고 있나요?"

"아, 지금 질투하는 거예요?"

나는 농담을 던져보았다.

"그냥 걱정돼서요."

"괜찮아졌어요. 그래서 상담을 그만둔 거기도 하고요. 아무 문제 없답니다."

내가 말했다.

"오늘도요?"

"네. 오늘이 별로 상태가 좋은 날은 아니지만 뭐 이런 날도 저런 날도 있는 거 아니겠어요?"

"요즘도 토하나요?"

토리는 다시 한번 놀라울 정도로 직설적으로 나에게 질문을 던졌다.

"아니요."

"정말요?"

"네, 이제 더 그러지는 않아요."

"그렇군요."

하지만 토리의 창백한 입술과 지나치게 똑똑한 눈은 토리가 나를 믿지 않고 있다고 말하고 있다. 하긴, 입에 침도 안 바르고 거짓말을 했으니까. 물론 전보다 토하는 빈도가 줄기는 했지만, 스트레스를 많이 받으면 여전히 토한다. 예를 들어, 모두 아시다시피 회사에서 잘리고 남자친구한테 차이고 도마뱀이나 밟아 죽이는 멍청한 놈이나 만나고 하는 날에는 말이다.

"예약을 잡아줄까요? 괜찮다면요."

토리가 말했다.

"아니에요, 괜찮아요."

"기분 나쁘게 할 생각은 없지만 아무래도 당신에게는 아직 도움이 좀 더 필요할 것 같아요."

"'기분 나쁘게 할 생각은 없다'라는 부분이 들어가니 훨씬 듣기 좋네요."

내가 말했다.

"음, 직업병에서 나온 참견이기는 하지만 그래도 내 직감이 꽤 믿을 만하답니다."

"이제 가야겠어요."

나는 안절부절못하며 말했다.

사실 나는 화장실에 가고 싶었지만 그렇다고 노골적으로 말할 수는 없었다.

"네. 만나서 반가웠어요, 헬리."

"네, 정말 가뭄에 단비 같은 만남이었어요."

"몸 잘 챙기고요."

"토리도요."

나는 와인병을 기울여서 병에 남은 와인을 몽땅 입에 쓸어 넣었다. 하지만 내가 마신 것보다 얼굴과 드레스에 쏟아진 와인이 더 많은 것 같았다. 나는 토리에게서 등을 돌리고 넘어지지 않도록 조심하면서 가까스로 나를 추슬러 비척비척 화장실로 향했다. 토리가 너무 쉽게 나를 꿰뚫어 보아서 화가 났지만, 한편으로는 나 자신에게 화를 내지 않아도 될 적당한 핑곗거리가 된 것 같았다. 사실 진짜 문제는 나 자신이기 때문이다. 바로 그 순간, 나는 나를, 세상을, 세상 속의 모든 사람과 모든 사물을 증오했다.

카지노의 우아한 화장실은 쌀랑했고 조명이 은은하게 비추고 있었다. 나는 가장 가까운 칸으로 뛰어 들어가 문을 잠갔다. 우선 소변을 보았다. 그리고 몸을 돌려 무릎을 꿇고 앉았다. 나는 손가락을 목에 집어넣고 토했다. 토하고 나서 나는 내가 무슨 짓을 했는지 깨닫고 울었다. 수치스러움에 변기 시트를 손으로 내리쳤다. 밖으로 나와서 세면대로 간 다음 입을 헹구었다. 거울에 비친 내 모습을 보니 마스카라와 금빛 아이섀도 가루가 볼에 번져 흘러내리고 있었다. 나의 갈색 눈에서는 끊임없이 눈물이 흘러나오고 있었고 밝은 하얀색의 파운데이션을 바른 얼굴 군데군데 빨간색 자국이 있었다. 얼굴이 좁은 편이다 보니 그림자 때문에 움푹 꺼진 볼에서 광대뼈가 더욱 도드라져 보였다. 창백한 입술은 마치 내가 대답할 수 없는 질문을 자신에게 묻기라도 하는 듯 동동 떠 보였다.

'뭘 더 기다리고 있는 거야, 핼리?'와 같은 질문 말이다.

그렇다, 나는 최악의 날 끝에 있다. 진짜, 진짜로 최악의 날이었다. 이 상황에서 내가 생각할 수 있는 유일한 일은 이 모든 상황을 더 최악으로 만드는 것이다. 그래서 그렇게 했다. 더할 나위 없이 최악으로.

나는 핸드백을 열었다. 핸드백에는 아까 낮에 현금 지급기에서 뽑을 수 있는 마지막 백 달러를 출금해서 산 코카인이 작은 비닐봉지 안에 들어있었다. 그때만 해도 상당히 괜찮은 소비라고 생각했다. 나는 코카인을 모두 꺼내서 세면대 한쪽에 나란히 세우고는 몸을 기울였다.

당연히 이번이 처음은 아니지만, 코카인을 한 지 몇 달이 지나기는 했다. 끊어보려고 노력했다. 그래서 맹세코 몇 달간 단 한 번도 하지 않았다. 하지만 내가 말했듯이, 몇 번이나 말했듯이 오늘은 정말이지 최악의 날이란 말이다!

어쨌든 코카인을 모두 흡입했다. 코카인이 응당 해야 할 효과를 내는 데에는 얼마 걸리지 않았다. 나는 비로소 화장실을 나왔고 내 최악의 하루는 라스베이거스의 바람과 함께 저 멀리 날아가 버렸다. 나는 천하무적이 된 기분으로 파티가 한창 열리고 있는 쪽을 향해 당당히 걸었다. 나는 '위대한 헬리, 세계의 정복자'시다. 자, 토리, 와서 내 앞길을 한 번 막아보시지. 나는 알고 있다. 그것도 아주 잘 알고 있다. 모든 것이 좋아지리라는 것을. 제기랄, 도대체 뭘 걱정한단 말인가. 어딘가 다시 취직할 것이다. 새집을 찾을 것이다. 새 남자친구를 사귈 것이다. 그리고 무엇보다 불꽃놀이! 불꽃놀이는 화려하고 아름다웠다. 불꽃이 솟아올라 하늘에서 장미가 생겨났다가 이내 별똥별처럼 하얀 연기를 내며 떨어졌다. 평생이라도 바라보고 있을 수 있을 것만 같다. 마치 오케스트라처럼 불꽃놀이를 지휘할 수도 있을 것 같다. 내 손가락 끝으로 밤하늘 전체를 색색으로 물들이고 싶다.

유일하게 내가 마음에 안 드는 점이 있다면, 심지어 아주 조금 이상하다고 느껴지는 점이 있다면 가슴께에서 진동처럼 울리는 천둥소리다. 불꽃놀이의 리듬에 맞춰 쿵쿵거리기를 기다렸지만, 오히려 쿵쿵 소리는 마치 발을 헛디딘 무용수처럼 마구 요동치고 있다.

내 심장이 곧 몸 밖으로 튀어나올 것만 같다. 일 분에 150회.

1분에 300회.

1분에 1,000회.

어떻게 이렇게 빨리 뛸 수 있지?

하지만 심장이 빨리 뛰는 문제쯤이야 아주, 아주 사소한 걱정
거리일 뿐이다. 나머지 모든 게 괜찮으니 말이다.

2

그날 카지노에서 죽은 게 처음은 아니다. 패기 넘치던 15살 시절, 나는 손목을 그은 적이 있다. 피가 최대한 많이 흘러나오도록 가로가 아닌 세로로 그었다. 구급대원들은 수혈하면서 나를 응급실로 이송했다. 의사들은 내 심장에 충격을 주어 다시 살아나게 했다. 정말 그랬다. 신은 헬리 에버스를 당장 만나고 싶지 않은 모양이다. 신에게 가려는 내 최선의 노력에도 불구하고 언제나 나를 되돌려 보낸다.

14년 전 그때와 같이 나는 병원 침대에서 깨어났고, 살았다. 따뜻하지만 칙칙한 병실에 나 혼자 있었다. 얼마나 의식이 없었는지는 알 수 없지만 뜨거운 라스베이거스의 태양이 창문을 통해 쏟아져 들어오고 있었다. 오후 정도가 된 것 같았다. 수많은 기계와 수액이 달려 있었고, 내 심장이 다시 정상적으로 잘 뛰고 있다고 알려주는 차분한 삑-삑-삑 소리가 들렸다. 그렇다 하더라도 내 가슴팍은 사정없이 아팠다. 마치 누군가 갈비뼈 주위를 인정사정없이 계속해서 내리치는 듯 말이다.

"죽었다가 살아났어요."

누군가 나에게 말했다.

할머니처럼 보이는 히스패닉 계열의 간호사가 병실 문을 벌컥 열고 들어왔다. 간호사는 내 혈압과 맥박, 호흡수, 체온을 확인했다. 죽은 사람에게도 이러한 활력 징후가 중요한가 보지? 간호사는 효율적으로 일을 처리하면서 한편으로 나를 보며 '쯧, 쯧'이 담뿍 담긴 동정의 미소를 지었다.

"심장이 멈췄었어요. 의사들이 많은 파티에 있었던 건 정말 운이 좋았죠. 의사 중 한 명이 자동심장충격기로 살려냈어요. 안 그랬으면 아마 지금 여기 없을 거예요. 하늘나라에 가 있겠죠."

간호사가 말했다.

"그럴 것 같네요."

가볍게 넘기기는 했지만 나는 죽었다 다시 살아나는 것에 대해 계속 생각하고 있었다.

"환자분같이 아주 젊은 사람이…, 얼마나 낭비였겠어요."

"그러게요."

"약을 하면 안 돼요."

간호사는 이렇게 덧붙이면서 마치 요점을 강조하듯이 집게손가락을 펴 허공을 톡톡 쳤다.

"네, 저도 알아요."

"기분이 어때요?"

기분이 어떠냐고? 그것참 좋은 질문이다. 나는 지금 기분에 대해 생각해 본 뒤 가장 처음 내 머릿속에 떠오른 말을 내뱉었다.

"복잡해요."

"네?"

"복잡하다고요."

"무슨 말인지 모르겠네요."

"저도 모르겠어요."

정말이지 어떻게 설명해야 좋을지 모르겠지만 '복잡하다'라는 말이 그나마 가장 딱 들어맞는 유일한 표현인 것 같다. 마치 오후 5시 정각에 I-15 고속도로 위에서 차들이 온통 내 주위에 얽히고설켜서 빵빵거리고 있는 그 한가운데에 있는 기분이다. 그러니까 라스베이거스의 러시아워가 내 머릿속에서 일어나고 있는 느낌말이다. 이 느낌 때문인지 눈 뒤쪽으로 날카롭게 쿵쿵 두드리는 통증이 느껴졌다.

"죽었을 때 뭐 기억나는 것 없어요? 죽었다 살아난 사람들에게 항상 물어본답니다. 가끔 뭘 봤다는 사람들도 있더라고요."

간호사가 물었다.

"말하자면 어떤 거요?"

"오, 돌아가신 친척들요. 아니면 천사 같은 것 말이죠."

솔직히 나도 기억나는 게 분명히 있지만 천사나 친척 같은 종류는 아니다. 대신에 근육질의 턱수염이 있는 나체의 남성이다. 이 남성이 내 두뇌의 한가운데를 차지하고 있었고 나머지 내 생각과 기억은 그를 중심으로 뱅글뱅글 돌고 있었다.

"삼지창을 든 남자는 누구예요?"

내가 물었다.

"네?"

"삼지창을 들고 있는 바다의 신이요."

"누군지 모르겠는데요."

간호사가 대답했다.

"포세이돈. 포세이돈이 기억났어요. 죽었을 때 포세이돈을 봤어요. 무슨 의미인 것 같아요?"

나는 갑자기 손가락을 튕기며 물었다.

"글쎄요, 모르겠는데요."

간호사는 마치 아직도 코카인이 내 몸에 남아 있을지 모른다고 생각했는지 걱정스러운 낯빛으로 나를 바라보았다. 게다가 십자가 목걸이를 한 걸 보니 다신론에 대해 그다지 신빙성 없는 이야기를 듣고 싶어 하지도 않을 것 같았다. 그렇다, 나도 그리스 신화를 믿는 건 아니다. 그러다 보니 고등학교 때 신화 수업을 들은 이후 포세이돈을 다시 떠올릴 일이 생길지 몰랐다. 하지만 어쨌건 내 머릿속의 한가운데에 있는 포세이돈은 내 두 배는 됨직한 모습으로 삼지창을 하늘 높이 치켜올린 채 나를 내려다보고 있었다.

"의사 선생님께 가서 환자분 깨어났다고 말씀드릴게요."

간호사가 말했다.

그리고는 마치 미친 여자에게서 한시라도 빨리 벗어나고 싶다는 듯 서둘러 병실을 나갔다.

간호사가 나가고 나는 꽤 오랫동안 천장을 쳐다보았다. 눈을 감을 때마다 두통이 더욱 심해져서 나는 되도록 눈을 뜨고 있으려고 애를 썼다. 애드빌을 한두 알 먹으면 괜찮아질 것 같지만 병원에서 나에게 애드빌을 줄 것 같지 않다. 내가 여기 있는지 아는 사람이 누가 있을까? 아마 아무도 모를 것이다. 단 한 번도 비상 연락처를 남겨놓은 적이 없기 때문이다. 만약에 비상 연락처를 적어놓았다고 해도 남자친구였던 니코의 정보를 적어두었을 텐데 이제 니코는 더는 내 남자친구가 아니다. 짧게나마 병원에 입원해 있었다고 병원비가 얼마나 나올지 궁금해졌다. 나는 이미 잘렸는데 아직 의료보험에 가입되어 있는지 잘 모르겠다.

입이 너무 말라서 입안에서 혀로 침을 간신히 모아야 할 정도였다. 내 침대 근처 탁자에 플라스틱 물통이 있었고, 뭘 좀 마셔도 괜찮겠다는 생각이 들었다. 나는 물통을 들고 종이컵에 물을 따라서 한 컵을 다 마신 후 베개 위로 다시 쓰러졌다. 깨어 있으려고 안간힘을 써보았지만, 눈이 저절로 감겼다. 머리가 팽팽 돌면서 휙 하고 무언가 지나가는 느낌이 나는데 그 느낌이 싫어서 나는 자꾸만 눈을 다시 떴다. 그렇게 눈을 감고 뜨기를 반복하다가 어느 순간 잠깐 한 몇 분 정도 졸았나 보다. 침대를 내려다보고 서 있는 인도계 의사가 갑자기 눈에 들어와 깜짝 놀라고 말았다. 심지어 의사가 병실에 들어오는지도 몰랐다. 의사는 작은 키에 까무잡잡한 피부로 아주 짧게 자른 머리에 금속 테 안경을 쓰고 있었다.

"에버스 양, 이 세상에 돌아오신 것을 환영합니다. 기분은 좀 어때요?"

의사가 낮지만 정중한 목소리로 물었다.

"기차에 치인 것 같아요."

"그럴 만해요. 환자분 몸이 엄청난 일들을 많이 겪었거든요. 간호사가 환자분 거의 돌아가실 뻔했다고 말하지 않던가요?"

"말씀해 주셨어요. 그래서 저는 어떤가요? 살 수 있나요?"

의사는 장담하고 싶지는 않은 눈치였다.

"아마도 당장 무슨 일은 없을 거예요. 하지만 결과를 지켜보려면 최소한 하루 이틀 정도는 여기에 있어야 할 것 같습니다."

병원에 더 있어야 한다고? 헐!

"제가 여기 언제 왔지요?"

내가 물었다.

"어젯밤에요."

"정확하게 무슨 일이 있었던 거예요?"

"심장마비가 왔었어요. 당연히 상당한 양의 코카인과 함께 다량의 알코올을 섭취하면서 일어난 결과로 보이고요. 하지만 다른 요인들도 복합적으로 작용한 게 아닌가 싶기는 합니다. 우리 병원 원내 기록에 마침 환자분 이름이 있길래 주치의 선생님과 이야기를 해보았는데요. 수년째 신경성 폭식증을 앓고 있다고 하시더군요. 그래서 심장이 더 약해졌을 수 있을 거예요."

의사가 설명했다.

"네, 제 주치의 선생님께서도 그렇게 말씀하셨어요."

"생활 방식을 바꾸어볼 필요가 있을 것 같아요, 에버스 양. 여기서 또 이렇게 다시 만나면 안 되겠지요? 젊다고 천하무적은 아니니까요."

의사는 마치 자식을 걱정하는 부모처럼 말했다.

"네, 알겠습니다."

"정말이지요?"

"저도 이제 좀 잘 살아야겠다고 생각하고 있었어요."

"좋아요. 환자분이 스스로 잘 살 수 없다고 내가 결론을 내리면 관할 의료 당국에 연락해서 환자분을 데려가도록 할 수 있거든요. 하지만 그렇게까지 하고 싶지는 않아요."

"저도 연락하지 않아 주시기를 바라요. 선생님, 제가 정신이 나갔었나 봐요. 무슨 말씀이신지 잘 알았습니다. 그리고 진심으로 감사해요. 그런데 갑자기 생각이 났는데요. 제 목숨을 구해주신 분이 누구세요?"

"네?"

"파티에서요. 간호사 선생님께서 어떤 의사가 제 심장이 다시 뛰도록 해주셨다고 했거든요. 그 의사 선생님이 누구신지 혹시 아세요?"

"네, 잠깐 만났어요. 리드 스미스 박사입니다. 존스 홉킨스에서 근무하고 있고, 메드엑스 박람회 때문에 잠시 이곳에 머물렀다고 해요. 바로 그분이 환자분을 살리셨습니다. 몇 시간 전에 환자분 상태를 보러 병원에 잠깐 들렀었는데 그때 환자분은 아직 깨어나지 못하고 있었어요. 아마 스미스 박사는 이미 동부로 가는 비행기 안에 있을 것 같군요."

"음, 그러면 제가 그 박사님께 꽃이나 무언가 답례를 보내야 겠어요. 그런데 선생님, 머리가 깨질 것같이 아파요. 누가 제 이마에 못을 들이박는 것처럼 아주 끔찍해요. 두통을 좀 낫게 할 약을 얻을 수 있을까요?"

"아세트아니노펜을 조금 드릴 수 있을 것 같기는 하지만 지금 약을 처방하기에는 너무 일러요. 차라리 간호사에게 젖은 수건을 좀 갖다 달라고 할 테니 머리에 얹고 부드러운 음악을 들어 보세요. 긴장을 좀 풀고 있으면 두통이 나아질 거예요."

의사가 몸을 돌려서 병실을 나가려는 찰나, 나는 다시 의사를 불렀다.

"그리고 머릿속이 너무 복잡해요. 이거 괜찮은 건가요?"

의사는 나를 보며 미소를 지었지만 내가 무슨 말을 하는지 전혀 모르겠다는 눈치다.

"네? 뭐라고요?"

"복잡하다고요. 머릿속에 뭐가 너무 많이 들어있는 것 같아요. 마치 뇌가 머리 밖으로 탈출해 버릴 것만 같은 느낌이에요. 진짜 이상해요."

의사는 당황한 듯 입술을 오므렸다.

"CT를 찍어봤는데, 정상이었어요. 뇌졸중이나 다른 이상은 전혀 없었습니다."

"아, 그렇군요. 그럼 괜찮아지겠지요."

"잠을 좀 자봐요, 에버스 양. 몸과 마음이 트라우마에서 벗어나야 해요. 지금 당장은 잠이 최선의 약입니다."

의사는 할 수 있는 한 가장 확신에 찬 말투로 이야기했다.

* * *

그래서 나는 잠을 잤다.

그리고 처음으로 꿈을 꾸었다.

평소에는 꿈을 꾸고도 기억을 잘 못 하는 편인데 이번 꿈은 완전히 달랐다. 이렇게 생생한 꿈은 처음이었다.

별이 빛나는 밤, 내 머리 위로 청명하게 맑은 밤하늘이 펼쳐져 있었다. 그리고 내가 잠시 죽었을 때 보았던 바로 그 포세이돈이 있었다. 대리석 평판 위에 우뚝 솟아 있는 동상은 최소 12척은 될법한 키에 번쩍이는 구릿빛 피부를 가지고 있었다. 실오라기 하나 걸치지 않은 포세이돈은 마치 깎아놓은 듯한 근육질 몸매에 성기 또한 그대로 노출되어 완벽한 남성 신의 면모 그 자체를 보여주었다. 구불구불한 머리카락과 턱수염은 풍성하기 그지없었다. 포세이돈은 저 멀리 눈에 보이지 않는 수평선을 응시하고 있었다. 왼쪽 팔은 쭉 뻗어서 마치 위협하듯이 손가락을 펼치고 있었으며, 오른쪽 손으로는 삼지창을 움켜쥐고는 마치 당장이라도 전투에 나가 집어 던질 태세를 취하고 있었다.

포세이돈 너머로 성난 바다는 포효하고 있었다. 나는 높다란 절벽에 서 있었고, 파도가 내 발밑의 벼랑 아래 바위에 부딪혀 부서지고 있었다. 바람이 무시무시한 소리를 내며 불었다. 그 바람에 나는 몸을 부들부들 떨었고 내 긴 머리는 내 얼굴을 사정

없이 때렸다. 온몸이 추위에 덜덜 떨렸다. 내 살은 축축했고, 옷도 이미 다 젖었다. 바람에 같이 불어온 흩뿌리는 듯한 바닷물에서 짠 소금물의 맛과 향기가 느껴졌다.

전에 한 번도 와본 적이 없는 곳이다. 나에게 매우 낯설다. 하지만 나는 모든 사소한 것들을, 모든 색깔을, 모든 느낌을 생생하게 기억했다. 흠뻑 젖은 채 내 맨발에 닿던 무성한 초록 풀을, 포세이돈 동상의 금빛에 비치는 별빛을, 차가운 강풍에 이리저리 구부러지다가 고개를 들다가 하던 나무들을, 그리고 절벽 넘어 하얗게 부서지던 엄청난 검은 바닷물을.

어느 것 하나 꿈 같지 않았다.

나는 지금 '여기'에 있다. 지금 '일어나고' 있는 일이다. 모두다 '진짜'다.

미끄러지듯, 심지어 발이 바닥을 딛고 있다는 느낌도 없이 절벽의 가장자리에 이르렀다. 여름 원피스가 내 뒤로 휘날렸다. 닳아서 해질 것 같은 리본 모양의 풀과 진흙이 뒤섞인 곳에서 땅은 끝났고, 나는 날카로운 바위 사이에서 소용돌이치는 바닷물을 지긋이 내려다보았다.

'뛰어내려. 나는 죽어 마땅해.' 나는 속으로 이런 생각을 했다.

나는 바다를 향해, 포세이돈을 향해, 별을 향해 크게 소리쳤다. 하지만 이 정처 없이 시끄러운 밤의 한가운데, 나의 목소리는 속절없이 작았다.

"오 나의 신이시여, 내가 무슨 짓을 한 걸까요?"

눈물이 내 뺨을 타고 내렸고 나는 숨을 쉴 수조차 없었다. 내 두 팔은 마치 경련이 일어난 듯 떨려서 어찌할 줄 몰랐다. 나는 내 손을 들어 바라보았다. 두려움이 가득한 내 눈에 들어온 손은 아주 짙은 붉은색으로 뒤덮여 있었고 바람에 실려 와 흩뿌리듯 내리는 바닷물에 조금씩 씻겨 나가고 있었다.

피다.

내 손은 온통 피로 물들어 있었다.

3

"나 기억나요?"

누군가 말을 걸었다.

나는 병원 창가에 놓인 의자에 앉아서 서쪽 산맥의 험준한 절벽을 바라보고 있었다. 손바닥으로 턱을 괴고 발은 초조하게 까닥거리는 중이었다. 곧 이곳을 나가기 때문이다. 이틀이 지났고, 오늘은 퇴원일이다. 이제 원무과 직원이 휠체어를 가지고 와 나를 데리고 나갈 것이다. 인도계 의사는 내 상태가 괜찮다고 말하면서 그래도 심장이 아직은 약하니 주의하라고 일렀다.

"약은 더 이상 안 돼요."

의사가 말했다.

간호사도 손가락을 흔들며 똑같은 말을 반복했다.

"약은 더 이상 안 돼요."

나는 의사와 간호사에게 새 삶을 살겠다고 약속했다.

원무과 직원이 나를 데리러 오기를 기다리고 있는데 병실 문 앞에 내 정신과 상담사인 토리가 서 있는 게 눈에 들어왔다.

"나 기억해요? 내가 누군지 알아보겠어요?"

토리는 재차 물었다.

"죽었다 살아난 것뿐이에요, 토리."

그러자 토리의 얼굴에 슬며시 미소가 피어났다.

"그래요, 좋아요."

토리는 마치 꿀과 같이 천천히 달콤하게 병실 안으로 흘러들 어왔다. 토리의 붉은 빛이 도는 머리를 보니 석양이, 토리의 까 무잡잡한 얼굴 위의 주근깨를 보니 별자리가 생각났다. 토리는 빛이 바랜 청바지에 캐주얼한 반소매 녹색 티셔츠를 입고 있었 다. 토리는 창가로 와서 지금껏 내가 그래왔듯이 산을 지긋이 바 라보았다. 토리의 라벤더 향수로도 은은하게 풍기는 담배 냄새 를 지울 수는 없다. 담배는 내가 '최소한 이것만큼은 하지 말아 야겠다'라고 다짐한 단 하나의 금기 사항이다. 나는 담배를 피우 지 않으며 피워본 적도 없다.

토리는 반짝이는 검은 눈으로 나를 바라보면서 궁금하다는 듯이 눈썹을 찡그렸다.

"상태는 좀 어때요, 핼리?"

"잘 회복 중이에요. 고마워요."

머릿속이 복잡하다는 이야기는 빼고 말했다.

"곧 퇴원하나 봐요?"

"몇 분 있다가요."

"잘 되었네요."

"그런데 토리, 여기에 무슨 일로 온 거예요?"

토리는 내 질문에 '헉' 한다는 표정을 지었다.

"그날 사람들이 모두 얼마나 놀랐는지 몰라요. 여기 잠깐 들러서 이야기를 나누는 게 좋지 않을까 싶었어요."

"뭐에 대해서요? 라스베이거스 레이더스*에 대해서요? 아니면 키노**의 확률에 대해서요? 어느 쪽이든 정말이지 그렇게 유쾌한 주제는 아닌 것 같지요?"

토리를 한숨을 길게 내쉬었다.

"장난으로 회피할 수 있는 문제가 아니에요, 아시다시피."

"지금 내가 회피하고 있다고 생각해요?"

"헬리, 당신은 진짜로 죽었다 살아났어요. 뭐라고 부르던 명백하게 자살 시도였고, 문제는 이번이 처음이 아니라는 거죠. 과거를 직면해서 해결하지 않는 한 이러한 자기 파괴적인 행위는 계속될 거예요. 그리고 어쩌면 다음번 시도에는 목적을 달성할지도 모르죠. 내 제안은 아직도 유효해요. 당신만 괜찮다면요."

"무슨 제안이요?"

"다시 상담 치료를 받자고요."

"아, 네. 군이 그러고 싶지 않아요. 어쨌든 고맙습니다."

"이야기를 나눌 사람이 필요해요. 나는 지금 심각해요. 꼭 내

---

*   라스베이거스의 풋볼팀

**   도박의 일종

45

가 아니어도 괜찮으니 다른 선생님에게라도 가봐요. 추천해 줄
수 있어요."

"토리. 나를 보러 일부러 여기까지 와준 건 고마워요. 굳이 이
렇게까지 안 해도 되는데요. 그리고 걱정해 주어서 고마워요. 하
지만 당신이나 다른 누구의 도움도 필요하지 않아요. 이야기할
사람 많아요."

"그것참 다행이네요. 그럼 두 명만 이름을 대봐요."

토리는 집요하게 덧붙였다.

망할. 이름을 댈 사람이 단 한 명도 없다.

"도대체 나랑 하고 싶은 이야기가 뭐예요?"

나는 짜증을 숨기지 않고 물었다.

"문제는 변하지 않았어요, 핼리. 하지만 이제 더 이상 아이가
아니잖아요. 가두어 둔 기억들이 처음에는 당신을 보호하려고
하지만 나중에는 기억 자체가 일종의 암이 될 수 있어요."

토리는 아주 신중하게 한 마디, 한 마디를 골라서 말했다.

"나는 괜찮다고요."

내가 말했다.

"아직도 그날을 기억 못 해요? 어머니의 방에 들어갔던 걸 기
억 못 하는 거죠?"

"네, 기억 안 나요. 그리고 그날의 일을 기억하는 게 나한테 무
슨 도움이 되는지도 모르겠어요. 그 외에는 모든 것을 다 기억하
고 있으니까요. '핼리의 파란만장한 역사'를 말이죠. 알겠어요?
우리 언니가 살해당했어요. 이모와 이모부가 나를 맡아서 키워

주셨지만 내가 자기들 인생의 걸림돌이라는 걸 아주 분명히 하셨죠. 나는 12살 때부터 토하기 시작했어요. 내가 14살 때에는 옆집 남자애가 자기네 집 수영장을 쓰는 대가로 나에게 그 짓을 시켰고요. 그리고 나서 일 년 뒤부터… 이 모든 일 때문에 결국 이런 결정을 내린 거예요."

나는 손목을 들어 흉터를 보였다.

"그래서 이 모든 것을 어떻게 바로잡을 건데요?"

나는 비꼬는 투로 물었다.

"상담은 사람을 바로잡는 게 아니에요. 알잖아요. 바꿀 수 없는 것들과 같이 살아가는 법을 배우는 거예요."

토리가 대답했다.

"네, 전에도 그렇게 말한 적 있지요."

토리는 잠시 머뭇거리다가 부드럽게 입을 열었다.

"핼리, 나는 당신이 끊어져 있는 점들을 이을 수 있으면 좋겠어요. 어머니는 당신이 10살 때 스스로 목숨을 끊으셨어요. 당신은 그 모습을 고스란히 보고 도망쳤죠. 그리고 당신의 두뇌는 절대로 당신을 그날, 어머니의 침실로 당신을 들여보내려 하지 않아요. 분명히 말하지만, 그날과 카지노 파티에서 있었던 일은 연관이 있어요. 이런 말은 할 필요도 없겠지만 당신은 지나치게 영리해요. 그러니까 이 모든 게 사실이라는 걸 잘 알고 있고요. 단지 이 문제를 다루는 게 두려울 뿐이죠. 그래서 당신은 다른 행동을 하는 대신 인생 전체를 망치려고 하는 거예요."

만약 내가 토리의 말에 수긍했다고 생각한다면 토리는 생각보다 나를 잘 모르는 것이다.

"토리, 내가 미친년이 되려고 작정한 건 아니니 나를 좀 내버려둘래요?"

"알았어요."

토리는 어쩔 수 없다는 듯 어깨를 으쓱했다.

"고마워요."

대신 토리는 핸드백에서 분홍색 노트를 꺼내어 볼펜을 쥐고 무언가를 적어 내려갔다. 그러더니 종이를 찢어서 반으로 접고는 힘없는 내 손에 쥐여주었다.

"아직 내 전화번호가 있는지 몰라서 여기 다시 적어둬요. 정말로 이야기하고 싶은 생각이 들면 전화해요. 문자도 좋고요. 시간은 상관없어요. 혼자서 이 모든 걸 다 감당하려고 하지 말아요, 핼리. 정말로 그럴 필요가 없어요."

"네, 알겠어요."

토리는 다시 창밖을 내다보았다.

"산이 정말 아름답지요, 그렇지 않나요?"

"정말 그래요."

"마지막으로 하나만 더요, 핼리. 혹시… 언니에 대해 말해줄 수 있어요?"

"언니라뇨? 무슨 말을 하는 거예요?"

나는 고개를 저었다.

"언니가 살해당했다고 방금 말했잖아요. 전에는 핼리한테 언니 이야기를 한 번도 들은 적이 없었거든요."

"그런 말 한 적 없는데요."

"알았어요."

토리는 얼굴에서 표정 하나 변하지 않았다.

"그런 말 한 적 없어요. 나는 외동딸이에요. 언니가 있을 턱이 없잖아요."

나는 다시 한번 강하게 강조했다.

"알았어요. 음, 아마 내가 잘못 들었나 봐요."

토리는 작별 인사도 없이 병실을 나갔다.

* * *

한 시간 후에 나는 내 차를 찾으러 카지노의 주차장에 택시를 타고 갔다. 주차비를 내려고 신용카드를 내밀었는데 승인을 거부당했다. 주차장 관리인은 나에게 현금으로 주차비를 내라고 했지만 내가 돈이 있을 턱이 있나. 그래서 나는 관리인에게 내가 며칠 전에 이 카지노에서 죽었다 살아난 사람이니 단 한 번만 봐 달라고 했다. 내가 미쳤다고 생각했는지는 모르겠지만, 여하튼 관리인은 나를 그냥 보내주었다.

목적지도 정하지 않고 정처 없이 차를 몰고 달리기 시작했다. 직업도, 집도 없으니 내가 있을 곳도 없다. 나는 마치 꼬마가 쉴 새 없이 방향을 바꾸는 무선조종 자동차라도 된 것처럼 불안하고 안절부절못하며 불안했다. 어쩌면 토리가 나에게 한 말 때문인지도 모른다. 정말 내 약점을 기가 막히게 잘 후벼판다니까.

49

하지만 아마도 진짜 이유는 두뇌가 '정지'된 듯한 느낌 때문인 것 같다.

이런 느낌은 여러 방면으로 모습을 드러냈지만 대부분 숨이 막힐듯한 편집증적인 증상으로 나타났다. 운전을 하면서 나는 거울의 위치가 바뀌어 있다는 것을 알아챘다. 운전석 의자의 위치도 바뀐 것 같았다.

처음 든 생각은 '누가 내 차에 들어왔었나?' 하는 것이었다.

검은색 포드 SUV가 여섯 블록째 내 뒤에 있는 것을 보고 나는 SUV가 나를 지켜보고 있다고 확신했다. 나를 미행하는 것이다.

그런데 어느 순간 SUV는 다른 방향으로 가버렸다. 나를 미행하는 게 아니었다.

나는 계속 차를 몰았다. 마침내 나는 데카투르 대로에서 215번 벨트웨이를 타고 서쪽으로 향했다. 고속도로를 따라 도시의 북서쪽으로 올라가서 찰스턴 대로를 지나 레드 록 캐니언 주립 공원으로 향했다. 연간회원권이 있어서 거의 매주 이곳에 온다. 하이킹이나 글쓰기를 한다. 21킬로미터 길이의 일방통행 도로를 통해 봉우리를 오를 수 있게 되어있다. 나는 여행객 행렬을 따라가다가 경사가 가장 심해지기 직전에 있는 주차장으로 들어갔다. 거기에 차를 주차하고 나는 벤치를 찾아 사막 계곡을 바라보면서 혼자 앉아있었다.

태양이 작열하는 여느 여름날이었다. 12시가 되기 전에 이미 기온은 40도를 훌쩍 넘어섰다. 지글거리는 열기에 마치 피부가 벗겨질 것만 같은 느낌이 들었다. 사람들은 대부분 에어컨을 틀어놓은 차 밖에서 오랜 시간 머물지 않는다. 나는 저 아래 유카*와 관목, 선인장이 여기저기 흩뿌려져 있는 드넓은 평원을 내려다보았다. 우기 때 기습적 폭우에 쓸려온 바위들이 여기저기 흩어져 있는 바싹 마른 개울 바닥은 마치 달 표면과 같았다. 평원이 끝나고 저 멀리 협곡이 시작되는 지점에는 옅은 노란색, 연한 황갈색, 그리고 녹빛을 띄는 지층으로 형성된 바위투성이 산이 우뚝 솟아 있었다.

이곳은 내가 제일 좋아하는 곳이다. 내가 어렸을 때 엄마가 나를 여기에 데리고 오곤 했다. 엄마는 저 산들이 수백만 년 동안 이 자리에 있었으며 우리가 죽은 후에도 수백만 년 이상 이곳에 있을 거라고 말해주었다. 나는 그 말의 의미가 무엇인지는 잘 몰랐지만, 아무튼 엄청나게 긴 시간이라는 생각이 들었다. 물론 우리 엄마가 이렇게 빨리 가버릴 줄도 전혀 몰랐다.

우리 엄마.

엄마가 나를 떠났을 때 나는 어렸다. 그래서 엄마에 대한 기억이 별로 없다. 엄마는 주로 사진에서 볼 수 있는 그런 존재다. 물론 내 머릿속에 엄마에 대한 희미한 기억이 있기는 하지만 그게 전부다. 하지만 여기 이곳, 레드 록 캐니언에서 엄마는 아주 생생하게 살아있다. 엄마가 나에게 노래를 불러줄 때 울리던 엄마의 목소리나 엄마가 내 손을 꼭 잡아줄 때 엄마 손의 보드라운 감촉이 생생하게 느껴진다. 따뜻한 바람이 불면 엄마는 눈을 감

---

* 　용설란과의 여러해살이풀

고 얼굴을 들어 바람을 듬뿍 느끼기도 했다.

엄마는 아주 똑똑하고, 아주 내성적이며, 아주… 어려운 사람이었다. 엄마는 네바다 라스베이거스 대학교*에서 로맨스어** 전공 교수로 일했는데, 나랑 정말 똑같이 생겨서 키가 크고 머리는 검은색이며 위험해 보일 정도로 말랐다.

엄마는 로즈 장학생***이었으나 식당에서 악마와 날개 달린 외계인들을 보았으며, 식기세척기가 엄마를 몰래 염탐한다고 생각했다. 때로는 며칠 동안 방에 불도 켜지 않은 채 방 안에서 꼼짝도 하지 않고 있었다. 엄마의 상태가 나빠지기 전에 엄마는 로마에서 열리는 학회에 간 적이 있는데, 그때 케임브리지에서 온 나이 많은 유부남과 하룻밤을 보냈다고 한다. 그때 그 밀회의 결과가 바로 나다. 엄마는 그 유부남에게 아이에 대해서 말하지 않았고, 나에게도 그 사람이 누구인지 한 번도 말한 적이 없다. 다만 엄마가 죽고 몇 년 후 이모부에게서 이 이야기를 들었을 뿐이다.

스스로 목숨을 끊은 엄마를 원망하지 않게 되기까지는 정말 오랜 시간이 걸렸다. 엄마는 조현병에 대해 나에게 물어본 적도 없으며, 엄마가 원했던 대로 나를 홀로 두지도 않았다. 그렇다. 엄마의 머릿속에서 들리는 목소리가 엄마의 목소리보다 더 거

---

*　　미국 서부에 있는 네바다 주립대학교

**　　라틴어에서 발달한 프랑스어, 이탈리아어, 스페인어 등을 통칭하는 언어

***　　영국의 자선사업가이자 제국주의자였던 세실 로즈의 유언으로 설립된 '로즈 재단'에서 주어지는 장학금

진 건 결코 엄마의 잘못이 아니다. 하지만 그때 이후로 나는 언젠가 엄마와 같은 길을 가게 될까 봐 두려움에 떨며 살아왔다.

'나도' 이상한 목소리를 듣기 시작하는 그런 날이 반드시 올 것만 같았다.

그래서 지금, 머릿속에서 이상하게 복잡한 느낌이 드는 것이 상당히 두렵다.

목소리가 들리는 건 아니다. 진짜다. 하지만 내가 한 번도 겪어보지 못한 일을 기억하는 것 같이 느껴진다. 협곡 아래를 내려다보니 사람들이 오르락내리락하고 있었다. 사람들은 차에서 내려 경관에 감탄하고 수다를 떨며 웃는다. 하나같이 다 낯선 사람들이지만 사람들의 얼굴에서 기억의 섬광이 떠오른다. 기억을 들여다보면 내가 만난 사람들과 방문했던 장소가 보인다. 이 모든 것을 마치 울트라 LED 텔레비전 화면으로 보듯 생생하게 그려낼 수 있다. 그런데 문제는 솔직히 그 중의 누구도 내가 아는 사람은 없다는 것이다. 아무도 모른다. 또 내가 갔던 장소도 아니다.

낭떠러지에서의 생생한 꿈이 나를 현실 세계까지 쫓아온 기분이다.

나에게 대체 무슨 일이 벌어지고 있는 걸까?

나는 생각했다, 아니 원했다. 협곡의 평온한 평화 속에서 내 마음이 좀 더 진정되고 차분해지기를 말이다. 그런데 솔직히 내 마음은 더욱 심란해지기만 한 것 같다. 머릿속이 복잡해질수록 두통도 심해져 갔다. 여기서 빨리 벗어나야겠다. 갈 데가 없을지

언정 차라리 계속해서 움직이는 게 더 낫겠다.

그래서 나는 재빨리 부산스럽게 움직여서 벤치에서 일어나 주위를 돌아보았다. 그런데 주차장 저쪽에 검은색 포드 SUV 옆으로 한 남자가 서 있다. 내가 그를 보자마자 그는 잽싸게 차에 탔고, 그래서 나는 그 사람을 제대로 볼 시간이 없었다. 젊었다. 키가 컸고, 근육질의 남자였다. 머리는 길고 금발이다. 이게 내가 파악한 전부다. 그는 차에 올라타자마자 시동을 걸었고 SUV는 구불구불한 협곡 길을 재빨리 빠져나갔다.

검은색 SUV라.

머릿속이 다시 미친 듯이 요동치기 시작했다.

아까 카지노에서 나올 때 몇 블록을 따라온 그 SUV일까?

정말로 미행을 당한 걸까?

나는 이제 내 머리가 하는 말을 믿어야 할지조차 모르겠다. 어디까지가 사실이고 어디까지가 환상인 걸까.

편집증.

엄마의 증상도 이렇게 시작되었다.

4

    그러니까 무슨 일이 생겨도 도움을 요청하지 않으려고 했던 사람이 바로 니코 토시스다. 지난 7월 4일에 문자 메시지 몇 줄로 나를 차버린 바로 그 전남친 말이다. 정말로 다시는 그 얼굴을 보고 싶지 않았다. 그렇지만 니코는 레드 록 카지노의 체크인 부서에서 근무하니까 어쩌면 한 며칠 정도, 내가 앞으로 어떻게 할지 고민하는 동안이라도 나에게 방을 내어줄 수 있을지 모른다.

    로비에는 호텔에 체크인하는 사람들과 체크아웃하는 사람들로 붐비고 있었다. 니코는 정신없어 보였고, 지금 이런 상황에서 나를 본들 기분이 좋아질 리 만무하다. 어쨌든 나는 니코의 시선을 끈 뒤 잠시 쉴 수 있을 때 바에서 만나자는 신호를 보냈다. 그리고 나는 로켓 모양의 샹들리에 바로 아래, 로비의 중앙 홀에 자리를 잡았다.

    내가 앉아있는 곳에서는 니코가 손님들을 대하는 모습이 잘 보였다. 니코는 모델이라고 해도 믿을 만큼 잘생겼다. 이 점에 대해서는 의심의 여지가 없다. 실제로 니코가 LA에 있을 때 모델로 데뷔하려고 했었지만 잘생긴 사람들에게도 모델은 쉽지 않은 일이었던 듯하다. 니코는 숱이 많고 곱슬곱슬하고 야성적인 검은 머리와 각진 얼굴을 가지고 있다. 나보다 몇 센티미터쯤 키가 작기도 하고 무엇보다 나보다 몇 살 어리지만 나는 한 번도 그런 점을 신경 쓴 적이 없다. 니코의 부드러운 갈색 눈과 그리스 억양은 우리가 처음 만난 순간 내 마음을 사로잡았다. 섹스조차 좋았다. 비교할 수 있는 경험이 별로 없어서 그렇게 느낀 건 아니다. 물론 내가 원나잇을 즐기거나 남자들과 쉽게 사귀는 그런 부류는 아니다. 그래서 한 손으로 꼽을 수 있는 나와 잠자리를 한 남자들과 니코를 비교할 수밖에 없긴 하다.

우리는 내 일 때문에 만나게 되었다. 그 당시에 나는 새로운 형태의 보청기 브로슈어 작업을 하고 있었다. 니코는 어릴 때 한쪽 귀의 청력을 거의 잃었다. 보청기는 니코에게 완전히 새로운 세상을 주었고, 나는 니코의 프로필을 브로슈어에 싣게 되어있었다. 인터뷰는 저녁으로, 저녁은 섹스로 이어졌으며 그 결과 내 인생에서 가장 긴 연애 기간이 남았다. 무려 2년이라니. 완전히 신기록이다.

물론 이름으로 장난을 친 게 조금 불길하기는 했다. 유명인들은 '브란젤리나'*와 같이 귀여운 커플 애칭을 만들지 않나. 우리

---

* 미국 할리우드 대표 스타 부부였던 브래드 피트와 안젤리나 졸리 커플의 애칭

도 '핼리토시스'라는 별명을 지었었다.

 로비에서 기다린 지 한 시간은 족히 지나서야 니코가 왔다. 니코가 나랑 말하기 싫다고 해도 그를 탓할 수는 없었다. 아마도 니코는 내가 다시 나에게 돌아오라고 애걸복걸하거나 아니면 화가 나서 소리를 고래고래 지르며 그 아름다운 얼굴에 주먹질할 거라고 생각했을 것이다. 나를 보는 니코의 눈에 슬픔이 어려 있었다. 그렇다. 니코는 무려 세 달이나 나 몰래 내 룸메이트를 만났다. 그런데, 뭐? 이제야 후회하는 낯빛이라니.

 "핼리, 정말 미안해."

 며칠 만에 듣는 니코의 억양에 나도 모르게 가슴이 설레었다. 그 바람에 짜증이 확 올라왔다.

 "응, 나도 그래."

 나는 진심으로 니코의 다음 말을 기다렸는데, 내 생각에 '이러려고 한 건 아니었어.'라고 말할 거라는 확신이 있었다.

 "이러려고 한 건 아니었어. 나와 미션이 서로 이런 감정을 느낄 줄은 정말 몰랐어."

 내 말대로이지 않은가.

 "그랬겠지."

 니코는 아마 정직하게 이야기했을 테다. 아름다운 외모에 비해 여러모로 아직은 어린 소년 같은 면이 있다. 니코는 늘 꽤 순진했다. 반면에 나의 전 룸메이트인 미션은 다른 새의 둥지에 자기 알을 떨어뜨리려고 기다리는 찌르레기 같은 인간이다. 말도 안 되게 유연한 몸을 가진 서커스 무용수인 미션을, 니코를 처음

57

본 순간 굶주린 눈매를 번뜩이던 미션을 나는 좀 더 경계했어야 했다. 하지만 그 당시 나도 좀 순진했던 것 같다.

"괜찮아? 잘 지내는 거지?"

니코가 물었다.

굳이 서두를 필요는 없지. 술을 진탕 마시고, 약도 하고, 죽을 뻔한 이야기를.

"있잖아, 너랑 나랑 다시 잘해보자고 이야기하러 온 거 아냐. 너는 미션을 원하고, 그렇다면 미션이랑 사귈 수 있어. 하지만 조심해, 니코. 미션은 가진 것보다 더 많은 것을 원하는 사람이니까."

니코는 마치 내가 무슨 말을 하는지 모르겠다는 듯 혼란스러운 표정을 지었다. 길게 가봐야 네 달이라고 본다, 나는.

"근데 그럼 왜 여기에 온 거야?"

니코가 물었다.

"나 짱박혀 있을 곳이 필요해. 앞으로 지낼 곳을 찾을 때까지 며칠만 말이야. 이 호텔에 방 하나 정도는 얻어줄 수 있지 않을까 싶어서 왔어."

"요새 성수기인데. 이모, 이모부랑 지내면 안 돼?"

니코가 눈살을 찌푸렸다.

"어떤 사이인지 잘 알잖아. 아마 저녁마다 내가 얼마나 잘 못 살고 있는지 잔소리하는 이모 등쌀에 미쳐버릴 거야."

"객실료 낼 돈은 있어?"

나는 눈을 굴리며 잠시 천정의 샹들리에가 니코 놈 머리 위로 떨어졌으면 좋겠다고 생각했다.

"돈이 있으면 당연히 비용을 내야지. 그런데 이미 미션과 함께 쓰던 집에 내 몫의 7월 월세를 다 내버렸거든. 그러니까 엄밀히 말해서 이번 달 말까지는 그 집에 들어가서 살아도 된다는 이야기야. 하지만 우리 셋이 한집에 있는 건 원치 않겠지? 이 봐, 니코. 내가 무슨 최고급 스위트룸을 달라고 하는 것도 아니잖아. 침대와 욕실만 있으면 충분해. 며칠만 지내자. 그 정도는 해줄 수 있잖아? 프리랜서 일자리라도 잡아서 수중에 돈이 조금이라도 들어오면 바로 나갈게."

"또 실직한 거야?"

"응, 또 쫓겨났어."

"넌 사람들이랑 잘 지내는 게 정말 어렵구나."

"응, 나도 알아. 고치려고 노력 중이야. 근데 너는 나한테 빚진 게 있지. 나를 속였고, 심지어 나를 걷어찰 때는 용기가 없어서 내 앞에 나타나지도 못했어. 지금 나는 갈 데가 없어. 알겠어? 그러니까 방 하나만 얻어줘. 갚을 수 있게 되면 바로 갚을게."

잠깐 얼어붙을 것 같은 한기가 느껴졌다. 라스베이거스에서는 흔치 않은 일이다.

"그래, 그래, 알았어."

니코가 짐짓 과장된 한숨을 쉬었다.

"현금도 좀 줘."

"농담해?"

"심각하게 하는 얘기야. 얼마나 가지고 있어? 너 항상 현금을 가지고 다니잖아. 내가 널 좀 알잖니. 다른 사람들한테 보여주는 거 좋아한다는 거."

니코는 두 번째 긴 한숨을 푹 내쉬더니 꽉 끼는 호텔 유니폼 바지 주머니에서 지갑을 꺼냈다. 그러고는 100달러짜리 지폐 네 장을 꺼내서 나에게 건네줬다. 라스베이거스에서는 이상하게도 흔한 일 중 하나다. 남자들이 어느 때나 수백 달러씩을 가지고 있는 것 말이다.

"이게 내가 가진 전부야."

니코가 말했다.

더 있는 게 분명하지만 지나치게 욕심을 부리지 않기로 했다.

"고마워."

"키 갖다줄게."

"좋아. 이왕이면 높은 층으로 부탁해. 전망도 중요하거든."

뭐라고 불평하려던 니코는 나를 쏘아보며 입을 닫았다. 나는 니코가 데스크로 돌아가서 키보드를 두드리며 키를 만드는 마법을 지켜보았다. 몇 분 후, 니코는 나에게 돌아와서 플라스틱 카드 키를 내 손에 쥐여주었다.

"여기."

"고마워."

나는 발로 기쁨의 춤을 추며 다음에 무엇을 할지 생각해 보았다. 천하의 얼간이 같은 니코와 결국 이렇게 끝이 난다는 게 몹시 짜증이 났다. 하지만 2년이라는 지난 세월의 정은 무시 못 하니까. 나는 니코에게 기대어 키스했다. 딱 니코가 나를 그리워할 만큼, 하지만 내가 니코에게 돌아갈 거라고는 감히 생각하지 못할 만큼의 강도로 말이다.

"나중에 봐."

내가 인사했다.

"그래, 나중에 보자."

나는 내 옷가지가 거의 다 들어있는 작은 여행용 가방을 들고 있었다. 내 차 트렁크에서 무려 이틀이나 있었지. 나는 가방을 끌고 카지노로 향했다. 온갖 벨소리와 호루라기 소리, 그리고 퀴퀴한 담배 냄새에 머리가 아파져 왔다. 높이 달린 스피커에서는 2000년대 도박꾼들을 행복하게 하는 크리스 마틴과 콜드플레이의 노래가 울려 퍼지고 있었다. 마침 나오는 노래가 콜드플레이의 '당황하지 마세요.'*다. 얼마나 적절한 충고인가. 사실은 나도 기분이 좀 좋아졌다. 잘 곳이 생기고 주머니에 돈이 다시 조금 생기니 말이다. 나는 창구로 가서 100달러짜리 지폐를 20달러로 바꾸고는 바꾼 20달러를 '조디악 라이언' 슬롯머신에 넣었다. 8달러어치를 했는데 몇 분 후 90달러를 땄다.

조짐이 좋다.

나는 일단 방에 가서 샤워하기로 했다. 얼마나 샤워하고 싶든지. 엘리베이터 쪽으로 가면서 니코가 방 번호를 써서 붙여둔 포스트잇을 다시 한번 살펴보았다. 15층이다. 내가 말한 대로 높은 방으로 배정해 준 것이다. 엘리베이터 문이 열리자 나는 가방

---

*　콜드플레이의 대표곡인 "Don't Panic"

을 끌고 엘리베이터 안으로 들어가 15라고 쓰인 버튼을 눌렀다. 문이 닫히려고 할 때 팔 하나가 문 사이를 비집고 들어오더니 다시 문이 열렸다.

어떤 남자가 나와 같이 탔다.

짐도 없었다. 무슨 말을 하거나 나를 쳐다보지도 않은 채 엘리베이터 버튼으로 손을 뻗었다가 15층 버튼에 이미 불이 켜져 있는 걸 보더니 주춤하며 슬며시 손을 내렸다. 같은 층에 내린다는 뜻이다. 엘리베이터가 올라가기 시작하자 남자는 엘리베이터 한쪽 벽에 기대어 핸드폰을 만지작거리기 시작했다.

또 시작이다. 걷잡을 수 없는 공포가 다시 일기 시작했다.

나는 엘리베이터 뒤편에 서서 남자를 관찰했다. 내 나이쯤, 젊어 보였고 나보다 키가 컸으며 다부진 몸을 가지고 있었다. 단추가 달린 셔츠를 빼서 입고 검은색 청바지를 입고 있었으며 금발 머리는 길고 헝클어져 있었다.

남자의 무언가가 희한하게 눈에 익었다. 남자를 가만히 보고 있을수록 공포가 스멀스멀 올라왔다.

'레드 록 캐니언에서 본 그 남자일까? 검은 SUV 옆에 서 있던 그 사람?'

나는 아까 봤던 남자의 모습과 비교해 보려고 애를 써보았지만, 모든 일이 너무 순식간에 지나가서 정확하게 기억이 나지 않았다. 엘리베이터 남자는 가죽으로 된 슬립온 신발을 신고 있었다. 신발 밑창과 바지 밑단에 먼지가 뽀얗게 앉아있었다.

어디 갔다 온 것 같은데? 설마 사막에?

오, 맙소사.

마침 엘리베이터 문은 안이 들여다보이도록 거울처럼 되어있었다. 언제 남자가 엘리베이터 문 쪽으로 눈을 돌려 나를 볼지 조마조마했다. 일단 보기만 하면 내 의도가 빤히 드러날 것이다. 하지만 남자는 마치 내가 없는 사람인 양 행동했다. 우리는 같은 엘리베이터를 타고 있는 서로 모르는 두 사람, 그 이상도 이하도 아니다.

'정말 그럴까?'

몇 초 지나지 않아 엘리베이터는 15층에 도착했고 문이 열리자 나는 어떻게 행동해야 할지를 결정해야 했다.

남자가 내렸다. 나도 따라 내렸다.

내 계획은 엘리베이터 근처에서 어슬렁거리면서 남자가 어디로 가는지 보는 것이었다. 그런데 오히려 남자가 엘리베이터 문 앞에서 얼쩡거리면서 전화를 하는 척하는 게 아닌가. 뭐, 진짜 전화를 거는 걸지도 모르지. 이 모든 경우의 수가 내 머릿속에 있었다니. 나는 잽싸게 이 기회를 틈타 덜컹거리는 여행용 가방을 질질 끌고 내 방으로 향하는 복도로 서둘러 걸어갔다. 복도에 들어서면서 나는 아무렇지 않은 척하며 슬쩍 어깨너머로 뒤를 돌아보았다. 남자는 여전히 엘리베이터 앞에 서서 이번에는 통화하면서 거울에 머리를 비추어보고 있었다. 내 쪽은 눈길도 주지 않고 있다.

내 방 앞에서 나는 재빨리 니코가 준 카드 키를 밀어 넣었다. 그런데 문이 열리지 않는다. 두 번 더 시도해 보았지만 도어락은 짜증 나는 삑삑 소리를 내며 계속 잠겨 있었다. 내가 너무 빨리 키를 뺐나? 복도 저쪽에서 남자는 이제 휴대폰을 다시 주머니에 넣고 있다. 그러고는 엘리베이터에서 내 쪽을 향해 어슬렁거리며 걸어오고 있다. 남자가 가까이 다가오자 나는 카드 키를 다시 한번, 이번에는 아주 천천히 밀어 넣었다. 하지만 문은 꿈쩍도 하지 않았다.

망할, 니코!

그러나 그 후 문에 적혀있는 방 번호를 보고 내가 엉뚱한 방 앞에 서 있다는 것을 깨달았다. 내 방은 반대쪽이었다. 어이가 없어 실소를 터뜨리며 나는 뒤로 돌아서서 내 등 뒤에 있던 방의 문에 카드 키를 넣었고 키를 넣자마자 문이 바로 열렸다. 남자는 나에게서 불과 300미터 정도 떨어진 곳에 있었다. 나는 서둘러 방 안으로 들어가서 문을 세게 밀어 얼른 닫았으나 호텔 문 특유의 압력으로 문은 천천히 움직일 뿐이었다. 마침내 딸깍 소리와 함께 문이 잠기자 나는 걸쇠까지 걸었다. 문에 나 있는 작은 구멍에 눈을 대고 밖을 내다보자 1, 2초 후 엘리베이터의 그 남자가 내 방문 앞을 지나갔다.

남자는 멈추거나 잠시 멈칫할 기색도 없었으며 심지어 내 쪽은 보지도 않았다. 그 대신 복도를 따라 쭉 가던 길을 갔다.

나는 숨을 내쉬었다. 아주 크고 길게 말이다. 긴장이 풀리면서 온몸의 힘이 쭉 빠져나가는 느낌이었다. 나 혼자 웬 난리를 친 거지? 바보 아닌가. 이 모든 것은 진짜가 아니다. 이 모든 의심은 다 내 머릿속에서 나온 것이다.

가방을 침대에 올려놓고 짐을 풀려는 순간 복도에서 소리가 들렸다. 나는 다시 문으로 달려가 작은 구멍으로 밖을 내다보았고 너무 놀라 소리를 지를 뻔한 바람에 손으로 입을 틀어막았다. 아까 그 남자가 내 방을 지나서 다시 엘리베이터 쪽을 향하고 있는 것이었다. 방에 들어가기에도 촉박한 시간인데 이미 나와서 다시 엘리베이터로 가고 있다고?

'왜?'

무슨 의미가 있겠는가. 평범한 남자가 평범한 행동을 하는 것일 뿐이다. 무언가를 잃어버렸을 수도 있다. 아니면 나처럼 카드키를 넣었는데 문이 열리지 않았던가. 아니면 실수로 다른 층에 내렸을 수도 있지 않은가.

그런데도 나의 머리는 다른 가능성이 있을 거라고 외치고 있다.

남자는 내가 어디에 묵는지 알고 싶었던 것이다.

5

샤워하니까 스트레스가 조금 풀렸다. 30분가량을 뜨거운 물속에 있었다. 목욕 수건으로 몸을 감싼 뒤 밖으로 나올 때쯤에는 내 쓸데없는 상상력으로 정신이 나갔던 거라고 결론을 내리기로 했다. 나를 미행하는지 아닌지도 모르는 낯선 사람들을 신경을 쓰기에는 해결해야 할 현실적인 일들이 더 많다. 나는 일단 일을 찾아서 돈을 벌기로 했다.

나는 나의 헤드헌터 질 올리버에게 전화를 걸었다. 질은 대학 이후 쭉 내 커리어를 함께 관리해왔다. 질은 사실 라스베이거스가 아니라 미네아폴리스에 거주하지만, 전국의 의료기술 분야 취업을 도맡아 하고 있다. 질은 내가 상사들과 잘 지내지 못하는 것 같다는 생각에 분명 실망하겠지만 한편으로는 내가 누구보다 더 글을 잘 쓴다는 사실을 알고 있다. 그래서 질은 나에게 딱 맞는 일자리를 찾아주기 위해 애를 써준다.

솔직히 나와 꼭 맞는 일은 의료기기나 마케팅 전략과는 아무런 관련이 없다고 생각한다. 나는 『아틀란틱』이나 『뉴요커』와 같은 잡지에 글을 기고하고 싶다. 전 세계의 이국적인 도시로 나를 데려다줄 논픽션 책도 좋다. 소설도 나쁘지 않을 것 같다. 하지만 똑같은 꿈을 꾸는 작가가 수천 명은 있을 테고, 그중 누구도 나보다 연줄이 없는 사람은 없을 테다. 그러니 당분간 나는 골밀도 검사기나 내시경 검사기의 홍보문구나 쓰면서 돈을 벌어야 하는 것이다.

　"핼리."

　질이 전화를 받았다. 질의 목소리에는 올 게 왔다는 피곤함이 묻어났다.

　"왜 전화했는지 맞혀볼게요. 잘렸군요."

　"맞아요. 미안해요."

　"음, 음경 보조기를 만드는 회사를 소개해 줄 때 나도 나름대로 모험하는 기분이었어요. 해피엔딩을 기대하기는 어려웠던 것 같아요."

　"거참 정곡을 찌르시네요."

　내가 말했다.

　"말이 재미있네요."

　"있잖아요. 내가 질의 골칫거리인 것 잘 알아요. 하지만 어디 일할 만한 곳 없을까요? 프리랜서 자리도 좋아요. 계약금 일부를 선불로 받을 수 있다면 더 좋고요."

　"돈이 급한가요?"

"아주 많이요. 니코가 바람을 피웠어요. 아파트를 나와야만 했죠. 새 직장을 구할 동안 단기 현금 대출을 쓰고 있어요. 한 며칠은 카지노에서 묵을 수 있는데… 오래는 힘들 것 같아요."

질은 꽤 오랜 시간 동안 아무 말도 하지 않았는데, 보통 이 침묵은 질이 내가 듣기 싫어하는 말을 하기 전에 나오는 것이다.

"핼리, 알다시피 당장 웬만한 직장을 찾는다는 게 쉽지는 않아요. 이미 소문이 안 좋은 쪽으로 퍼지고 있거든요. 핼리에 대해서 나오는 말을 들어보면 같이 일하기 힘들다는 거예요."

"오, 질, 있잖아요. 남자 작가가 그 같잖은 물건을 들이대면서 '통념을 깰수록 좋다'고 하더라고요. 그래서 그대로 했다가 나만 미친년이 되었다고요."

"그게 공평하다는 건 아니에요. 세상이 그런 거죠. 이쪽 분야가 원래 '남초'잖아요. 그런 데다가 의사나 엔지니어들은 새파랗게 젊은 여자가 와서 틀린 걸 지적하는 걸 너무 싫어하고요. 참 개떡 같아요. 핼리 당신은 실력이 정말 뛰어나거든요. 하지만 그렇다 하더라도 입에 자물쇠를 채우는 비법을 빨리 터득해야 할 것 같아요."

"무언가 자리가 있는 것 같은데요. 제가 잘할게요. 약속해요."
내가 간절히 말했다.

그리고 전화 너머 키보드를 누르는 소리가 들렸다.

"사실은 단기 일자리가 하나 있어요. 그렇지 않아도 잘리기 전에 이 일로 핼리에게 연락을 해보려고 했었어요. 퇴근 후 남는 시간에 할 수 있을까 싶어서요. 바이오테크 회사고 라스베이거스에 있어요. 페이도 나쁘지 않고, 50%가 선불이에요. 몇 주 정도 걸릴 것으로 얘기했지만 내가 볼 때 핼리 당신이라면 그보다 훨씬 빨리 끝낼 수 있을 것 같아요. 그동안 나는 좀 더 장기적인 일자리가 있는지 알아보고 있을게요."

"무슨 일인데요?"

"좋아하는 일은 아니에요. 홈페이지를 개편하는 거거든요. 문구도 다시 써야 하고, 인터뷰도 새로 해야 하고, 제품 소개도 새로 하고… 등등이요."

한숨이 절로 나왔다. 웹사이트를 새로 만드는 일이야말로 지겨운 일의 최고봉이기 때문이다.

"정말요?"

"하지만 며칠만 일하고 5,000달러를 벌 수 있어요. 면접 보고 마음에 들면 바로 2,500달러 수표를 끊어줄걸요. 나머지는 작업을 마치는 대로 입금해 줄 거고요."

거절할 이유가 없군.

"네, 좋아요. 하도록 하죠."

그럼에도 내 목소리에서 배어 나온 미적지근함이 느껴졌나 보다.

"면접 가서는 좀 더 활기차도록 해봐요. 알았어요? 아무리 형편없는 프로젝트라도 잘 해낼 거라는 거 알아요. 하지만 회사도 이 사실을 알도록 해야죠."

"그럴게요. 고마워요, 질."

"언제 가볼 수 있어요?"

"농담해요? 5,000달러라는데 한 시간 내에 달려가야죠. 홀딱 벗고 가도 되면 30분도 가능해요. 방금 샤워하고 나왔거든요."

질은 나에게 회사 주소를 알려주었는데 95번 도로 북쪽에 있는 레인보우 대로였다. 회사 이름은 바이오에프엑스. 담당은 션 하워드라는 선임 연구원이다. 나는 내가 한 말을 지키기 위해 전화를 끊자마자 정확히 한 시간 후에 완벽하게 차려입은 채로 회사 주차장에 들어섰다.

바이오에프엑스 건물은 전형적인 회사 건물로 한쪽이 거울처럼 빛이 반사되는 파란색 유리로 되어있었다. 입구에는 야자나무가 몇 그루 외롭게 서 있었다. 멀지 않은 곳에서 고속도로를 달리는 차들의 소음이 들렸다. 시커먼 아스팔트 바닥은 마치 화장장의 불길처럼 맹렬하게 더위를 뿜어냈고, 나는 혹시나 내 구두의 굽이 아스팔트에 녹아 흘러 들어가지 않을까 싶어 걸음을 재촉했다. 길 건너에는 세탁소, 택배 사무소, 피자집이 있는 쇼핑몰이 있었다. 쇼핑몰도 없었다면 이곳은 마치 라스베이거스 구석구석 대부분을 이루는 콘크리트 정글처럼 보였을 것이다.

안으로 들어가서 나는 션 하워드를 찾았고 라스베이거스 스트립*을 바라보도록 동향으로 설계된 꼭대기 층의 커다란 사무실로 안내받았다. 하워드 박사가 아직 오기 전이어서 나는 박사가 벽에 걸어놓은 것들을 통해 박사를 좀 더 잘 이해해 보기로 했다. 이미 인터넷으로 하워드 박사의 이력은 확인했고, 그래서

* 네바다주 클라크군 라스베가스 대로 남부의 대략 6.1km로 이어진 구간

하워드 박사가 하버드 의과대학을 졸업했다는 사실을 알고 있다. 박사는 하버드에서 생물정보학과 통합 유전체학으로 박사 학위를 받았다. 상당히 가정적인 사람인지 벽에는 박사와 박사의 아내, 그리고 다섯 명의 아이들이 보스턴의 이곳저곳에서 찍은 사진들이 담긴 액자가 열두어 점 걸려있었다.

어떤 까닭인지 나는 사진에서 눈을 뗄 수가 없었다.

션 하워드도 아이들 때문도 아닌 바로 보스턴의 여러 장소 때문이었다. 나는 눈을 가늘게 뜨고 거리, 건물, 간판, 식당, 사람들을 주의 깊게 바라보았다. 유명해서 쉽게 알아볼 수 있는 곳들도 있었다. 파뉼 홀. 이사벨라 스튜어트 가드너 뮤지엄. 보스턴 커먼 공원. 하지만 그 외에 다른 장소들은 좀 덜 유명해 보였다. 일례로 록스베리 라틴 학교의 초록 정원 근처에 있는 조세프 워렌 장군의 녹슨 오랜 동상이 눈에 띄었다. 또 다른 사진에는 마치 성으로 들어가는 입구처럼 보이는 돌로 만든 아치가 있었는데, 나는 이 아치가 프랭클린 공원에 있는 것임을 단박에 알아챘다. 또 다른 사진은 돈 냄새가 풀풀 풍기는 부유한 4층짜리 붉은 벽돌로 지은 타운하우스 근처에서 찍었는데, 분명히 이곳은 비컨 스트리트다. 나는 사진에 너무 열중한 나머지 내 등 뒤에서 사무실의 문이 열렸다 닫히는 것도 몰랐다.

"에버스 양?"

나는 뒤를 돌아보았다. 똑똑해 보이는 인상에 정장을 갖춰 입은 말쑥한 모습의 션 하워드가 서 있었다. 웹사이트의 사진과 크게 다르지 않아 보였다. 40대쯤, 단정한 갈색 머리에 금테 안경을 쓰고 있었다. 하워드 박사 옆에는 박사보다 어려 보이는 아시아계 여성이 하얀색 실험실 복장으로 서 있었다.

"네, 제가 핼리 에버스입니다. 하워드 박사님?"

"맞습니다. 이쪽은 제 동료, 엘렌 야모토 박사입니다."

"만나서 반갑습니다."

하워드 박사는 책상 의자에 앉았고, 야모토 박사는 반대편 두 개 의자 중 하나에 앉았다. 나는 남은 다른 의자에 앉았다. 하워드 박사는 완전히 사무적이었다. 앉자마자 회사의 임무에 대한 소개부터 시작했다. 이 회사는 형질 주입 시약을 만드는 곳이다. 박사는 나에게 형질 주입 시약을 아는지 물었고, 나는 아주 자연스럽게 리포솜이나 전해질 같은 기제를 이용하여 세포 안으로 유전 물질을 전달하는 메커니즘을 가리킨다고 말했다. 나는 또한 회사의 제품 중 메신저 RNA가 포함되어 있는지 물었고, COVID-19 백신 개발에도 참여하고 있는지 물었다. 그렇다고 했다.

이때부터 대화가 수월해졌다. 두 박사는 내가 전문지식을 갖추고 있다는 사실을 파악했다. 한 시간 후쯤 야모토 박사는 나에게 2,500달러 수표를 끊어주기 위해 회계팀 사람들과 이야기하려고 밖으로 나갔다. 나는 하워드 박사와 사무실에 남았다. 하워드 박사는 이제 아주 만족스러운 모습이다.

"솔직히 말해서 에버스 양에게 어떤 결과물을 기대해야 할지 전혀 감이 없어요. 솔직히 지금까지 마케팅 쪽 사람들과 일해 본 경험으로는 돈을 많이 들이는데도 불구하고 오히려 손해를 보는 느낌이었어요. 제가 무슨 말을 하는지 잘 아시리라 믿습니다. 차라리 제가 처음부터 쓰는 게 낫겠더라고요. 마케팅에서 쓴 걸 일일이 고치는 데 시간이 더 걸리더라니까요. 그런데 질 올리버가 당신은 다를 거라고 그러더니, 정말 그 말이 맞네요."

"음, 저는 좋은 기억이 많은데요. 생명과학 분야의 여러 회사와 일해봤거든요."

나는 최선을 다해 '잘 지내보자'라는 식의 미소를 띠었다. 홈페이지 하나를 완전히 다시 쓸 생각을 하면 벌써 하품이 절로 나왔지만, 돈을 생각해서 최선을 다해 좋은 모습을 보여주기로 했다.

"일을 혹시 바로 시작하실 수 있나요?"

하워드 박사가 물었다.

"물론이죠. 즉시 가능합니다. 괜찮으시다면 오늘 오후부터도 괜찮아요."

"아주 좋아요."

나의 눈길은 다시 벽에 걸린 액자로 향했다.

"박사님 가족은 보스턴에서 이곳으로 이주하신 건가요?"

"사실 제 아내와 아이들은 아직 보스턴에 있답니다. 제가 한 달에 몇 번씩 왔다 갔다 해요. 기분 나쁘게 듣지는 말아주세요. 펜 앤 텔러*나 샤니아 트웨인** 정도의 유명 인사로는 아내에게

---

* 　　　미국의 마술 및 코미디 듀오
** 　　캐나다의 음악가이며, 컨트리 팝의 여왕으로 불린다

보스턴을 떠나자고 할 명목이 안 되더라고요."

나는 의자에서 일어나 액자 쪽으로 갔다. 희한하게 나를 사로잡는 무언가가 있었다. 손가락으로 액자 프레임 속 사진을 훑어보고 싶은 마음을 간신히 눌렀다. 그다음에 내 입에서 나온 말도 놀라웠다. 내가 생각지도 못했던, 마치 내 안의 다른 누군가가 하는 말 같았다.

"백 베이에 사시나 봐요?"

"네, 맞아요."

"다트머스에 생강 된장에 절인 랍스터를 정말 잘하는 해산물 바가 있지요. 가 보셨나요?"

내가 물었다.

"솔티 걸 말씀하시는군요?"

하워드 박사가 물었다.

"네, 맞아요."

"음, 취향이 아주 고급스러우시네요. 우리 가족이 제일 좋아하는 곳 중 하나랍니다."

'솔티 걸이라…'

그렇다. 나는 언젠가 솔티 걸에서 저녁을 먹었던 적이 있다. 입속에서 살살 녹는 따뜻하고 육즙이 풍부한 랍스터가 생각난다. 숨을 들이쉬면 당장이라도 랍스터 양념에서 나던 아시아 특유의 향이 느껴질 것만 같았다. 나는 자몽 칵테일을 곁들였었다. 차갑고 부드럽게 넘어가던 느낌이 생생하다. 눈을 감으니 내 주변의 소리가, 레스토랑의 소음이 들리는 것 같았다. 내 맞은편에 앉은 한 남자의 우울한 얼굴을 본다. 이목구비가 뚜렷하지 않아 누군지 알아보기는 어렵다.

누구지?

나는 머리를 저으며 다른 사진을 가리켰다. 조세프 워렌 동상 근처에서 션 하워드와 그의 아들이 함께 서 있는 사진 말이다.

"록스베리 라틴 학교네요, 맞지요?"

"네, 맞아요."

"이 학교 졸업하셨나 봐요?"

"네, 저의 큰아들도 같은 학교에 갔어요. 여기 사진에 있는 이 아이가 바로 제이슨이랍니다."

"보스턴에서 자라셨나 봐요."

"네, 보스턴에서 나고 자랐어요. 그런데 보스턴을 굉장히 잘 아시는 것 같네요. 언젠가 보스턴에서 살아보신 적이 있나요?"

"아니에요. 저는 평생 라스베이거스에서 살았답니다."

나는 고개를 저었다.

"그런데 어떻게 이렇게 보스턴을 잘 알고 계시죠?"

그 순간 나는 마치 꿈에서 깨어난 것 같은 기분이 들었다. 말이 더듬더듬 나왔다.

"그러니까…, 저, 저는 몇 년 전 여름에 보스턴에서 아주 긴 휴가를 보낸 적이 있거든요. 새로운 곳에 갈 때면 탐구하듯 여기저기 살펴보는 것을 좋아한답니다."

"그런 것 같네요. 홈페이지 작업에도 도움이 될 만한 바람직한 자세예요."

75

하워드 박사가 의자에서 일어났다.

"자, 저는 엘렌이 왜 이렇게 못 오는지 가서 확인 좀 해 봐야겠어요. 지금 당장 일을 시작해 주셨으면 좋겠습니다."

"감사합니다."

하워드 박사는 나를 혼자 사무실에 남겨두고 나갔다.

나는 하워드 박사가 가족사진 액자를 걸어놓은 벽 옆에 가만히 서 있었다. 사진을 보고 있으면 마치 당장이라도 사진 안으로 빨려 들어가 하워드 가족들을 따라 여기저기를 다닐 것만 같았고, 모퉁이를 돌 때마다 무엇이 나올지 너무 잘 알 것만 같았다.

이만큼이나 내가 보스턴을 잘 알고 있었다니.

그런데 사실 하워드 박사에게 거짓말을 했다. 나는 2~3년 전에 보스턴에서 여름휴가를 보낸 적이 없다.

태어나서 한 번도 보스턴에 가본 적조차 없다.

6

그날 저녁 거의 9시가 다 되어 갈 때까지 바이오에프엑스의 웹사이트 카피에 집중했다. 보통 새로운 프로젝트를 맡게 되면 시작하는 데 시간을 많이 들이는 편이다. 질이 옳았다. 회사는 최소 몇 주는 걸릴 거라고 생각하지만, 나는 며칠이면 끝낼 수 있다. 새로운 형식을 다 짜서 하워드 박사에게 보고까지 마치고 회사를 나왔다.

밖으로 나오니 해는 이미 졌다. 하지만 더위는 가시지 않았다. 뜨거운 바람에 건조하고 먼지가 많은 공기가 내 얼굴로 훅 불어 들었다. 주차장은 거의 비어있었지만 왜인지 모를 불안감에 목덜미가 따끔따끔했다. 카지노로 돌아가면서 나는 강박적으로 룸미러와 사이드미러를 확인했다. 분명히 검은 SUV가 나를 따라오는 것 같았는데. 아니, 보지 못한 것도 같다. 그렇다 하더라도 나는 고속도로를 피해 국도로 가기로 했다. 그편이 누군가 나를 미행하는지 확인하기가 훨씬 쉽기 때문이다. 나는 열댓 번을 급커브를 돌며 내가 회전한 곳에서 나를 따라 회전하는 사람이 있는지를 살펴보았지만 나는 혼자였다.

레드 록 호텔에 도착했을 때 나는 다시 엘리베이터를 타기보다는 계단을 이용하는 게 나을 것 같다고 생각했다. 하지만 문제는 내가 계단을 오를 힘이 없다는 거다. 그래서 나는 엘리베이터에서 내리자마자 잽싸게 복도에 아무도 없는지 확인한 뒤 내 방으로 달려갔다. 문을 닫고 잠금장치도 걸었다. 그것도 모자라 책상 의자를 끌고 와서 문손잡이 아래 의자를 껴 넣었다.

나는 알 수 없는 공포에 사로잡혀 방을 왔다 갔다 서성였다. 그리고 나에게 무슨 일이 일어나고 있는지를 생각해 보려고 애썼다.

어떻게 한 번도 가본 적이 없는 도시를 이렇게 잘 알고 있을 수가 있지?

왜 자꾸 미행당하는 느낌이 나는 거지?

하지만 너무 피곤해서 어떠한 이성적인 생각도 불가능한 상태였다. 완전히 지쳤다. 나가떨어질 지경이다. 보통 자기 전에 책을 읽거나 TV를 보는 편인데 오늘 밤은 도저히 안 되겠다. 옷도 갈아입지 않고 침대 위에 큰대자로 뻗어서 눈을 감자마자 잠에 빠져들었다.

이렇게 그다음 꿈을 꾸었다.

꿈은 마치 바다와 같이 나에게 밀려왔다. 모든 세세한 내용이 맑고 강렬하게 내 마음에 남아있었다.

나는 다시 바다 앞에 있다. 이번에는 완벽한 어느 여름날이다. 가볍게 살랑이는 바람이 햇빛을 식혀주었다. 절벽 꼭대기에서 바라보니 수십 척의 배에서 나부끼는 하얀 돛이 파란 바닷물을 장식하고 있다. 몇 척은 아주 가까이에 있어서 배 안의 라디오에서 흘러나오는 음악 소리가 들렸다. 데크에 누워서 비키니 차림으로 태닝을 하는 여자들이 보일 정도였다. 내 발아래로 느릿한 파도가 바위에 부딪쳤다. 꼭대기에 나무가 울창한 섬 하나가 나와 수평선 아래 육지 사이에 자리를 잡고 있다. 그리고 그 근처에는 은빛의 출렁다리가 물 위를 가로질러 우아하게 호를 그리며 서 있었다.

아래를 내려다봤다. 나는 무릎까지 오는 길이의 하얀색 여름 원피스를 입고 있었다. 멋들어진 해바라기가 몇 송이 수놓아져 있고 허릿단부터는 주름이 잡혀 아래로 풍성하게 떨어지는 원피스다. 내 머리는 원래 가진 내 검은색 곱슬머리 대신, 완전히 금발인 긴 생머리다. 바람에 날린 머리카락이 얼굴에 닿았다. 나는 가죽 샌들을 신고 있었고, 내 발톱에는 원피스의 노란색 꽃과 잘 어울리는 패디큐어가 칠해져 있었다. 절벽에서 발끝으로 빙그르르 한 바퀴를 도는 내 귀에 웃음소리가 들렸다. 바로 내 웃음소리였다. 나는 행복하다. 자유다. 즐거움으로 가득 차 있다. 정말로 내 평생에 걸쳐 이렇게 기분 좋았던 적이 없었던 것 같다. 완벽한 날, 완벽한 장소에서 완벽한 나의 모습이다.

절벽 꼭대기를 따라 잘 다듬어진 초록색 잔디가 수백 미터를 뻗어 있다. 사유지를 표시하는 낮은 돌담, 박공지붕, 잘 보이지 않지만 대저택이 숨어있다는 걸 알려주듯 나무 사이로 빼꼼 얼굴을 내민 굴뚝이 눈에 들어왔다. 젊은이, 그러니까 나와 같은 20대 수십 명이 자리 위에 앉아있다. 담배를 피우는 사람도 있고, 와인을 마시는 사람도 있고, 키스하는 사람들도 있다. 어떤 남자아이가 플루트를 연주한다. 또 다른 여자아이가 음악에 맞춰 발레를 한다. 마치 가든파티를 돌아다니는 것 같은데, 다 내가 아는 친구들이다. 얼굴을 모두 기억할 수 있다. 이름도 말할 수 있다. 우리는 모두 어렸을 때부터 같이 자란 사이다.

내 앞에는 잘생긴 흑인 한 명이 골프 클럽에 기대어 서 있다. 나보다 나이가 많아서 30대쯤으로 보이는데 몸이 운동선수 같다. 몸매가 도드라져 보이는 짙은 파란색의 폴로 셔츠를 입고, 여기에 카키색 바지와 스파이크가 박힌 골프화를 신고 있다. 하얀색 야구 모자를 깊이 눌러쓰고 반짝이는 선글라스를 끼고 있어 눈이 보이지 않는다. 밀크 초콜릿 색 피부의 남자는 아래턱에 수염이 나 있다. 내가 쳐다보자 남자는 가죽 그립을 잡고 드라이버를 꺼내 은색 샤프트를 가볍게 이쪽저쪽으로 휘둘러보았다. 샤프트가 공기를 가르면서 획획 소리가 났다. 골프채의 헤드는 둥글납작한 검은색이었다.

남자가 골프채를 나에게 내밀었다. 나는 다가가서 내 손으로 두꺼운 헤드를 잡았고 남자는 나를 자기 쪽으로 끌어당겼다. 남자는 잔디 위에서 무릎을 꿇고 내 다리를 벌려 발의 방향을 맞추고 자세를 잡아주었다. 나는 두 손을 가죽 그립 위에 올렸다. 골프채가 움직이니 손가락이 살짝 겹쳤다. 남자는 내 뒤로 와서 허리를 내 등에 바짝 붙였다. 남자의 무게가 느껴졌다. 아래를 내려다보니 남자의 팔이 나를 감싸고 남자의 손은 골프채의 그립 위에 있는 내 손을 감싸 쥐고 있었다. 남자는 내 귀에 무엇인가를 속삭였지만 무슨 말인지 들리지 않는다. 나에게 느껴지는 건 단지 남자의 따뜻한 숨소리와 나에게 바짝 붙어있는 남자의 몸이다.

우리는 같이 천천히 드라이버를 휘둘렀다. 골프채의 헤드가 뒤로 갔다가 잔디 위로 휙 하면서 지나갔다. 다시. 또다시. 마침내 남자가 내 손을 놓았다. 남자는 빙 돌아 내 앞에 와서는 쪼그리고 앉아서 샤프트를 잡고 부드러운 잔디 위에서 가볍게 왔다 갔다를 했다. 이제 나의 차례다. 나는 팔을 구부리고 허리를 비틀어 골프채를 휘둘렀고 이내 헤드는 부드러운 땅으로 어색하게 내려왔다. 그 충격이 내 몸에 고스란히 전해졌다. 흙과 잔디가 공중으로 튀었다. 필드에는 커다랗게 잔디가 뜯긴 자국이 남았다.

흑인 남자가 웃었다.

나도 따라 웃었다. 비록 스윙으로 팔이 아프지만 말이다. 마치 뾰족한 핀이나 바늘 같은 게 내 손목을 콕콕 쑤시는 느낌이었는데 쉽게 가시지 않았다.

나는 골프채를 놓았다. 긴 은빛의 골프채는 잔디 위에 놓였고, 햇빛을 받아 반짝였다. 나의 골프 개인 교사는 여전히 내 앞에 쪼그리고 앉아있고 나는 두 발짝 앞으로 걸어가 남자의 어깨를 세게 밀었다. 남자는 소리를 지르며 뒤로 넘어졌다. 나는 바닥에 누워있는 남자 위에 섰고 남자는 하얀 이를 드러내며 활짝 웃었다.

나도 다시 웃었다. 너무 활짝 웃어서 숨을 쉬기 어려운 지경이었다. 나는 두 손으로 얼굴을 가려 여름의 햇빛으로부터 내 얼굴을 완전히 숨겼다.

내가 손을 얼굴에서 뗐을 때는 이미 하루가 다 지나가 버린 상태였다.

꿈같은 한순간, 나는 이제 시원하고 청명하며 반짝이는 한밤중에 있다. 달빛이 나를 비추고 바다에서는 바람이 길게 소리 내며 불어온다. 강력한 파도가 마치 사자의 포효처럼 큰 소리로 절벽에 부딪힌다. 나는 아까와 같은 잔디밭에서 똑같이 하얀 원피스를 입고 있다. 하지만 행복해 보이는 노란색 해바라기 전신에 빨간색의 얼룩이 튀어 있다.

내 발밑에는 사람이 누워있다.

나는 엎드려 누워있는 젊은 여자를 내려다보며 서 있다. 여자는 나처럼 긴 금발인데 머리색을 거의 알아볼 수 없다. 얼굴은 전혀 훼손되지 않은 상태로 푸른 눈을 뜨고 있다. 나는 이 여자를 안다. 평생 알고 지낸 사이다.

여자는 바로 내 언니다.

그리고 지금 여자는 죽었다. 얇은 눈썹 위로 두개골을 여러 번 맞아 곤죽이 되어있다. 이마가 부서졌으며 두개골이 다 깨져 뇌가 다 들여다보일 지경이다.

여자 옆에는 골프채가 있다.

검은색 헤드와 은빛 샤프트는 이제 짙은 붉은색의 피로 물들어 있다. 내 원피스에 튄 피와 같이. 내 손에 묻은 피와 같이.

내 머릿속에서 자그마한, 아니 커다란 목소리가 들린다.

'내가 그랬어.'

* * *

잠에서 깬 나는 깜짝 놀라 벌떡 일어났고 입을 벌려 크게 소리를 질렀다. 내 볼은 눈물로 얼룩져 있었다.

나는 침대에서 일어나 스스로 내가 지금 어디에 있는지를 다시 생각해 보았다. 나는 지금 바다가 내려다보이는 잔디밭이 아니라 카지노가 있는 호텔이 있다. 절벽의 끝에 서서 발밑의 시체를 내려다보고 있는 게 아니다. 심장이 마치 빙글빙글 도는 팽이처럼 두근거려서 문득 또 심장이 이렇게 계속 빨리, 더 빨리 뛰다가 어느 순간 멈춰버리는 게 아닌지 걱정되었다. 나는 머리카락을 잡아 뜯으며 미친 듯이 방안을 서성거렸다. 카펫 위에서 불타는 듯 맹렬한 계곡의 불빛이 바라다보이는 창문과 굳게 잠가놓은 문 사이를 왔다 갔다 했다.

내가 언니를 죽였다.

내가.

'그런데 나는 언니가 없다.'

창가를 서성이고 있을 즈음 호텔 방의 전화가 울렸다. 전화벨소리에 나는 화들짝 놀라서 펄쩍 뛰었다. 그냥 울리게 놔둘까,

잠깐 생각하다가 얼른 책상으로 달려가 수화기를 들었다.

"네, 여보세요?"

"에버스 양?"

"네, 그런데요. 용건이 무엇이죠?"

"호텔 보안요원입니다. 에버스 양의 방에서 소란이 있다고 해서 전화했습니다. 어떤 여성이 소리를 질렀다는데요. 맞나요?"

"저는 괜찮습니다. 죄송해요. 악몽을 꾸었어요."

"혹시 함께 계시는 분이 있나요?"

"아니요. 혼자 있어요. 하지만 정말로 괜찮습니다. 종종 이렇게 한밤중에 악몽을 꾸곤 해요. 그게 다입니다."

"혹시 의사를 불러드릴까요?"

"아니요. 괜찮습니다."

"음, 보안요원 한 명이 지금 방으로 올라가고 있습니다. 일반적인 절차라서요. 에버스 양이 무사한지 확인해야 하거든요."

"알겠어요. 그러실 필요 없는데 어쨌든 알겠습니다."

나는 전화를 끊었다.

'무슨 일이 나에게 일어난 거지?'

악몽. 그게 다. 전에도 나쁜 꿈을 꾼 적이 있기는 하다. 하지만 이번 꿈은 나에게 찰싹 달라붙어서 절대 떨어지지 않으려고 하는 것 같다. 꿈이라고 하기에는 지독하게도 생생했기 때문이다. 꿈이 아니라 실제였다. 나는 그곳에 있었다. 진짜다.

발밑의 시체. 잔디밭의 피 묻은 골프채. 맞아서 죽은 여성.

우리 언니다.

84

호텔 전화기를 가만히 바라보고 있던 나는 느닷없이 공포에 사로잡혔다.

'맙소사!'

나한테 전화한 사람이 진짜 호텔 보안요원 맞아? 아니면 다른 사람일지도 모르잖아? 그걸 내가 어떻게 알겠어?

나는 이미 혼자 있다고 말해버렸다. 보안요원이 오면 문을 열어줘야 할 테고 보안요원은 방안으로 들어와서 방을 살펴보겠지. 나와 방 안에 같이 있게 된다는 이야기다. 만약에 그 사람이 팔로 내 목을 감고 조른다면 나는 그 사람을 제지할 수 없을 것이다.

그 사람일까?

나를 미행하던 그 사람?

검은색 SUV를 몰던 그 남자 말이다.

'미치겠다!'

더 이상 여기에 있을 수 없다.

나는 지갑을 움켜쥐고 미친 듯이 방을 뛰쳐나갔다. 내 뒤에서 '땡' 소리가 들리는 걸 보니 엘리베이터가 도착한 것 같다. 그 사람임이 분명하다. 서두르지 않으면 나를 볼 것이다. 그 사람의 눈에 절대 띌 수 없다! 나는 엘리베이터 반대쪽 복도로 달려서 계단으로 이어져 있는 비상구를 향해 맹렬하게 돌진했다.

7

카메라가 나를 찍고 있다. 숨을 수 없다. 여기는 라스베이거스 니까, 그리고 카메라가 어디에나 있으니까 말이다. 나는 24시간 문을 여는 카지노 내 카페인 '럭키 페니'의 구석진 자리에 앉아서 콥샐러드를 주문했다. 자리에 앉고 얼마 되지 않아 니코가 왔다. 니코의 이름이 내 예약기록에 남아 있던 게 분명하다. 한밤중에 소리를 지르는 미친 여자가 괜찮은지 확인하라고 호텔 보안팀에서 보냈겠지.

니코는 평상복 차림이었는데, 이 말인즉슨 니코의 근무 시간이 끝났다는 거다. 내가 앉은 자리 맞은편으로 미끄러지듯이 들어와 앉으면서 여자 종업원에게 IPA* 맥주를 좀 가져다 달라고

---

* 인디아 페일 에일의 줄임말. 페일 에일의 한 종류로 홉을 많이 넣어서 맛과 향이 강하고 도수도 높은 맥주

손짓했다. 니코는 슬프고 심각하며 온통 내 걱정뿐이라는 듯한 얼굴을 하고 있었다. 니코의 검은 머리 한 가닥이 엉켜서 이마에 흘러 내려와 있었다. 나는 머리카락을 넘겨주고 싶은 충동을 간신히 눌러 참았다.

"보안팀에서 전화가 왔었어. 방에서 소리를 질렀다며. 괜찮은 거야?"

"악몽을 꿨어. 종종 있는 일이야."

"나랑 사귈 때는 그런 적이 한 번도 없었잖아."

"음, 근데 난 이제 더 이상 너랑 사귀지 않잖아? 걱정하지 마. 너랑은 아무 상관 없는 일이니까."

"무슨 꿈이었는데?"

"별거 아니었어. 기억도 안 나."

거짓말이다. 꿈의 아주 사소한 부분까지 생생하게 기억이 난다.

여자 종업원이 맥주를 가지고 왔고 니코는 맥주를 홀짝였다. 니코는 맥주를 벌컥벌컥 마시는 게 아니라 한 모금씩 홀짝이는 편이다. 사귈 때는 사소해서 놓치기에 십상인 이러한 소소한 습관들이 막상 깨지고 나면 아주 성가실 때가 있다. 나는 일부러 샐러드를 크게 한 입 베어 물었다. 니코도 나의 이런 모습에 짜증이 난 게 분명하다. 우리는 한동안 아무 말도 하지 않았다. 니코는 자신의 핸드폰으로 실컷 걱정 중인 보안팀에게 내가 무사하다는 사실을 알렸다.

"있잖아. 나를 돌볼 필요는 없어. 미션이 있는 집으로 돌아가."

"이미 문자 보내서 오늘 야근해야 한다고 말했어. 오늘은 내 집으로 가겠다고도 말했고."

니코가 어깨를 으쓱했다.

"내 이야기는 안 했으면 하는데. 미션이 싫어할 게 분명해."

"안 했어."

니코는 미션에게 이미 거짓말을 했다. 하루 같이 있었더니 벌써 식상해진다.

"왜 나한테 말 안 했어?"

니코는 기분이 별로 좋지 않은 목소리로 계속 말을 이어갔다.

"뭘 말 안 해?"

"병원 갔던 것 말이야."

"어떻게 알았는데?"

내가 물었다.

"의사가 전화했더라고. 아직도 네 기록에 내 전화번호가 남아 있는 것 같아. 너랑 연락이 되지 않는다고 하던데."

"나 보통 일할 때 핸드폰 꺼놓잖아. 다시 켜는 걸 잊어버렸던 것 같아."

"네 상태가 괜찮은지 궁금해하더라. 심각한 것 같았어."

"심각하지. 내 심장이 멈췄었으니까."

"심장이!"

니코가 외마디 소리를 질렀다.

"하지만 다시 뛰기 시작했고. 살아있잖아. 지금은 멀쩡해."

"무슨 일이 있었던 거야?"

니코한테 현실을 아름답게 포장해서 이야기할 필요는 전혀 못 느꼈다. 솔직히 말해서 오히려 나는 니코가 정말로 죄책감을 느끼기를 바랐다.

"약을 너무 많이 했지, 뭐야. 내가 너무 불쌍했거든. 그럴 것 같지 않아? 7월 4일은 내 인생 최악의 날이었으니까."

니코의 얼굴에 죄책감이 어렸다. 내가 무슨 말을 하는지 니코도 알고 있었다.

"핼리, 아무리 그래도 어떻게 나한테 말을 안 할 수가 있어?"

"내가 왜 말을 해야 하는데?"

"나는 알 권리가 있으니까. 우리가 사귀었던 긴 세월을 생각해 봐. 내가 이제 너를 사랑하지 않는다고 생각하는 거야?"

"네가 나를 차버렸잖아. 보통 사랑하지 않을 때 그렇게 하지."

"밤새 얼마나 걱정했는지 몰라."

"내 걱정을 한다고 해서 미션이랑 헤어질 건 아니잖아?"

나는 니코의 말을 중간에 끊었다. 그리고 길게 한숨을 쉬었다. 니코 탓을 한다고 해서 이 상황이 나아지지도 않을 것을 말이다. 니코는 진심으로 나를 걱정하고 있었다. 니코의 얼굴에 걱정하는 기색이 역력하게 드러났다. 나를 향한 니코의 감정은 아직 완전히 다 사라지지 않았다. 솔직히 나도 마찬가지다.

"미안해, 니코."

"아니야, 네 말이 맞아. 내가 너무 했지. 하지만 심장 문제는 정말 얼마나 무서웠는지 몰라. 죽은 뻔한 거잖아."

"그랬지. 하지만 안 죽었잖아."

"뭐 필요한 거 있어? 내가 뭘 해주면 좋을까?"

나는 아무 대답도 하지 않았다. 바로 그 순간 백인 중년의 두 남성이 카페에 들어와 우리 반대쪽에 자리를 잡고 앉았다. 체크인하려고 하는 건지 아니면 체크아웃을 하려고 하는 건지는 확실하지 않았지만, 아무튼 짐을 가지고 있었고 여행 가방 안에 골프 클럽도 두 세트 들어있었다.

골프 클럽이라.

그렇게 나는 다시 나의 꿈속 세계로 들어갔다. 잔디밭 위 내 발밑에 놓여 있는 피 묻은 골프채가 보였다. 머리통이 산산조각이 나서 죽은 젊은 여성의 모습도 보였다. 나는 무릎을 꿇고 골프채를 집어 들었다. 살인자가 잡고 있었던 가죽 손잡이에는 아직 온기가 남아있었다.

나다.

내가 바로 살인자다.

"핼리, 왜 그래? 뭐가 잘못됐어?"

니코의 목소리가 내 생각 속을 뚫고 들어왔다.

나는 눈을 깜박였다. 그랬더니 이 모든 잔상이 모래 위에서 파도가 밀려가듯이 씻겨 내려갔다. 나는 다시 카페에 있다. 꿈이 잘 때뿐만 아니라 깨어 있는 시간에도 나를 괴롭히다니 여간 성가신 게 아니다.

"아무것도 아니야. 괜찮아."

"지금 거짓말을 하고 있어. 무슨 일이 있는 것 같은데."

니코는 테이블 위로 손을 뻗어 내 손을 잡았다. 나도 손을 빼지 않았다. 대신 나의 전 남자친구를 자세히 들여다보았다. 얼굴은 언제나 그렇듯 아름답고 입술은 당장이라도 키스를 하고 싶은 지경이다. 니코의 눈은 여전히 나의 마음을 약하게 한다. 물론 니코는 완전히 얼간이였지만, 나는 니코와 함께 있을 때 좀 덜 외로웠다. 그리고 나는 지금도 혼자 있고 싶지 않다.

"내 머리가 좀 이상한 것 같아."

"무슨 말이야?"

"나도 잘 모르겠어. 이상한 걸 봐. 처음 보는 사람들, 장소가 기억이 나는데 솔직히 그 중 어느 하나도 아는 사람이나 아는 곳이 없어. 꿈도 정말 최악으로 꾸는데, 문제는 너무 생생해서 꿈같이 느껴지지도 않는다는 거야."

"지난번에 있었던 일 때문이야? 심장 말이야."

"잘 모르겠어. 그런 것 같아. 근데 그게 다가 아니야. 분명히 나는…."

나는 여기서 말을 멈추었다. 내가 이 말을 입 밖으로 내도 되는지 잘 모르기 때문이다. 그만큼 이상하게 들렸다.

"확실한데, 나 아무래도 미행당하는 것 같아. 어제 아주 오랫동안 검은색 포드 SUV가 날 따라왔거든. 그런데 그 차를 레드 록에서 또 본 거야. 여기 카지노에도 있는 게 분명해."

니코는 입 밖으로 내가 이상하다고 말을 하지는 않았지만 내 말을 믿지 않는 게 분명했다.

"핼리, 너를 왜 미행해?"

"모르겠어."

"아주 끔찍한 일을 겪었잖아. 그러니 제정신이 아닌 게 너무 당연해."

"제정신이 아닌 게 아니라니까. 진짜야."

하지만 정말?

정말 진짜일까?

니코는 손등으로 내 볼을 가볍게 톡톡 두드렸다.

"있잖아. 꼭 지금 일이 그렇다는 건 아니지만 어쩐지 네가 말해준 너희 엄마 이야기가 생각난다."

분노가 치밀었지만 니코 말이 맞다는 건 부정할 수 없다. 나는 주먹을 꽉 쥐었다. 혀를 세게 물었더니 피 맛이 났다.

우리 엄마.

내가 지금 우리 엄마 같다고?

내가 어렸을 때 나는 엄마가 점점 미쳐가는 과정을 눈으로 똑똑히 보았다. 엄마는 침대에 전갈 떼가 있다고 소리를 지르곤 했다. 외계인과 우주선이 우리를 보지 못하도록 창문마다 덕 테이프를 덕지덕지 발라놓기도 했다. 언젠가는 내 머리에서 뿔이 자라나고 있다면서 나를 집 밖으로 나가지 못하게 한 적도 있다. 자기가 안드로메다 여신의 환생이라고 한 적도 있다.

그리고 도마뱀이 있었다. 나의 소중하고 불쌍한 도마뱀 말이다.

"엄마, 이것 좀 봐요! 내가 밖에서 뭘 찾았는지 보세요! 귀엽지 않아요? 키워도 돼요?"

도마뱀을 들어 보여주자 엄마는 도마뱀을 내 손에서 낚아채 갔다. 엄마는 도마뱀이 방사능에 오염되었으며, 링컨 대통령의 유령이 보낸 것이라고 하면서 칼을 꺼내 내가 보는 바로 앞에서 도마뱀의 머리를 댕강 베어 버렸다.

나는 소리를 지르고, 또 지르고, 또 질렀다.

우리 엄마는 그런 사람이었다.

종국에는 엄마도 엄마의 현실을 받아들일 수 없었던 것 같다.

그날. 그러니까 엄마 생의 마지막 날이었다. 그날을 생각하면 반드시 기억나는 게 몇 가지 있다. 고막을 찢을 듯이 큰 소리로 엄마가 틀어놓은 음악이 아직도 귀에 맴돈다. 침실 방문 옆으로 새어 나오던 이상하고 무섭고 끔찍했던 소리도 생생하다. 기다림. 흐느낌. 그리고 벽을 두드리는 소리. 거기에 내가 있었다. 엄마를 부르면서 침실로 걸어가 방문 손잡이를 손으로 잡던, 방문을 열고 안으로 들어가면 어떤 광경이 펼쳐질지 궁금해하면서 청동 문손잡이를 손으로 잡고 있던 겁에 질린 소녀가 생생히 떠오른다.

그러고 나서 어떻게 되었냐고? 아무것도 없었다.

몇 시간 후 레드 록 국립공원 순찰관이 내가 계곡 바닥의 유카와 선인장 사이에 앉아있는 것을 발견했다고 한다. 경찰은 내가 한여름 땡볕에 무려 16킬로미터를 걸어 그곳에 갔다고 결론을 내렸다. 하지만 나는 아무것도 기억나는 게 없다.

"무슨 말인지 알겠지? 미안해. 하지만 어떻게 내가 그 생각을 하지 않을 수 있겠어? 사람들이 너를 미행한다는 둥 네가 하는 얘기를 듣고 있으면 아무래도 제정신이 아닌 것 같아."

니코의 목소리가 머릿속에서 마치 백색소음처럼 웅웅 울렸다.

"나도 알아. 하지만 나는 분명히 우리 엄마와 달라. 난 절대로 미치지 않을 거야."

나는 제발 그렇게 되기를 바라며 강하게 말했다.

* * *

마치 일말의 제정신이 남아있기라도 했는지 그날 밤에는 더
이상 꿈을 꾸지 않았다. 하지만 아마도 그 이유는 내가 혼자 자
지 않아서일 것이다. 다음 날 내가 호텔 침대에서 눈을 떴을 때
니코가 내 옆에 있었다. 우리는 둘 다 벌거벗고 있었다. 우리 중
누구도 계획한 건 아니지만 니코가 나를 럭키 페니에서 호텔 방
까지 데려다주었고 그다음에 문 앞에서 굿나잇 키스를 했다. 키
스하면서 니코가 방 안으로 들어와서 이렇게까지 된 것이다.

지난 2년의 세월이 그랬듯, 니코와 자는 건 평상시로 돌아간
듯한 기분이 들게 했다. 니코와 다시 잘해볼 생각은 눈곱만큼도
없지만 말이다. 미션에게 복수를 한다는 짜릿한 기쁨을 만끽했
던 것도 사실이다. 결국은 우리 둘이 미션을 따돌린 격이 되었기
때문이다.

우리가 마침내 침대에서 일어났을 때는 거의 11시가 가까운
시각이었다. 지난번 바이오에프엑스에서 션 하워드에게 출근
시간이 보통 일정하지 않은 편이라고 말했고, 션 하워드는 그 점
에 대해서는 걱정하지 않아도 된다고 했다. 하지만 니코는 지각
이었고 서둘러 옷을 주워 입고는 밖으로 달려 나갔다. 솔직히 말
해서 니코는 최대한 빨리 나에게서 벗어나고 싶었을 거라고 확

신한다. 아무래도 죄책감을 느꼈는지 나에게 작별의 키스도 없이 사라졌다. 니코가 미션에게 오늘 일을 이야기할 리 만무하지만 미션이 우리 사이에 있었던 일을 알아내는 건 시간문제라고 본다. 뭐, 내가 니코의 등에 손톱자국을 남겼을 수도 있고 말이다.

니코가 나간 뒤 나는 욕실로 가서 뜨거운 물로 아주 오래 샤워했다. 잠기운이 가시고 물이 뚝뚝 떨어지는 채로 밖으로 나왔을 때 다른 방에서 핸드폰이 울리는 소리가 들렸다. 나는 달려가서 핸드폰을 보았지만, 발신자 전화번호에 찍혀 있는 지역 번호조차 어디인지 알 수 없었다. 어쨌든 나는 전화를 받았다.

"여보세요?"

"핼리 에버스 양인가요?"

중후한 남자의 목소리에는 상류층 사람들의 억양이 있었다. 이름이 비프나 쳇이라고 해도 전혀 놀랍지 않았을 것이다. 비싼 사립학교에 다녀야만 얻을 수 있는 세련됨을 갖추고 잘난 척하는 부류의 의사들을 한두 명 만나본 게 아니다.

"네, 제가 핼리인데요."

"핼리 양, 안녕하세요. 저는 리드 스미스 의사입니다."

"오! 스미스 선생님. 저를 구해주신…."

나는 말을 꺼내려고 애썼다.

"제 목숨을 구해주셨다고요."

나는 말을 계속 이어갔다.

"음, 아주 적절한 장소에서 쓰러지신 거예요. 곳곳에 의사들이 있었으니까요. 저는 단지 제일 먼저 달려갔을 뿐입니다."

스미스는 마치 인간의 생명을 살리는 하나님인 척하는 게 별일 아니라는 듯 답했다.

"뭐라고 감사의 말씀을 드려야 할지 모르겠어요. 고맙습니다. 이런 상황에서 너무 별거 아닌 것처럼 들리네요."

"아니에요, 괜찮습니다. 정말 괜찮아요. 병원에서 깨어나시기 전에 먼저 출발했어야 해서 오히려 제가 죄송하죠. 비행기를 타야 해서 실제로 핼리 양과 이야기를 나눌 기회가 없었어요."

스미스가 이렇게 말하자 비로소 나는 이 사람을 한 번도 만난 적이 없다는 사실을 깨달았다.

그런데 왜 이렇게 '익숙하게' 느껴지는 거지?

나는 스미스의 목소리를 안다. 아니 그 이상이다. 머릿속으로 스미스의 얼굴을 아주 또렷하게 그릴 수 있다. 30대 중반의 잘생긴 남자로 짧은 금발 스포츠머리에 총명해 보이는 파란색 눈을 가지고 있고 입은 주로 심각한 표정으로 거의 웃지 않는다. 이마가 높이 솟아 있고 턱이 좁은 스타일이다. 하얀 피부는 벌겋게 그을려 있다. 바다에서 요트를 너무 많이 타서 그럴 것이다.

길에서 만나면 알 수 있다. 스미스를 바로 알아볼 수 있다.

하지만 나는 이게 정말 사실인지는 알 길이 없다.

"병원에서 들었는데 존스 홉킨스에 계신다면서요. 혹시 심장전문의이신가요?"

내가 물었다.

"그렇지는 않습니다. 다만 응급실에서 주로 근무해서 핼리 양이 쓰러지는 걸 보고 바로 달려갈 수 있었어요."

"저를 구해주셔서 감사합니다."

"음, 시간을 많이 뺏을 생각은 없어요. 다만 핼리 양이 괜찮은지 확인하고 싶었습니다. 병원에서 퇴원은 하신 건가요?"

"네, 어제 퇴원했어요."

"몸은 좀 어때요? 통증이 계속되거나 숨이 차거나 그러지는 않나요?"

"아니요. 전반적으로 괜찮은 것 같아요. 좀 피곤하기는 하지만 말이에요."

"좋습니다. 괜찮다니 다행이네요. 병원에서 의사들이 아마도 당분간은 무리하지 말라고 주의 줬을 거예요. 핼리 양은 젊지만 그래도 기운을 회복할 필요가 있어요. 그리고 이미 많이 들었겠지만 약을 하는 거나 폭식증은 장기적으로 고쳐나가야 할 습관이에요. 재활 기관이나 상담 기관 같은 곳을 알아봐도 좋고요."

"네, 그렇게 해볼게요. 신경 써 주셔서 감사합니다."

"별말씀을요."

그리고 나서 갑자기 스미스의 말이 꼬이는 것 같았다. 최소한 내 귀에는 그렇게 들렸다.

"혹시 다른 증세나 문제는 없나요? 저에게 물어보고 싶은 이상한 일은요?"

'이상한 일?'

음, 네, 바로 그 질문이요, 스미스 선생님. 질문 자체가 좀 이상하지 않나요?

"예를 들면 어떤 거요?"

나는 물었다.

"아, 심장이 멈추었다가 살아난 환자들을 보면 종종 일정 수준의 심리적인 트라우마를 경험하는 경우가 종종 있거든요."

스미스는 별일 아닌 듯 대답했다. 하지만 왜인지 스미스가 최근에 내가 꾸는 꿈에 대해 말해주기를 기다리고 있다는 희한한 느낌을 받았다.

마치 기다리고 있다는 듯이. 마치 모든 걸 '다 알고 있다'는 듯이 말이다.

"거기에 이상한 꿈도 포함되나요?"

내가 물었다.

스미스는 필요 이상으로 길게 침묵을 유지했다.

"네, 물론이죠. 이상한 꿈을 꾸었어요?"

"아주 이상한 꿈이요."

"혹시… 꿈에 대해서 기억나는 부분이 있어요?"

"아니요."

이번에는 거짓말을 했다.

"음, 그렇다면 너무 걱정할 필요는 없어요. 트라우마를 겪고 있는 걸 거예요. 아까도 말씀드렸지만, 그런 상황에서 정신적으로 어느 정도 스트레스를 받는 건 너무 당연한 일이죠. 시간이 지날수록 괜찮아질 거예요."

"그렇다면 안심이 되네요. 다른 문제가 있기는 하지만요."

"어떤 문제죠?"

"음, 어떻게 설명해야 좋을지 잘 모르겠어요. 그러니까 일어나지 않은 일을 기억한다고 해야 할까요?"

"일어나지 않은 일이요? 무슨 말이죠?"

"예를 들면, 사람들의 얼굴이 기억나는데 제가 한 번도 만나본 적이 없는 사람들이에요. 한 번도 간 적이 없는 장소가 기억나기도 하고요."

수화기 저쪽으로 또다시 긴 침묵이 이어졌다.

"심장에 무리가 가해지면 일종의 방향 감각 상실 문제가 생길 수 있어요. 암 환자들도 방사능 치료 후에 유사한 경험을 하곤 하거든요. 우리는 이런 경우를 '암으로 인한 새 두뇌'라고 불러요. 아마도 정상적인 기억이 분명할 거고, 다만 일시적으로 과거 언제 그러한 기억이 있는지를 기억하지 못하는 걸 수 있어요. 곧 다 기억이 날 겁니다."

"그럴 수 있군요."

"네, 너무 걱정하지 마세요. 그런데 이제 전화를 끊어야겠어요. 약속이 있어서요. 핼리 양이 회복 중인지 확인하고 싶었을 뿐입니다."

"네. 그리고… 감사합니다."

"잘 회복되고 있어서 다행이에요, 핼리 양."

"네, 고맙습니다. 스미스 선생님."

하지만 나는 전화를 끊으면서 생각했다.

'당신은 나에게 거짓말을 하고 있어.'

8

그다음 며칠 동안 아무것도 안 하고 일만 했다. 바이오에프엑스에 가서 늦게까지 일하고 돌아와 몇 시간 정도 눈을 붙인 뒤 해가 뜨면 다시 출근하는 식이었다. 일단 프로젝트에 착수하면 다른 생각은 별로 하지 않는 편이다. 주말이 오고 또다시 새로운 일주일이 시작되었지만, 사무실에서도 호텔에서도 계속 웹 카피를 쓰고 고치는 일에만 집중했다. 나는 여전히 레드 록 호텔에 머물고 있다. 니코가 나를 내보내려는 어떠한 시도도 하지 않고 있을뿐더러 방값을 내라고 재촉하지도 않기 때문이다. 솔직히 우리가 같이 호텔 침대에서 시간을 보낸 그날 이후로 니코가 나를 피하고 있다고 말하는 편이 정확하겠다. 괜찮다. 나는 '핼리토시스: 더 뮤지컬'과 같은 브로드웨이 삼류 영화를 찍을 생각은 추호도 없기 때문이다.

화요일 밤이 깊어져 갈 즈음, 나는 프로젝트의 첫 번째 초안을 완성해서 파일을 하워드 박사에게 전송했다. 하워드 박사는 박사의 팀이 파일을 검토한 후 며칠 안에 편집과 관련된 피드백을 주겠다고 약속했다. 나는 질 올리버에게 전화해서 프로젝트가 무사히 끝났음을 알렸고, 질은 굉장히 기뻐했다. 내가 별다른 사고 없이 프로젝트의 제1단계를 무사히 마쳤다는데 안도하는 기색이었다.

그날 바이오에프엑스를 나올 때는 거의 자정이 다 되었을 무렵이었다. 나는 나 자신을 조금 풀어주기로 했다. 일주일 이상 술은 입에도 대지 않았는데, 와인 한 잔(또는 두 잔) 정도로 설마 죽기야 하겠는가. 부분적으로 나는 프로젝트가 잘 끝나서 기분이 좋았고, 무엇보다 내가 다시 이전의 나로 돌아간 것 같아서 기뻤다. 매일 밤 호텔에 돌아가면 지쳐서 침대에 쓰러져 자기 일쑤였고, 더 이상 혼란스러운 꿈을 꾸지도 않았다. 비로소 고비를 넘긴 것 같은 기분이었다. 어쩌면 내 스트레스가 사라지는 데 시간이 좀 필요할 거라는 스미스 박사의 말이 맞았는지도 모른다.

회사에서 서너 블록 떨어진 곳에 있는 스트립 몰에 작은 카지노가 하나 있다. 나는 차를 회사 주차장에 두고 카지노까지 걸어갔다. 안에는 열댓 명 정도가 있었는데 대부분 밤 근무를 하는 교대 근무자들이었다. 낮은 천장 아래로 담배 연기가 뿌옇게 깔려있고, 스피커에서는 랩 음악이 꽝꽝 대며 울려 퍼지고 있었다. 벨라지오 카지노처럼 최고급은 아니라도 나에게는 공짜 술 몇 잔과 비디오 포커 게임으로 몇 시간 정도 시간을 때울 수 있으면 충분했다.

20년은 족히 되었을 것 같은 게임 킹 기계 앞에 앉았다. 나는 오래된 기계들을 좋아한다. 물론 그렇다고 돈을 따는 건 별개의 문제지만 말이다. 20달러를 기계에 넣자 종업원이 다가왔다. 종업원은 온몸에 문신을 새기고 있어 웬만한 강심장 해병대라도 줄행랑을 칠 것 같았다. 거기다가 입술에는 주렁주렁 피어싱을 몇 개나 달고 있었다. 필요한 게 있냐는 종업원의 물음에 나는 와인을 주문하려고 했는데 희한하게 내 입에서는 엉뚱한 말이 튀어나왔다.

"럼앤콕* 주세요."

별일이다. 지금까지 평생 럼앤콕을 주문해 본 적이 없는데, 그 순간 다른 마실 것은 생각조차 할 수 없었다. 종업원이 음료를 가지고 왔다. 주스 크기의 음료에는 얼음이 많이 들어있었지만, 입술에 닿는 맛은 달콤하고 톡 쏘았다. 나는 칵테일을 홀짝이며 더블 보너스 포커에서 몇 판을 잃었다. 30분쯤 후, 여자 종업원이 내 쪽으로 오길래 나는 다시 한번 더 럼앤콕을 주문했다. 첫 잔과 마찬가지로 두 번째 잔도 술술 넘어갔다.

새벽 두 시쯤, 나는 200달러 정도를 잃었고 싸구려 럼주에 상당히 취했다. 다만 콜라에 들어있는 카페인 덕분에 계속 깨어 있을 수 있었다. 기분이 좋았고 서둘러 나갈 필요를 못 느꼈다.

바로 그때 바에 앉은 한 남자가 내 눈에 띄었다. 그 사람도 나를 알아본 게 분명했다.

*   칵테일의 일종

남자가 들어오는 걸 내가 보지 못했다는 사실이 놀라웠다. 라스베이거스에 사는 20대 싱글 여성이라면 주위의 남자들에 대해 상당한 촉이 발달해 있는 게 정상이다. 그러니까 등 뒤에 눈이 달린 격이랄까. 이 남자는 혼자 와서 맥주를 마시면서 의자를 빙글빙글 돌리며 이 작은 카지노에서 일어나는 일을 눈여겨 살펴보고 있었다. 평일 한밤중이라 그다지 시선을 끌 만한 일이 없음에도 불구하고 말이다. 사실, 이 남자는 대부분 시간 동안 나를 보고 있었다. 물론 내가 젊고 예쁘긴 하지만 종업원을 제외하고 이 카지노 안에 이렇다 할 다른 여자가 없는 게 문제였다. 그래서 남자가 나를 계속 주시하는 게 크게 이상하지는 않았다.

그렇다 하더라도 내 촉에 따르면 나는 지금 위험에 처해 있다. 남자는 30대 후반쯤으로 보이는데 덩치가 아주 컸다. 얇은 검은 머리카락에 턱수염을 가득 기르고 있었으며 한쪽 귀에는 귀걸이를 하고 있었다. 회색 후드점퍼를 입고 있었는데, 벌어진 앞지퍼 사이로 점퍼 속에 아무것도 입지 않았음을 알 수 있었다. 낡고 꽉 끼는 청바지를 입고 있다. 여기까지는 새벽 2시에 카지노에서 흔히 볼 수 있는 다른 라스베이거스의 남자들과 별반 다르지 않다. 그런데 꺼림칙한 건 바로 남자의 눈이다. 마치 물고기의 눈처럼 흐리멍덩한데 사람의 속을 꿰뚫어 보는 것처럼 날카로운 면이 있었다. 남자는 바 저쪽에서 나를 훑어보다가 내가 뒤를 돌아보면 즉시 눈을 깜박이며 고개를 돌렸다.

'지금 도망가야 해, 핼리.'

하지만 바가 카지노 문 바로 옆에 있다. 카지노를 빠져나가려면 남자 옆을 지나가야 한다는 것이다. 게다가 내 차는 몇 블록 떨어진 회사 주차장에 있다.

시계를 보았다. 니코가 아직 퇴근하지 않았다면 지금쯤 퇴근 준비를 하고 있을 시간이었다. 나는 다시 한번 전여친 카드를 쓰기로 했다. 니코가 카지노에 들러 나를 데리고 나가줄 수 있는지 물어보는 것이다.

하지만 내가 니코의 번호를 눌렀을 때 니코는 전화를 받지 않았다. 대신 미션이 받았다. 좋지 않은데.

"대체 네가 원하는 게 뭐야?"

미션이 날카롭게 물었다.

솔직히 말해서 미션의 말을 내가 좀 순화했다. 어떤 말투로 이야기했는지는 짐작이 가리라.

여기서 미션에 대해서 이야기해야겠다. 나는 정말로 우리가 둘도 없는 단짝이라고 생각했다. 나는 살면서 여자든 남자든 친구가 많지 않았다. 주로 혼자 노는 편이었고, 다른 사람들과 함께 시간을 보내기보다는 책을 읽거나 컴퓨터를 하는 편이 훨씬 행복했다. 하지만 때로는 나 자신을 안정적인 범주 바깥으로 몰아냈고 그럴 때마다 종종 바와 같은 곳에 갔다. 그런 날 중 어느 날 미션을 만났다. 약 5년 전쯤 코밸에 있는 노래방에서 말이다. 미션은 서커스가 끝나고 다른 무용수들과 우르르 몰려오던 차에 내가 한껏 취해서 부르고 있던 "나와 바비 맥기"*를 함께

*   "Me and Bobby McGee"로 제니스 조플린의 노래

흥얼거렸다. 그리고 내 옆에 앉았다. 미션은 날카롭고, 둔할 때도 있었으며, 때로 재미있었다. 나는 미션을 아주 좋아했다. 우리는 같이 다니기 시작했다. 3년 전 미션의 룸메이트가 이사를 나갔을 때 그녀가 나에게 같이 살자고 제안했고 나는 그 제안을 받아들였다.

이 모든 일은 니코를 만나기 전의 일이다. 미션이 니코를 만나면 어떻게 될지 생각해야 했다. 미션이 다른 여자들의 남자친구를 빼앗는 걸 여러 번 보았지만, 솔직히 말해서 나한테도 그렇게 할 줄은 몰랐다. 나는 순진했고, 정말로 미션이 사랑보다는 우정을 택할 거로 생각했다. 맙소사, 개구리는 전갈이 자신을 쏠 거라고 생각하지 않는다. 그러나 전갈은 으레 그렇게 사냥을 한다.

"혹시 니코 있어? 니코 좀 바꿔줄래?"

미션에게 부탁했다.

"싫은데."

"1분이면 돼."

"그래도 안 돼."

"미션, 제발."

"내가 왜 니코를 바꿔줘? 미쳤니? 니코 근처에 얼씬도 하지 마. 너 니코랑 잤잖아. 호텔에 있게 해달라고 빌었다며. 어떻게 이런 식으로 니코를 다시 뺏어가려고 해?"

"그게 아니야."

"나한테 왜 이러는데? 복수하는 거야? 너한테서 니코를 뺏어갔다고 그대로 돌려주겠다는 거야?"

"그렇지 않아. 니코와 있었던 일은 그냥 아무것도 아니야. 그냥 내 상황이 좀 안 좋았고 니코가 마침 옆에 있었던 것뿐이야. 다시는 이런 일 없어."

"그래야지. 아침이 되면 바로 체크아웃하는 거야. 알았어? 네가 어디로 가든 상관하지 않지만, 니코 근처는 절대 안 돼."

"알았어. 좋아. 내일 아침에 나갈게. 원한다면 오늘 밤에도 갈수 있어. 다만 누군가 나를 좀 데리러 왔으면 해. 어떤 미친놈이 바에서 계속 나를 주시하고 있다는 말이야. 내 차까지만 데려다 주면 돼."

"택시를 불러."

"미션, 15분 거리야. 네가 같이 와도 돼. 아무 일도 없을 거야."

"다시는 이 번호로 전화하지 마."

미션은 내 말을 가로채더니 자기 할 말만 하고 전화를 끊어버렸다.

나는 숨을 골랐다. 니코는 나를 구하러 오지 못할 것이다.

다시 한번 바 쪽을 쳐다보았다. 남자는 여전히 그 자리에 앉아서 맥주를 마시며 나 외에 다른 곳을 보는 척하고 있다. 제발 맥주가 좀 잘 받아서 남자가 오줌을 누러 갔으면 좋겠다고 계속 생각했다. 남자가 화장실에 있는 사이에 내가 몰래 카지노를 빠져나갈 수 있을 테니 말이다. 하지만 남자의 방광은 엄청나게 큰게 분명하다. 맥주를 한 잔 더 시켰고 당분간은 전혀 일어날 기색조차 보이지 않는다.

카지노는 그렇게 크지 않아서 내가 숨을 만한 곳이 없어 보였다. 내가 어디를 가든 남자는 나를 볼 수 있다. 바 근처에 주차장으로 나가는 유리문이 있고, 뒤로는 스트립 몰 뒤의 골목으로 향하는 종업원용 비상구가 있다. 내가 비상구 쪽으로 가더라도 남자는 내가 나가는 것을 볼 수 있을 것이다.

나는 지금 총이나 가스총, 후추 스프레이조차 가지고 있지 않다. 그렇다고 완전히 무방비 상태라고도 할 수 없다. 지갑에 카지노 식당에서 슬쩍 가지고 나온 스테이크용 나이프가 있기 때문이다. 없는 것보다는 낫지만 나이프를 쓰려면 그만큼 거리가 가까워져야 할 뿐 아니라 누군가를 칼로 찌른다는 건 생각만 해도 정말 싫다.

뒷문에서 멀지 않은 곳에 카지노 화장실이 있다. 나는 온몸에 문신한 여자 종업원이 화장실로 몰래 숨어 들어가는 것을 보고 잽싸게 기회를 잡아 종업원을 따라 들어갔다. 뒤를 돌아보지는 않았지만, 바에 앉은 남자가 나를 주시하는 게 느껴졌다. 화장실에 들어갔더니 종업원이 세면대에 있었다. 내가 들어가자 종업원은 뭔가 잘못한 것이라도 있는 듯 화들짝 놀랐다. 그도 그럴 것이 종업원은 내가 지난주에 했던 바로 그 짓을 하려고 하고 있었다. 코카인 흡입 말이다.

그렇다, 거짓말을 할 이유가 없지. 내 마음 한구석에서는 혹시 그걸 나에게 조금 팔 생각은 없는지 물어보고 싶은 생각이 있었다. 아직도 하고 싶은 욕구가 남아 있다. 하지만 7월 4일, 그 일 이후 나는 세 번째 인생을 살고 있다. 앞으로 나에게 남은 생이 몇 개인지 모르므로 조심해야 한다.

종업원은 골이 난 표정으로 코를 쓱 닦았다.

"그래서, 이제 뛰쳐나가서 매니저에게 이를 건가요?"

"아니요. 그건 내 알 바 아니고요. 도움이 필요해요."

"어떤 도움이요?"

종업원은 수상쩍다는 표정으로 나를 쳐다보았다.

"저기 바에 앉아있는 남자요. 턱수염 있고, 회색 후드점퍼 입은. 아는 사람이에요?"

"아니요. 단골손님은 아니에요."

"저 남자가 나를 보는 눈초리가 마음에 들지 않아요. 저 사람 모르게 밖으로 나가고 싶어요."

"내가 어떻게 하면 되는데요?"

종업원은 어깨를 으쓱했다.

나는 내 지갑에 손을 넣어 100달러짜리 지폐를 꺼냈다.

"다음번 바에 음료가 나갈 때 저 남자에게 음료를 쏟아주세요. 난장판을 만들어야 해요. 알았어요?"

종업원이 입을 씰룩하며 인상을 찌푸리자 입에 달린 피어싱이 움직였다. 종업원은 내 손에서 지폐를 낚아챘다.

"알았어요. 좋아요."

종업원이 먼저 화장실을 나섰다. 몇 분 후, 카지노로 돌아왔을 때 턱수염 난 남자가 화장실 문을 집중해서 보고 있었다. 너무 당연했다. 남자는 나를 보자마자 눈길을 피했다. 나는 슬롯머신이 있는 쪽으로 가서 마음에 드는 기계가 있나 찾는 척하며 종업원을, 그리고 슬롯머신에서 불과 몇 미터 떨어져 있지 않은 뒷문을 주시하고 있었다.

돈을 넣고 슬롯머신에서 게임을 시작하면서 종업원에게 음료를 한 잔 더 가져가 달라고 표시했다. 그리고 나서 종업원이 주문을 모으는 것을 지켜보면서 마치 한동안은 카지노에 더 있을 것처럼 보이도록 계속 게임을 했다. 종업원은 바에 가서 바텐더가 음료를 만드는 동안 바텐더와 수다를 떨었다. 쟁반 위에는 음료가 꽤 많았다. 아마 열댓 잔은 되는 것 같았다. 종업원은 나를 쳐다보느라 자신에게는 관심도 없는 턱수염 난 남자 바로 옆에 섰다.

그리고는 쟁반을 집어 들어 돌리고는 바로 엎었다. 쟁반과 음료는 남자의 몸 전체에 폭포수처럼 쏟아졌고, 남자는 욕을 하며 펄쩍 뛰어올랐다. 종업원은 큰소리로 사과하고 남자의 몸을 수건으로 닦기 시작했으나 남자는 종업원을 밀쳐냈다.

남자의 주의가 흐트러졌다. 지금이 기회다.

나는 의자를 박차고 일어나 출입구로 쏜살같이 달려가 뒷문으로 빠져나왔다. 눈 깜짝할 새에 문을 나와서 세게 닫았다. 내가 예상했던 대로 뒷문은 두 개의 건물 사이에 있는 좁은 골목으로 이어져 있었다. 내 왼쪽으로는 레인보우 스트리트다. 오른쪽으로 돌아보니 골목은 스트립 몰의 콘크리트 벽을 따라 쭉 이어져 있었다. 나는 레인보우 스트리트를 향했으나 이내 얼어붙은 듯 멈추어 설 수밖에 없었다.

레인보우 스트리트로 들어서는 꺾어지는 길목에 검은색 포드 SUV가 서 있는 것이다.

조수석 옆에 한 남자가 서 있었다. 남자는 키가 크고 근육질 몸매에 긴 금발 머리였다. 그리고 온통 검은색으로 차려입고 있었다. 레드 록 국립공원에서 본 바로 그 남자다. 호텔에서 나와 함께 엘리베이터를 타고 올라갔다가 사라진 바로 그 남자다.

내가 꿈을 꾸고 있는 게 아니었다. 남자는 정말 존재했다.

나는 즉시 손을 지갑에 넣어 카지노 식당에서 가지고 나온 스테이크용 나이프를 꺼내 들었다. 나이프를 손에 꼭 쥐고 나는 뒤로 천천히 물러섰다. 남자가 어두워서 나를 보지 못했기를.

하지만 남자는 나를 보았다.

남자는 곧바로 SUV의 차체에서 몸을 떼고 내 쪽으로 움직이기 시작했다. 나는 다시 카지노 안으로 들어가기 위해서 문을 확 잡아당겼지만, 문은 안에서 잠겨 있었다. 등 뒤로 발걸음 소리가 점점 가까워지고 있었다. 오른쪽으로는 스트립 몰 상점들이 늘어서 있으나 모두 문이 잠겨 있고, 왼쪽에는 이웃한 건물의 뒷벽이 있었다. 철조망이 쳐졌고, 철조망 위는 가시철사가 빼곡하게 감겨 있었다. 지금 내가 할 수 있는 최선의 행동은 골목 아래로 곧장 달려 내려가는 것이다.

나도 느린 편은 아닌데 남자는 정말 빨랐다. 내 앞으로 골목은 니은 모양으로 굽어졌고 낮은 콘크리트 벽으로 스트립 몰과 그 아래 주거지역이 구분되어 있었다. 벽 높이 정도로 야자수 꼭대기가 보였다. 만약에 저 벽까지만 갈 수 있다면, 그리고 벽을 뛰어넘을 수 있다면 어느 집인지는 모르겠지만 정원에 떨어질 수 있을 거다. 그러면 남자가 나를 찾지 못하도록 숨을 수 있을 것 같다. 하지만 거기까지 갈 시간이 부족하다.

　남자는 바로 내 뒤에 있다. 아니, 점점 더 가까이 왔다. 내가 뒤를 돌았을 때 어두움 속에서 남자의 표정을 볼 수 있었다. 무표정하고 폭력적인 얼굴을 말이다. 더 이상 도망갈 데가 없다. 나는 갑자기 멈춰서 몸을 홱 돌려 남자를 바라보고 칼을 휘둘렀다. 남자는 두 손을 들고 내 손이 닿지 않도록 조심히 움직였고 내가 남자를 향해 마구 칼을 휘두르자 남자는 뒤로 물러섰다. 서로를 마주 보고 섰을 때 나는 숨을 깊게 들이쉬고 소리쳤다.

　"도와주세요! 제발요…."

　하지만 더 이상 소리를 지를 수 없었다.

　내 뒤에서, 그러니까 골목 구석 어딘가에서 나타난 누군가가 벽을 향해 나를 밀어붙인 것이다. 머리가 건물에 부딪히면서 어지러웠다. 아주 커다란 손이 내 손목을 움켜쥐고 억지로 손가락을 펴자 나이프가 땅에 떨어졌다. 새로 나타난 남자는 나를 바닥에서 일으켜 세웠다. 남자는 덩치가 엄청나게 컸고, 팔뚝은 마치 나무의 몸통과 같이 굵었다. 남자는 두꺼운 한쪽 팔로 내 허리를 감아서 나를 들었다. 다른 팔로는 내 코와 입을 아주 세게 막아서 숨을 쉴 수조차 없을 지경이었다.

　그러자 지금까지 나를 미행한 검은 SUV의 남자가 조용히 나를 향해 걸어왔다. 남자는 꽉 끼는 나일론 장갑을 끼고 있었다. 남자는 쭈그려 앉아 내가 떨어뜨린 칼을 집어 들고는 칼을 자기 벨트에 꽂았다. 그러고는 검은 바지 주머니에 손을 넣어 작은 플라스틱 통을 꺼냈다.

통 안에서 남자는 피하주사기를 꺼냈다.

나는 몸을 꿈틀거리며 발길질을 해댔다. 무슨 일이 일어날지 너무 뻔했기 때문이다.

남자는 주사기를 들고 나에게 다가왔다. 나는 발로 마구 걷어 차서 남자가 가까이 못오게 했지만 남자는 내 발목을 잡고 점점 더 가까이 왔다. 남자는 바늘이 내 팔로 향하도록 주사기를 들고 있었고, 주사기가 거의 내 팔꿈치까지 다다랐다. 남자는 주사기의 피스톤 끝부분에 손가락을 대고 있었다.

그런데 불과 몇 미터 떨어진 곳에서 누군가 소리를 질렀다.

"거기서 뭐 하고 있는 거야? 여자를 놓아주라고!"

아까 바에 앉아있던 턱수염 난 남자다. 이 남자도 나를 미행하고 있었다. 내가 눈에 띄지 않고 도망치려고 했던 바로 그 남자 말이다. 턱수염 남자는 다른 두 남자를 향해 불도저처럼 달려왔다. 이 소동을 틈타 주사기를 들고 있는 남자를 세게 걷어차고 가까스로 땅에 착지할 수 있었다. 무릎으로 남자의 사타구니를 걷어차자 남자는 비명을 지르며 비척비척 뒤로 물러섰다. 나는 다시 한번 발길질을 하며 남자의 손목을 힘껏 걷어찼고 그 바람에 주사기는 날아가 버렸다.

내 구세주인, 나를 스토킹한다고 오해했던 그 턱수염 남자는 나를 옴짝달싹 못 하게 잡아 놓은 덩치 큰 남자를 향해 돌진했다. 그 바람에 덩치 큰 남자는 어쩔 수 없이 나를 놓아줄 수밖에 없었다. 나는 폐 깊숙이 숨을 들이마시며 비척비척 골목 뒤의 낮은 벽을 향해 걸어갔다. 바에 있던 남자는 아주 거침없이 주먹을 휘둘렀지만, 덩치 큰 남자가 가슴을 세게 치자 그대로 몸이 숙여졌고 숨이 막혀 캑캑거렸다. 그러는 동안 내가 걷어찬 남자가 정신을 차렸는지 벨트에 꽂아둔 내 나이프를 뽑아 들었다.

턱수염 남자는 여전히 숨을 헐떡이면서도 도망치려고 했다. 하지만 바로 그때 검은색 SUV의 그 남자가 커다란 원을 그리며 나이프를 휘둘렀다. 나이프는 정확하게 턱수염 남자의 목을 관통했고 목의 상처에서 피가 분수처럼 쏟아지기 시작했다. 나는 쏟아지는 피를 보며 비명을 질렀다. 턱수염 남자는 뒤로 물러서서 건물 벽으로 기대어 쓰러지면서 두 손으로 목을 움켜쥐고 있었다. 무릎을 꿇은 남자의 두 손 사이로 피가 콸콸 쏟아져 나왔다.

이제 나머지 두 남자는 다시 나에게 집중했다. 나는 잔뜩 긴장하고 벽을 뛰어올라 탈출하려고 했는데 가만 보니 이제 나를 쫓아오기에는 거리가 너무 멀었다. 그 대신 한 남자는 나이프를 버렸고 다른 한 남자는 땅에 떨어진 주사기를 주워들었다. 둘은 자신들이 공격한 턱수염 남자를 버려둔 채 잽싸게 골목을 내려가 SUV로 향했다.

남자들이 사라지자 나는 턱수염 남자에게로 달려가 그 옆에 무릎을 꿇었다. 남자는 이미 엄청난 양의 피를 흘린 터였다. 남자의 숨이 고르지 못했지만 어쨌든 나는 핸드폰을 들고 도움을 요청하려고 했다. 바로 그때 남자가 내 손목을 잡더니 전화를 멈추게 했다. 다른 한 손으로 남자는 나에게 도망가라는 신호를 줬다.

무슨 말을 해야 할지 어떻게 행동해야 할지 모르겠다.

무슨 일이 일어난 거지?

이 남자는 대체 누구인 걸까?

나는 조금 더 남자 옆에 있었고 이내 남자는 마지막 숨을 거칠게 몰아쉬더니 이내 숨을 쉬지 않았다. 일어나서 내 손을 보니 온통 피로 물들어 있었다.

정확히 내 꿈과 같았다.

그리고 내 옆에는 살인에 쓰인 흉기가 놓여 있다. 바로 카지노 식당에서 가져온 나이프 말이다. 나이프에는 온통 내 지문이 묻어 있다.

나는 골목 끝의 낮은 담으로 뛰어갔다. 담의 꼭대기를 잡고 몸을 들어 올려 안쪽으로 몸을 던졌고, 사막 풍경의 어느 작은 가정집 뒷마당에 떨어졌다. 나는 얼른 몸을 일으켜 세워 텅 빈 거리로 탈출했다.

9

어떤 집 뒷마당에 수도 호스가 있길래 나는 할 수 있는 한 피를 많이 씻어냈다. 머리가 쿡쿡 쑤셨다. 조심조심 뒷머리를 만져보니 머리카락에서도 축축하고 끈적끈적한 피가 묻어나왔다. 아까 벽에 부딪히면서 머리를 다쳤다. 아직도 어지러워서 고개를 빨리 돌리면 속이 메슥거려 토할 것만 같다. 병원에 가야겠다.

지금 내가 있는 곳에서 2~3킬로미터만 가면 병원이 있다. 하지만 내 차로 돌아가는 게 안전할지 알 수 없어서 나는 주요 도로를 피해 응급실까지 걸어가기로 했다. 가는 길에 주유소 화장실에 들러서 대충 몸을 좀 씻어냈다. 응급실에 도착했을 때 의사들이 나를 보고 최소한 기겁을 하지는 않을 만큼 깔끔하게 정리했다.

트라우마 정도로 병원에 오기에는 너무 바쁜 밤이었다. 진료

등록을 하면서 샤워하다가 미끄러져서 머리를 박았다고 말했는데, 뇌진탕 정도는 응급실에서 급한 축에도 못 드는 모양이다. 기다리라고 하길래 나는 대기실 한쪽 구석에 앉아서 시간이 천천히 흐르는 것을 지켜보고 있었다. 응급실에 있다는 사실 만으로도 신경이 곤두섰다. 2~3분에 한 번씩 경찰이 구급차와 함께 나타났고 경찰들은 대개 잠깐 머무르면서 병원의 경비원들과 이야기를 나눴다. 나는 경찰들이 레인보우 스트리트의 스트립 몰 뒤에서 일어난 살인 사건에 대해 말하는 것을 듣고, 혹시나 대기실 한쪽 구석에 있는 나를 보고 이렇게 저렇게 추측하지 않을까 걱정이 되었다.

카지노에서 찍힌 내 CCTV를 아직 못 본 걸까?

내가 누구인지 알지 않을까?

나는 경찰을 불러서 바로 내가 그 골목에서 살해당한 사람과 함께 있던 그 사람이라고 시인하고 싶었다. 솔직히 경찰이 나를 지목해서 우리 집 문을 두드리는 건 사실 시간문제다. 하지만 경찰에게 뭐라고 말한단 말인가? 그렇다. 카지노에서 어떤 남자가 나를 스토킹하는 것 같아 무서웠다. 맞다, 내가 가지고 있던 나이프다. 당연히 내 지문이 나이프에 묻어 있다. 인정한다. 나는 마약 과다 투여로 죽었다가 다시 살아났다. 그때 이후로 살인과 관련된 이상한 꿈을 꾸질 않나 사람들이 나를 따라다니지 않나 별일이 다 있다.

그렇다. 조현병 가족력이 있다.

어떤 사실도 나한테 유리할 게 없다.

90분쯤 지났을 때 간호사가 드디어 내 이름을 불렀다. 간호사는 나를 진료실로 안내하더니 옷을 벗고 환자복으로 갈아입으라고 했다. 사실 옷을 별로 갈아입고 싶지 않았다. 아까 남자들이랑 싸우면서 온몸이 멍투성이이기 때문이다. 샤워하다가 넘어졌다는 변명으로는 설명하기 어렵다. 하지만 어쨌든 나는 옷을 갈아입었다. 환자복 가운 밖으로 맨다리를 내놓은 채 침대에 앉았다. 간호사가 다시 들어와서 피를 뽑았다. 간호사는 혹시 염증이 있는지 확인하려는 거라고 했지만 나는 마약 검사를 하려는 것임을 단박에 알 수 있었다.

몇 분 후 의사가 들어왔다. 40대쯤으로 보이는 의사는 갈색 곱슬머리에 두꺼운 검은 안경을 쓰고 있었다. 얼굴이 몹시 피곤해 보였는데 아무래도 응급실 교대근무의 높은 업무 강도로 인한 것 같았다. 하지만 그렇다고 불친절한 건 아니었다. 의사는 내가 작성한 진료신청서를 보고 컴퓨터 화면으로 내 병력을 확인하더니 클립보드를 내려놓고 진료실 문이 닫혀있는지를 다시 한번 확인했다.

"에버스 양? 핼리라고 불러도 괜찮을까요?"

"물론이지요."

"핼리, 나는 패닝이에요. 샤워하다가 미끄러져서 머리를 부딪쳤다고요? 맞나요?"

"네."

"언제 그랬지요?"

"세 시간 전쯤요."

"의식을 잃은 적이 있나요?"

"아니요."

"토한 적은요?"

"토하고 싶기는 한데 실제로 토한 적은 없어요."

"계속 어지러워요? 속이 메슥거리고요?"

"약간요. 목도 진짜 뻣뻣해요."

"알겠습니다. 한 번 보지요."

의사는 내 머리를 확인했다. 손가락으로 살살 만지는데도 상처를 건드릴 때마다 나도 모르게 움찔했다. 그러고 나서 의사는 손으로 펜을 들고 움직이면서 눈으로 따라와 보라고 하는 등의 간단한 신경 반응 테스트를 했다. 검사를 다 마치고 의사는 작은 책상으로 돌아가서 컴퓨터 키보드로 무언가를 입력했다.

"간호사가 상처를 소독하고 밴드를 붙여줄 거예요. 당분간은 좀 아플 수 있으니 무리하지 않는 게 좋고요. 갑자기 휙 움직이거나 하면 다시 어지러울 수 있어요. 혹시 모르니 MRI를 찍어 봅시다. 혹시 뇌에 출혈이 있는지 봐야 할 것 같아요. 보통 머리를 다치면 일반적으로 하는 검사입니다. 검사 결과 별 이상이 없으면 퇴원하셔도 돼요."

"감사합니다."

"그래서 진짜로 무슨 일이 있었던 거죠, 핼리?"

의사가 볼펜을 책상 위에 내려놓았다.

"말씀드렸잖아요."

의사가 고개를 저었다.

"샤워하다가 미끄러진 게 아닌데요. 상처에 흙도 묻어 있고 페인트도 묻어 있어요. 최소한 밖에서 난 상처에서요. 게다가 등과 다리에 온통 멍이 들어있고요. 심지어 발가락 관절은 보라색인데 아마도 무언가를 세게 걷어차서 생긴 멍인 것 같아요. 혹시 누군가와 싸웠나요?"

"제가 사실대로 이야기하면 경찰에 알려야 하나요?"

"그건 헬리 양이 하는 이야기의 내용에 따라 달라지겠지요. 내가 걱정하는 건 헬리 양의 안전이에요. 만약 폭력적인 상황에 놓여 있다면 헬리 양을 돌려보내는 대신에 헬리 양을 돕고 지원해 줄 수 있는 곳들을 알려줄 수 있어요."

"그런 것 아니에요. 가정폭력은 아닙니다."

나는 머리를 저었다.

"알겠습니다."

의사는 내가 무언가를 더 이야기하기를 기다렸지만 나는 더 이상 아무 말도 하지 않았다. 의사는 인상을 쓰더니 이내 컴퓨터 화면을 다시 바라보았다.

"최근에 우리 병원에서 심각한 심장 문제로 치료를 받은 적이 있네요. 그때 코카인 문제도 있었고요. 혹시 오늘 저녁에도 약을 한 건가요?"

"아니요. 그러지 않았습니다. 이미 확인해 보셨을 텐데요?"

의사는 어깨를 으쓱했다.

"맞아요. 이미 확인해 보았습니다. 혈액에서 약물 반응은 없었지만, 혈중알코올농도는 살짝 높은 편이었어요. 심장에 문제가 있으니, 술도 마시지 않는 게 좋아요.”

“카지노에서 주는, 물 탄 공짜 술 몇 잔이었는걸요. 그게 전부 예요.”

“카지노요?”

너무 많은 걸 말해버렸다. 의사가 카지노 뒤에서 발견된 사체와 온몸에 멍이 들고 피투성이인 상태로 응급실에 나타난 여자를 연관 짓는 건 시간문제다.

“네. 카지노에 잠깐 갔었어요. 그 뒤에, 집에 와서 샤워하다가 미끄러진 거고요.”

“최종 답변인가요?”

의사가 물었다.

“네, 그렇습니다.”

의사는 한숨을 쉬었다. 아마도 거짓말하는 응급실 환자는 나 말고도 많을 것이다.

“손목에 있는 상처를 어쩔 수 없이 보게 되었어요, 핼리 양. 왜 그런 시도를 한 거죠?”

“오래전 일이에요. 15살 때 일이죠.”

“한창 힘들 때네요.”

의사가 말했다.

“네.”

“상담은 받아보았어요?”

“사실 라스베이거스에서 안 만나본 정신과 의사가 없답니다. 이제 다른 도시에서 찾아봐야 할 것 같아요.”

하지만 의사는 웃지 않았다.

"가장 최근 일 말인데요. 코카인 과다 복용이요. 이 역시 자살 시도였나요?"

"잘 모르겠어요. 선생님이 그렇게 생각하실만하기는 해요. 그날 정말 온종일 운이 없어서 내가 죽든 말든 나도 모르겠다는 생각이었거든요. 보통 두 번째 시도가 더 매력적이라고들 하지만 저의 경우는 아니었어요. 심장이 멈추었지만 지금 이렇게 살아있잖아요. 담배도 피울 법한데 담배 근처에도 가지 않고요."

여전히 반응이 없었다.

"농담은 아주 좋은 방어 기제죠. 하지만 거의 죽다 살아난 건 아주 심각한 문제예요."

의사가 지적했다.

"저한테는 자주 일어나는 일이라 무감각해진 것 같아요."

의사는 컴퓨터 화면을 다시 들여다보았다.

"IQ가 어떻게 되지요, 핼리 양? 혹시 검사받아본 적 있나요? 주치의가 적어놓은 걸 보면 굉장히 똑똑하다고 되어있어요."

"157입니다."

내가 대답했다.

"상당히 높은데요. 거의 천재 수준이에요."

의사의 눈썹이 위로 올라갔다.

"우리 엄마는 169였어요. 하지만 너무 또 그렇게 놀라실 필요 없어요. 엄마가 제 IQ를 검사했던 게 고작 여덟 살 때 였거든요. 아마 시간이 지나면서 지금은 형편없을 거예요."

이번에는 내가 미소를 지었지만 오래가지 못했다.

"폭식증도 있어요?"

의사가 물었다.

"네. 종종 그래요. 스트레스를 받으면 좀 더 그런 경향이 있는데, 지금은 그래도 많이 나아졌어요."

의사는 의자를 끌고 나에게 가까이 다가왔다.

"자살 시도. 폭식증. 이런 것들은 모두 몸이 제 기능을 못한다는 걸 나타내는 일반적인 지표들이에요. 가정폭력에 시달리고 있거나 아니면 어릴 때 트라우마가 남아있는 경우가 많죠. 이러한 증상이 꽤 오래 이어진 거로 보여요. 제일 처음 토하기 시작한 게 언제인지 기억하나요?"

기억하냐고?

당연히 기억한다. 바로 그날을.

"제가 12살 때였어요."

나는 이야기를 시작했다.

* * *

피비 이모의 참을성이 점점 바닥을 보였다. 우리는 주차장에 이미 10분 동안 앉아있었고 나는 차 밖으로 나가기를 거부하고 있었다.

"들어가기 싫어요."

다시 말했다.

이모는 언짢은 듯 콧방귀를 뀌었다.

"제발, 좀! 엄마 짐은 이제 하나도 없다는 말이다. 집이 아예 텅 비어있어. 언제까지 이렇게 피하고 있을 수만은 없잖니."

"안 가요! 이모 혼자 가세요. 여기 있을게요."

"너 혼자 차에 두고 갈 수가 없어. 나 혼자 다 못해. 2년이나 떠나있었잖니. 이제 너도 좀 정신적으로 성숙해져야지."

이모가 내 말을 끊고 속사포처럼 쏘아댔다.

나는 눈을 꼭 감고 고개를 저었다. 그러자 이모는 낡은 캠리 자동차의 운전석에서 나와 조수석으로 쿵쿵 돌아갔다. 이모는 문을 거칠게 열고 나를 밖으로 끌어냈고, 나는 그 바람에 바닥에 넘어지면서 무릎이 쓸렸다. 피비 이모는 차 문을 쾅 닫았다.

"자, 이제 가자."

하지만 나는 가고 싶지 않았다. 여전히 무릎을 땅에 대고 흐느끼다가 소리를 지르며 울다가 몸을 뒤틀기까지 했다. 제발 보지 않게 해달라고 이모에게 빌었지만, 이모는 신경도 쓰지 않았다. 이모는 내 손목을 잡고는 나를 현관으로 질질 끌고 갔다.

피비 이모는 우리 엄마의 언니다. 엄마는 39살 때 세상을 등졌는데, 그때 이모 나이가 엄마보다 여덟 살 많은 47살이었다. 이모부인 짐은 이모보다 다섯 살이 더 많다. 이모네는 자식이 없었다. 내가 이모네와 함께 살기 시작하기 1년 전에 이모 부부는 퇴직했다. 이모부가 일했던 우체국의 산재보험에서 받은 장애 연금 덕분이었다. 이모네는 캠핑카를 한 대 사서 전국을 여행할 계획을 세우고 있었다. 그런데 갑자기 큰 슬픔에 빠진, 심지어는 항상 화가 나 있는 외로운 어린 소녀를 떠맡게 되었고, 여행 계획은 무기한 연기되었다. 이모는 이 상황을 별로 달가워하지 않았던 것 같다.

"집을 치워야 하니 네가 도와야지. 세입자들 상대하는 것도 이제 지친다. 이 애물단지를 팔아버리든지 해야지."

이모는 현관문을 열며 말했다.

현관에서 이모는 나를 안으로 밀었다.

그렇게 나는 집 안으로 들어갔다. 그날로부터 2년이라는 시간이 흘렀고 나는 다시 집으로 돌아왔다.

이모 말이 맞았다. 집은 텅 비어있었다. 하지만 내 머릿속에서 우리 집은 옛날 그대로였다. 우리 집에 있던 모든 물건이 생생하게 기억났다. 거실과 주방, 부엌이 하나의 공간으로 모두 연결된, 아담한 집이다. 벽은 하얀색으로 칠해져 있고 세입자들이 그림을 걸어놓았었는지 못이 박혔던 자국이 몇 개 있다. 하지만 원래 벽은 이렇지 않았다. 엄마가 벽 전체에 크레파스로 그려놓은 이상하게 생긴 괴물들이 있었다. 바닥에는 플라스틱으로 된 카펫 보호 필름이 깔려있었다. 엄마는 카펫이 모래로 되어있다고 생각했다. 캠벨 치킨 누들 수프 캔은 부엌의 찬장에도, 소파 뒤에도, 베란다로 나가는 문 앞에도 그득그득 쌓여 있었다. 수백 개는 족히 될 것이었다. 엄마는 장을 보러 갈 때마다 열댓 개씩 사서 들고 오곤 했었다.

집은 곧 쓰러질 것만 같았고, 어쩌면 귀신이 나올 것처럼 기괴

하고 조용했다. 내 귀에는 아바의 "방문객들"* 노래가 생생하게 들렸다. 엄마가 세상을 떠나기 전 마지막 주에 엄마는 이 노래를 온종일 틀어놨다. 말 그대로 노래 한 곡을 밤낮 가리지 않고 계속 반복해서 틀어놓은 것이다. 엄마는 방문객들이 도착하기를 기다리고 있다는 부분에서 큰소리로 노래를 따라 부르곤 했다. 마치 방문객들이 곧 도착할 것을 알고 있다는 듯이 말이다.

"침실부터 하자. 차에 가서 진공청소기와 청소도구를 가지고 올 테니 여기 있으렴."

이모가 말했다.

이모가 가고 나는 혼자 남았다.

머리가 쿵쿵 울리는 기분이었다. 어지러워서 나는 무릎을 꿇고 앉았다. 나는 엄마의 침실 문으로 이어지는 복도를 바라보았다. 마치 그날처럼 문은 닫혀있었다. 잘 닦여서 반짝이는 청동 문손잡이만이 어두움 속에서 빛나고 있었다. 나는 그날, 마치 널빤지 위를 걷는 해적과 같이 복도를 걸어 내려갔던 기억이 난다. 아바의 노래는 여전히 머릿속에서 울리고 있었고, 방문 안쪽에서 엄마는 흐느껴 울고 있었다.

안에서 무슨 일이 있었던 걸까?

하지만 나는 이미 잘 알고 있다. 방문객들이 도착한 것이다.

내가 복도에 얼어붙어 서 있는 사이에 이모는 진공청소기를 손에 들고 나를 빠르게 지나쳐갔다.

*   ABBA의 "The Visitors"

"빨리 따라오렴. 종일 치울 수는 없잖니."

이모는 부산스럽게 문으로 가서 청동 문손잡이를 돌려 문을 벌컥 열어젖혔다.

이모가 문을 열 때 나는 소리를 지르며 반대 방향으로 뛰어갔다. 다시 집의 한가운데로 간 나는 벽장 안에 숨었다. 벽장문을 꼭 닫고 안에서 단단히 잡아 쥐고 있었지만, 몇 초 후 이모가 와서 문을 열어버렸다. 이모 뒤의 창문에서 들어오는 빛으로 이모의 실루엣만 보였다. 나는 벽장 문에 기대었고 눈물이 마구 흘러내렸다.

"못 들어가겠어요."

"내가 하라고 하면 해야지. 이 못생긴 울보 계집애야."

"제발 들어가라고 하지 말아요."

이모는 작은 벽장 안으로 들어왔다. 우리는 얼굴과 얼굴을, 눈과 눈을 맞대고 서로를 쳐다보았다.

"잘 보렴. 너는 너희 엄마와 아주 똑같아. 너희 엄마도 어렸을 때 이렇게 벽장 안에 숨곤 했어. 세상이 감당이 안 될 때마다 도망간 거지. 우리 부모님은 너희 엄마가 하는 대로 내버려뒀어. 그리고 어떻게 되었는지 너도 잘 알지. 너희 엄마는 약하고 멍청하고 심지어 미쳐버렸어. 만약 내가 너를 똑같이 키울 거라고 생각한다면 너도 엄마처럼 될 각오를 해야 할 거야. 자, 그러니까 이제 게으르고 불쌍한 몸을 일으켜 침실로 가자꾸나."

나는 벽장 밖으로 나갈 용기가 나지 않았다. 시도조차 할 수 없었다. 다리에 힘이 풀려 주저앉았다. 나는 손가락 두 개를 목

구멍에 쑤셔 넣어 그날 아침에 먹은 팝 타르트와 우유를 이모의
다리 위에 다 게워 내었다.

10

응급실에서 퇴원 절차를 밟고 나올 때쯤 기념품 가게가 문을 열었다. 나는 갈아입을 옷을 샀다. 새 티셔츠와 반바지, 헐렁하고 챙이 넓은 모자, 선글라스를 사고 화장실에서 옷을 갈아입었다. 밖은 아직 아침인데도 불구하고 태양이 작열하는 7월의 또 하루가 시작되고 있었다. 나는 어제 밤을 꼬박 새우는 바람에 매우 지쳐 있었다. 거기다가 이 땡볕에 바이오에프엑스까지 짧지 않은 거리를 걸어가느라 녹초가 될 지경이었다. 하지만 차를 찾아야만 호텔로 돌아가서 내 짐을 챙겨 나올 수 있다. 어디로 가야 할지 모르겠지만 그렇다고 카지노 호텔에 계속 있을 수는 없는 노릇이었다.

이제 아무도 믿지 못하겠다. 사람들은 나를 미행한다. 나를 죽이려고 한다.

어쩌면 나도 엄마처럼 벽에 크레파스로 괴물들을 그리고 있는 격인지도 모른다.

회사 주차장에 도착한 뒤 길 건너에 있는 세븐일레븐에서 음료수를 하나 샀다. 나를 몰래 지켜보고 있는 사람이 있는지 확인하고 싶었는데, 다행히 주차장 근처에서 나를 보는 사람은 아무도 없었다. 나는 서둘러 차로 돌아와 앉았다. 시동을 켜려고 할 때 문득 생각이 난 게 있었다. 병원에서 퇴원한 첫날, 레드 록 캐니언에 가려고 차를 탔을 때, 내가 병원에 있는 동안 누군가 내 차 안에 들어왔었다는 기분이 들었다. 차 안의 거울이 접혀 있었다. 그리고 운전석 좌석의 위치가 바뀌어 있었다.

그때는 그냥 편집증으로 취급하고 잊어버렸는데 지금은 무엇을 믿어야 할지 도무지 모르겠다.

나는 운전석 문을 열고 밖으로 나왔다. 허리를 숙여 손으로 대시보드 아래를 훑었다. 아무것도 없었다. 다시 한번 최대한 손을 길게 뻗어 운전석 아래를 살펴보았다. 손으로 차체의 금속 프레임을 훑어보았지만 어떤 이상한 점도 찾지 못했다. 몸을 구부려 차 바퀴 아래도 살펴보았다. 비록 내가 무엇을 찾고 있는지 또는 내가 무엇을 보기는 보았는지 확실히 알 수 없었지만 말이다.

아무것도 없었다.

다시 몸을 일으켜 세웠을 때는 놀라서 꽥하고 소리를 지르고 말았다. 차가 두 대쯤 떨어진 정도의 거리에서 선 하워드 박사가 나를 지켜보고 있던 것이다.

"핼리, 무슨 일 있어요?"

박사가 나에게 말했다.

"오! 오, 네, 제가 뭘 좀 떨어뜨려서요."

"헬리 양이 제출한 초고를 자세히 볼 시간이 아직 없네요. 곧 보겠다고 약속드리죠. 하지만 대강 훑어보기만 해도 정말 훌륭했습니다."

"고맙습니다. 천천히 보시고 연락주세요."

내가 대답했다.

"사무실에서 필요한 게 있나요?"

하워드 박사가 물었다.

내가 왜 바이오에프엑스의 회사 주차장에 다시 나타났는지에 대해 아직 의문이 풀리지 않았기 때문이리라.

나는 최대한 순진한 표정을 지으며 엄지손가락을 추켜세웠다.

"아니요. 제가 어젯밤에 친구랑 같이 있었는데요. 저도 차가 있었는데 친구가 내려다 준다고 해서요. 주차해놓은 차를 찾으러 온 것뿐이랍니다."

"아, 그렇군요."

참 놀랍다. 일단 거짓말을 시작하면 그다음부터는 거짓말이 술술 나온다니까.

"음, 그렇다면 프로젝트에 대한 피드백은 이메일로 보내드리도록 하지요. 회사에서 편집하고 싶으시다면 그렇게 하셔도 좋습니다. 아니면 편하신 장소에서 편집하셔도 되고요."

"감사합니다."

"결과물이 정말 훌륭해요, 헬리 양. 질 올리버에게도 반드시 알려두도록 하지요."

"감사합니다."

하워드 박사는 건물 쪽으로 몸을 돌려서 가다가 이내 걸음을 멈추고 뒤를 돌아보았다.

"아, 어젯밤에 아내랑 통화했는데요. 아내가 솔티 걸에서 저녁을 먹었다고 하더군요. 그래서 솔티 걸을 좋아하는 또 다른 팬을 만났다고 말해주었어요."

약간의 시간이 걸려서야 나는 보스턴의 백 베이 근처 식당에 대해 나누었던 우리의 대화를 기억해 냈다. 내가 한 번도 가본 적 없는 도시에 있는 한 번도 가본 적 없는 식당 말이다. 하지만 분명히 나는 그곳에서 식사한 걸 기억하고 있다.

"사모님께서 좋은 시간 보내셨길요."

내가 말했다.

"정말 즐거웠다네요. 잘 가요, 핼리 양. 고마웠습니다."

나는 하워드 박사가 건물 안으로 들어갈 때까지 기다렸다. 그 후 내 차를 타고 주차장을 빠져나왔다.

20분 후 레드 록 호텔에 도착했을 때 나는 다시 신경이 곤두서기 시작했다. 혹시 내가 카지노로 돌아왔는지를 확인하려고 기다리고 있는 스파이가 있는 건 아닌지 걱정이 되었다. 최대한 빨리 들어갔다 나와야 한다. 가능한 호텔 로비를 지나가는 건 피해야 한다. 나는 호텔의 뒷문으로 가서 직원들이 차를 주차하게 되어있는 주차 창고로 향했다. 예전에 니코와 몇 번 여기에 주차한 적이 있다. 창고를 나오면서 챙이 넓은 모자와 선글라스를 착용했다. 호텔 건물 남쪽에 있는 직원 전용 출입구를 향했다.

당연히 안으로 들어갈 카드 키가 있을 리 만무했다. 나는 유리문을 손가락으로 두드렸다. 몇 초 후 유니폼을 입은 직원이 문을 열었다.

"안녕하세요."

나는 최대한 들뜬 목소리로 직원에게 말을 걸었다. 그러고는 키를 흔들며 말을 이었다.

"부탁 하나만 들어주실 수 있나요? 제가 15층에 머물고 있는데요. 혹시 직원용 엘리베이터를 타도 될까요? 남편이 로비에서 기다리고 있는데, 제가 나갔다 온 걸 모르게 하고 싶어서요. 가능할까요?"

이제는 거짓말이 정말 술술 나온다.

물론 100달러짜리 지폐를 직원의 손에 쥐여주는 것도 잊지 않았다.

"물론이죠. 안될 게 뭐가 있겠어요."

직원은 돈을 주머니에 넣으며 어깨를 으쓱했다. 직원은 나를 엘리베이터로 안내했고 나는 엘리베이터 문이 닫힐 때 직원에게 윙크해 주었다. 15층에 도착하자 나는 최대한 머리를 숙이고 호텔 내 CCTV를 피해 모자와 선글라스로 얼굴을 가린 채 복도를 걸어갔다. 안으로 들어가면서 제발 내 카드 키가 사용됐다는 알림이 프런트 데스크로 가지 않기를 기도했다.

나는 잽싸게 짐을 쌌다. 호텔에는 짐이 그렇지 많지 않았고, 나머지는 차 트렁크에 있다. 물론 나는 어디로 가야 할지 정하지 못했다. 내 머릿속에서 일어나고 있는 이 모든 말도 안 되는 일에 대한 답을 어떻게 찾아야 할지 모르겠다.

짐을 다 싸고 나갈 채비를 마치고 나는 방을 둘러보며 혹시 무언가 놓고 가는 건 없는지 확인했다. 그런데 솔직한 내 마음은 그게 아니라 혹시 평상시와 다른 무언가가 있는지를 찾는 데 혈안이 되어있었던 것 같다. 방에 있는 2구짜리 콘센트가 서로 모양이 다른 것을 발견한 것이다. 색이 달랐고 벽에 딱 들어맞지도 않은 것처럼 보였다. 좀 더 자세히 보려고 가까이 갔을 때, 마치 콘센트 고정 나사를 뺐다가 다시 끼기라도 한 듯 하얀색 가루 먼지가 콘센트 아래 카펫에 떨어져 있는 걸 발견했다.

나는 몸을 숙여 콘센트를 자세히 들여다보았다. 흔한 콘센트 같지 않았다. 보통은 나사로 고정되어 있지 않은 콘센트의 가운데 부분에 작은 불투명한 창이 있다.

이건 뭐지?

카메라 아냐?

그렇게밖에 설명할 수 없었다. 호텔 방의 콘센트가 소형 몰래 카메라로 바뀌어 있었다. 나를 지켜보고 있었다. 내가 옷을 갈아입는 것을. 내가 자는 모습을. 니코와 사랑을 나누는 모습을. 당연히 바로 지금도 나를 지켜보고 있을 것이다.

내가 돌아왔다는 것을 알고 있다.

나는 충격에 비척비척 몸을 일으켜 가방을 집어 들고는 호텔 방을 뛰쳐나왔다. 만약 누군가 나를 지켜보고 있다면 곧 나를 맞으러 올 것이다. 나는 다시 모자와 선글라스를 쓰고 가방을 복도에 질질 끌면서 걸었다. 계단으로 갈 시간이 없다. 나는 호텔 엘리베이터를 타고 로비로 곧장 갔다. 엘리베이터 문이 열리면 어떤 일이 벌어질까?

누군가 나를 기다리고 있을까?

하지만 카지노 근처는 조용했다. 아무도 없었다. 나는 밖으로 나와서 호텔 출구로 향했다. 하지만 로비의 중앙 홀 즈음 갔을 때 나는 프런트 데스크 쪽을 슬쩍 쳐다보았다가 그 자리에서 얼어붙고 말았다. 불과 몇 미터 떨어지지 않은 곳에서 니코가 라스베이거스 경찰들과 이야기를 나누고 있었다. 그들이 누구에 대해서, 또는 무엇을 이야기하는지는 너무 뻔했다.

나를 찾고 있다.

니코는 아직 나를 보지 못했다. 나는 니코가 내 쪽을 보기 전에 몸을 돌렸다. 니코가 내 뒷모습을 보고 나를 알아채지 않기를 바랐다. 나는 호텔 건물 뒤쪽으로 가서 수영장으로 이어지는 문으로 나갔다. 수영장은 분주하고 더웠다. 작열하는 태양 아래 아이들은 물을 튀기고 놀고 있었고 수영복을 입은 남자와 여자들이 느긋하게 서 있었다. 나는 침착한 척하려고 애를 썼다. 해서 천천히 가방을 끌고 야자수 사이를 지나 야외 주차장으로 연결된 계단으로 향했다. 직원용 주차 창고에 도착해서 내 차를 찾았다. 호텔 안에 있었던 시간은 불과 10분이 채 되지 않을 것이다.

경찰이 나를 찾고 있다.

낯선 사람들도 나를 찾고 있다. 내 일거수일투족을 감시한다.

'대체 무엇 때문에?'

창고에서 차를 몰고 나와서 나는 주차장 출구에서 앞의 차들이 빠지기를 기다리고 있었다. 드디어 앞의 차들이 서서히 빠지기 시작하자 나는 가속 페달을 밟았다. 하지만 이내 다시 브레이크를 잡아야 했다.

내 바로 앞에서 검은색 SUV가 호텔 정문을 향해 돌진하고 있었기 때문이다. 차창은 어둡게 선팅이 되어있어 안을 볼 수는 없었지만 나는 누가 운전자인지 잘 알고 있다. 긴 금발 머리의 그 남자일 것이다. 카지노 뒤의 골목에서 피하주사기를 들고 따라왔던 그 남자 말이다.

나는 운전대를 꽉 잡았다. 나는 눈을 꼭 감았다.

정말, 정말 피곤했다. 이렇게 피곤했던 적이 과연 있기는 했었는지 기억도 나지 않는다. 아마 1초 아니면 2초 정도 졸았나 보다. 내 뒤의 차가 갑자기 경적을 울리는 바람에 나는 화들짝 놀라서 깨었다. 내 앞을 보니 SUV는 이미 사라지고 없었다. 나는 양방향을 다 바라보았지만, 그 어느 쪽에도 SUV는 없었다.

'맙소사.'

그 차가 정말 거기 있었던 걸까?

정말 모르겠다.

11

나에게 지금 당장 필요한 것은 잠이다. 오, 하느님. 절실하게 잠이 필요하지만, 라스베이거스의 한낮 기온이 45도를 웃도는 상황에서 차에서 잘 수는 없는 노릇이다. 다른 카지노 호텔에 가는 것도 생각해 봤지만, 아무래도 카메라가 조심스럽다. 게다가 신용카드를 써서 체크인하고 싶지는 않았다. 일단 그들이 내 카드를 정지시켰을 수 있다. 또 다른 이유를 들자면 혹시나 내 카드의 사용 승인이 나는 순간 경찰에게 연락이 갈 수도 있겠다는 생각이 들었다.

내가 할 수 있는 유일한 일은 내가 정말로, 정말로 하기 싫은 일이다. 바로 섬머린에 있는 이모 집에 가는 것 말이다.

피비 이모와 짐 이모부의 집은 레이크 미드 근처의 푸에블로 올드 타운에 있는 작은 타운하우스다. 내가 열 살에 이모 부부와 같이 살기 전부터 두 분은 그 집에 살았다. 집은 이웃의 다른 집들과 다를 바 없는 평범한 모양새였다. 똑같은 베이지색 회반죽 벽에 빨간 벽돌 지붕, 그리고 뒷마당 쪽에는 우표 자국으로 얼룩진 더러운 베이지색 벽이 있었다. 내가 어렸을 때는 마치 감옥에 갇혀서 생활하는 것 같은 기분이었다.

이웃 중에는 수영장이 있는 집도 있었지만, 그러한 사치는 피비 이모에게 너무나 하찮은 것이었다. 나는 정말, 정말, 정말 수영을 좋아해서 할 수만 있다면 매일 수영을 하고 싶었다. 내가 11살쯤 됐을 때였나? 이모에게 우리도 수영장이 있는 집으로 이사 가면 안 되겠냐고 물어본 적이 있다. 물론 이모의 대답은 단칼에 '안돼'였다. 이모는 수영장이 멍청한 생각이며 예쁜 여자아이들이나 수영하는 거지 나같이 못생긴 애는 수영복으로 몸을 드러내서는 절대로 안 된다고 고래고래 소리를 질렀다.

못생겼어.

이모가 즐겨 쓰던 말이다.

이렇게 많은 세월이 흘렀고 나는 이제 더 이상 아이가 아니지만, 피비 이모의 욕은 언제나 내 머릿속에 생생하게 남아 있다. 내가 나 자신에게 실망할 때마다 내 머릿속에서는 이모의 목소리가 울린다. 이모는 나를 싫어했고, 나도 이모가 싫었다.

나는 이모 집 진입로에 차를 대고 초인종을 눌렀다. 이제는 머리가 희끗희끗한 60대의 이모가 문을 열었다. 이모는 마치 시든 포도처럼 쪼그라들어가고 있었다. 우리가 서로 못 본 지 일 년이 넘었는데도 이모는 현관에 내가 서 있는 게 그다지 놀랍지 않은 모양인지 한마디 말도, 인사도 없이 나를 안으로 맞았다. 집은 마치 무덤처럼 우울했다. 밖에서 들어오는 열기를 막기 위해 창문을 모두 블라인드로 닫아놓았다. 그래도 집은 따뜻했다. 이모가 에어컨 설정 온도를 절대로 26도 아래로 낮추지 않기 때문이다. 이모의 집에는 내 인생의 전부가 담겨 있는 것 같다. 마치 바싹 마른 침대보에서 나는 가짜 아로마 향기처럼.

이모부는 휠체어에 앉아서 거실에 있는 텔레비전을 보고 있었다. 우체국에서 다친 후 몇 년에 걸쳐 이모부의 다리가 굳었고, 이제는 더 이상 걸을 수 없다.

"이모부, 안녕하세요?"

이모부를 불러보았다.

이모부는 이모와 다르게 언제나 나에게 최선을 다했다. 내가 이모부에게 까다롭게 굴 때도 예외 없이 말이다. 이모부는 정말로 좋은 사람이다. 평생 인생이 불공평하다고 생각하고, 그 사실을 모든 사람에게 알리려고 하는 이모 같은 여자를 데리고 사는 것만 봐도 알 수 있다. 아마도 이모부는 수년간의 경험을 통해 이모를 어떻게 다뤄야 하는지 잘 알고 있으리라.

"핼리. 나랑 '우리말 겨루기' 같이 볼래?"

이모부가 따뜻한 미소로 나를 맞았다.

텔레비전 화면을 힐끗 보자마자 정답이 머릿속에 떠올랐다. 영화 제목이고, 두 단어로 이루어져 있다. 첫 단어는 'ㄴ'으로 시작한다. 그렇다면 정답은 '나일강의 보석'이다.

"아니요, 괜찮아요."

피비 이모는 손을 좁은 엉덩이 위에 올렸다. 이모는 비록 엉망진창으로 잡힌 주름으로 얼굴이 처지기는 했지만 나나 엄마와 마찬가지로 키가 크고 말랐다.

"도대체 여기는 왜 온 거니? 원하는 게 뭐야?"

"아무것도 없어요."

"그래? 그럼 왜 온 거니?"

이모가 콧방귀를 끼었다.

이모는 항상 내가 마치 이모 부부에게 끝도 없는 짐인 것처럼 취급했다. 솔직히 내가 이 집에서 산 건 랜드그랜트 대학교*를 졸업할 때까지뿐이었다. 대학 때는 생활비를 냈다. 지난 몇 년 간 인생의 굴곡에도 불구하고 절대로 이모와 이모부에게 도움을 요청하지 않았다. 갈 데가 없어서 친구네 아파트 사이에 있는 의자에서 지내거나 크래프트 마카로니와 치즈로 끼니를 때우며 월급을 기다리는 한이 있어도 나는 내가 독립적으로 잘 살 수 있음을 증명하고 싶었다. 하지만 아무 소용 없었다. 이모 눈에 나는 여전히 당신들의 연금이나 축내는 작은 소녀일 뿐이었다.

"몇 시간만 잘 곳이 필요해서요."

내가 대답했다.

"왜? 지금 무슨 문제라도 생긴 거냐?"

나는 심드렁하게 지난 며칠간 있었던 내 이야기를 지어냈다.

"프로젝트 때문에 계속 밤을 새우는 바람에 너무 피곤해서 집까지 운전하고 갈 자신이 없어서요. 제 방에서 몇 시간만 자도

---

*　　　미국 네바다주 라스베이거스에 있는 대학

될까요? 일어나면 바로 떠날게요. 약속드려요."

나는 거짓말과 함께 부탁했다.

"몰골이 말이 아니구나."

이모가 말했다.

"고맙습니다."

"여전히 약을 하는 게 분명해."

"끊으려고 노력하고 있어요."

"그 끔찍한 토하는 습관은 어떠니? 얼굴만 봐도 알 수 있어. 지금도 토하는 게 분명하구나. 감히 내 집에서 그럴 생각은 하지도 말아라. 네 토사물을 또 치울 생각을 하면 끔찍해."

"저 지금 진짜 잠이 필요해요. 쓰러지기 일보 직전이라고요."

이모랑 같이 있으면 나는 다시 오갈 데 없는 불쌍하기 짝이 없는 아이가 된다. 이모의 목소리에서 새어 나오는 콧소리는 마치 칠판에 대고 손톱을 드르륵 긁는 것과 같이 내 신경을 긁는다. 속이 뒤틀리고 다시 혼자인 듯한 슬픔이 온몸을 감쌌다. 그렇다고 이모 앞에서 내가 무너지는 꼴을 보여주기는 싫었다.

"그만 좀 둬요, 여보."

거실에서 이모부의 목소리가 들렸다.

"어쨌건 네 일은 네가 알아서 해야지."

이모는 나를 노려보며 말했다. 그러고는 비수처럼 날카로운 마지막 말로 내 가슴을 후벼팠다.

"어째 갈수록 아무 쓸모 없는 제 어미랑 똑같아지는지."

나는 발을 힘없이 질질 끌며 옆집 벽을 바라보고 있는 작은 침실로 향했다. 창문 밑으로는 검은 돌로 표시가 된 콘크리트 보도블록이 있었다. 10대 소녀이던 시절, 나는 이 방에서 침대에 누워 책을 읽고 린킨 팍의 노래를 헤드폰으로 들으며 일기를 썼다. 상담사 한 명이 내가 글 쓰는 걸 좋아한다는 이야기를 듣더니 나에게 일기를 써볼 것을 제안했다. 나는 이 집에서 나올 때 그 일기를 불태워버렸다. 이곳에서 지낸 세월 중 내가 기억하고 싶은 건 정말이지 단 하나도 없었다. 솔직히 말해서 나는 내가 기억을 잃어버린 그 하루가 아니라 유년 시절 전부의 기억을 잊고 싶다.

아무것도 바뀐 게 없었다. 방은 내가 예전에 학교를 다닐 때와 완전히 똑같았다. 깔끔하고 먼지도 없었다. 이런 게 이모의 주특기니까. 눈을 감으면 내가 10살, 14살, 18살, 21살로 돌아갈 수 있을 것만 같았다.

나는 창가로 가서 블라인드를 열었다. 열자마자 유리를 통해 밖의 열기가 훅하고 들어왔다. 따뜻하니까 훨씬 더 피곤해졌다. 나는 창가에 서서 몇 미터 떨어진 이웃집의 칙칙한 벽을 바라보았다. 카심 가족이 살았었다. 아론과 줄리아, 그리고 두 아들인 해럴드와 별명이 로니였던 아론 주니어가 말이다. 그 전 주인 가족이 집을 팔고 와이오밍 주로 이사를 간 뒤 나서 카심 가족이 이사를 들어왔다. 카심 가족의 집에는 수영장이 있었고, 나는 물이라고 하면 도무지 질리지를 않았다. 이전 집 주인들은 언제나 내가 원할 때 수영을 하게 해주었다. 나이가 많은 노부부였고 그래서 어린이가 물에서 노는 모습을 보는 게 좋았던 것 같다. 그

노부부가 떠난 뒤 내 방에서 마주 보이는 방이 로니의 방이 된 것은 내 나이 14살 때이다.

나는 로니에게 전처럼 수영장에 가서 수영해도 괜찮냐고 물어보았다. 로니는 당연히 괜찮다고 했다. 그러더니 수영복 아랫도리를 내리면서 수영장을 쓰는 대가가 무엇인지를 말했다.

아, 지긋지긋하다. 나는 정말 이 집이 싫다.

나는 블라인드를 닫고 가까스로 침대로 가서 마침내 쓰러져 잠을 잤다.

눈을 감자마자 다음 꿈이 시작되었다.

아주 길고, 화가 나는, 생생한 꿈이었다.

이번에는 절벽에 있는 게 아니었다. 정말로 저택이라고밖에 할 수 없는 집 안에 있었다. 나의 침실은 넓고 우아했으며 아주 작은 요소까지 세밀하게 꾸며져 있었다. 두꺼운 핸드메이드 퀼트가 퀸사이즈 침대를 덮고 있었고, 퀼트를 이루는 각 정사각형에는 과일과 채소가 수놓아져 있었다. 가지, 아티초크, 딸기, 파인애플. 퀼트의 한쪽은 하녀가 살짝 걷어서 완벽한 삼각형을 만들었다. 복숭아색 침대 시트가 드러났다. 빈티지 벽지로 발라져 있는 벽은 마치 햇빛 사이로 여러 색깔의 장미들이 자라고 그에 잘 어울리는 나비들이 공중에 날아다니는 오래된 바닷가를 연상하게 했다. 방의 다른 가구들은 모두 체리 색의 고가구들이었다.

방은 너무나 아름다웠지만 어쩐지 비현실적으로 깨끗해서 그 어느 것도 만지거나 앉을 수 없는 금기의 장소처럼 느껴졌다. 나는 이곳을 싫어하기로 했다. 나는 달아나고 싶고, 도망가고 싶고, 그래서 완전히 다른 삶을 살고 싶다. 나는 정말로 이곳에 어울리지 않는 이방인이다.

해변 쪽으로 난 넓은 창밖으로 어두움이 내렸다. 창문 옆에 서니 내 침실이 이 저택의 제일 꼭대기에 있는 걸 알 수 있었다. 15,000평은 족히 될법한 엄청난 정원이 내 발밑으로 펼쳐져 있고 정원 너머로 절벽과 바다가 있었다. 달은 은은하게 은색 빛을 비추고 있었다. 내 꿈의 세계에 항상 등장하는 포세이돈 동상의 검은 형체도 볼 수 있었다.

나는 하나하나 깊이 보려고 손을 뻗었다. 내 손가락은 길고 가늘며 손톱은 완벽하게 매니큐어가 칠해져 있었다. 나는 긴 금발 머리를 손가락으로 빙빙 돌리면서 초조하게 콧노래를 흥얼거렸다. 아까 햇빛 아래 엘리야가 내 손을 잡고 골프채를 어떻게 휘두르는지 가르쳐줄 때 입었던, 해바라기가 몇 송이 수놓아진 원피스를 입고 있었다.

엘리야.

아는 이름이다. 머릿속에서 이름이 떠올랐다.

즐거운 감정이 나를 감쌌다. 감정은 시시각각 변했다. 초조함. 흥분. 기대. 나는 내 책상 근처 호두나무로 만든 협탁 쪽을 바라보았고 거기에는 반쯤 옷이 들어있는 오래된 가죽으로 만든 여행 가방이 있었다. 나는 꼭 필요한 물건들만 가져갈 것이다. 나머지는 두고 갈 것이다. 며칠만 있으면 나는 떠난다. 완전히 새로운 인생, 새로운 시작이 기다릴 것이다.

나는 내 방을 나와 아래로 내려갔다. 내 발은 마치 날 듯이 나선형 계단을 내려가 가족 초상화를 지나 샹들리에의 반짝이는 청동과 크리스털 불빛을 지났다. 커다란 현관문을 통해 밖으로 나갔다. 너무나 흥분돼서 잠을 잘 수 없었다. 신선한 바다 공기와 별빛을 느끼고 싶었다. 하지만 내가 문밖을 나서기도 전에 멀지 않은 곳에서 분노에 찬 목소리가 들렸다. 내 이마에 불행한 작은 주름이 잡히면서 나는 불이 꺼져 있는 길고 긴, 어두운 복도를 따라갔다. 복도의 한쪽은 창문으로 되어있었다. 다른 한쪽은 금빛 나뭇잎과 대리석 타일로 장식된 연회장이었다. 큰 소리는 연회장 안에서 나오고 있었다.

내 앞에 이미 이 상황을 지켜보고 있는 스파이를 보았다. 10대 소녀가 문 근처에 서 있었다. 얼굴을 문틈에 가까이 대고 안을 들여다보고 있었다. 소녀는 15세 정도, 소녀에서 여성 사이의 나이로 키가 크고 말랐으며 예뻤다. 소녀는 노출이 심한 비키니를 입고 있었는데, 허리에 두른 랩 원피스로 간신히 몸을 가리고 있었다. 소녀는 내가 오는 걸 보자 연회장 문으로부터 물러서서 나에게 이상하게도 능글맞게 웃었다.

"이번에는 진짜 제대로 싸우는 것 같아."

그러더니 소녀는 마치 요정처럼 맨발로 저택의 뒤쪽 테라스로 달려갔다.

나는 소녀 대신 눈 한쪽을 문틈에 대고 연회장 안을 몰래 들여다보았다. 그들이 돌아보지 않으면 좋겠다고 생각했다. 보통 화려한 크리스마스 파티나 여름 댄스파티를 여는 공간이었다. 연회장 안에서 결혼식 장식을 볼 수 있었다. 식탁보가 덮인 식탁과 불을 밝혀주기를 기다리는 길쭉한 초와 벽에 있는 두꺼운 하얀 천 장식, 레이스 커튼과 신선한 꽃들로 장식된 무대, 희미하지만 로맨틱한 불빛으로 반짝이는 촛대까지 말이다.

남자와 여자가 단상 근처에서 마주 보고 있었다. 남자는 경직된 듯 움직이지 않고 서 있고 여자는 왔다 갔다 하고 있었다. 여자의 하이힐이 니스칠한 참나무 바닥 위를 마치 총성처럼 또각또각 부딪히고 있었다. 여자의 긴 머리는 나와 같이 금발이지만 얼굴은 전반적으로 부조화를 이루고 있었다. 눈이 너무 큰 감이 있었고 코는 구부러지고 너무 길었으며 입도 너무 컸다. 남자에게 소리를 지르고 있는 여자의 얼굴은 눈물로 얼룩진 데다가 분노로 일그러져 있었다. 여자는 남자의 얼굴에 길고 가는 손가락으로 삿대질을 하면서 분노를 퍼부었다. 여자의 얼굴은 마치 한여름 태양만큼이나 강렬하게 불타오르고 있었다. 항상 이렇게 분노가 가득 찬 스타일인 것 같았다.

"나쁜 놈! 어떻게 나한테 이럴 수가 있어? 어떻게? 나한테 이렇게 뒤통수 칠 수가 있냐고! 절대 그러면 안 되지. 나는 내 평생 너만 좋아했는데. 그 대가가 고작 이거란 말이야?"

여자의 분노는 마치 잔잔한 파도가 모래를 살짝 스치듯 남자에게는 아무 영향이 없어 보였다. 남자는 여자를 울게 놔두었고, 여자가 말을 멈추자 그제야 입을 열었다.

"꼭 지금 이렇게 해야 했어?"

남자는 심지어 시계도 보았고, 남자의 이러한 행동은 여자의 분노를 더욱 들끓게 했다.

"아, 그럼 나중에 하자고? 결혼한 다음에? 신혼여행에서 이 문제를 의논해야겠어? 내가 생각할 때는 지금이 너의 바람에 대해 들을 수 있는 완벽한 타이밍인 것 같은데. 결혼식은 취소야!"

"말도 안 되는 소리 좀 하지 마. 취소되는 건 없어."

남자는 완전히 차분하게 대답했다.

남자는 20대 중반쯤으로 어려 보였고, 잘생겼다. 키가 크고 명문가의 자제답게 우아했으며 운동선수와 같은 건장한 몸을 지니고 있었다. 머리는 금발이었는데 짧은 스포츠머리를 하고 있었다. 지퍼가 달린 파란색 후드점퍼와 카키색 반바지, 그리고 양말을 신지 않은 채 고급스러운 단화를 신고 있었는데, 마치 부잣집 도련님의 여름 제복 같아 보였다.

"나는 너랑 결혼 안 할 거야! 알아들었어? 이제 아니야. 나는 네가 어떤 인간인지 확실히 알았거든. 헤어져. 우리는 끝이야!"

남자는 마치 여자가 훈계가 필요한 아이에 지나지 않는다는 듯 한숨을 내쉬었다.

"우리 같은 집안에서는 규칙이 다르잖아. 그걸 꼭 입으로 말해야 알겠어?"

"아, 그렇지, 맞아. 우리는 집안 돈이 밖으로 새어나가지 않도록 해야 해. 맞지? 사업의 합병이나 결혼이나 다를 게 뭐가 있겠어. 그래도 나는 이상하게 네가 정말로 나를 좋아할 거라고 생각했어. 내가 평생 절대로 한눈판 적이 없기 때문이지."

"정말 너를 사랑해, 사바나."

"도대체 그 사랑 타령이 너한테는 무슨 의미가 있는 거니?"

"무슨 의미냐면, 네가 지금까지 자라온 대로 그대로 살게 해줄 수 있다는 거야. 우리는 유럽에 가서 아이를 낳고 강아지들을 기르면서 부유하고 중요한 사람들과 훌륭한 음식을 먹을 거야. 우리가 사는 세상에서는 이게 바로 사랑의 정의지. 충격받은 척하지 마."

"그러면서 너는 내 등 뒤에서 다른 여자들이랑 놀아났잖아. 누구야? 말해."

여자가 얼굴을 남자에게 아주 가까이 들이대서 마치 두 사람의 얼굴이 거의 닿을 것만 같았다.

"적절하지 않아."

"카라야? 넌 내 절친과 자는 것도 아랑곳하지 않을 것 같은데. 게임의 일종이니까."

"됐어."

"말해."

"좋은 생각이 아닌 것 같아. 솔직히 말해서 네가 상관할 일이 아니라고 생각하고."

"내가 상관할 일이 아니라고? 장난해?"

여자는 내가 서 있는 연회장 문 쪽으로 몸을 돌렸다. 여자의 푸른색 눈은 어두움 속에서 분노로 이글거렸다. 얼굴은 아주 꽉 조여진 코르셋 같았다. 아주 많이 경직되어 있었으며, 비통함과 질투로 얼룩져 있었다.

"걔지? 맞지? 항상 걔야."

여자는 쇳소리를 냈다.

나는 여자의 눈에 내가 띌까 봐 걱정되어서 복도의 어두움 속으로 한발 물러섰다.

하지만 남자의 부드러운 목소리는 미동도 없었다.

"누구?"

"누군지 알잖아. 내 동생. 모든 사람이 내 동생을 원하고 모든 사람이 걔를 사랑하지. 내 동생이 천사에 엄청 좋은 사람인 건 나도 알아. 교활한 거짓말쟁이 같으니라고. 밤에 걔가 몰래 밖으로 나가는 걸 한두 번 본 줄 알아? 어디로 가는지 내가 모른다고 생각해? 자, 사실대로 말해봐. 내 동생이랑 잤어?"

* * *

눈을 떴다. 심장이 요동쳤다.

나는 여전히 섬머린에 있는 내 작은 침실의 작은 침대에 누워 있다. 공기는 숨 막힐 듯이 답답했다. 칙칙하고 우울한 가구를 바라보았지만, 눈앞에는 여전히 화려한 연회장이 아른거렸다. 이번 꿈도 공기 중에 섞인 열기처럼 쉽사리 사라지지 않았다. 아주 사소한 하나하나까지도 다 기억이 났다. 가슴을 찌르는 듯한 아픈 감정이 고스란히 느껴졌다. 나는 머릿속에서 다른 사람의 인생을 살고 있지만, 지금은 나의 인생이기도 하다.

꿈속에 나온 사람들은 나의 일부다.

연회장의 그 여자. 나는 그 여자를 본 적이 있다.

여자는 내 언니다. 죽었다. 골프채에 맞아 두개골이 다 부서진 채 내 발밑에 누워있던, 사바나.

그리고 그 남자. 나는 남자도 알고 있다. 얼굴을 본 적이 있고 목소리도 알 것 같다. 단지 꿈에서나 환각으로 본 것이 아니다. 며칠 전 전화 통화에서 들은 목소리다. 의심의 여지가 없었다. 꿈에서 남자는 젊었지만, 그러니까 훨씬 더 젊었지만… 그 사람이 맞다. 내 심장을 다시 작동시켜 내 목숨을 구해준 바로 그 사람인데, 그가 내 꿈에 나온 것이다.

연회장에 있던 남자는 바로 리드 스미스 의사다.

나는 침대에서 일어나 창가로 걸어갔다. 블라인드 사이로 바깥을 내다보았다. 벽의 반대쪽에 이웃집, 로니 카심의 방 창문이 보였다. 로니는 몇 년 전 이곳, 네바다를 떠나 다시는 돌아오지 않았다. 하지만 나는 여전히 로니가 자기 방에 있는 것 같다. 우리의 자정 전통이 내가 침실에서 '하는 것'을 로니가 바라보는 것이었기 때문이다.

어쩌면 리드 스미스도 같은 종류의 인간이 아닐까 생각한다.

'우리 같은 집안에서는 규칙이 다르잖아.'

나는 주머니에서 핸드폰을 꺼내 들었다. 통화목록에서 스미스 의사의 전화번호를 찾는 데에는 그리 오래 걸리지 않았다. 나는 버튼을 눌러 스미스 의사에게 전화를 걸었다. 감정이 배제된 귀족적인 그의 목소리가 기억난다. 연회장에서 말할 때와 똑같은 톤 말이다.

통화 연결음이 울리기 시작하자 나는 스미스 의사가 뭐라고 말할지 궁금해지기 시작했다.

'당신은 대체 누구세요?'

하지만 그보다는 '도대체 나에게 무슨 일이 일어나고 있는 거죠?'라고 묻고 싶었다. 스미스 의사는 답을 알고 있으리라는 확신이 있었다.

하지만 전화는 연결되지 않았다. 몇 번 정도 신호가 가더니 없는 번호라는 안내가 나왔다. 다시 전화를 걸어보았지만, 여전히 똑같은 메시지가 나올 뿐이었다. 스미스 의사가 나에게 전화를 걸었던 번호였는데, 이제 더 이상 존재하지 않는다.

전화번호를 바꾼 게 틀림없다.

나 때문이라는 걸 나는 알고 있다.

침대에 다시 앉아서 핸드폰의 사파리 브라우저로 존스 홉킨스 대학의 웹사이트를 찾아보기 시작했다. 웹사이트의 검색 창에 "리드 스미스"를 쳐 보았다. 그런데 검색 결과에는 스캇 스미스라는 선수의 박스 라크로스* 점수, 리드 톰슨이라는 선수의 야구 점수, 그리고 윌리엄 리드라는 안과 전문의의 동문 뉴스 기사 정도가 뜰 뿐이었다.

정작 리드 스미스라는 의사는 검색 결과에 없었다.

그래서 다음으로 나는 의과대학 웹사이트로 넘어갔다. 교수진 명단을 뒤져서 아민 스미스, 완리 스미스, 더글라스 스미스, 허먼 스미스, 캘리 스미스 외 약 6명의 다른 스미스들을 찾았지만,

---

* 마루로 된 실내 하키 링크에서 하는 라크로스의 일종

리드 스미스라는 이름의 의사는 존재하지 않았다.

존스 홉킨스에서 가르치거나 의료 행위를 하거나 연구를 하는 사람 중에는 그런 사람이 없다.

리드 스미스 의사는 실존 인물이 아니다.

12

밤이 오고 나는 섬머린 집의 작은 뒷마당에 혼자 앉아있었다.
황량한 바위 사이에 외로워 보이는 몇 그루의 가시 많은 선인장
을 제외하면 벽 안쪽으로는 사막이라 할 만한 어떤 요소도 보이
지 않았다. 선인장은 낡고 뾰족했는데, 꼭 이모의 모습을 형상화
한 것 같았다. 나는 낡은 야외 의자에 앉아서 멀지 않은 곳에서
들리는 차 소리에 귀를 기울이고 있었다. 서쪽으로 보이는 산의
형상이 지평선 위로 우뚝 솟아 있었다. 청명한 밤이었고, 기온도
26도 정도로 내려가 낮에 비하면 훨씬 선선하게 느껴졌다.

"같이 앉아도 될까?"

이모부가 휠체어를 밀고 내 옆으로 왔다. 나는 정원으로 나오
는 문을 흘깃 보아 이모가 함께 있지 않은지를 확인했다. 이모
때문에 강제로 기분 나쁜 과거를 회상하는 것이 지금 기분으로
제일 하고 싶지 않은 것이다.

"피비는 이미 자러 들어갔단다."

이모부는 마치 내 마음을 읽은 양 미소로 대답했다.

"오, 잘 됐네요."

"담배 피워도 괜찮을까? 피비는 집에서 담배 피우는 걸 허락하지 않지만 이건 내 마지막 남은 즐거움 중 하나거든."

"그럼요."

나는 어깨를 으쓱했다.

이모부는 바지 주머니에서 시가 담배를 꺼냈다. 시가 담배에 불을 붙이고 몇 모금 빨고 나서 연기를 내뿜으니, 고요한 하늘에서 천천히 움직이는 구름처럼 공중에 흩어졌다.

"너도 한 번 피워보련?"

"한번 해 봤잖아요. 그때 별로였어요."

나는 이모부에게 다시 한번 과거의 일을 상기시켜 주었다.

이모부는 내가 13살 때 시가 담배를 피워보라며 주었고 나는 담배를 무는 즉시 뱉어버렸다.

"아, 그랬지. 내가 깜빡했네."

이모부는 미소를 지으며 말했다.

우리는 아무 말도 하지 않고 가만히 앉아있었다. 이모부는 담배를 피웠고, 나는 라스베이거스의 불빛을 능가할 정도로 밝은 별을 바라보았다. 이모부는 원래 몸집이 좀 있는 분인데, 휠체어에 갇혀 생활하게 되면서 훨씬 더 몸집이 커졌다. 이모부의 혈색은 약간 누렇게 떠서 창백했으며, 머리는 점점 하얘지고 머리카락은 점점 가늘어지고 있었다. 그다지 몸이 좋아 보이지 않았다.

하지만 이모부는 언제나 삶에 대해서 좋은 게 좋은 것이라는 신념을 가지고 있다.

"무슨 생각을 하니, 핼리?"

이모부가 전혀 평범하지 않지만, 평범한 말투로 물었다.

나는 지금 내가 어디에 있는지를 생각했다. 이 집. 시간이 얼마나 지났는지는 상관없다. 이 집에 돌아오면 나는 다시 아이가 된다. 일 년 넘게 오지 않았는데 아무것도 변하지 않았고, 앞으로도 아무것도 변하지 않을 것이다. 하지만 나에게 앞으로가 있을 거라고는 생각하지 않고 이모부도 그 사실을 아는 것 같았다. 나는 이 집에, 다시는 돌아오지 않을 것이다.

"그 사람은 왜 이렇게 저를 싫어할까요?"

내가 물었다.

"누구…, 피비?"

"네."

"피비는 너를 싫어하지 않는단다."

"그렇지만 정말 싫어하는 것 같아요."

이모부는 마치 아빠처럼 다정하게 내 손목을 가만히 두드렸다.

"너는 똑똑한 아이야, 핼리. 너희 엄마처럼 말이지. 너는 훌륭한 일을 해야 하고, 언젠가 네가 반드시 그렇게 될 거라고 믿는다. 피비도 그런 점을 잘 알고 있어. 피비는 너를 싫어하는 게 아니란다. 다만 질투할 뿐이지. 너희 엄마도 똑같은 이유로 질투했었고, 피비와 나는 둘 다 평범하단다. 평범한 사람들은 평범하지 않은 사람들과 같이 지내는 게 때로 힘들 수 있어."

이모부는 시가 담배를 피우더니 빙긋이 웃었다.

"신경 쓰지 마라. 지금까지 내가 피비에 대해 한 말은 그냥 너만 알고 있어."

"네. 우리 둘 사이의 비밀로 해요."

나도 또한 미소로 화답했다.

이모부가 별을 바라보더니 이내 고개를 돌려 정원으로 나오는 문을 바라보았다. 그러고는 담배를 몇 모금 더 빨더니 목소리를 낮춰 물었다.

"혹시 무슨 문제가 생겼니, 핼리?"

"왜 그런 말씀을 하세요?"

"경찰이 얼마 전에 전화했었어. 너를 찾더구나."

나는 의자에서 벌떡 뛰어올랐다.

"경찰이요? 뭐라고 말씀하셨어요?"

"긴장하지 말고. 경찰한테는 너를 못 본 지 몇 달은 족히 되었다고 말했어. 그게 그 사람들이 알고 싶은 내용 같아서. 그리고 걱정하지 마라. 이모가 아니고 내가 전화를 받았으니까."

"가야겠어요. 떠나야겠어요."

나는 이모부에게 말했다.

"무슨 일이 있었던 거냐?"

"네. 누군가 죽었어요. 누군가… 죽임을 당한 거죠. 그렇지만 제가 잘못한 건 하나도 없어요."

"내가 도울 수 있을까?"

"이모부까지 끌어들일 수는 없어요."

"음, 그래도 괜찮아. 너도 알다시피 우리는 가족이잖니. 그게 내 일이란다."

"고마워요, 이모부. 하지만 이모부께서 해주실 일은 아무것도 없어요."

"돈이 필요하니? 내가 돈이 많지는 않지만 내가 가지고 있는 돈을 너에게 줘도 괜찮아."

"아니요. 지금 당장은 괜찮아요."

나는 일어나려고 했다. 하지만 이모부는 나를 부드럽게 밀어 다시 의자에 앉혔다.

"서두를 필요 없어, 핼리. 네가 가야 하는 것 나도 잘 안다. 하지만 솔직히 말해서 네가 없을 때 많이 보고 싶었단다. 그리고 왠지 네가 다음 번에 집에 들렀을 때는 내가 없을 수도 있겠다는 생각이 드는구나. 너는 물론 다시 이 집을 찾아오겠지만 말이야. 그러니 나에게 몇 분만 더 할애해 줘도 괜찮을까?"

이모부의 부드러운 목소리가 나를 조금이나마 안정시켰다.

"네, 물론이에요."

"좋아."

"저도… 이모부가 많이 보고 싶었어요. 이모부도 제 마음 아시죠."

내가 덧붙여 말했다.

"그렇게 이야기해 주니 기쁘구나. 네 삶이 평탄하지 않다는 건 내가 잘 안다, 핼리. 분명히 외로웠을 거야. 더 잘해주고 싶었는데 그러지 못했구나. 하지만 누구도 작은 소녀의 엄마를 대신

할 수는 없단다. 아마도 마음속 깊은 곳에서는… 너희 엄마가 저지른 일에 대해 지금까지 화가 날 수도 있어. 그렇다 하더라도 너를 원망하지는 않는다. 엄마는 너를 사랑했어. 엄마는 너를 너무 사랑해서 자기 자신보다 더 끔찍하게 너를 챙겼지. 엄마가 그런 결정을 내린 건 전적으로 너를 보호하기 위해서였을 거야. 엄마 안의 그 무언가, 그러니까 그건 정말 엄마가 아니었었거든. 엄마가 정말로 아니었어."

나는 잠깐 아무 말도 할 수 없었다. 하지만 잠시 뒤 나는 진실을 인정했다.

"엄마처럼 될까 봐 무서워요, 이모부. 이모가 하시는 말씀 들었죠. 날이 갈수록 제가 엄마와 똑같아진다고 하시잖아요."

이모부는 시가 담배를 입에서 빼내고는 눈을 가늘게 떴다.

"무슨 일이 있는 거니, 핼리?"

"잘 모르겠어요. 이상한 일들이 일어나요. 제가 설명할 수 없는 일들, 말도 안 되는 일들이 말이죠. 도대체 뭐가 진짜고 뭐가 가짜인지 이제는 확실히 알 수가 없어요. 엄마가 똑같이 그렇게 시작해서 점점 더 나빠지는 걸 제가 두 눈으로 똑똑히 봤잖아요. 그러니까…."

"그래, 바로 그 끔찍한 일이 있었던 날 말이지."

이모부가 고개를 끄덕였다.

"엄마처럼 똑같이 되기 싫어요."

"그래, 이해한다."

나는 이모부의 손을 꼭 잡았다.

"말씀해 주세요, 이모부. 제가 정말로 엄마의 침실에 들어갔나요? 무슨 일이 벌어지는지 제 눈으로 직접 보았어요?"

"그랬단다. 나를 믿으렴. 차라리 그 장면을 안 봤으면 나도 좋겠지만. 사실은 그렇단다. 너는 그날 무슨 일이 있었는지 봤어."

"정말이에요? 저는 기억이 하나도 나지 않아요. 침실 문 앞으로 올라간 건 기억이 나지만 문을 열 수 없었어요. 제가 기억하는 건 제 손에 느껴지던 청동 문손잡이의 감촉뿐이에요. 아마도 그때 안에서 나는 총성을 들었고, 바로 달려나갔던 것 같아요."

이모부는 한숨을 쉬었다. 이모부가 하는 말은 지난 세월 동안 백번 이상은 들어본 말이다.

"핼리, 네가 레드 록에서 발견되었을 때, 네 손은 피로 물들어 있었단다. 그 자리에 있었다는 거지. 그 방 안에 들어갔던 거야. 상담사들은… 엄마가 그 일을 저지르는 장면을 네가 목격했을 거로 생각했어. 어린 너에게는 너무했던 거지. 누구에게도 쉽지 않은 일이었을 거야. 하물며 열 살 소녀에게는 오죽했겠니? 그리고 맞아. 그렇게 현장을 목격하고 나서 넌 도망쳤단다."

나는 내 손을 바라보았다. 꿈이 아닌, 진짜 나의 손이었다. 그런데 손이 피로 물들어 있었다. 나는 몸서리를 쳤다.

이모부는 내가 불편해하는 걸 눈치챘다. 그리고 어렸을 때 해주었듯이 내 머리를 이모부의 어깨로 가져와 기대게 했다. 이모부의 느낌이, 이모부의 체취가 좋았다. 나는 이 감정을 내 기억에 영원히 박제해서 절대로 잊어버리지 않기로 했다. 이모부는 내 귀에 대고 가만히 속삭였다.

"핼리, 너는 그 이후로 계속 도망치고 있단다. 언젠가는 애야, 그만 멈출 수 있으면 좋겠구나."

* * *

내 상담사인 토리는 카지노들이 있는 모여 있는 프레몬트 스트리트의 남쪽에서 몇 블록 떨어진 3번 가의 고층 건물에서 일한다. 이른 아침, 나는 길 건너 보석 보증인의 사무실에 주차하고 토리를 기다렸다. 해가 뜬 직후라 시내는 조용했다. 도박에 빠진 사람들이나 술에 취한 사람들이 집으로 돌아갔기 때문이다. 하지만 그렇다 하더라도 공공장소에 노출되는 게 두려웠다. 시내 이쪽 지역은 클라크 카운티의 주요 건물들이 모여 있는 중심가이다 보니 내 주변을 지나는 경찰차도 심심치 않게 볼 수 있었다. 경찰차가 지나갈 때면 되도록 눈에 띄지 않기를, 경찰이 내 차의 번호판에 신경을 쓰지 않기를 바랐다.

오래 지나지 않아 토리가 도착했다. 토리는 상담 일정이 시작되기 전에 조금 일찍 사무실에 도착해 그날 상담이 있는 환자들의 기록을 살펴보는 것을 좋아한다. 나는 그 사실을 잘 알고 있다. 녹빛의 곱슬머리를 가볍게 흔드는 토리는 걸음을 내디디며 핸드폰을 보고 있었다. 토리는 디자이너 부티크에서나 팔 것 같은, 멋진 검은색 펜슬 원피스를 입고 찌를 듯이 높은 하이힐을 신고 있었다. 루비로 된 발찌는 아마 내가 바이오에프엑스에서 받은 돈을 모두 줘도 살 수 없을 것이다. 티셔츠와 반바지 차림으로 길을 건너 달려가 토리를 부르면서 나는 왠지 모르게 한없이 작아지는 기분이었다.

"핼리."

토리는 깜짝 놀라며 핸드폰에서 눈을 떼고 인도에 서 있는 나를 바라보았다.

"시간은 언제든 상관없다고 했잖아요."

토리는 예의 그 날카로움으로 내 몸을 위아래로 훑어보았다. 토리는 내가 위험에 처해 있다는 걸 알고 있다.

"물론이지요. 핼리가 와줘서 고마워요."

"시간 좀 있어요? 정말로 할 이야기가 있어서요."

"좋아요. 네, 물론 시간 괜찮아요. 같이 올라갑시다."

그 시간에 사무실 로비에 있는 사람은 토리와 내가 유일했다. 우리는 엘리베이터를 타고 건물의 고층으로 올라갔다. 토리의 상담소는 그렇게 크지 않다. 외부에 대기실이 있고, 호두 나무문을 열면 반대쪽에 토리의 상담실이 있다. 상담실의 내부는 상당히 우아하며, 무엇보다 스트립 쪽 카지노가 바라보이는 북쪽을 향해 있어 위치가 최상이다. 토리는 나를 대기실을 지나 곧장 상담실로 안내하고는 상담실 문을 닫았다. 버튼을 몇 개 누르자 커피가 내려지기 시작했다.

나는 창가에 있는 가죽 소파에 몸을 구겨 넣었다. 토리는 앉아 있던 회전의자를 돌려 나에게 가까이 왔다.

"마실 것 좀 줄까요?"

"아니요, 괜찮아요."

"가장 최근에 뭘 먹은 게 대체 언제예요?"

"잘 모르겠어요. 어제 먹은 것 같은데. 배는 별로 안고파요."

"무슨 일이에요?"

나는 숨을 크게 들이쉬었다. 어떻게 말해야 할까?

"지난밤에 남자 두 명이 나를 죽이려고 했어요."

토리는 깜짝 놀라 눈을 깜빡였다.

"네? 뭐라고요?"

"레인보우에 있는 카지노 뒷골목이었어요. 그 사람들은 주사기를 갖고 있었어요. 마치 내가 다시 마약을 과다 복용해서 죽은 것처럼 보이게 할 심산이었던 것 같아요. 지난번 루프탑 파티 때 전적이 있으니 다시 그런 일이 일어난다 해서 이상하게 생각할 사람은 단 하나도 없을 것 같아요. 그런데 그 사람들이 나를 주사기로 찌르기 전에 누군가 그 사람들을 막아섰고, 그 사람들이 그 누군가를 죽였어요. 문제는 저도… 그 누군가가 나를 미행하고 있다고 확신했었다는 거죠. 거기다 나는, 나는 내 호텔 방에 몰래카메라가 설치되어 있다는 것도 확실히 말할 수 있어요."

토리의 얼굴에 검은 그림자가 드리우더니 심각한 표정으로 입술을 지그시 깨물었다. 토리는 책상에서 펜을 집어 들고는 손가락으로 돌리기 시작했다.

"계속해 봐요. 아직 할 이야기가 남은 것 같은데. 또 어떤 일이 있었죠?"

나머지 이야기를 감출 필요가 없었다.

"꿈도 꿔요. 그런데 꿈이 꿈같지 않아요. 아주 생생하답니다.

마치 기억과 같이 느껴질 정도예요. 문제는 그 기억이… 내 기억이 아니라 다른 누군가의 기억이라는 점이죠."

"다른 누군가의 기억이요?"

"네. 마치 내 눈을 통해 다른 사람의 삶을 보고 있는 기분이에요. 게다가 이상한 것들을 알고 있어요. 내가 절대 알 수 없는 것들을요. 예를 들면 내가 전혀 가보지 않은 장소인데 어딘지 안다든가 하는 거죠. 어떻게 이게 가능하죠?"

토리는 아무 말도 하지 않았다. 의자에 가만히 앉아서 펜을 돌리며 나를 뚫어지게 쳐다봤다. 나는 손으로 내 얼굴을 가리고 싶었다. 토리는 다리를 꼬고 앉아있었고 이마에 곱슬머리 몇 가닥이 내려와 있었다.

"커피 마실래요?"

토리가 물었다.

"커피요? 아니요."

"나는 좀 마셔야겠어요."

토리는 책상 뒤 바에서 컵을 가지러 갔다. 토리의 머그컵은 회색과 하얀색이 섞여 있는 핸드메이드 도자기였다. 토리는 자리에 다시 앉았지만 내가 한 말에 대해서 아직 어떠한 반응도 보이지 않았다. 그저 가만히 앉아서 커피를 홀짝일 뿐이었다.

토리는 나를 기다리고 있었다. 여전히 내가 말할 차례였다.

"토리, 정말 이 모든 게 말이 안 되잖아요. 도대체 나에게 무슨 일이 일어나고 있는 걸까요?"

이번에는 토리가 머그잔을 옆의 유리 테이블에 내려놓았다.

토리는 손가락으로 턱을 괴었다.

"음, 아주 좋은 질문이에요, 핼리. 답을 해주고 싶지만 나도 잘 모르겠네요. 우리 한 번에 하나씩 해결해 봅시다. 알겠지요? 우선 핼리 당신을 죽이려는 사람들이 있어요. 며칠 전 밤에 레인보우 근처에서 정말로 살인 사건이 있었기는 해요. 뉴스에서 봤지요. 핼리 당신이 정말로 그 사건에 연루가 되어있는 건지 아니면 이 사건에 대한 뉴스를 듣고 핼리만의 이야기로 만들어낸 건지 알 수가 없네요."

"토리, 나는 거짓말을 하는 게 아니에요."

"거짓말을 하고 있다고 말하지 않았어요. 만약 당신이 사실이라고 믿는다면 거짓말이 아니죠."

"나는 미행을 당하고 있어요. 사람들이 나를 진짜로 감시하고 있어요. 경찰도 나를 찾고 있고요."

"그렇군요."

"토리도 나를 못 믿는군요."

나는 토리의 반응에 비통하게 머리를 흔들었다.

"핼리 당신이 그렇게 믿고 있다는 걸 내가 잘 알고 있어요. 지금 당장은 핼리가 그렇게 믿고 있다는 게 가장 중요해요."

"망할 선생 노릇 좀 그만! 그래요, 나도 알아요. 미친 소리로 들리겠죠. 어쩌면 내가 진짜로 미쳤을지도 모른다는 생각도 해요. 장담컨대 그럴 수 있다는 걸 다른 누구보다 잘 알고 있어요. 유전이라는 게 항상 나 편할 대로 작용하는 건 아니니까요. 하지만 정말로 무슨 일이 지금 나에게 일어나고 있다고요."

하지만 토리 목소리는 여전히 차분했다.

"당신을 가르치려는 게 아니에요. 그리고 네, 내가 보기에도 무슨 일이 지금 핼리에게 일어나고 있어요. 문제는 그 일이 무엇이냐는 거죠."

나는 한숨을 쉬었다. 어떻게 토리를 설득할 수 있을지 알 수 없었다. 심지어 나 자신도 설득하지 못하니까.

"내 목숨을 구한 의사 생각나요? 그 의사는 실제로 존재하지 않더군요."

"무슨 말이에요?"

"그 의사가 응급실에다가 자기가 존스 홉킨스의 리드 스미스라고 소개했다고 들었거든요. 하지만 그런 사람은 없었어요."

"그렇군요. 이상하기는 하지만 아예 일어날 수 없는 일은 아니에요. 응급실에서 잘못 알아들었을 수도 있고요. 아니면 그 의사가 혹시 핼리가 자신을 고소할까 두려워 가명을 썼을 수도 있어요. 종종 있는 일이에요."

"네, 하지만 그 리드 스미스가 나에게 전화도 했다니까요. 왜 그랬을까요? 그 사람은 내가 이후에 어떻게 되었는지, 내가 괜찮은지 알고 싶어서라고 말했어요. 하지만 모든 게 이상해요. 나는 그 사람을 신뢰하지 않아요."

"핼리…."

"저기, 그때 그 루프탑 파티에서 나한테 무슨 일이 있었는지 말해줘요."

나는 토리의 말을 끊었다.

"루프탑이요?"

"그때 그 카지노에서 있었던 파티에 토리도 있었잖아요. 나 봤죠, 그렇죠? 내가 화장실에 갔다가 나오면서 쓰러졌잖아요. 토리 당신도 다 봤어요."

"네, 물론이에요."

"무슨 일이 있었는지 말해주세요."

다시 한번 긴 침묵이 흘렀다.

"흠, 핼리 당신이 쓰러지는 걸 봤어요. 완전히 혼란스러웠죠. 사람들이 도움을 요청하면서 소리를 지르고 119에 전화했어요. 의사 중 한 명이 달려와서 확인하더니 심장이 전혀 뛰지를 않는다며 루프탑에 응급 상황에 대비한 장비가 있는지를 물었어요."

"그래서 그런 장비가 있었나요?"

토리가 잠시 말을 멈췄다.

"네, 하지만 생각하는 대로 상황이 진행된 건 아니에요."

"그게 무슨 말이에요? 생각하는 대로 상황이 진행된 건 아니라니요?"

"그러니까, 네. 누군가 자동심장충격기를 가지러 달려갔고, 그 사람들이 돌아오기 전에 다른 의사가 이미 가지고 있던 이동용 장치로 심장에 충격을 가했어요."

"이동용 장치요? 그게 뭔데요?"

"어떤 의사가 주머니에 들어갈 정도 크기의, 핸드폰에 결합해 있는 자동심장충격기를 가지고 있었어요. 몇 초 만에 세팅을 끝내더니 이내 심장을 다시 작동시켜 뛰게 했어요. 그렇게 빨리 조치했기 때문에 핼리의 목숨을 구할 수 있었던 걸 거예요."

"내 심장을 다시 뛰게 한 의사라…. 혹시 누군가 그 사람에 대해 말하는 걸 들은 적 있어요? 리드 스미스라는 이름은 들은 적 있는 것 같아요? 아니면 다른 이름이라도?"

"아니요. 미안해요. 모든 게 정말 빠른 순간 일어났어요, 핼리. 간호조무사들이 와서 곧 당신을 데리고 갔죠. 다시 말해서 의학적인 관점에서 봤을 때 이상한 건 하나도 없었어요. 핼리 당신의 심장이 멈췄죠. 의사들이 다시 심장이 뛰게 했고요. 하지만 지금 당신이 겪고 있는 감정적인 부분을 아무것도 아닌 거로 치부하고 싶지는 않아요."

나는 일어나서 창가로 갔다. 라스베이거스 전체가 내 앞에 펼쳐졌다. 칙칙한 베이지색 집들과 스트립 몰이 말이다. 카지노들의 비현실적인 유리 탑도 보였다. 건조하고 먼지가 많으며 아름다운 산들이 계곡을 장식하고 있었다. 내 평생을 살아온 척박한 사막이다. 내 고향이다.

나는 내 고향을 증오한다.

"토리, 이것도 조현병 증세인 것 같아요? 이 모든 망상이요. 내가 머릿속에서 지어내고 있는 건가요? 엄마에게 무슨 일이 일어나는지를 봤잖아요. 그런 일이 니한테도 일어나지는 않았으면 해요."

나는 조용히 토리에게 물었다.

토리의 목소리도 나와 마찬가지로 조용했다.

"그렇다, 아니다로 대답할 수 있으면 좋겠어요. 핼리. 하지만 그렇게 할 수가 없네요. 그럼에도 불구하고 걱정이 되냐고요? 네, 물론이에요."

"최소한 정직하게는 말씀해 주시네요. 고마워요. 하지만 내가 아는 것들에 대해서는 어떻게 설명할 수 있을까요? 전혀 만난 적도 없는 사람들을, 전혀 가본 적도 없는 곳을 기억해요. 그리고 그 사람들, 그 장소들 모두 실제로 존재해요. 보스턴 출신의 한 남자와 식당, 학교, 그리고 그 주변을 이야기했어요. 심지어 나는 보스턴에 가본 적도 없는데 말이에요."

"의학적으로 설명을 한다면, 정말로 일어나는 일일 수도 아닐 수도 있어요."

토리가 말했다.

"그게 무슨 말이에요?"

"음, 그러니까 핼리 당신은 일종의 인격 장애를 겪고 있는 것일 수 있어요. 어쩌면 인격의 분열일 수도 있고요. 사람들을 만나고 그런 장소에도 가보았지만 핼리일 때는 아무것도 기억을 못 하는 거죠."

"맙소사."

나는 고개를 저었다.

"잘 기억해요, 핼리. 나는 지금 이게 정답이라고 말하는 게 아니에요. 다만 그럴 가능성도 있다는 거죠."

"그래서 내가 어떻게 해야 할까요?"

내가 물었다.

토리는 다시 커피잔을 손으로 집어 들었다.

"어떻게 해야 할지 당신 스스로 알고 있어요. 이 모든 일이 어디서부터 시작되었는지를 잘 알고 있잖아요."

"우리 엄마요."

나는 눈을 감았다.

"맞아요. 핼리 당신은 당신 인생에서 가장 중요한 기억을 막고 있어요. 그 기억을 찾아야만 앞으로 나아갈 수 있어요."

나는 청동 문손잡이를 잡고 있던 내 손가락을 보았다.

아바가 부르는 '방문객들' 노랫소리가 들린다.

엄마가 문 반대쪽에서 울부짖고 있다. 내 이름을 부르는 소리가 들린다.

'핼리, 오 하느님, 핼리, 도와줘.'

"아니에요."

내가 말했다.

"최면 시술을 할 수 있어요. 그 순간으로 다시 갈 수 있어요."

"싫어요."

"고통스러울 거라는 걸 알아요. 무서울 거라는 것도요. 하지만 언제가 되었든 반드시 직면해야 하는 일이에요."

"싫다고요!"

더욱 큰 소리로 거부감을 표현했다.

나는 토리에게 더 이상 말할 기회를 주지 않았다. 설득당하고 싶지 않았다. 과거의 그 부분을 직면할 준비가 아직 되어있지 않았다.

말없이 토리의 진료실을 나왔다. 복도로 나와서 엘리베이터를 눌렀지만, 엘리베이터는 너무나 느리고 또 느렸다. 잽싸게 계단으로 달려가 한 번에 두 계단씩을 뛰어 내려왔다. 밖으로 나가야만 했다. 마치 건물에 불이라도 난 듯이 말이다. 마치 내 마음에 불이 붙은 것 같았다. 내 몸을 건물 밖으로 던지다시피 문을 열고 나왔다. 뜨거운 아침 공기를 훅 들이마셨다. 나는 울고 있었다.

길 건너에 있는 내 차 쪽을 바라보았다. 경찰차들이 내 차를 에워싸고 있었다.

경찰이 나를 기다리고 있었다.

13

"나는 아무도 죽이지 않았어요. 그 골목에 남자 둘이 있었는데, 그 사람들이 나를 죽이려고 한 거예요."

나는 형사에게 사실관계를 말했다.

"오호."

형사는 껌을 질겅질겅 씹었다. 내가 하는 말에는 관심조차 없는 것처럼 보였다. 형사는 자신을 코디 에인절이라고 소개했지만, 경찰이 나를 여기로 데려온 이후 나에게 거의 말을 하지 않았다. 샤이엔에 있는 경찰서의 취조실에서 마주 보고 앉은 이후 형사는 계속 핸드폰만 보고 있었다. 침묵이 길어질수록 나는 더더욱 무언가 말을 해야 한다는 압박감을 느꼈다. 하지만 그렇게 해서 내 입을 여는 게 결국 형사가 원하는 게 아닌가 싶어서 입을 다물었다.

내가 형사의 수에 말려들지 않을 게 분명해 보이자, 형사는 옆의 바닥에 있는 상자에 손을 뻗었다. 형사는 비닐봉지 안에 들어 있는 칼을 꺼내 탁자 위에 올려두었다.

"이 칼, 당신 거요?"

"그렇다고 볼 수 있어요. 내가 머물고 있던 호텔의 식당에서 가지고 나왔으니까요."

"왜 그랬소?"

"나를 지키고 싶었어요."

"당신의 지문이 칼에 묻어 있소."

"알아요. 말했잖아요. 칼을 가지고 다녔다고요. 내 가방에 들어있었어요."

"스파이나 그 비슷한 직업을 가지고 있소? CIA 요원이요? 아니면 뭐 그런 류…?"

"아니에요."

"증인 보호를 위해서?"

"아니요."

"그렇다면 왜 사람들이 당신을 죽이려고 하는 것이오?"

형사가 물었다.

"저도 모르겠는데요."

형사는 칼을 다시 상자에 넣었다. 아무렇지도 않은 듯이 형사는 손을 머리 뒤로 가져갔다. 형사는 키가 작아서 아마 나보다도 몇 센티미터는 작을 것 같았고, 30대 후반 정도로 보였다. 꽃무늬가 새겨진 여름 티셔츠에 꽉 끼는 검은색 바지를 입은 형사는 번지르르한 라스베이거스 패션을 추구하는 것 같았다. 머리는 기름을 발라 뒤로 넘겼고, 진한 향수 냄새를 물씬 풍겼다. 피부는 엑스트라버진 올리브유 색깔이었다. 매와 같이 날카로운 갈색 눈을 가진 형사는 분명히 스스로 자기가 여자들에게 인기가 많다고 생각할 타입이었다. 스트립 몰의 카지노에 가면 꼭 한 번은 만나게 되는 스타일이다.

"핼리라고 불러도 될까요?"

형사는 마치 치아미백 젤의 광고에나 나올법한 미소를 지었다.

"네, 괜찮아요."

"좋아요, 핼리. 나는 코디라고 불러요."

"형사님이라고 부를게요."

내가 말했다.

"어떻게 부르든 상관없어요. 잘 들어요, 핼리. 중요한 건 바로 이거예요. 현재 핼리 당신은 체포된 게 아니에요. 당장 이곳을 나가서 어디론가 가고 싶겠죠. 당신이 아무도 죽이지 않았다는 걸 잘 알고 있어요."

"정말요?"

나는 조심스럽게 물었다.

"네. 그 카지노 뒷골목에 CCTV가 있었어요. 화질이 좋은 편은 아니었지만, 영상에서 무슨 일이 일어났는지는 충분히 볼 수 있는 정도였죠. 남자 두 명이 당신을 공격했고, 또 다른 남자가 상황을 말리려고 끼어들었어요. 그 사람은 괜히 남의 일에 끼어들었다가 당한 거죠. 살인자들은 도망갔고, 당신도 도망쳤어요. 지금 당신을 살인자라고 말하는 사람은 아무도 없습니다. 다만 현재로서는 당신이 유일한 증인인 거죠. 도대체 무슨 일이 있었는지 알아내는데 당신이 도와줄 수 있기를 바라요."

"저도 도움이 되면 좋겠어요. 하지만 전 진짜로 아무것도 아는 게 없는걸요."

형사는 한동안 껌을 씹더니 껌을 입에서 꺼냈다. 집게손가락으로 엄지손가락에 붙어있는 껌을 떼어 쓰레기통에 버렸다.

"당신을 뒤쫓아온 사람들 말인데, 누군지 알아요?"

"아니요."

"전에 본 적 있는 사람들이에요?"

나는 잠시 망설였다.

"음, 그러니까 그중 한 명이 며칠 동안 저를 따라다녔다고 확신해요. 레드 록 캐니언에서 그 사람이 모는 차를, 그러니까 검은색 포드 SUV를 봤거든요. 그런데 그 똑같은 사람이 호텔에서 저를 또 따라다니는 거예요. 그래서 최소한 그중 한 명은 그 사람이었다고 생각해요. 그 검은색 SUV가 카지노 밖 인도와 차도 사이 연석에 있었으니까 혹시 주변의 다른 CCTV를 확보할 수 있다면 번호판을 조회해 봐도 좋을 것 같아요."

"이미 조회해 봤습니다. 그 SUV는 며칠 전 도난당한 차량이에요. 오늘 오후에 버리고 간 걸 찾았어요."

"음, 여기까지가 제가 아는 전부에요."

형사는 내 쪽으로 사진 한 장을 밀었다. 나는 철판 위에 놓인 죽은 남자 시체 사진을 보고 인상을 찌푸리지 않을 수 없었다. 얼굴과 어깨만 밖으로 나와 있었는데, 이 남자는 덩치가 큰 아시아계 남자로 보였다.

"이 사람은 누군지 알겠어요?"

형사가 물었다.

"확실하지는 않지만, 그때 저를 공격한 또 다른 남자가 아닐까 싶은데요. 건물의 반대쪽에서 나온 사람이요."

형사는 고개를 끄덕였다.

"네, 우리도 그렇게 생각합니다. 이 사람은 SUV 안에서 발견됐어요. 뒷머리에 총을 맞은 채 말이죠."

"맙소사."

"하지만 모르는 사람이라는 거죠?"

"네, 본 적 없는 사람이에요. 혹시 누가 죽였는지 아시나요?"

"아직은 몰라요. 하지만 그 차에서 발견되었으니 내 추측으로는 동업자, 그러니까 아까 당신을 미행했다고 한 그 남자가 이 사람을 제거하기로 했는지도 모르죠. 누군가를 살려두어 경찰이 군이 찾을 수 있도록 할 필요는 없었을 테니까요."

"아."

"가장 근본적인 질문은 '도대체 왜 이 남자가 당신을 미행했나'하는 것입니다."

형사가 말했다.

"말했잖아요. 저도 잘 모르겠어요."

"직업이 뭐죠, 헬리 양?"

"의료기기의 홍보 글을 쓰는 일을 해요."

"상당히 멋지군요, 그렇죠?"

"네, 뭐."

"그 바닥 사람들은 이렇게 살해당하는 일이 흔한가요?"

형사가 물었다.

"제가 알기로는 아닌데요."

"쉴 때는 무엇을 하나요?"

"남들이랑 비슷하죠. 종종 쇼를 보러 가기도 하고. 슬롯머신 게임을 하기도 하고요."

"슬롯머신이요? 혹시 도박과 관련된 문제가 있어요, 핼리? 그렇다 해도 전혀 부끄러울 것 없어요. 여기는 라스베이거스니까요. 많은 사람이 빚더미에 올라앉죠. 나도 그랬던 적이 있고요."

"저는 그런 사람이 아닌데요, 형사님. 20, 30달러어치만 해도 저에게는 굉장히 큰돈이에요. 제가 가진 유일한 빚은 학자금 대출과 신용카드 사용 내역일 뿐이어서 비자 카드 회사나 미국 은행이 그것 때문에 청부살인업자를 보냈다고는 생각하지 않아요. 아직 그 정도는 아니에요, 아무튼."

형사는 잘 깎은 손톱으로 책상을 톡톡 두드렸다.

"마약은 어떤가요?"

"제가 형사님께 마약에 대해서 어떤 말이든 할 거라고 생각하시나요?"

"이봐요. 나는 지금 살인 사건을 조사하고 있는 거지 그 외의 다른 불법행위는 관심 없어요. 그러니까 당신이 무언가를 흡입했다고 곤란하게 할 생각은 없습니다. 하지만 이것 하나는 알아두세요. 사람들이 응급 상황에서 119를 부르면 대개 구급차뿐만 아니라 경찰도 같이 출동합니다. 그러니 예를 들어 젊은 여성이 카지노에서 쓰러져서 구급차를 불렀다고 칩시다. 그러면 그 상황이 경찰에게도 보고될 확률이 아주 높아요. 내 말이 무슨 말인지 이해했어요, 핼리?"

오, 네. 이해하고말고요.

"잘 알았어요. 지난주에 문제가 좀 있었어요."

"아주 큰 문제 같아 보이는데요."

형사가 말했다.

"맞아요. 제 심장이 멈췄어요. 어떤 의사가 다시 심장을 뛰게 해주었고요."

"네, 그리고 구급차 대원들이 내 밑에 있는 경찰에 이야기한 바에 따르면 코카인 문제가 있었다고요. 경찰이 여자 화장실에서 코카인의 흔적이 남은 빈 봉투를 발견했는데, 바로 그 화장실이 당신이 쓰러지기 직전에 있던 곳이었지요. 핼리 당신이 마음먹고 변호사를 부르겠다고 하기 전에 왜 이게 중요한지를 설명해 주죠. 당신을 죽이려고 한 남자가 있어요. 우리는 그 남자가 누군지 모릅니다만, 누군가 그 사람에게 돈을 주고 당신을 미행하고 죽이라고 했을 가능성이 커요. 알겠어요? 이런 경우 십중팔구는 마약이 관련되어 있다는 말입니다."

"음, 미안하지만 형사님, 이번 경우는 그 만의 하나에 해당하는 것 같은데요."

"코카인을 흡입한 사실을 부인하는 건가요?"

"물론 제가 결백하다는 건 아닙니다. 그렇다고 우기는 것도 아니고요. 네. 대학 때부터 종종 코카인을 했어요. 하지만 지난 몇 달간은 약에 전혀 손댄 적이 없습니다. 독립기념일인 그날이 제게는 최악의 날이었고, 그래서 유혹에 빠진 거죠. 길거리에 있는 모르는 사람에게 코카인 소량을 샀는데, 그날 너무 많이 흡입했어요."

"팔지는 않고요?"

"절대로 그런 적 없습니다."

"마약 운반책 한 적 있어요? 마약을 전달한 적은요? 배달한 적 있어요?"

"절대 없습니다."

형사는 고개를 저었다. 그러더니 다시 서류 더미에 코를 박고 있다가 고개를 들어 나를 바라보았다.

"핼리 에버스. 예쁜 이름이에요. 이런 말이 실례가 안 된다면 예쁜 아가씨이기도 하고요. 여기 핼리 당신의 이전 기록을 살펴보았는데요. 지난 몇 년간 사소하게 문제가 좀 있었군요?"

"몇 번이요. 하지만 심각한 건 없었어요."

"라스베이거스 대학교 캠퍼스 근처에서 술에 취해 주변에 물의가 된 적이 있다. 많은 대학생이 한 번씩은 다 그렇죠. 절도도 한 번 있는 것 같네요. 포럼 쪽 가게에서요."

"아, 그건 정말 멍청한 실수였어요. 제가 거의 파산 지경일 때 면접을 보았거든요. 그에 대해서 정당한 배상을 했습니다."

"네, 여기에 다 적혀있습니다. 그렇다면 살인미수는 어떤가요? 이것도 뭐 대수롭지 않은 일이었던가요?"

형사가 입가에 사악한 미소를 지으며 물었다.

"그때 전 고작 15살이었어요. 그 기록은 봉인되어 있어야 할 것으로 알고 있는데요."

갑자기 속이 뒤틀렸다.

"이봐요, 핼리 양. 여기는 라스베이거스예요. 사막 깊숙이 묻어두지 않는 한 어떤 것도 영원히 봉인될 수 없답니다. 서류에 따르면 당신이 옆집에 사는 남자아이를 물에 빠뜨려 죽이려고 했었다고요."

로니 카심.

나는 움찔했다. 본능적으로 내 손목의 상처를 숨겼다.

"거의 성공할 뻔했군요. 남자아이의 머리를 콘크리트 바닥에 후려친 뒤 물속으로 끌고 들어갔지요. 소년의 아버지가 그 모습을 보고 물속으로 뛰어들어 둘을 떼어놓지 않았다면 그 남자아이는 이미 죽은 목숨일 겁니다."

"네, 맞습니다."

"왜 그런 짓을 했어요?"

"그 아이가 나를 강간하는 데 아주 완벽히 질렸거든요."

"오."

형사가 눈살을 찌푸렸다.

"그래서 남자애 부모님도 사회봉사로 그치는 데 동의했고요. 그분들도 알았으니까요."

"그 이후로 그런 일은 없었고요?"

"네."

형사가 내 쪽으로 기대어 앉자 향수 냄새가 훅하고 풍겼다.

"음, 핼리 양, 그러면 다시 원점으로 돌아가 봅시다. 이 사람들은 도대체 왜 당신이 죽기를 바라나요? 내가 그 영상을 봤을 때, 달리 해석할 방법이 따로 없어요. 명백하게 그들은 핼리 양을 쫓고 있었습니다. 그냥 아무나가 아니에요."

"벌써 수십 번은 말한 것 같은데 저도 모르겠다니까요."

"정말로 마약 운반책은 아닌가요? 내 말은, 절박한 사람들은 돈을 위해서 못할 게 없거든요. 마약이 가득 든 풍선을 삼키기도 하고요. 항문에 마약을 쑤셔 넣어 숨기기도 하지요. 만약에 핼리 당신이 그 아름다운 몸속에 수백만 달러어치의 헤로인이나 코카인을 가지고 있다면 누구든 그 마약의 주인은 약을 되찾을 때까지 갖은 수를 다 쓸 거예요. 지금 나에게 사실대로 말하고 우리가 가지고 있는 게 나아요. 그 마약 때문에 저 제상으로 가는 것보다요."

"내 안에는 아무것도 없어요."

내가 말했다.

형사는 크게 한숨을 쉬었다. 그러고는 다시 상자에 손을 뻗어 이번에는 커다란 서류봉투를 꺼냈다.

"자, 정 그렇게 나온다면 주제를 한 번 바꾸어봅시다. 살인자들에 대해서는 별 진전이 없으니, 이번에는 피해자에 대해서 좀 살펴보도록 하지요."

"저는 그 사람도 몰라요."

"네, 하지만 그 사람이 당신을 미행한다고 생각했다고 하지 않았나요? 카지노의 종업원에게 남자가 당신을 보는 눈길이 마음에 들지 않는다고 이야기했다던데요. 그 종업원에게 돈을 주면서 남자에게 음료수를 쏟아달라고 부탁했고, 그때 몰래 뒷문으로 나가려고 했지요."

"네."

"그 사람이 누군지 알았나요? 전에 본 적 있어요?"

"아니요. 처음 보는 사람이었어요."

나는 머리를 저었다.

"그 사람의 이름은 토드 키블이에요. 사설탐정이죠. 이름을 들어보니 생각나는 것 뭐 없나요?"

"없어요."

형사는 서류봉투 안에서 손을 넣어 한 뭉치의 사진을 꺼내 펼쳐놓았다. 나는 사진을 힐끗 보고는 믿을 수 없어 탄성을 지르고 말았다. 사진은 바로 모두 나를 찍은 것이었다. 레드 록 호텔의 나. 바이오에프엑스의 주차장에 있는 나. 24시간 영업하는 카페에서 저녁을 먹고 있는 나. 토드 키블이 맥주를 마시던 바, 그리고 작은 카지노에 있는 나.

"맙소사! 키블이 이 사진을 찍은 거예요?"

"네. 이 사진들은 키블의 핸드폰에 있던 사진들이에요. 그 사람에 대해 맞게 생각한 거죠. 지난 며칠 동안 키블은 온종일 당신을 따라다녔어요."

머리가 빙빙 도는 것 같았다. 이건 환각이 아니다. 진짜다.

무슨 일인지 이해해 보려고 애썼지만 그럴 수 없었다. 나는 마치 영화촬영장의 배우처럼 경찰서 취조실을 둘러보았다. 마치 벽이 스르륵 옆으로 사라지면서 카메라가 나타나고 감독이 '컷' 사인을 외칠 것만 같았다. 아니면 내가 다시 꿈을 꾸는 중이라 번쩍하고 눈을 뜨면 내 아파트에 있는 게 아닐까. 니코가 옆에 있을 것이다. 독립기념일의 사건은 사실 일어나지 않았는지도 모른다. 나는 결코 죽을 뻔한 적이 없을지도 모른다.

하지만 아니다. 지금 이곳이 현실이다.

"그래서 이 남자들이 당신을 죽이려고 할 때 키블이 끼어든 거죠. 그리고 그 남자들은 키블의 목을 베서 그에 대한 감사 인사를 전했죠. 이 말인즉슨 당신을 쫓고 있는 다른 두 무리의 사람들이 있다는 거예요. 사설탐정과 누군가에게 고용된 폭력배들이죠. 정말로 인기가 많군요, 핼리 양. 솔직히 말해서 왜 이런 일이 일어나고 있는지를 전혀 모른다는 걸 믿기가 어렵군요."

형사는 낮은 목소리로 계속해서 말했다.

나는 말을 더듬었다. 무슨 말을 해야 좋을지 모르겠다.

"죄송해요, 형사님. 하지만 제가 아는 모든 걸 이미 다 말씀드렸어요."

꿈 이야기만 빼고 말이다.

내가 이 형사에게 꿈 내용을 이야기할 이유는 하등 없다.

형사는 눈살을 찌푸렸다. 분명히 내가 아직도 무언가를 숨기고 있다고 확신하는 눈치다.

"하나 더 말해보죠. 의료기기 산업에 종사한다고 했지요?"

"네, 맞아요."

"혹시 이런 회사 이름 들어본 적 있나요? 히포렉스, 히포렉스 주식회사요."

형사는 메모를 확인했다.

"아니요. 들어본 적 없는데요. 그런 이름의 의료기기 회사는 아마 미국뿐만 아니라 전 세계에 수천 개는 있을 것 같아요."

"히포렉스라. 마치 하마에게 읽거나 뭐 그런 걸 가르치는 곳 같군요."

나는 미소를 지었다.

"의료기기 회사들은 엄청난 돈을 투자해서 그런 멍청한 이름을 짓곤 하죠. 제품을 의사나 투자자들에게 홍보할 때 뭔가 다른 회사와 차별되는 무언가를 원하는 것 같아요."

"네, 그럼 히포렉스는요? 무슨 뜻이 있을까요?"

"음, 확실히는 모르겠지만 '히포'는 머릿속에 들어있는 '해마'* 를 뜻할 수도 있겠어요. 보통 우리 같은 홍보업계 종사자들이 많 이 쓰는 말장난 같은 거죠."

나는 형사에게 설명해주었다.

그러면서 동시에 해마에 대해서 생각했다.

해마라면 '기억'이 저장되는 곳이 아닌가.

"그런데 이 회사는 왜요, 형사님? 이 회사기 무슨 관계가 있는 건가요?"

"음, 히포렉스를 인터넷에서 찾아보았더니 보스턴에 있는 의

---

*   영어로 '히포캠퍼스(hippocampus)'

료기기 회사더군요. 문제는 우리의 사망한 사설탐정인 토드 키블이 자신의 아파트에 히포렉스에 대한 메모를 끼적여놨다는 거예요. '히포렉스, 5,000'이라고 적힌 포스트잇이 있었죠. '5,000' 다음에 달러 표시도 여러 개 써 놓았어요. 내가 볼 때는 히포렉스가 토드 키블에게 무언가를 지불할 것이라고 보였어요. 키블의 카메라에서 찾은 거로 볼 때 내 생각에는 그게 당신을 미행하는 대가가 아닌가 싶네요. 무슨 말인지 알겠죠?"

무슨 말인지 확실히 알겠다.

하지만 내 마음은 이미 혼란의 소용돌이 속에 빠졌다. 형사가 그 도시의 이름을 언급하는 순간 내 마음은 걷잡을 수 없는 혼란에 빠졌다.

보스턴이라.

14

그날 나는 내 인생 전부를 차에 싣고 길을 떠났다.

라스베이거스에서 멀어질수록 내 안의 나는 내가 다시 이곳으로 돌아오지 않을 거라는 걸 알았다. 어쩌면, 내가 매일 깨어 있는 시간 전부를 수영장에서 보냈던 그 옛날부터 깨달았는지도 모른다. 내가 이 사막에 속하지 않았다는 걸 말이다. 나는 물을 좋아하니까 물이 있는 곳으로 가야 한다는 걸 의미하는지도 모른다. 그래서 이제 나는 동쪽 해안으로 향한다.

라스베이거스를 나온 나는 남동쪽으로 차를 몰아 애리조나주로 향했다. 낮은 관목지 사이로 누군가 나를 미행하는 건 아닌가 살펴보기 위해 거울에 계속 신경을 썼지만, 한동안 나는 혼자였다. 나와 먼지가 뽀얗게 이는 고속도로뿐이다.

하지만 나는 어디로 가는지를 잘 알고 있었다.

핸드폰을 차의 스피커에 연결하고 내 헤드헌터 질 올리버에게 전화를 걸었다.

"핼리."

평소 내 전화를 받을 때에 비해 목소리가 훨씬 더 열정적이다.

"전화해 줘서 고마워요. 바이오에프엑스의 션 하워드한테 전화를 받았어요. 핼리의 작업에 대해 굉장히 기뻐하더라고요. 사실 션 하워드는 문구의 수정이 너무 완벽해서 더 수정할 필요가 없을 것 같다고 했어요. 곧 나머지 계약 금액도 지급할 예정이라고요. 받으면 바로 핼리 계좌로 보내줄게요."

"좋아요."

내가 대답했다.

"핼리에게 보내줄 만한 몇 가지 일들이 있어요."

질이 말했다.

"지금 세부 사항을 보내줄까요?"

"음, 잠시만 좀 미뤄두죠."

"알았어요. 근데 무슨 일 있어요?"

질은 당황한 것 같았다.

"질문이 있는데요. 혹시 보스턴에 본사가 있는 히포렉스라는 장비 회사 알아요?"

"그럼요. 대규모 벤처 캐피털 돈들이 꽤 들어가 있어요."

"뭐 하는 회사인가요?"

"뇌파 활동을 직접 말로 해석하는 신경 보정술과 관련해서 상당한 성과가 있어요. 뇌졸중이나 외상성뇌손상 환자들에게 음성 기능을 복구해 주는 거죠."

"또 다른 게 있을까요?"

"소문에 의하면 알츠하이머 환자들을 위한 새로운 치료법을 개발 중이라고 하던데, 세부 사항은 일급비밀이에요. 심지어 돈을 대는 사람들도 아무것도 모른다고 하더라고요. 히포렉스에서 일하는 사람들은 당연히 비밀유지계약서를 쓰고요."

"혹시 거기서 일하는 사람 중에 아는 사람 있어요?"

"네, 그 회사 CEO를 여러 번 만났어요. 10년 전에, 겨우 20대 중반에 회사를 설립했죠. 그 사람 이름은 타일러 레예스예요."

그 이름을 듣자마자 내 온몸에 전율이 일었다.

내가 어떻게 제어할 수 없는 본능적인 반응이었다. 운전대가 내 손에서 미끄러지는 바람에 차가 살짝 휘청하면서 중앙선을 표시하는 요철 부분을 넘어 옆 차선으로 휘청거리며 넘어갔다. 다행히 주변에 차가 없었다. 타이어가 뿌옇게 먼지를 일으키면서 바퀴 자국이 난 흙 위로 올라섰고 나는 급브레이크를 잡았다. 내 차가 관목과 돌 위로 올라섰을 때 나는 차를 천천히 돌려 다시 고속도로로 돌아왔다.

'타일러 레예스'

타일러의 비음이 섞인 동부 사투리가 내 머리에 울리면서 타일러의 얼굴이 마치 사진을 찍은 것처럼 생생하게 내 머릿속에 떠올랐다.

나는 지금 내가 있는 곳과는 거리가 먼, 공상에 빠졌다.

타일러가 내 맞은편 식탁에 앉아 있다. 타일러의 손이 내 손을 잡고 있다. 우리는 보스턴의 한 식당인 솔티 걸에 있다. 타일러의 얼굴은 흐릿해서 머릿속에 확실하게 떠오르지 않았었는데, 이제는 분명하게 보인다. 곱슬곱슬한 검은 머리에 긴 구레나룻, 그리고 동그란 검은 안경을 쓰고 있다. 체구가 왜소하고 크게 매력이 있는지 모르겠는 타일러는 코가 길고 구부러졌으며 푹 꺼진 볼에 눈빛이 흐린 갈색 눈을 하고 있었다. 과학자의 눈이다. 바로 당신을 보고 있음에도 불구하고 어딘지 모르게 다른 곳을 응시하고 있는 그런 눈 말이다.

타일러를 가만히 보고 있자니 내 마음속에서 무언가 쿵 하고 떨어지는 기분이다.

뭐지? 이게 대체 무슨 기분이지? 애정, 온기, 하지만 사랑이나 갈망은 아니다. 아, 후회도 있다. 아주 깊은 후회.

'미안해, 타일러.'

나는 가까스로 나 자신을 현실로 데리고 왔다. 여전히 고속도로 위에서 동쪽을 향해 가고 있다. 보스턴을 향하고 있다. 하지만 토리가 한 말은 생생하게 기억난다.

'그런 사람들을 만나고 그런 장소에도 가보았지만 핼리일 때는 아무것도 기억을 못 하는 거죠.'

"타일러 레예스에 대해서 아는 것 있어요?"

질에게 물어보았다.

"음, 상당히 똑똑한 사람이에요. 하버드와 MIT를 나왔죠. 그런데 왜요, 핼리? 왜 이렇게 히포렉스에 관심이 있는 거예요?"

나는 질에게 진실을 이야기할 수 없었다. 나도 진실이 뭔지 모르니까. 그래서 거짓말을 지어내기로 했다.

"메드엑스에서 히포렉스 사람들을 몇 명 만나봤거든요. 괜찮은 회사 같더라고요. 그래서 한번 이야기해 보고 싶었어요."

질은 잠깐 침묵을 유지했다.

"그럼 라스베이거스를 떠나는 것도 고려 중인 거예요? 그럴 거라고는 생각도 못 했는데요."

"사실 이미 떠났어요."

내가 말했다.

"떠났다고요? 왜요?"

"뭐, 그냥요. 혹시 히포렉스와 인터뷰를 잡아줄 수 있어요?"

"전화 인터뷰요? 아니면 화상 인터뷰?"

"아니요. 대면 인터뷰요. 사실 지금 보스턴으로 가고 있어요."

질은 마치 나에게 세상의 이치를 일깨워주기라도 하려는 양 천천히 말을 시작했다.

"핼리, 일이 순서가 바뀐 것 같아요. 잘 알잖아요. 무엇보다 핼리 분야의 채용공고가 있는지도 아직 몰라요. 그러니까 만약에 단지 히포렉스 사람들을 만나고 싶다고 한다면 내가 할 수 있는 일을 찾아볼게요. 인사팀장에게 이야기 해줄 수도 있어요. 이미 몇 명을 추천해 준 적이 있어서 아예 모르는 건 아니거든요. 하지만 홍보 분야에 지금 일자리가 선혀 없다면 아마 굳이 시간을 내려고 하지 않을 거예요."

"전화해 주세요. 아주 중요한 일이에요."

나는 계속 반복해서 내 의사를 말했다.

질이 한숨을 쉬었다.

"저기, 핼리. 나는 당신을 좋아해요. 우리는 정말 오랜 시간 함께해 왔죠. 심지어 다른 헤드헌터들이 핼리를 코너로 몰아붙일 때도 나는 핼리 곁에 있었어요. 하지만 그렇다고 해서 그쪽 인사 팀장에게 다짜고짜 전화해 부침이 심한 경력의 한 작가가 보스턴으로 가고 있고 취업 면접을 원한다고 말할 수는 없어요."

"인사팀으로 갈 필요 없어요."

나는 확신에 차서 질에게 말했다.

"타일러 레예스에게 전화하세요. 직접이요. 내 이름을 말하고, 그 사람에게…."

어떻게 말을 하면 좋을지 나는 잠시 망설였다.

"내가 솔티 걸의 랍스터를 좋아한다고 말해주세요."

"미안한데, 혹시 타일러를 알아요?"

질이 물었다.

"제발요, 질. 전화 한 통만 해주세요."

나는 질이 더 이상 전화를 못 하겠다고 하지 않도록 전화를 끊어버렸다. 질의 기분이 좋지는 않겠지만, 타일러 레예스에게 전화를 해줄 것이라고 확신했다.

뜨거운 사막의 공기에도 불구하고 나는 차창을 열었다. 시간이 조금이라도 빨리 가도록 라디오를 틀었다. 이곳에서 들을 수 있는 라디오 채널은 많지 않았다. 내가 찾은 채널은 클래식 음악이 나오는 지직거리는 공영 방송이었다. 하지만 나는 지금까지 클래식 음악을 들어본 적이 없다. 그래도 나는 볼륨을 높였다. 지직거리는 소음 사이로 피아노 소리가 들렸다. 음역이 한참을 높아졌다가 한꺼번에 다시 낮아졌다. 음악은 마치 내 목 주변에 대고 있는 손처럼 나를 사로잡았다.

라흐마니노프다.

어떻게 내가 알지?

하지만 분명히 라흐마니노프다. 피아노 콘체르토 3번. 작품의 제목뿐만 아니라 음도 안다. 피아노 건반까지. 맙소사, 내가 피아노를 칠 수 있다니. 운전을 계속하면서 나는 연주자의 연주에 맞추어 운전대에 올린 손가락을 톡톡 두드렸다. 마치 피아노 앞에 정말 앉아있는 것처럼 몸이 움찔움찔했다. 운전대를 점점 더 세게 두드렸다. 음악이 내 가슴속에서 쿵쿵 울렸다. 너무 아름다워서, 너무 시리도록 아름다워서 나는 울고만 싶었다. 올라갔다 내려갔다, 올라갔다 내려갔다 콘체르토가 진행될수록 모든 음을 외워서 연주하고 있는 내가 있었다. 현악기 소리가 커지고, 관악기들이 웅장하게 소리를 내다가 리듬이 점점 조용하게 잦아들 무렵 내 손가락은 마치 지저귀는 새처럼, 천사들의 합창처럼 즐겁게 위로 다시 높이 올랐다.

너무 집중한 나머지 머리를 흔들었다. 내 금발 머리가 뒤로 휘날렸다. 내 손가락은 마치 각각이 살아있는 것처럼 독립적으로 움직이며 피아노 위를 날았다. 마지막 화음을 치는 그 순간 어두움 속에서 숨죽이고 있는 청중들이 느껴진다. 끝이 다가온다. 우리는, 그러니까 나와 피아노와 오케스트라와 지휘자는 모두 하나가 된다. 우리는 잔인할 정도로 힘이 넘치는 비트로, 숨을 쉬지 못할 정도로 강렬한 폭풍우처럼 피날레를 향해 돌진한다. 마침내 피아노가 모든 다른 악기들을 장악한 채 마지막 음이 격정 속으로 사라진다.

우레와 같은 박수 소리가 난다. 손바닥이 아플 정도의 박수. 휘파람 소리. 나는 땀으로 흠뻑 젖어 있다. 일어난다. 인사를 한다. 청중의 환호를 한 몸에 받는다.

나는 현실로 돌아왔다.

라디오에서 흘러나오는 연주는 그저 정적일 뿐이다. 나는 여전히 사막의 고속도로 위에서 찻길 한가운데를 홀로 운전하고 있다.

그때 전화벨이 울렸다.

마치 머리에서 알람이 윙윙 울리듯 나는 그 소리에 깜짝 놀라 펄쩍 뛸 뻔했다. 지금 내가 어디인지 정신이 없는 상태에서 전화를 받았다. 질이었다. 질의 목소리는 딱딱하고 이상하게 기분이 나빠 보였다. 마치 가면무도회에 혼자만 평상복 차림으로 온 사람처럼 말이다.

"음, 월요일 아침 9시에 히포렉스와 면접을 잡았어요."

"고마워요, 질. 정말 대단해요."

"제품 홍보를 담당하고 있는 수석 부사장과 만나게 될 거예요. 지금 그쪽으로 가는 중이라고 이야기 해두었어요. 여행경비로 2,000달러를 계좌로 보내준다고 했고요. 코플리 플라자의 스위트룸을 예약해 놓았다고 해요."

"대단하네요."

"솔직히 나는 정말 이 상황이 이해가 안 돼요, 핼리."

"뭐가요? 홍보팀에 사람이 필요한 게 분명하고, 아시다시피 신생 회사들은 돈을 물 쓰듯이 쓰잖아요."

"나한테 말하지 않은 게 있죠? 타일러 레예스와 모종의 관계가 있는 것 같은데요."

질이 물었다.

"아니에요. 그 사람은 만나본 적도 없어요."

수화기 너머로 그다지 기분이 좋지 않은 듯한 작은 탄식 소리가 들려왔다.

"이 모든 일 때문에 상당히 불편해요, 핼리. 무언가 비윤리적인 일의 한가운데 끼어 있는 느낌이어서 정말 싫네요. 처음부터 완전히 잘못된 것 같은 거래에 중개인으로 있는 일은 사양하고 싶어요."

"이해해요. 미안해요. 내가 할 수 있는 말이 이것밖에 없어요."

"다른 헤드헌터를 찾아요. 우리 인연은 여기까지 일듯요."

질이 내 말을 낚아채서 차갑게 말했다.

질은 전화를 끊었다. 통화가 끝났다.

질에게 미안하지만 어떻게 하겠는가? 나 스스로에게도 설명하지 못하는 걸 질에게 설명할 수는 없지 않은가. 나는 이제부터 본능에 충실해지기로 했다. 내가 아는 것은 모든 정답이 보스턴에, 타일러 레예스와 히포렉스에 있다는 것이다. 그래서 나는 그곳에 가야 한다. 나는 발에 힘을 주고 액셀러레이터를 더욱 세차게 밟았고 차는 부릉 소리를 내며 I-40 고속도로를 질주했다. 그곳에 가기 위해 나는 서둘렀다.

내가 찾고 있는 삶이 라스베이거스의 반대편에서 나를 기다리고 있다.

하지만 누구의 삶을 찾으려고 하는 건지 아직도 잘 모르겠다.

2부

15

나는 보스턴에 일요일 아침, 그러니까 히포렉스와의 면접 바로 전날 도착해 코플리 플라자에 체크인했다. 히포렉스에서 준비한 호텔의 우아함에 괜히 위축되었다. 아치형의 채광창으로 7월의 햇빛이 들어왔다. 내 신발이 하얀색과 회색이 섞여 있는 대리석 바닥에 닿아 끼익 소리를 냈고, 코린트식*의 기둥에 손톱을 부딪혀 상처가 났다. 데스크 직원은 나에게 스위트룸을 배정해 주었는데, 미션과 함께 살던 아파트보다도 넓은 방이었다. 고층이어서 코플리 광장과 보스턴 시내의 유리로 된 고층 건물들이 내려다보였다.

히포렉스는 나를 위해 선물도 준비해두었다. 가스로 동작하는 벽난로 앞에 있는 커피 테이블에는 아주 커다란 꽃다발이 있고,

---

*   고대 그리스 건축 양식의 일종으로 화려하고 장식적이다

그 옆으로 큰 바구니 안에 여러 가지 기념품이 들어있었다. 비닐과 리본을 풀어보니 보스턴을 테마로 한 쿠키, 프레첼, 차, 초콜렛이 보스턴 지도와 함께 들어있었다. 꽃다발에는 손으로 쓴 카드가 함께 있었다.

핼리 양,
히포렉스의 모든 구성원은 월요일에 당신을 만나 뵙기를 고대하고 있습니다. 그 전에 우선 이 도시를 먼저 즐기시길요.
타일러 레예스

홍보 직책으로선 최고의 대우 아닌가. 오, 좋다. 내가 아주 제대로 찔러 보았군.

샤워하고 옷을 갈아입은 뒤 도시를 돌아다녀 보기로 했다. 밖으로 나와서 성 제임스 애비뉴를 가로질렀다. 트리니티 교회의 돌로 만든 아치와 원통형 주황색 지붕이 눈에 띄는 코플리 광장의 초록색 잔디밭으로 향했다. 광장의 존 싱글턴 코플리 동상 근처를 어슬렁거리며 지나는 사람들을 잠시 쳐다보았다. 주말 오후였고, 도시는 사람들로 북적였다. 나는 길거리 가판에서 핫도그를 하나 사서 다트머스 스트리트의 조약돌 길을 따라 북쪽을 향해 걸었다.

어떤 기분이냐고?

마치 고향에 돌아온 것 같다. 하지만 이러한 느낌 자체가 두렵다. 도대체 나에게 무슨 일이 일어나고 있는지, 내 머릿속에서 무슨 일이 벌어지고 있는지를 도무지 이해할 수가 없다. 내가 전에 보스턴에 왔었는데 기억을 못 하는 것도 말이 안 되고, 아무것도 모르는 채 제2의 인생을 살았다는 것도 말이 안 된다. 하지만 나는 거의 내 인생 전부를 이 거리를 오가며 보낸 기분이다. 모든 게 어디에 있는지 나는 잘 알고 있다. 어디를 보든지 내가 했던 일이나 내가 갔던 장소가 아주 생생하게 떠오른다.

코플리 기차역이다. 심포니 홀은 E 라인을 따라 두 정거장만 가면 된다. 그곳에서 나는 라흐마니노프를 연주했다. 문제는 나란 사람이 지금까지 한 번도 음악 수업을 들어본 적이 없다는 것이다.

여기는 올드 사우스 교회다. 교회 안의 스테인드글라스로 된 창문이 그려지고 가스펠 합창 또한 귀에 생생하다. 교회에서 운영하는 카페에 목요일마다 앉아서 소프트 재즈를 듣던 기억이 난다.

'러쉬'라는 이름의 고급 목욕용품점도 있다. 보통 나는 '드림 크림' 보디로션과 '드래곤의 알' 배스 밤을 사곤 했다.

하지만 당연히 이 중에서 내가 실제로 해 본 건 하나도 없다. 그런데 어떻게 이 모든 걸 이렇게 생생하게 기억할 수가 있지?

두 블록을 지나면 검은색으로 마감한 창문이 해변 쪽으로 난 해산물 바, 솔티 걸이 있다. 머릿속에 식당 내부가 그려지고 부스와 긴 카운터가 생각난다. 식당 창가로 가까이 가서 안을 들여다보았을 때, 머릿속에 그려지던 세세한 모습이 완전히 그대로 있어 깜짝 놀랐다. 나는 이 식당에서 식사한 적이 있다. 그것도 한 번이 아니라 여러 번. 마지막으로 갔던 건 겨울의 추운 크리스마스 시즌, 눈발이 날리던 때였다. 나는 언제나처럼 칵테일을 홀짝이며 랍스터 요리를 즐겼다.

하지만 내 핸드폰의 달력을 보면 바로 그 크리스마스 시즌에 바로 라스베이거스에서 매일 무슨 일을 했는지를 기억할 수 있다. 동시에 두 군데에 있는 건 불가능한데. 내가 보스턴에 있었을 리 없다.

커먼웰스 애비뉴의 그린웨이를 지나 건물 사이로 찰스강이 바라보이는 비컨 스트리트를 통과해 강을 향해 걸었다. 바이오에프엑스의 하워드 박사가 이 근방에 산다고 했는데, 나도 이 근처에 살았다. 아니 최소한 살았던 적이 있다. 이것은 내 두뇌가 나에게 보내는 불가능한 메시지다. 내가 살던 집은 제일 높은 층이었고 강을 내려다보고 있었다. 창가에 피아노가 있어서 피아노를 연주할 때마다 강을 볼 수 있었다.

나는 누구인가?

지금 이 순간 나는 내가 전혀 핼리 에버스 같지 않다.

나는 계속 걸어서 공원에 다다랐고 잎이 우거진 나무와 조용한 작은 연못을 지나 동쪽으로 산책로 근처를 돌아다녔다. 저 앞으로 음악당에서는 현악 4중주곡이 울려 퍼지고 있었다. 나는 푸르른 잔디밭에서 눈을 감은 채 허리를 쭉 폈다. 주변에 백여 명은 족히 되는 사람들이 있었고 모두 햇빛과 강바람에 따뜻함을 느끼고 있었다. 잠깐 나는 음악을 들으며 평화로웠다.

그러나 이러한 평화는 오래가지 못했다. 또 다른 환영이 마치 톨킨의 작품에 나오는 '검은 기사'처럼 내 마음을 온통 헤집으며 어둡게 다가오기 시작했다. 내 발밑에 죽어있는 여자가 있고 두개골이 다 부서졌다. 나의 언니다. 골프채가 잔디밭에 놓여 있다. 절벽 옆으로 포세이돈 동상이 있다.

강한 바람이 주변에 훅 불었다. 내 손은 온통 피로 물들었다.

'나야.'

정말? 잘 모르겠다. 이러한 환영이 다시 떠오르자 나는 문득 내 머릿속에서 무언가가 사라지고 없다는 생각이 들었다. 내가 잡을 수 없는 기억. 하지만 내가 찾아야만 하는 기억이다.

그리고 이 기억은 우리 엄마와는 아무 상관이 없다.

찌르는 듯한 공포를 느끼며 공원에서 일어났다. 서둘러 인도교를 넘어 스토로우를 지나 시내로 돌아왔다.

내가 가야 할 곳이 있는 것 같은데⋯. 왜 이런 기분이 드는지 설명할 수 없다. 내가 미처 생각도 하기 전에 내 발은 이미 길을 들어섰다. 공원에서 찰스 스트리트 쪽을 향하다가 오래된 예배당을 지나 방향을 틀었다. 걸음은 빨랐고 점점 숨이 차오르기 시작했다. 심장이 뛰는 소리가 머리에서 마치 굉음처럼 울렸다. 무언가에 가까워졌다. 놀라울 만큼, 끔찍한 무언가. 그 무언가가 마치 거부할 수 없는 힘을 지닌 자석인 양 나를 끌어들이고 있다.

거리에 지나는 차가 없어지자 나는 재빨리 길을 건너 아일랜드 맥주를 선전하는 비컨 힐 펍으로 향했다. 펍 옆에는 좁은 상점 사이에 구겨지듯 들어가 있는 작은 갤러리가 있었는데, 붉은 벽돌 건물에 대비되는 하얀색으로 칠해져 있었다. 여기다. 바로 여기가 내가 호텔에서 나온 후 가려고 했던 바로 그곳이다.

그녀가 나를 여기 이 공간으로 안내했다.

그녀.

'나를 만나고 싶은가요?'

마치 누군가가 내 귀에 대고 속삭이듯이 머릿속에 이 질문이 떠올랐다. 내가 아니다. 다른 누군가다. 낯선 사람이다.

'나는 안에 있어요.'

무언가 비밀의 답이 이 갤러리 안에서 나를 기다리고 있다. 나는 알고 있다. 그게 무엇인지 봐야만 한다는 것을. 하지만 내 발이 조약돌 길에서 떨어지지 않는다. 나는 두려웠다. 내가 무엇을 발견할지에 대해 겁이 났다. 나는 정말로, 정말로, 정말로⋯ 저 문을 열고 싶지 않았다. 하지만 나에게는 선택의 여지가 없다. '그녀'가 나에게 선택의 여지를 주지 않았다. 어떤 손님 하나가 밖으로 나오고 문이 닫히기 전에 나는 안으로 들어갔다.

내부 장식은 세련되다 못해 찬 바람이 쌩쌩 불 지경이었다. 군데군데 놓인 기둥은 오래된 해적선에서 가지고 오기라도 한 듯 세월의 풍파를 맞아 낡은 태가 났다. 아주 좁은 공간으로 0.5평이 채 되지 않아 보였고, 벽은 밖의 외관과 같이 하얀색으로 칠해져 있었다. 양쪽 벽에는 가느다란 선에 그림들이 걸려 있었다. 대충 그림들도 알겠고 그림을 그린 작가도 알 것 같았다. 파스토레가 그린 눈 덮인 풍경 유화가 있었다. 저쪽에는 아비도르의 레몬 정물화가 있었다. 또 저쪽에는 발렛의 도시의 정원이 있었다.

나는 이 작가들을 만나본 적이 있다. 심지어 이야기도 했었다.

옆의 펍에서 함께 술을 마시기도 했는데, 내 선택은 언제나 콜라를 섞은 럼주였다.

나는 내가 이곳에 온 적이 있으므로 갤러리 사람들 역시 나를 알 거라는 확신이 들었다. 갤러리의 데스크를 지나는데 어떤 여성이 헐렁한 빨간색 블라우스를 입고 갈색 머리는 위로 틀어 올린 채 라임 색안경을 코에 걸치고 있었다. 머릿속에서 여성의 이름이 떠올랐다. '애비게일'.

가까이 다가가 이름표를 확인해 보니 내 예상이 맞았다. 나는 이 여성의 이름을 알고 있었다.

'애비게일, 나예요. 어떻게 지냈어요?'

머릿속에서 어떤 목소리가 말을 했다. 하지만 이 목소리는 헬리가 아니다.

여자가 고개를 들었고 우리는 눈이 마주쳤다. 나는 여자가 나를 알아보고 얼굴에 미소를 지을 거라고 생각했다. 하지만 여자는 무표정하게 나를 바라보며 도움이 필요한지 물을 뿐이었다. 내가 고개를 가로젓자 여자는 부드럽게 노래를 흥얼거리며 손가락으로 연필을 돌리면서 다시 자기 일에 몰두하기 시작했다. 여자는 평생 나를 본 적이 없다.

그런데 나는 왜 이 여자를 알고 있을까?

왜 나는 이 여자의 남편 이름이 네이던이라는 것도, 여자에게 두 아이가 있다는 것도, 니드햄에 산다는 것도, 심지어 보스턴 대학에서 시각 미술로 학위를 받은 것도 알고 있는 걸까?

갤러리의 제일 끝까지 걸어가 보았다. 거기에는 위로 올라가는 계단과 아래로 내려가는 계단이 있었다. 내 위로 보이는 계단 끝에서 나는 분홍색, 파란색, 검은색, 그리고 노란색이 무겁게 소용돌이치는 화려한 유화가 걸린 이젤을 보았다. 작품이 내 눈을 사로잡았다. 작품이 추상적이어서 나는 내가 보고 있는 그림이… 포세이돈이라는 것을 바로 알아채지는 못했다.

포세이돈이라.

바다를 내려다보던 절벽 옆의 그 동상이다. 삼지창을 들고 턱수염이 있는, 신화에 나오는 바로 그 신. 그 신이 여기에 있었다. 이것은 꿈이 아니다.

기대와 공포의 감정에 꾀여 나는 계단을 올랐다. 다 올라갔을 때 나는 그림 앞에 서서 작품에서 보여주는 색색의 층에 넋을 잃고 말았다. 이 작품은 그저 동상을 그린 단순한 작품이 아니었다. 그림을 오래 들여다볼수록 하늘에 새겨진 다른 형상들이 보이기 시작했다. 어쩌면 이 형상들은 진짜일 것이다. 아니, 어쩌면 내 상상 속의 형상일 것이다. 한 여자가 바다에 빠져 죽어가고 있다. 무성한 잔디밭에서 뱀들이 꿈틀거리고 있다. 구름 사이로 악마가 모습을 드러내고 있다.

나는 작가의 이름을 살펴보았다.

마이런 글래스.

다시 한번 숨이 턱 막혔다. 이번에는 좀 더 강렬한 감정의 물결이 나를 스치고 지나갔다.

'마이런.'

이곳에 걸려 있는 작품은 모두 마이런 글래스의 작품으로 하나같이 거칠도록 색이 화려했으며 초현실적인 스타일이었다. 동물을 보았다. 바다 생물을 보았다. 천사를 보았다. 신들을 보았다. 모든 작품은 만화경으로 들여다본 듯한 하늘을 배경으로 그려졌으며, 하늘을 둘러싼 주변 배경은 불길한 조짐을 보이기도 하고 무섭기도 했다. 나는 이 작품들이 좋았다. 마음속 깊이 작품이 느껴졌다. 몇 시간도 작품을 들여다보고 있을 수 있을 것 같았다. 그런데 그때 나에게서 가장 멀리 떨어진 벽을 바라보았고, 나는 눈에 들어온 작품에 충격을 받아 움직일 수 있는 조차 없었다.

그 벽에는 단 한 점의 작품이 걸려있었다. 그 자체로 하나의 작품이었다. 높이만 3미터, 폭이 2미터에 달할 정도로 거대한 그림이었다. 밤의 바다를 배경으로 한 누드 작품이었다.

무릎에서 힘이 빠졌다.

작품에 가까이 다가갈수록 머릿속은 더욱 안개 속에 갇힌 것 같았다.

알몸의 한 여성이 우아하게 마치 고양이처럼 팔을 머리 뒤로 하고 몸을 쭉 뻗고 있다. 여성의 유연한 몸은 역동적인 검은색과 파란색 하늘을 배경으로 한, 빨간색과 주황색의 불길과도 같았다. 여성의 뒤로 반 고흐 스타일의 별이 반짝이고 있다. 긴 금발 머리는 몸통을 휘감고 내려오고, 머리칼 사이로 여러 색으로 표현한 가슴이 언뜻 보였다. 다리 사이는 노란색으로 표현했다. 색의 소용돌이가 몸의 곡선 틀을 잡아나간다. 여성의 뒤로 보이는 하늘은 금방이라도 폭우가 쏟아져 번개와 홍수가 날 것만 같앉지만 여성의 표정은 몰려오는 폭풍우에는 아랑곳하지 않는다는 듯 마냥 행복해 보였다. 여성은 눈을 뜨고 나를 응시하고 있었다. 나는 여성의 시선에서 최면을 거는 듯한 힘을 느낄 수 있었다. 도무지 눈을 뗄 수 없었다. 여성의 파란 눈은 배경의 파란색 혼돈과 잘 어울렸다. 점점 더 강해지는 폭풍우가 여성의 내면에서 존재하는 듯했다.

이상한 이미지들이 배경에 형상을 만들고 있다. 내가 만들어낸 걸까? 아니면 정말 있는 걸까? 마치 피처럼 보이는 빨간색 점이 보였다. 하늘을 가로지르는 별똥별이 마치 높은 곳에 설치된 다리의 아치 모양과 같이 호를 이루며 떨어지고 있다. 은색의 수평선이 검은색 물감의 두꺼운 방울로 작품의 끝에 불뚝 튀어나와 있다. 곰곰이 생각해 보면 충분히 골프채를 연상할 수 있다.

나는 작품 옆에 붙어있는 레이블을 들여다보았다. 작가는 이곳의 모든 작품을 그린 바로 그 사람이다. 마이런 글래스. 하지만 작품 속의 주인공인, 누드 작품의 주인공인 이 여성은 누군지 모르겠다. 여성에 대한 유일한 설명은 작품의 제목에 있었다.

내 꿈의 여인

16

다음 날 아침, 나는 히포렉스 앞에 차를 대었다.

히포렉스 본사는 도심에서 30분가량 떨어진 월섬의 외곽에 있었다. 찰스강을 따라 지어진 2층짜리 건물이었다. 이 지역은 보스턴 도심에 비하면 완전히 딴 세상 같았다. 근처에 학교가 있고 아이들이 노는 소리가 들렸다. 본사 건물은 길 건너 조용히 흐르는 강을 내려다보고 있었고, 강변에는 나무 사이로 아담한 집들이 옹기종기 모여 있었다. 건물 앞에는 조깅할 수 있는 샛길이 해변을 따라 커다란 묘지의 푸르른 잔디밭을 향해 나 있었다.

서부에서 동부로 횡단하느라 온통 먼지를 뒤집어쓴 내 차는 반짝이는 테슬라와 재규어가 주를 이루는 주차장에 있으니 확실히 급이 떨어져 보였다. 신규 상장이라는 엄청난 행운이 따르지 않아도 이 회사의 경영진은 돈이 많은 게 분명하다. 그나마 좋은 인상을 줄 수 있도록 옷을 차려입어서 다행이라는 생각이 들었다. 오는 길에 산 가지색의 무릎까지 오는 앤 타일러 원피스에 하이힐을 신고 가짜 진주 목걸이를 걸쳤다. 캘리포니아의 신생 회사에서 면접을 보는 거라면 반바지를 입고 가도 괜찮았을 텐데 여기는 동부니까. 어떤 차림이 적절한지는 잘 모르겠지만 최소한 내가 그렇게 엉망진창은 아니라는 인상을 주고 싶었다.

정문을 통과하면서 나는 이 회사가 보수적인 곳이 아닐까 하는 생각을 하게 되었다. 경비업체 직원조차 정장을 입고 넥타이를 매고 있었다. 배경음악, 그러니까 일종의 징징 울리는 백색소음 류의 음악도 들리지 않았다. 식민지 시대의 그림, 딱 봐도 진품인 작품들이 벽을 장식하고 있었다. 실리콘 밸리의 명상실이나 강아지를 산책시키는 공원, 스시 바와 같은 곳이 아니었다. 나는 경비업체 직원에게 홍보 담당 수석 부사장과 면접이 있다고 말했고, 직원은 나의 신분증과 핸드폰, 그리고 시계를 달라고 해서 상자 안에 넣었다. 그러고는 내가 건물을 나설 때 내 물건을 찾을 수 있도록 표를 하나 주었다. 그리고 직원은 나에게 건물 내에서 사진을 찍거나 동영상 촬영을 하지 않을 것이라는 서약을 하는 문서에 서명하도록 했고, 전자 방문증을 주면서 항상 착용하고 다니라고 했다.

이 회사 사람들은 자신들의 비밀이 밖으로 새어나가는 것을 원하지 않는다.

체크인 과정을 완료하고 회사 안으로 들어서자 내 나이 또래의 여성이 나를 맞아주었다. 이름은 킴벌리라고 하는데, 새까만 바지정장을 입고 있었다. 아주 친절했지만, 회사와 면접에 대한 내 질문에 대한 답은 피했다. 킴벌리는 나를 데리고 엘리베이터를 타고 한 층 올라간 뒤 회의실로 안내했다. 회의실의 전면 통유리창으로 강이 내려다보였다. 길고 윤이 나는 대리석 탁자에는 40명도 족히 앉을 수 있을 것 같았다. 킴벌리는 나에게 기다리라고 한 뒤 커피머신과 페이스트리 빵이 놓여 있는 곳을 가리키면서 필요하면 이용하라고 이야기하고는 나를 혼자 두고 나갔다.

나는 커피를 홀짝이면서 조용히 흐르는 강을 바라보았다. 시계가 없으니 시간이 얼마나 지났는지 알 수는 없지만 그래도 꽤 시간이 흐른 것 같았다. 회의실 한쪽 구석에는 카메라가 설치되어 있었다. 나는 카메라 앞에 대고 손가락으로 작은 물결 모양을 그리며 흔들어 보았다. 분명히 누군가 처음부터 끝까지 나를 지켜보고 있다.

마침내 문이 열리고 어떤 남자가 들어왔다. 제품 홍보를 담당하는 수석 부사장이 아니었다.

이 사람은 바로 타일러 레예스, 그러니까 히포렉스의 CEO다.

한 번도 이 사람을 만나본 적은 없지만 내가 머릿속에서 기억하는 완전히 그대로다. 잘 정돈되지 않은 검은 곱슬머리, 부엉이 모양의 안경, 그리고 과학자 특유의 산만한 집중력이 보인다. 나보다 몇 센티미터 정도 작은 키에 나이는 나보다 살짝 많아서 아마도 30대 중반 즈음인 것 같았다. 여자들이 지나가다가 고개를 돌릴 만큼 미남은 아니었다. 말랐지만 근육은 없었고, 잘생겼지만 특출나게 잘생긴 건 아니다. 그래도 새 원피스를 입어서 다

208

행이라고 생각했다. 타일러도 방금 옷장에서 꺼낸 것같이 완벽하게 몸에 들어맞는 정장을 입고 있었기 때문이다.

"핼리 양, 제가 타일러 레예스입니다."

타일러가 악수를 청하며 내 쪽으로 다가왔다.

타일러는 보통 악수보다 좀 더 길게 내 손을 잡았다.

"앉으시겠어요?"

타일러는 회의실의 가죽 의자 중 하나를 가리켰다.

나는 자리에 앉았고 타일러도 가장 가까운 의자에 앉아서 탁자 반대쪽으로 기대었다. 타일러는 CEO처럼 보이려고, 그러니까 모든 것을 완벽하게 통제하고 있는 것처럼 보이려고 애썼다. 하지만 나는 라스베이거스의 아스팔트 포장재에서 뿜어나오는 열기와 같은 긴장감이 그에게서 뿜어져 나오는 걸 느낄 수 있었다. 콕 집어서 설명하기는 어렵지만, 이 남자는 분명히 나를 두려워하고 있다. 타일러는 안경 너머로 눈을 가늘게 뜨고 마치 내 눈 뒤에 숨겨진 비밀을 찾기라도 할 듯이 나를 바라보았다.

"저는 홍보 담당 수석 부사장님과 면접을 보는 거로 알고 있었습니다."

내가 말했다.

"아, 그럴 시간은 아주 많아요. 종일 다른 면접들도 이미 잡아놓았습니다만 중요한 채용 절차에는 반드시 내 승인이 필요하지요. 그래서 나는 중요 지원자들은 개인적으로 만나보는 편입니다. 히포렉스는 내 자식과 같아요. 거의 10년 전에 회사를 창립했지요."

"질 올리버를 통해서 면접을 주선해 달라고 말씀드려서 좀 이상하게 생각하지 않을까 싶었어요."

"아니요, 전혀요. 오히려 열정을 높이 샀습니다. 원하는 걸 좇는 사람들을 좋아합니다. 특히 우리 회사에 관심이 있을 때는 더더욱 그렇지요. 지금까지 하신 작업 포트폴리오의 샘플을 좀 봤는데, 분명히 재능이 있으시더군요. 질이 이력서와 함께 핼리 양의 단점을 포함한 모든 필요한 정보를 다 보내주었어요. 상당히 인상 깊었습니다."

눈썹이 저절로 치켜 올라갔다.

"단점이라면 어떤 걸 말하는 거죠?"

"음, 여러 회사를 옮겨 다니셨더군요. 상당히 강인한 정신력을 가지고 계시는 것 같습니다. 생각하는 바를 그대로 말씀하시는 편이라고요. 많은 회사가 아직은 그런 점에 있어서 취약합니다. 특히 똑똑한 여성들에게 이 업계가 여전히 좀 험난하죠. 하지만 저는 핼리 양이 히포렉스의 기업 문화에 아주 잘 맞는다고 생각했습니다."

"기업 문화가 어떤데요?"

내가 물었다.

"우리는 위험을 감수하는 사람들입니다. 규칙을 어기는 사람들이죠. 우리는 크게 생각합니다. 저는 직원들에게 땅에서 머무느니 차라리 타 죽을지언정 태양에 가까이 날아가라고 조언합니다."

"이카루스가 정말 그렇게 하다가 죽임을 당했지요."

내가 지적했다.

타일러가 어깨를 으쓱했다.

"하지만 그랬기 때문에 결국 라이트 형제가 탄생한 거죠. 위대한 것을 꿈꾸는 데서 시작한 겁니다."

"그래서 가능한 일자리가 있나요?"

내가 물었다.

"그건 별로 중요하지 않습니다. 적합한 사람에게 저는 기꺼이 일자리를 만들어줍니다. 제가 볼 때 핼리 양은 아주 적합한 사람입니다."

타일러는 일어나서 창가로 갔다. 가슴께에 팔짱을 끼고는 강을 내려다보았다.

"한 가지 궁금한 게 있습니다, 핼리 양."

타일러는 나에게서 등을 돌린 채 말을 이었다.

이제 드디어 내가 이곳에 온 진짜 이유에 좀 더 가까이 다가가는 건가.

"오? 무엇이죠?"

"우리 회사에 대해 어떻게 알았어요?"

'사설탐정을 고용해서 나를 미행하게 했잖아요.'

'그 사설탐정이 내 눈앞에서 살해당했다고요.'

"메드엑스 박람회가 지난주에 라스베이거스에서 있었어요. 저는 매년 메드엑스 때마다 네트워킹을 위해 가는 편이고요."

내가 설명했다.

"아, 그렇군요."

"오셨었나요?"

내가 물었다.

"아니요, 하지만 우리 회사에서 여러 명이 참석했습니다."

타일러가 다시 몸을 돌려 나를 쳐다보았다.

"네, 그 여러 명 중 한 연구원을 만난 것 같아요."

나는 타일러를 가만히 쳐다보면서 말했다.

"리드 스미스라는 의사인데요."

"리드 스미스요? 그런 사람은 없는데요."

타일러는 아무런 힌트도 주지 않으려 했다.

"그렇다면 토드 키블은요? 뭐 생각나는 거 없으세요?"

"잘 모르겠는데요."

타일러는 여전히 아무렇지도 않다는 듯 평정심을 유지하고 있다.

"죄송해요. 제가 착각했나 봐요. 히포렉스에서 일하는 분들인 줄 알았네요. 아무튼 박람회에서 히포렉스에 대한 소문을 정말 많이 들었어요. 뇌졸중과 외상성뇌손상을 입은 환자들에게 획기적인 치료법을 개발하셨다고요. 인간 두뇌의 미스터리에 항상 관심이 있었어요. 우리가 무엇을 할 수 있는지 아직 알려지지 않는 게 너무나 많으니까요."

타일러가 고개를 끄덕였다.

"맞습니다. 우리 회사는 이미 달도 정복한 수준이지만 내부에서 알게 되는 비밀에 대해 다 공개하지는 않고 있어요."

"맞아요. 그런 점이 아주 마음에 들었습니다. 알츠하이머 연구 역시 선도적으로 수행하고 계시다는 소문도 있더라고요. 아주 엄청난 혁신의 최전선에 계신다고요."

"음, 물론입니다. 자세히 말씀을 드릴 수는 없지만 말이죠."

"당연합니다. 이해해요. 당연히 지식재산권을 지켜야지요. 하지만 저 역시 그러한 혁신의 일부가 되고 싶습니다. 그래서 제가 이곳에 온 것이기도 하고요."

"우리의 열정을 함께해 주셔서 감사합니다."

"그리고, 최근에 이상한 일이 저에게 일어나고 있어요. 어찌 보면 인생을 바꿀만한 사건이죠."

내가 말을 이었다.

"무슨 일이죠?"

"제가 죽었었습니다."

타일러는 아무렇지 않은 척하려고 했지만 헛수고였다. 얼굴에 놀라움이 고스란히 드러났다. 타일러가 지금까지 몰랐던 이야기를 내가 꺼낸 게 분명하다.

"세상에, 어떻게 된 일인가요?"

"심장이 멈췄어요. 다행히 어떤 분이 자동심장충격기로 저를 구해주셨지요. 그렇다고 회장님께서 우선순위를 다시 생각해 보실 만큼 지금도 급박한 상황인 건 아니고요."

"네, 잘 알고 있습니다."

"말씀하신 대로 그러한 경험을 겪은 이후에 제가 원하는 바를 찾기로 했어요. 위험을 감수하는 사람, 규칙을 깨는 사람을 찾는 다면 바로 제가 그런 사람일 것 같습니다. 일단 제가 무언가에 집중하면 절대 포기하지 않거든요. 솔직히 저는 히포렉스의 모든 것을, 단점까지도 다 알 때까지 절대로 그만두지 않을 겁니다."

나는 미소를 지었다.

타일러가 다가와서 내 옆에 다시 앉았다. 우리는 한동안 말없이 나는 타일러를, 타일러는 나를 가만히 쳐다보았다. 나는 큰소리로 소리치는 상상을 해봤다.

'도대체 내 머릿속에서 무슨 일이 일어나고 있는 거예요?'

'알아요?'

'답을 아냐고요?'

하지만 지금 이 시점에서 내가 타일러에게서 알아낼 수 있는 건 거짓말뿐이다.

"그래서 보스턴은 좀 돌아보았어요?"

타일러가 물었다.

"네. 그런데 솔직히 마치 고향에 온 것 같아요. 제가 가는 곳마다 모든 게 다 익숙하네요. 데자뷰의 일종인 것 같아요. 저는 보스턴에 와 본 적이 없거든요. 참 이상하지요? 한 번도 간 적이 없는 곳인데 왜인지 익숙하다는 느낌이요?"

이제 타일러는 조금 불편해 보이기 시작했다.

"네, 그럴 것 같네요."

"심지어 회장님도요."

내가 덧붙여 말했다.

"저의 어떤 면이요?"

"음, 회장님의 외모가 익숙해요. 전에 만난 적 있는 것 같아요."

타일러는 관찰하는 눈으로 나를 유심히 바라보았다. 나는 타일러의 얼굴에서 보이는 감정을 포착해 내려고 애썼다. 슬픔. 갈망. 그리고 호감도 보였다. 정확히 말해서 호감이었다. 본능적으로 느낄 수 있는 날 것 그대로의 호감 말이다. 그 강도가 너무 세서 불편했다. 물론 남자들은 대체로 나를 좋아하고 나도 어느 정도의 관심은 그런가 보다 하고 받아들일 수 있다. 하지만 지금 타일러의 호감은 보통의 관심 수준을 훨씬 넘어선다.

"저와 비슷한 사람이 있나 보죠."

타일러는 나에게서 눈을 떼지 않고 말했다.

"그런가 봐요."

"그런데 제가 궁금한 게 있어요. 보스턴에 한 번도 와 보신 적이 없다고 했지요. 그런데 질이 저에게 전화를 걸었을 때 백 베이에 있는 식당을 말해주었어요. 솔티 걸이라고요. 질은 핼리 양이 전에 그 식당에 갔던 것으로 생각하는 것 같던데요."

타일러가 말을 이었다.

우리 사이의 긴장감이 급격히 팽팽해지는 동시에 스모그 연기처럼 숨이 막힐 듯이 답답해졌다. 타일러는 평상시 태도를 유지하려고 애썼지만, 나는 지금까지의 대화가 지금, 이 순간을 위한 것임을 직감했다. 바로 '이 질문'이 테일러가 답을 원하는 질문이다. 그래서 내가 이곳에 있는 것이고, 그래서 타일러가 나를 보겠다고 한 것이며, 그래서 타일러가 회의실에 들어온 직후부터 내 얼굴에서 눈을 떼지 못하는 것이다. 다른 무엇보다도 타일러 레예스는 내가 솔티 걸에 대해 어떤 기억을 하고 있는지를 절실히 알고 싶어 했다.

"질이 오해를 한 게 분명해요. 저는 그 식당에 대해서 잡지 같은 곳에서 본 것 같거든요."

"오, 그렇군요."

타일러는 실망을 금치 못하고 의자에 몸을 파묻었다. 대신 나는 아직 타일러가 정신을 못 차리고 있을 때 즉시 반격을 가했다.

"그런데 회장님은 그곳에 가보신 적 있나요?"

타일러가 그곳에 갔었다는 걸 나는 알고 있기 때문이다. 그곳에서 타일러를 보았다. 바로 내가 타일러와 함께 있었다. 아니, 나는 아니다.

"한 번 갔었어요."

타일러가 말했다. 이어지는 타일러의 말에 나는 숨을 헉하고 들이마실 수밖에 없었다.

"제 아내와 함께요."

"아내라고요!"

생각했던 것보다 내 목소리가 컸던 것 같다.

"아내의 이름은 스카이였습니다."

'스카이라…'

오, 맙소사.

나는 어떻게든 내 반응을 자제해보려고 노력했지만 그럴 수 없었다. 스카이라는 이름의 충격은 마치 내 안에서 폭탄이 터진 것과 같은 수준이었다. 스카이. 그녀였다. 모두 다 그녀였다. 내가 기억하는 모든 것도, 내 안의 모든 것도 다 스카이였다. 그림 속 그 여자. 내 꿈의 여인. 나는 스카이가 누군지 또 우리가 어떻게 연결되었는지 전혀 모른다. 하지만 그럼에도 불구하고 무엇보다 확실하게 스카이의 인생과 내 인생이 얽혔다는 것을 안다.

나는 타일러를 바라보았다. 마치 우리 둘 다 얼굴을 가리고 있던 가면을 벗어던진 것 같은 기분이 들었다. 바로 그때 타일러가 한 말이 마음에 걸렸다.

"였다고요? 부인의 성함이 스카이였다고요?"

"네, 맞습니다. 사실은 아내를 잃었어요. 6개월 전에 스카이는 죽었습니다."

타일러가 우울한 목소리로 대답했다.

* * *

그날 밤 호텔에서 나는 또 다른 꿈을 꾸었다.

나는 옷을 하나도 걸치지 않은 채 의자에 앉아서 몸을 비스듬히 움직여 포즈를 취하고 있었다. 다리는 포개어 발목에서 겹쳤고 내 손은 머리 뒤로 넘겼다. 나의 긴 금발 머리는 가슴께로 떨어졌다. 나와 함께 있는 작가는 손가락으로 내 가슴을 더듬으며 머리칼을 정확히 자기가 원하는 모양으로 배치했다.

스튜디오는 크고 어두워서 마치 창고와 같았다. 벽에는 캔버스가 걸려 있었다. 내 주변으로 보이는 이젤에는 대담한 색이 살아있는 반쯤 그리다 만 작품들이 놓여 있었다. 창문으로 석탄 빛이 나는 구름과 운하의 아주 깊은 푸른 물을 볼 수 있었다. 배가 부두에 묶여 있었다. 춥고 무서운 어느 12월의 날이었고, 크리스마스를 곧 앞두고 있었다.

이 작품은 타일러에게 주는 선물이다.

바로 나 자신이 선물이다. 일종의 작별 인사다. 나를 기억해 달라는 일종의 방법이다. 내 모든 거짓말에 대한 사과이기도 하다.

"거의 다 됐어."

마이런이 나에게 말한다.

나는 아무 말도 하지 않고 움직이지도 않는다. 이번이 네 번째 만남이고, 나는 규칙을 잘 알고 있다. 마이런은 나에게 말을 걸 수 있지만 나는 그럴 수 없다. 모델은 스튜디오에서 작가가 작품을 끝낼 때까지 조용히 있어야 한다.

차가운 공기에 저절로 피부가 움츠러들었다. 마이런은 캔버스와 나를 번갈아 보면서 붓질을 하고 있다. 마이런의 솔직한 시선은 전혀 아무렇지도 않다. 그는 내가 옷을 입지 않고 있는 모습을, 내 젖꼭지가 서 있는 모습을, 내 다리 사이의 분홍빛이 다 드러날 정도로 다리를 넓게 벌리고 있는 모습을 보았지만 나는 어떠한 자의식도, 부끄러움도 느껴지지 않는다. 나의 마음과 몸이 분리된 것 같다. 하지만 나는 안다. 마이런은 나의 속까지 꿰뚫어 볼 수 있고 내가 누구인지를 정확하게 볼 수 있다.

"이 작품을 '블루 스카이'라고 부르고 싶어."

마이런이 말했다.

스카이.

내 이름이다. 내가 스카이다.

마침내 마이런이 이젤을 내 쪽으로 돌려주었다. 나는 의자에서 미끄러져 내려와 팔다리를 마치 고양이처럼 쭉 폈다. 근처에 가운이 있었지만, 굳이 귀찮게 입고 싶지 않았다. 나는 벌거벗은 채로 작품으로 다가가 작품을 살펴보았다. 내 몸속의 불, 내 다리 사이의 노란색 빛, 내 뒤로 위협적인 구름과 별들.

내가 나라고 말하지 않는 한 그 누구도 이 사람이 나인지 모를 것이다. 모델의 얼굴은 내 진짜 얼굴의 특징을 하나도 가지고 있지 않다. 하지만 이 사람은 나다. 내 인생에서 가장 많이 노출된 나이다. 내가 이 창고를 벌거벗고 나간다고 하더라도 이보다 더 적나라하게 나를 보여줄 수는 없다.

이 작품은 내 몸을 그린 작품이 아니다. 내 영혼을 그린 것이다. 내 분노를. 내 죄를 그린 것이다. 수년 동안 내 남편으로부터 숨겨온 진짜 나를 보여주는 작품이다.

"그 사람이 좋아할까?"

마이런이 물었다.

나는 내 얼굴에서 눈물을 닦아냈다.

"아니. 아니야, 미안해. 그냥 태워버리는 게 낫겠어. 타일러가 이 그림을 보면 안 돼."

17

이제 나는 내 꿈에 이름을 붙일 수 있게 되었다. 스카이.

스카이는 내가 풀어야 할 미스터리다. 이 여성이 내 안에 뿌리 내린 매력은 빠른 속도로 집착으로 자라기 시작했다. 나는 스카이에 대한 모든 것을 알고 싶다. 그녀가 누구인지, 어디서 살았는지, 평생 무엇을 했는지, 왜 죽었는지 말이다. 꿈에서 내가 본 바에 따르면 우선 가 봐야 할 곳은 바로 스카이를 그린 그 남자가 있는 바로 그곳이다. 마이런 글래스.

그래서 다음 날 아침 일찍, 나는 인터넷으로 재빨리 마이런 글래스를 검색해 본 후 시포트 디스트릭트에 있는 보스턴 피시 피어로 차를 몰았다.

100년은 족히 넘은 것 같은 쌍둥이 빌딩이 운하에 불쑥 튀어나와 있었고, 작은 배들이 서로 부딪쳤고, 잡은 물고기를 내리는 선원들이 지르는 소리와 욕설로 북적였다. 만의 반대쪽으로는 소형비행기들이 로건 공항으로 들어가거나 나오고 있었다. 비행기의 엔진이 바로 내 발밑에서 우르릉 소리를 내며 울리는 것처럼 느껴졌다. 덥고 끈적한 날이었다. 나는 물가를 따라 부두를 내려갔다. 통에 든 아귀, 고등어, 대구가 커다랗지만 죽은 눈으로 얼음 무더기 사이에서 나를 바라보았다. 어부의 눈길 또한 생선의 눈알만큼이나 강렬하게 나를 좇았다. 휘파람을 부는 사람도 있었고, 윙크하는 사람도 있었다. 어떤 사람들은 나에게 손을 흔들기도 했다. 바람이 살랑이면서 톡 쏘는 듯한 생선 비린내가 내 코를 찔렀고 내 주위로 갈매기들이 끽끽 소리를 내며 펄럭이면서 훔쳐 먹을 게 없는지를 눈여겨보고 있었다.

나는 비에 젖은 미끄러운 길에서 트럭과 화물 운반대를 돌았다. 일렁이는 바닷물이 길에 철썩이는 부두 끝 근처에서 나는 그 지역의 해산물 회사 이름이 붙어있는 하얀 문을 발견했다.

문에는 두 번째 줄에 손으로 쓰인 명패가 붙어있었다.

마이런 글래스 스튜디오

화살표가 위로 향하고 있었다.

안으로 들어가서 계단을 걸어 건물의 위층으로 올라갔다. 똑같은 명패가 붙어있는 또 다른 문이 나타났다. 나는 문을 두드렸지만, 안에서는 아무 반응이 없었다. 나는 문손잡이를 돌렸다. 문이 열렸다. 안으로 들어가니 전에 본 적이 있는 넓고 어두운 창고였다.

내 꿈에서 본 곳이다. 내 실제 삶에서가 아니라. 하지만 나는 그 둘을 분리하는 게 매우 어렵게 느껴진다.

"안녕하세요?"

내가 외쳤다.

여전히 대답이 없다.

스튜디오는 건물의 끝에 있었다. 두 면에는 창문이 있었는데, 창문 대부분이 캔버스 방수포로 덮여 있어서 전체적인 안의 분위기가 우울하고 신비로워 보였다. 나는 비컨 힐 갤러리에서 본 적이 있는 작품들과 같이 초현실적인 작품들 사이를 돌아다녔다. 남자, 여자, 동물, 그 외에도 여러 생물체가 상징적인 느낌의 하늘을 배경으로 그려져 있고 물감의 소용돌이 속에 숨겨진 메시지를 암시하는 다채로운 색깔들이 캔버스 위에 두껍게 칠해져 있었다. 각각의 작품이 독특했지만, 혼돈과 위험이 일맥상통하게 공통분모인 듯했다. 작품들은 아름다웠지만 섬뜩한 부분이 있었다.

나는 열린 공간의 중간에 놓인 빈 의자를 보았다. 의자 위로 마치 이곳에서 수감자를 심문하기라도 하는 듯한 핀 조명이 비추고 있었다.

스카이가 앉았던 곳이다.

아니, 바로 내가 앉았던 곳이다.

"누구시오?"

어떤 목소리가 나를 향해 들려왔다.

나는 어두움 속에서 깜짝 놀라 펄쩍 뛰어올랐다. 한 30살쯤 되어 보이는 젊은 흑인이 내 옆에 서 있었다. 본 적도 없는, 목소리를 들어본 적도 없는 사람이었다. 근육질의 가슴은 그대로 노출되어 있었고, 하얀색의 풍덩한 카고바지를 입고 있었다. 머리는 헝클어지고 정신없는 레게머리였고 나보다 키는 몇 센티미터 정도 컸으며 어깨가 매우 넓었다. 피부는 짙은 호두색으로 완벽하게 부드러웠다. 코는 길고 날카로웠으며 입술은 두꺼웠고 눈은…, 음, 그러니까 눈이 매우 신기했다. 지금까지 이런 눈을 본 적이 없다. 고양이의 눈을 연상하게 하는 보석과 같았는데, 두 눈을 가만히 바라보고 있으면 눈 자체가 가지고 있는 엄청나게 강력한 중력에 의해 블랙홀로 빨려 들어가는 듯한 느낌이 들었다.

마이런이 잘 생기기는 했지만 잘생긴 사람이라면 나도 라스베이거스에서 마르고 닳도록 보았다. 하지만 마이런은 전혀 다른 차원이었다. 내가 마이런에게 느끼는 감정이 너무 강렬해서 나는 마이런의 질문에 대답하는 것조차 잊어버렸다.

"내 말은… 누구시냐고요?"

"죄송합니다. 제 이름은 핼리 에버스입니다."

나도 모르게 말을 더듬었다.

마이런은 아무 무늬가 없는 유리컵에 차를 담아 들고 있었는데, 한쪽으로 티백을 빼서 걸쳐놓았다. 붉은빛이 나는 차가 컵 안에서 넘실거리는 게 보였다.

"무슨 일로 오셨지요, 핼리 에버스 양?"

"당신이 마이런 글래스인가요? 작가님이시죠?"

"네, 맞습니다."

나는 스튜디오 주변을 돌아보다가 나 자신을 어떻게 설명하면 좋을지 생각하며 잠시 그 자리에 정지 자세로 서 있었다.

"정말 멋진 장소예요."

"고맙습니다."

그러다 문득 나는 생선 냄새에 코를 찡긋했다.

"그런데 왜 스튜디오가 부둣가에 있어요? 생선 같은 걸 좋아하시나 봐요."

"10대 때, 매년 여름이면 여기 있는 배에서 지냈어요. 과거와 연결되어 지낼 필요가 있다고 생각합니다. 너무나 많은 사람이 자신의 과거를 잊곤 하니까요."

마이런이 말했다.

"네, 저도 동의해요."

"원하는 게 뭔지 아직 말하지 않았는데요. 초상화를 의뢰하러 이곳에 온 것인가요? 솔직히 말해서… 초상화를 의뢰할 만큼 돈이 있어 보이지 않아 보여서요."

비록 내가 돈이 없기는 하지만 돈이 없다고 생각하는 게 조금 짜증이 났다.

"그렇게 말하는 근거라도 있으신가요?"

"외모만 보아도 알 수 있을 정도로 부자들을 지겹도록 많이 만났어요. 당신은 부자가 아니네요."

"당신의 작품 중에서 궁금한 점이 있어서 찾아왔어요."

마이런은 아무 말도 하지 않았다. 그는 가리지 않은 창문 앞을 서성이다가, 운하의 흐르는 물을 가만히 쳐다보다가, 맨발로 나에게 다가왔다. 마이런의 몸은 움직일 때마다 우아함이 느껴졌다. 마치 셰익스피어 역할을 하는 배우를 연상하게 하는 목소리를 가지고 있었다.

"사람들에게 내 작품을 설명하는 것은 나의 일이 아니에요. 사람들은 작품 속에서 자기가 보고 싶은 것을 볼 뿐이죠. 질문이 있다면 스스로에게 물어보시기를 바랍니다."

"음, 사실은 작품이라기보다는 작품의 모델에 관한 거예요."

마이런은 차를 마시면서 마치 석유 시추공처럼 뚫어지게 나를 쳐다보았다. 마이런은 창고 가운데 있는 빈 의자를 가리키며 고개를 끄덕였고 나는 그 즉시 의도를 이해했다. 내가 그곳에 앉기를 바라는 것이다. 나는 스카이가 했던 것처럼 그 의자에 앉았다. 스카이가 느꼈던 감정이 고스란히 느껴졌다. 벌거벗고 무방비 상태로 노출되어 있지만 완벽하게 편안한. 솔직히 말해서 내가 지금 옷을 벗는다고 해도 마이런은 눈 하나 깜짝하지 않을 것 같았다.

마이런은 이젤 뒤로 가서 섰다. 찻잔을 내려놓고 두꺼운 목탄 조각을 집어 들더니 가볍고 재빠른 손놀림으로 스케치를 시작했다.

"그래서 어떤 작품을 말하는 건데요?"

"'내 꿈의 여인'이요."

마이런은 꿈쩍도 하지 않았다. 계속해서 그림을 그려나갔다.

"당신 질문은요?"

마침내 마이런이 물었다.

"그 작품에 있는 여성이요. 스카이 레예스 맞지요?"

"누가 말해주었소?"

'스카이가요.'

하지만 그렇다고 마이런에게 그대로 대답할 수는 없는 노릇
이다.

"음, 스카이가 그 작품의 모델이었다고 들었어요. 그 그림이
스카이의 남편인 타일러에게 주는 선물이었는데, 스카이가 주
지 않기로 했다고도요. 그리고 당신이 그 그림을… 그러니까 그
그림을 '블루 스카이'라고 이름 짓자고 했다고 들었어요. 하지만
스카이가 그림을 소유하지 않게 되면서 당신이 작품명을 바꾼
거고요."

마이런이 목탄을 내려놓았다. 이젤 뒤에서 성큼성큼 걸어나
와서 나에게 다가왔다. 마이런의 존재감이 주는 힘이 나를 안절
부절못하게 했다.

"지나치게 많은 정보를 알고 있군요, 핼리 에버스 양."

"제 말이 맞나요? 모두 실제로 일어난 일이 맞아요?"

"왜 당신이 이 일에 신경을 쓰는 거요? 그 일이 당신에게 왜
중요하지?"

"저는 스카이에 대해서 할 수 있는 한 모든 걸 찾으려고 하고
있어요."

"왜요? 책이나 뭐 그런 거라도 쓸 건가요?"

책이라. 그 어느 것보다 좋은 핑곗거리다.

"네, 맞아요."

내가 말했다.

"그럼 왜 하필 스카이에 대해서 쓰려고 하는 거지?"

"그건 글쎄 좀 설명하기 어려운데요. 종종 그러니까… 제가 흥미를 느끼는 사람들을 종종 발견해요. 스카이에게는 제가 친근하게 느끼는 어떤 면이 있어요. 스카이에게 사람들에게 이야기할 만한 스토리가 있다고 생각했어요."

마이런이 코웃음을 쳤다.

"모든 사람이 스카이에 대해서 친근하다고 느껴요. 참 모순이야. 스카이는 정작 단 한 번도 사람들에게 진짜 자기 속을 보여준 적이 없는데 말이지. 스카이는 어떻게 하면 사람들이 자기를 편하게 느낄지 잘 알았지만, 자신의 속을 열어서 보여준 적은 한번도 없다고."

"스카이에 대해서 저에게 해주실 말 있을까요?"

마이런은 이젤 뒤로 가서 다시 목탄을 집었다. 그러고는 마치 내 비밀을 한겹 한겹 벗겨내기라도 할 듯 나를 뚫어지게 쳐다보았다. 의심하는 눈빛이었다.

"왜 나에게 묻는 거요? 남편에게 가서 물어봐요. 아니면 스카이의 친구들에게 물어보시던가. 구글이나 위키피디아에서 찾아봐도 되지 않겠어요? 보통 요즘에는 다들 그렇게 하니까."

"저는 솔직히 말해줄 사람이 필요해요. 온라인에서 찾는 정보는 2차원적이죠. 아무 소득이 없을 뿐만 아니라 평면적이에요. 그건 내가 원하는 게 아니에요. 나는 스카이가 정말로 어떤 사람이었는지 알고 싶어요."

마이런은 아무 말도 하지 않았지만 나는 내 대답이 마이런이 원하는 대답이었음을 알고 있다.

오랜 침묵 뒤에 마이런이 말했다.

"스카이에 대해서 당신은 얼마나 알고 있는 건데요?"

"그다지 많지는 않아요. 하지만 죽었다는 건 알고 있습니다."

냉철한 마이런의 얼굴에서 조금 균열이 보이기 시작했다.

"그렇소."

"타일러 레예스와 결혼했다고 알고 있고요. 타일러 레예스는 히포렉스라는 회사의 CEO로 알고 있습니다."

여기까지 이야기하고 살짝 긴가민가하면서 말을 덧붙였다.

"그리고 스카이가 피아니스트였다는 사실도 알고 있어요."

마이런은 목탄으로 캔버스 위를 긁었다.

"스카이가 연주하는 걸 들어본 적이 있어요?"

마이런이 물었다.

"아니요."

"그것참 안됐네요. 이제 스카이가 이 세상에 없으니 앞으로도 다시는 연주하는 걸 들어볼 기회는 없을 거예요. 스카이는 보스턴 교향악단에서 연주했지만, 녹화하는 건 늘 거절했죠. 스카이의 연주는 하나하나 다 살아있었어요. 스카이는 음악을 가두어둘 수 없다고 생각했고… 마치 동물원에 동물들을 가두어두는 것처럼요."

그렇다.

나는 그가 옳다는 것을 알고 있다. 정확하게 스카이가 음악에 대해서 느꼈던 바다. 이는 내가 스카이의 인생을 통해 본 기억이나 그 무언가가 아니다. 그냥 그 자체가 스카이다. 내가 지금까지 스카이에 대해서 알게 된 작고 사소한 것들이 내 머릿속에서 증폭되어 무언가 새로운 것으로 연결되는 것 같다. 그리고 스카이에 대해 더 많이 알아갈수록 나머지도 더 알고 싶다는 생각이 든다. 마치 스카이가 눈길을 뗄 수 없는 작품과 같이 느껴진다.

"스카이는 특별한 사람 같아요."

나는 어색하게 말했다. 그도 그럴 것이 내 진짜 감정을 고백할 수 없었기 때문이다. 그 감정이 얼마나 깊은지. 얼마나 어색한지.

"스카이는 정말로 특별해요. 하지만 스카이를 실제로 들여다보기 전까지는 절대로 알 수 없는 일이기도 하죠. 그냥 부자였을 수도 있고. 아시다시피, 돈 많은 집안이었으니까. 그래서 내가 맨 처음 스카이를 만났을 때 나는 그저 그런 부자 여자라고만 생각했어요. 말했다시피 나는 부자를 지겹도록 많이 만나봤거든. 그런데 스카이에게는 뭔가 깊은 것이 있었지. 많은 사람이 그렇지 않은데, 대부분 굉장히 얕아요. 그들의 잘못이 아니라 인생이 그런 거니까. 그런데 스카이는 마치 산 안으로 뚫어놓은 터널의 집합체 같았어요. 파고 파도 결코 끝에 닿을 수 없었어요. 계속해서 다른 길이 나오니까. 그래서 스카이를 알면 알수록 길을 잃기에 십상이에요."

"작품은 어떻게 나오게 되었나요?"

내가 물었다.

마이런이 스케치를 다시 멈추었다.

"지난가을에 스카이가 나에게 와서 초상화를 그려달라고 했어요. 그러겠다고 하면서 나는 스카이가 콘서트에서 그러하듯이 내 작품에서 내가 고수하는 원칙을 말했죠. 나는 옷을 하나도 걸치지 않은 모습만 그릴 수 있다고요. 여자가 옷을 입게 되면 인공물을 몸에 붙이는 것과 같아요. 마스크를 쓰는 것과 같죠. 그러면 완전히 다른 사람이 되고 여자는 자신이 세상에 보이고 싶은 대로 위장할 수 있게 되니까. 내 일은 그 모든 인공적인 것들을 뚫고 진짜 그 사람을 보는 거예요."

"상당히 흥미로운 철학이군요."

내가 말했다.

"내가 하는 말이 무슨 말인지 잘 알 텐데요, 핼리 에버스 양? 지금 당신은 가면을 쓰고 있으니까."

"무슨 말씀이신지 잘 모르겠네요."

"맞아요, 당신은 가면을 쓰고 있어. 우리 둘 다 당신이 거짓말을 하고 있다는 걸 잘 알고 있지. 왜 거짓말을 하는지는 모르겠네요. 어떻게 스카이에 대해서 이 모든 것을 알고 있는지도 잘 모르겠고. 하지만 중요한 건, 당신이 어떤 모르는 사람에 관해서 책을 쓰기 위해 조사를 한다는 게 진짜가 아니라는 거예요."

"진짜인데요."

나는 소심하게 주장했다.

마이런은 고개를 저었다.

"그 그림을 '블루 스카이'라고 부르기로 한 건 이 세상에서 단 두 명만 알고 있는 사실이에요. 나와 스카이지. 그게 다요. 스카이가 다른 누군가에게 말했을 리가 없고 내가 아는 한 나도 아무에게도 말하지 않았어. 그래서 나는 도대체 왜 그 정보가 당신의 머릿속에 들어있는지 이해할 수가 없어요."

"저도 말씀드리고 싶지만 그럴 수가 없네요."

'왜인지 저도 모르니까요.'

마이런은 다시 나를 뚫어지게 쳐다보았다. 예술가가 작품의 대상을 보는 눈으로 말이다.

"지금까지 초상화를 그려본 것이 있나요?"

"아니요."

"음, 한 번 그려봐요. 당신 안에 무언가 있어. 밖으로 나오고 싶은 무언가."

"외계인 같은 거요?"

내가 농담을 던졌다.

하지만 마이런은 웃지 않았다. 대신 이젤을 내 쪽으로 돌렸고 나는 마이런이 나를 그린 목탄 스케치를 볼 수 있었다. 마이런의 다른 작품처럼 초현실주의적인 무언가를 기대했는데, 실제 스케치는 완전히 현실적이어서 내 머리, 눈, 얼굴, 어깨까지 모두 완벽하게 나를 닮아 있었다. 심지어 목탄으로 그은 선 몇 가닥으로 이렇게 표현하다니.

"와아, 정말 놀랍네요."

마이런은 내 반응에 코웃음을 쳤다. 종이를 북북 찢어서 손으로 거침없이 구기고는 마치 쓰레기처럼 바닥에 던져버렸다.

"아니. 이건 껍데기요. 가면이지. 그 가면 뒤에 무엇이 있는지 보고 싶네요, 핼리 에버스 양."

"나를 그려보면 내 안에 뭐가 있는지 알 수 있을 것 같아요?"

"알 수 있죠."

"누드로요?"

"그게 내가 사람들을 그리는 유일한 방법이에요."

"한 번 생각해 볼게요."

나는 조금 불편해하며 말했다.

"흠, 두렵다면 걱정할 필요 없어요. 괜히 옷을 입고 벗는 것이 중요하다는 거짓말이나 하지 말고. 사람들은 대부분 자기 자신에 대한 진실을 들여다보는 것을 싫어하더라고."

마이런은 내가 자신의 제안을 받아들일 거라는 데 대한 확신이 없어 보였다.

"스카이에 대해서 더 해주실 말 있을까요?"

나는 대화의 주제를 나에게서 돌리려고 애를 쓰며 물었다. 그도 그럴 것이 마이런이 나를 보고 있으면 왜인지 불편했기 때문이다. 아니, 솔직히 안에서 약간의 성적인 감정이 솟아올랐다.

마이런은 어깨를 으쓱했다.

"스카이에 대해서 더 알고 싶으면 교향악단으로 가 봐요. 스카이가 유일하게 자기 본 모습을 드러낸 곳이니까. 연주할 때 스카이는 스카이 자신이었어요. 그게 다요. 그 외에는 본 모습을 숨겼지."

"당신과 있을 때는 어땠나요?"

내가 물었다.

마이런은 조금 자만심에 차 보였다.

"음, 그래요. 나랑 있을 때도 스카이는 자기 본연의 모습이었지. 이제 됐어요?"

"네, 감사합니다."

나는 몸을 돌려 갤러리 문으로 향하다가 문득 기억나는 게 있어서 발길을 멈추었다.

"죄송한데요, 궁금한 게 하나 더 있어요. 작품 중 하나에 관한 건데요."

"포세이돈 말이오?"

"어떻게 알았어요?"

내 얼굴이 놀라움이 서렸다.

"그 그림도 스카이를 위한 작품이거든. 그 후에."

"스카이가 죽은 후에요? 왜요?"

마이런의 눈이 어두워지면서 먼 곳을 응시하는 듯했다.

"스카이는 뉴포트 해안에 있는 저택에서 자랐죠. 로드 아일랜드라고. 저택 뒤의 절벽에 커다란 포세이돈 동상이 저택이 지어질 때부터 있었고 스카이는 그 동상을 사랑했어요. 어렸을 때는 몇 시간씩 동상이랑 이야기했다고 하더라고. 마치 일종의 신탁을 받듯이. 그래서 나는 포세이돈 동상을 보면 항상 스카이가 생각나요."

포세이돈이라.

내가 병원에서 깨어났을 때 제일 처음 머릿속에 떠오른 것도 포세이돈이었다. 나의 첫 기억이다. 나의 첫 꿈이었고.

포세이돈도 스카이였구나.

"질문 하나만 더 해도 돼요?"

내가 물었다.

"무엇이오?"

"왜 작품 이름을 '블루 스카이'로 지었어요? 왜 작품을 그렇게 부르려고 했지요?"

마이런은 물이 내려다보이는 창가로 다시 걸어갔다.

"스카이의 색깔이 언제나 파란색이었으니까. 스카이는 항상 아주 많은 죄책감을 끌고 다녔지. 그게 그림에서 드러난 것 같네요. 내가 의도한 바는 아니었지만, 붓은 내가 보지 못한 것들을 본 거지. 스카이는 그 작품을 너무 싫어해서 나보고 태워달라고 했지만 나를 그럴 수 없었어요. 그 점에 대해서 내내 걸렸는데, 마치 그림 속의 그녀를 보고 있으면 그 그림이 스카이의 결정을 돕는 데 일조하지 않았나 싶어서요."

"결정이요? 무슨 결정을 말씀하시는 거죠?"

"스카이가 어떻게 죽었는지 아시오?"

"아니요."

나는 고개를 저었다.

마이런은 나를 뚫어지게 쳐다보았다. 마이런의 얼굴에 온통 어두움이 드리워져 있었다.

"내가 스카이를 마지막으로 보고 나흘 후에, 스카이는 뉴포트

로 돌아갔어요. 그곳에서 그 망할 포세이돈 동상이 지켜보는 가
운데 절벽에서 몸을 던졌지."

18

마이런의 스튜디오를 떠날 때 전화벨이 울렸다. 타일러 레예스였다.

"핼리 양, 좋은 아침입니다. 잘 잤어요? 좋은 꿈 꾸었고요?"

글쎄. 참 시의적절하게 흥미로운 질문 아닌가.

"사실 어제 꿈이 상당히 이상했어요."

내가 말했다.

"오, 그래요?"

"네. 최근에 부쩍 더 그러네요. 심장이 멈췄다가 다시 뛴 이후로요. 아주 이상하고 아주 강렬한 꿈을 꾸어요. 두뇌를 연구한다고 하셨죠. 혹시 무슨 의미가 있을까요?"

"프로이트는 가장 이상한 꿈이 가장 심오하다고 했어요."

타일러가 대답했다.

"그럼 정말 뭔가가 있는 거네요."

"분명히 그럴 거예요. 적어 보는 건 어때요? 꿈 일기를 만들어 보는 거죠."

"한 번 해봐야겠어요."

타일러는 머뭇거리다가 이내 주제를 바꾸었다.

"어제 이야기를 마저 해보려고 해요. 어제 핼리 양과 이야기 나눌 수 있어서 정말 기뻤습니다. 그런데 저뿐만 아니에요. 어제 핼리 양을 만난 모든 사람이 아주 깊은 인상을 받았다고 하더라고요."

"그렇다니 기쁘네요."

"핼리 양만 관심이 있다면 히포렉스에서 분명히 일하실 수 있습니다. 우리 회사에 관심이 없다고 하시더라도 마음을 바꿀 기회를 드리려고 합니다. 우리가 하는 일의 중요성에 대해 잘 알아주셨으면 해요. 이 연구가 정말 많은 생명을 살리거든요."

"생각해 볼거리가 많은 것 같아요."

내가 말했다.

"네, 물론입니다. 강요하는 건 아니에요. 시간을 좀 가지세요. 며칠간 보스턴을 둘러보면서 이곳으로 이주해도 괜찮을지 살펴보시고요. 모든 경비는 당연히 회사에서 지급할 거예요."

"감사합니다."

그런데 타일러가 갑자기 어색하게 짐짓 밝은 척을 했다.

"부담을 가질 필요는 없어요. 그런데 혹시 오늘 저녁 식사에 초대해도 괜찮을까요?"

"저녁 식사요?"

"네, 우리 대화를 마저 하고 싶어서요. 연봉 등의 정보도 준비했고요. 연봉과 성과급을 들어보시면 아주 기뻐하실 겁니다. 히포렉스에 대한 어떤 질문에도 대답할 준비가 되어있고요. 분명지금까지 풀리지 않은 궁금증이 있을 것 같아요."

"맞아요. 풀리지 않는 문제가 있네요."

"그럼 저녁 8시에 솔티 걸에서 보는 것 어때요? 솔티 걸에 가보고 싶으시다고 한 게 기억나서요."

나는 망설였다. 타일러의 목소리에 내가 싫어하는 무언가가, 공적이지 않은 관심이 느껴졌다. 나는 여전히 그 목마름을, 일종의 성적인 갈망을 느낄 수 있었다. 타일러는 아내에 대해 더 이상 아무 말도 하지 않았지만 나 역시 스카이의 망령이 우리 사이를 불편하게 맴도는 게 느껴졌다.

"사실 이미 저녁 약속이 있어서요. 제 대학 친구 중 한 명이 브루클린에 살고 있거든요. 오늘 같이 보기로 했어요."

나는 거짓말을 하고 말았다.

"아, 그렇군요. 그럼 내일 아침은 어때요?"

두 번이나 타일러를 거절할 수는 없을 것 같았고 아침은 저녁보다는 그래도 좀 덜 어색할 것 같았다.

"네, 좋아요. 그렇게 하죠."

"좋아요. 그렇다면 저녁 식사도 회사에서 부담하도록 하지요. 제가 대접하는 겁니다."

"감사합니다."

"좋은 하루 보내요, 핼리 양. 곧 다시 뵙죠."

"네, 감사합니다."

나는 전화를 끊었다.

* * *

내가 다음에 갈 곳은 심포니 홀이었다. 나는 심지어 지도도 찾아보지도 않고 코플리 플라자에서 걸어서 갔다.

보스턴 심포니 오케스트라가 있는 붉은 벽돌의 신전 모양 건물을 보자 나는 마치 오랜 여행 끝에 고향으로 돌아온 여행자와 같은 느낌이 들었다. 매표소 문을 통해서 건물 안으로 들어간 나는 안을 살펴보기 시작했다. 오늘 밤에는 공연이 없는지 내부는 조용했고 아무도 주변에 없었다. 부드러운 빨간색 양탄자 덕분에 내 발소리가 잦아들었다.

심포니 소속 음악가들의 사진을 찾았을 때 나는 일종의 경이감을 느끼며 손가락으로 액자의 가장자리를 부드럽게 훑었다. 마치 이 사람들이 내 가족과 같이 느껴졌다. 하나하나 누군지 다 알 수 있었다. 심지어는 음악가 대부분의 개인적인 사정까지 다 알고 있는 나를 발견했다. 스카이의 사진은 없었다. 이미 오케스트라를 떠난 지 몇 달 되었으니 스카이의 사진은 벌써 내렸을 것이다. 그러나 나는 스카이의 존재를 모든 곳에서 느꼈다. 그 느낌이 너무 강해서 나는 귀신의 존재를 믿거나 아니면 혹시 내가 귀신이 들린 게 아닌지 궁금해질 지경이었다.

나는 건물의 위층으로 올라갔다. 콘서트홀로 들어가는 문 하나가 열려있는 것을 보고 서성이며 들어갔다. 둥근 천장 아래 앞줄 발코니 좌석에 앉았다. 그리스와 로마의 신들을 묘사한 동상이 하얀빛을 듬뿍 받은 채 저 먼 벽의 구석에서 빛나고 있었다. 동상을 보니 절벽 옆에 서 있는 포세이돈이 생각났다. 나는 내 발아래 휑뎅그렁하게 빈 무대를 가만히 살펴보았다. 눈을 감자 내 손가락 아래서 피아노 건반이 느껴졌으며 오케스트라의 음악이 들리는 것 같았다.

"참 멋있는 공간이지 않아요?"

등 뒤에서 어떤 사람이 말을 걸었다.

뒤를 돌아보니 물방울무늬 블라우스와 검은색 바지를 입은 내 나이 또래의 여성이 서 있었다. 여자는 긴 갈색 머리를 하고 있었다.

"네, 정말 그러네요. 혹시 여기에 있으면 안 되는데 들어온 거라면 죄송해요. 안에 들어오지 않고는 배길 수가 없더라고요."

내가 대답했다.

여자는 손사래를 쳤다.

"그런 걱정은 마세요. 저도 종종 와서 감상한답니다. 제 이름은 로빈이에요. 보스턴 심포니 오케스트라의 홍보를 맡고 있지요."

"안녕하세요. 저는 멀리서 온 보스턴 심포니 오케스트라의 팬이랍니다."

내가 대답했다.

"오, 그렇군요. 팬을 만나는 일은 언제나 설레죠. 금요일 콘서트에 오시나요?"

"아니요. 그렇게 오래 머물지는 못할 것 같아요."

"그것참 아쉽게 되었네요. 구스타프 말러의 교향곡 5번을 할 거거든요. 도입 부분의 트럼펫 솔로는 정말 꼭 한 번 들어보셔야 해요. 전율이 일 정도라니까요."

"보지 못하고 가서 아쉽네요."

내가 대답했다. 나는 새로운 거짓말을 지어냈다.

"솔직히 저 여기 전에 한 번 온 적 있어요. 그때 오케스트라가 라흐마니노프를 연주하고 있었답니다. 정말 대단한 피아노 독주자가 있던데요. 젊고 매력적이고 긴 금발의 여자였어요. 이름은 제가 기억하지 못하네요."

"스카이를 말씀하시는 게 분명해요."

로빈이 대답했다.

"아, 맞아요."

"스카이 셸든. 대단한 연주자죠. 저도 스카이의 연주를 보는 걸 정말 좋아했답니다. 음악뿐만 아니라 스카이가 연주할 때 나오는 엄청난 에너지도 정말 좋았어요. 손가락이 건반 위를 날아다니는 모습이나 머리를 넘기는 모습 모두 정말 놀랍게 아름답고요. 정말 너무 아까운 인재를 잃었어요."

"잃었다고요?"

"몇 달 전에 세상을 떠났어요."

"아, 저런. 정말 안 됐네요. 무슨 일이 있었어요?"

로빈의 얼굴이 어두워졌다.

"자살이었어요. 그 말을 들었을 때 우리 중 아무도 그 말을 믿지 못했지요. 스카이는 언제나 넘치게 밝았거든요. 하지만 예술가들은 대부분 어두운 면이 있는 것 같아요."

"왜 그런 결정을 했는지 아무도 몰라요?"

"네, 우리 모두 충격을 받았어요. 정말로 스카이가 그리워요. 스카이는 행정직원들도 다 알고 인사도 먼저 해주고 생일도 모두 기억해 주었답니다. 솔직히 연주자들은 대부분 우리 행정직원을 무시하는 경향이 있어요. 다들 탁월한 재능을 가지고 있고 그 사실을 잘 알고 있으니까요. 하지만 스카이는 아니었어요. 스카이는 모두에게 친절했답니다."

"스카이 셸든이라고 하셨죠. 제가 기억하는 스카이의 성은 조금 달랐던 것 같은데요."

내가 중얼거렸다.

"음, 결혼 후 성이 레예스였어요. 남편이 정말 잘나가는 젊은 CEO지요. 의료기기 회사 같은 데였어요. 하지만 스카이는 결혼 전 성으로 활동했고, 그 성이 셸든이었어요."

"오, 그렇군요."

"'셸든 기계 장비' 들어보셨지요. 록펠러 가문처럼 20세기 초에 벼락부자가 되었기로 유명한 집안이죠. 진짜 돈 많은 집이었어요. 하지만 돈이 다가 아닌 것 같아요. 그렇지요?"

"그러게요."

"스카이는 몇 년 전 아버지가 돌아가시면서 어마어마한 재산을 물려받았어요. 그런데 스카이가 평상시 행동하는 거로만 보면 전혀 그렇게 보이지 않았죠. 심지어 엄청난 규모를 기부했지만 절대로 아무 데도 자신의 이름이 올라가지 않도록 신신당부했어요. 심포니 명예의 전당에 셸든의 지정석이 있는 정도로 충분하다고 했죠."

갑자기 내 머릿속에서 목소리가 들렸다. 남자와 여자다. 너무나 분명하게, 너무나 생생하게 들려서 마치 그들이 내 바로 옆에 서 있는 것 같았다.

'이상하지 않겠어? 우리 둘 다 명예의 전당에 올라가는 게?'

'뭐가 이상해?'

'알잖아. 사바나 때문이지.'

그 이름을 듣는 순간 온몸에 전율이 일었다. 사바나.

"사실 스카이를 기리는 추모 포스터가 있어요. 원한다면 보러 가셔도 좋아요."

로빈이 말했다.

"정말요? 보고 싶고 말고요. 어디에 있지요?"

"밖으로 나가서 다음 문 쪽으로 가보세요. 벽에 있어요. 금방 찾으실 수 있을 거예요."

나는 일어나서 로빈에게 감사하다는 인사를 전하고 복도로 나왔다. 어쨌든 스카이의 포스터를 본다는 사실 만으로도 흥분되고 어떠한 예지력을 줄 것만 같은 이상한 느낌이 들었다. 스카이를 만나고 싶었다. 스카이가 정말로 어떤 사람인지 보고 싶었다. 내가 스카이를 보았을 때, 그러니까 마이런의 초현실적인 작품이 아니라 실제 사진으로 보았을 때 어떤 느낌이 들지 알고 싶었다.

그리고 실제로 기대 이상이었다.

스카이의 얼굴이 나를 사로잡았다. 추모 포스터에 있는 대형 사진에서 스카이는 피아노 앞에 앉아있었고 연주 중인 것 같았다. 너무 빨리 움직여서 조금 초점이 나가 보였다. 금발의 긴 생머리는 스카이의 연주와 함께 빠르게 움직이면서 이마와 머리에 몇 가닥 흩날렸다. 날씬하고 곧은 코에 연분홍색 입술이 살짝 벌어져 있었는데 완벽하게 하얀 이가 살짝 보였다. 턱선은 부드러운 U자로 날카롭지 않고 부드러웠다. 금빛 눈썹은 푸른 바다색 눈 위로 날카롭게 자리 잡고 있었으며, 스카이는 마치 지금 사진이 찍히는 걸 의식이라도 한 듯 카메라를 또렷하게 바라보고 있었다.

나는 스카이를 바라보았고, 스카이도 나를 다시 바라보았다.

나는 혼잣말을 했다.

'내가 당신을 기억할게요.'

포스터에는 스카이의 탄생일과 사망일이 기록되어 있었다. 스스로 목숨을 끊었을 때 스카이는 31세였다. 수십 명의 오케스트라 단원들이 포스터 한쪽에 서명하고 메시지를 남겨두었다. 스카이가 다른 사람들의 사랑을 얼마나 많이 받았는지를 알 수 있을 것 같았다.

나는 또한 포스터 옆에 쓰여 있는 간략한 설명을 읽어 보았다.

스카이 셸든—레예스

크리스마스에 보스턴 심포니 오케스트라는 보석 같은 단원을 잃었습니다. 스카이 셸든은 지난 5년간 우리 오케스트라와 여러 번 협연한 피아노 연주자입니다. 특히 라흐마니노프의 피아노 콘체르토 3번을 탁월하게 연주하여 안드레 프레빈 및 런던 심포니 오케스트라와 협연한 전 세계적인 천재, 블라디미르 아시케나지와 비견될 정도였습니다.

스카이는 로드 아일랜드, 뉴포트의 셸든 가문 중 마지막으로 살아남은 일원이었습니다. 셸든 가문은 수 세대에 거쳐 본 심포니를 지원해왔습니다. 스카이는 히포렉스 주식회사의 설립자이자 CEO인 타일러 레예스와 결혼하였습니다. 타일러 레예스 회장은 아내를 기리며 거액을 기부했습니다.

스카이는 음악적으로 타고났을 뿐만 아니라 놀라울 만큼 사랑과 따뜻함이 가득한 사람이었습니다. 보스턴 심포니 오케스트라의 모든 구성원은 영원히 스카이를 그리워할 것입니다.

포스터를 읽는 동안 내 마음은 혼란과 슬픔으로 소용돌이쳤다. 나조차도 그녀의 죽음에 눈물이 흐르는 걸 느낄 수 있었다. 나는 스카이를 모르지만, 믿을 수 없을 만큼 친밀하게 스카이를 알 것 같았다. 나는 스카이의 눈을 통해서 세상을 보고 있고 스카이의 과거를 기억하고 있다.

어떻게 이게 가능할까?

스카이와 나는 끔찍한 걸 공유하고 있다. 바로 자살이다.

본능적으로 나는 내 손목에 있는 상처를 손가락으로 쓸었다. 열다섯 살의 핼리는 욕조에서 스스로 목숨을 끊으려고 했다. 그리고 솔직히 말해서 카지노의 화장실에서 다시 또 시도했다. 나는 실패했지만 스카이는 성공했다. 도대체 왜 스카이와 같은 여성이 그런 일을 저질렀는지 모르겠다. 부자에 아름답고 성공한 사람이다. 내가 절대 할 수 없는 방법으로 꿈을 이룬 사람이다.

그런데 그녀는 그 모든 것을 던져버렸다.

왜일까?

나는 마지막으로 스카이의 사진을 오랫동안 다시 보았지만 스카이는 아무런 대답도 없다. 하지만 이상하게 거부할 수 없는 방법으로 스카이는 여전히 나를 인도하고 있다. 비컨 힐 갤러리로 인도했던 그때처럼. 다시 1층으로 내려왔을 때 나는 심포니 이사의 명단이 적혀있는 명예의 전당에 강력하게 끌렸다. 그 순간 내 머릿속에서는 아까 그 대화가 다시 울렸다.

'이상하지 않겠어? 우리 둘 다 명예의 전당에 올라가는 게?'

나는 심포니 이사진의 사진을 하나씩 살펴보았다. 하지만 누구를 찾는지 왜 이렇게 찾고 있는지 확신이 없었다.

그러다가 그 사람을 보았다.

30대의 짧은 금발 머리, 불그스레하게 살 그을린 얼굴. 푸른색 눈은 똑똑해 보였지만 마치 영혼이 없는 사람처럼 눈빛에서 거리가 느껴졌다. 입은 꾹 다물고 있었는데 입술은 얇고 엄숙해 보였다. 사진 밑에 붙어있는 레이블을 보니 그의 이름은 MIT의 앤드류 이담 박사다.

그의 목소리와 얼굴이 기억났다. 하지만 내가 알고 있는 이름은 완전히 다른데.

가명이다.

내가 알고 이름은 리드 스미스. 내 목숨을 구해준 의사다.

19

앤드류 이담.

나는 그의 이력을 심포니 재단의 홈페이지뿐만 아니라 MIT 웹사이트에서도 찾았다. 학계에서 앤드류 이담은 말도 안 될 정도로 놀라운 업적의 소유자였다. 하버드 대학교에서 의학 학사 학위를 얻었고, MIT에서 공학 석사, 뇌신경 박사학위를 받았다. 현재 앤드류 이담은 MIT 뇌인지과학대학의 핵심 교원이다. 주요 연구 주제는 뇌의 신경질환이다.

고작 36세밖에 되지 않은 사람이 이 모든 걸 다 이루었다니.

하지만 나에게 더 중요한 건 앤드류 이담의 개인직인 배경이었다. 공교롭게도 스카이 셀든과 똑같이 로드 아일랜드의 뉴포트에서 성장했다. 사실 단 몇 분의 검색만으로도 셀든 가와 이담가가 대서양이 흘러 나라간셋 만으로 모이는 뉴포트 반도 서쪽 끝에 나란히 존재한다는 사실을 쉽게 알 수 있었다. 앤드류도 스카이와 마찬가지로 엄청나게 부유한 가문 출신이다. 앤드류의 아버지인 존 데이비드 이담은 타일러 레예스가 10년 전에 세운 신생 의료기기 회사의 주요 투자자이기도 하다.

히포렉스 주식회사.

타일러 레예스. 앤드류 이담. 스카이 셀든-레예스.

모두 다 연결되어 있다. 이건 우연이 아니다. 나는 퍼즐 조각들이 조금씩 맞춰지는 것을 느낄 수 있었다. 비록 어떻게 해야 퍼즐이 완성될지는 모르겠지만 말이다.

두 시간이 채 지나지 않은 시간, 나는 보스턴에서 케임브리지 쪽으로 롱펠로우 다리를 건너 사방으로 뻗어 있는 MIT 캠퍼스로 향했다. 대학의 홈페이지에 따르면 앤드류 이담은 46번 건물에 연구실이 있다. 높은 아트리움을 하얀 돌과 유리가 둘러싸고 있는 매우 인상적인 기하학적 건물이다. 연구실로 직접 찾아가 볼까도 생각했으나 학교 보안요원에게 끌려 나오고 싶지는 않았다. 대신 나는 '애어리어 4'라는 이름의 카페를 찾아서 야외 테이블에 앉았다. 이 자리에서 앤드류 이담이 있는 46번 건물이 한눈에 잘 보였다. 다음으로 나는 앤드류 이담이 속해있는 학부의 전화번호를 찾았다.

행정 조교가 내 전화를 받았다. 앤드류 이담과 통화할 수 있냐고 물었을 때 조교는 교수님이 현재 연구실에 있고 방해받고 싶지 않아 한다는 당연한 말을 했다. 그래서 난 거짓말을 지어내 그를 만나기로 했다.

"저는 존스 홉킨스의 신경과학부에 있는 나탈리라고 해요."

일단 내 소개를 했다.

"저희 교수님 중 한 분께 지금 막 전화를 받았는데요. 오늘 MIT에서 이담 박사님과 차를 한잔하시기로 했다고 해요. 약속 시간이 20분이나 지났는데, 이담 박사님이 아직 오지 않으셨다고 해서요. 혹시 박사님께 메시지를 남겨주실 수 있나요?"

키보드를 두드리는 소리가 들렸다.

"이담 교수님 캘린더에는 별다른 일정이 없는데요."

조교가 나에게 말하며 작게 한숨을 쉬었다.

"하지만 교수님께서 약속을 잡고 적어놓는 걸 잊어버리시는 게 처음도 아니니까요. 과학자들이 어떤지 잘 아시잖아요. 교수님이 지금 가실 수 있는지 제가 확인해 보겠습니다. 어디서 만나시기로 했다고요?"

"애어리어 4요."

"그쪽 교수님 성함이 어떻게 된다고 하셨죠?"

"리드 스미스 박사님입니다."

"두 분이 만난 적이 있나요? 이담 교수님이 스미스 박사님을 알아보실까요?"

"오, 물론이에요."

내가 대답했다.

나는 조교에게 감사하다는 인사를 하고 전화를 끊었다. 그리고 기다렸다.

그리 오래 걸리지 않았다. 15분이 채 되지 않아서 46번 건물 문에서 나오는 앤드류 이담을 알아보았다. 하얀색 실험실 가운을 입고 손은 주머니에 넣고 있었다. 키가 190은 족히 될 듯한 데다가 어깨는 떡 벌어져 있었다. 앤드류 이담은 메인 스트리트를 성큼성큼 걸어서 카페 밖 푸르른 잔디밭으로 왔다. 순식간에 그는 밖의 테이블을 훑어보더니 나에게 시선을 고정했다.

내가 누군지 확실히 알고 있다.

앤드류 이담은 테이블로 다가오더니 따뜻한 오후의 햇빛 아래 나의 맞은편에 앉았다. 나는 이미 아이스 라테를 반쯤 마셨고, 앤드류는 가운 주머니에서 물 한 병을 꺼내서 쭉 들이켰다.

"핼리 양, 안녕하세요."

"안녕하세요, 이담 박사님. 아니면 스미스 박사님이라고 불러드릴까요?"

앤드류의 잘생긴 얼굴에는 표정이 없었다. 내가 이곳에 있는 것도, 자신을 찾아낸 것도 전혀 놀랍지 않은 듯, 라스베이거스에서 정체를 숨긴 것에 대해서도 전혀 죄책감을 느끼지 않는 듯했다. 목석을 앞에 놓고 앉아있는 것과 진배없었다. 오히려 앤드류의 시선은 내 커피에 꽂혀 있었다.

"카페인을 끊는 게 좋을 텐데요. 심장에 좋지 않아요."

"아, 걱정해 주셔서 감사합니다."

"약은 어때요? 그때 그 일 이후 약은 확실히 끊었나요?"

"네."

"좋아요. 다른 부작용은 없나요?"

"죽은 여자의 시선으로 세상을 보는 것 같은 거요?"

나는 몸을 앞으로 기울였다.

앤드류는 불편하다는 듯이 입을 굳게 다물었으나 이내, 마치 평범한 의사-환자의 상담인 듯 몸을 앞으로 내밀었다.

"나는 가슴 통증이나 빈맥, 부정맥, 그런 부작용이 있는지를 말한 거예요."

"심장은 괜찮아요."

"어지럽거나 토하고 싶은 거는요?"

"아니요. 그런 증상은 전혀 없어요. 그런데 제가 한 말은 계속 무시하실 셈인가요?"

"무시하지 않아요. 죽은 여자? 그렇게 생각하고 있는 거요?"

앤드류가 어깨를 으쓱했다.

"맞아요."

"음, 그때 전화로 이야기할 때 이상한 꿈 이야기를 했죠. 그걸 말하는 건가요? 사실 마약 남용은 다양한 인지적 부작용을 초래할 수 있어요. 기억력 감퇴, 망상, 환각 등이 아주 흔한 대표적인 증상이죠. 이런 증상들이 사실 아주 심각할 수 있어요. 상담이나 중독치료센터 같은 곳을 알아봤으면 좋겠는데요. 혹시 알아본 적 있나요?"

"저는 마약 중독자가 아니에요."

"알아요. 하지만 과다 복용은 신체나 정신 또는 둘 다에 문제가 있다는 경고신호에요."

"그 말이 하고 싶었던 거예요? 내가 미쳤다고요?"

"병에 걸렸다고 미친 건 아닙니다, 핼리 양. 부끄러워할 필요도 없고요. 가장 좋은 건 빨리 도움을 받아서 상태가 더 악화하지 않도록 하는 거죠. 핼리 양의 기록을 내가 맞게 기억하고 있다면 정신병력이 있던데요, 맞나요?"

'맙소사!'

빰이라도 때리고 싶었다. 앤드류는 너무나 안정적이고 아무렇지도 않게 동요 없는 목소리로 나의 모든 의구심을 찔러 보고 있다. 자기 얘기는 하나도 없다. 다 나에 대한 것이다.

'당신은 조현병이야.'

'당신은 다중 인격이야.'

'당신은 악마에게 사로잡혔어.'

차라리 그 말을 믿어버리는 편이 쉬울지도 모르겠다. 나의 일부분은 그 말을 진짜로 믿고 싶었다. 나는 10살 때부터 악마를 쫓아왔으니까. 하지만 그중 어떤 것도 나에게 일어나는 일을 설명하지는 못한다. 아니, 아니, 아니다. 어딘가에서 어떻게든 나는 나 자신을 믿어야 한다. 나는 미친 게 아니다. 내가 새로운 세상을 만들어내고 있는 게 아니다.

'이건 현실이야. 스카이는 실제로 존재했었다고.'

"이담 박사님, 당신은 정말 어마어마한 거짓말쟁이로군요."

처음으로 나는 앤드류가 안에 감추고 있는 거북이 등껍질에 시원하게 한 방을 날렸다. 나는 깨진 틈을 비집고 들어가서 다시 한 방을 더 먹였다.

"왜 신분을 숨긴 거죠?"

나는 계속해서 질문을 이었다.

"뭐라고요?"

"리드 스미스 박사라면서요. 나한테 거짓말 했잖아요. 병원의 응급실 의사에게도 거짓말을 했어요. 왜 가짜 신분이 필요한 거죠? MIT 연구원들은 그렇게 가짜 이름을 막 남발하면서 다니는 게 일반적이에요?"

이번에는 이야기를 지어내는 데 꽤 시간이 걸렸다. 너무 오래 걸려서 그의 입에서 나온 말을 한마디도 믿지 못할 정도였다.

"나는… 그래요, 맞아요. 그 점에 대해서는 사과할게요. 저는 라스베이거스에 자주 가는 편입니다. 고백하건대 도박 문제가 좀 있어요. 만약에 사람들이 알게 되면 제 평판에 좋을 게 없지요. 그래서 종종 가명을 써서 라스베이거스에서 다니곤 합니다."

"말도 안 되는… 거짓말쟁이!"

나는 다시 한번 반복해서 말했다.

"나에게 무슨 일이 일어났다고요. 그날 그 루프탑 파티에서 내 심장이 멈췄고, 다시 살아났을 때 모든 게 달라져 있었어요. 당신은 왜 그런지 알고 있다고 생각해요. 한편으로는 내가 진실을 찾지 못하도록 있는 힘을 다해 막고 있다는 생각이 들어요."

"핼리 양, 제발…."

"스카이에 대해서도 알고 있어요. 그 사람이 스카이라는 걸 알고 있어요. 나는 바로 스카이의 삶을 기억하고 있어요. 어떻게 이게 가능한지 설명을 좀 해봐요."

스카이라는 이름이 내 입에 오르자 드디어 앤드류의 안색이 변하기 시작했다. 그는 이 사실을 부인할 방법을, 말도 안 되는 소리라고 할 방법을, 오히려 내가 미쳤다고 할 방법을 찾으려고 애쓰는 것 같았다. 하지만 그러지 않았다. 테이블을 가로질러 내 어깨를 잡고 내가 기억나는 모든 걸 다 말할 때까지 나를 흔들고 싶어 할 거라는 생각이 들었다. 얼굴에 이 모든 게 여실히 드러났다. 내 상상에서 만들어낸 일이 아니었다.

한차례 공포와 분노를 간신히 누른 채 나는 한 마디 한 마디 힘주어 내뱉었다.

"나에게 무슨 짓을 한 거예요?"

앤드류가 고개를 푹 숙였다.

"사고였어요."

"뭐가요?"

하지만 앤드류는 이미 충격을 많이 받은 듯 더 이상 아무 말도 하지 않았다. 나는 테이블을 가로질러 그의 손목을 잡았다.

"망할. 나에게 한 짓을 말하라고요. 애초부터 당신은 나에게 무슨 일이 일어날지 알았어요. 그래서 사설탐정을 고용해 나를 미행하도록 했지요. 히포렉스가 토드 키블에게 나를 미행하는 대가를 치르고요. 왜요? 뭐가 두려웠던 거죠?"

앤드류는 한숨을 쉬었다.

"바로 당신의 안전이요, 핼리 양."

"네, 그렇겠지요."

"핼리 양이 라스베이거스에서 내 전화를 받고 이상한 꿈에 관해서 이야기했지요. 그 말은 '이식'이 작용했다는 적신호였어요. 비록 어느 정도까지인지는 모르지만요."

"이식라고요?"

내가 물었다.

앤드류는 내 질문을 무시했다.

"그 이후 우리는 당신을 집중적으로 감시할 필요가 있다고 느꼈어요. 그래서 키블을 고용한 거고요. 키블은 당신을 따라다니면서 나쁜 일이 일어나지 않도록 하는 게 임무였어요."

"그런데, 나쁜 일이 일어났지요."

"무슨 말이에요?"

"키블에 대해서 들은 것 없어요?"

나는 앤드류를 쏘아보았다.

앤드류는 눈썹을 찡그렸다.

"아니요. 어느 순간부터인가 내 전화에 답을 하지 않았어요. 왜 그러는지 이유를 찾기 전에 우리는 핼리 양이 보스턴으로 떠났다는 소식을 들었지요. 이미 히포렉스에 대해서 알고 헤드헌터를 통해 타일러에게 연락을 취했어요. 어떻게 그렇게 할 수 있었는지는 모르겠지만 당신은 지금 일어난 일을 우리와 연관시키고 있는 게 분명했지요. 당신이 오고 있으니 키블이 더 이상 필요하지 않았어요."

"키블은 죽었어요."

내가 말했다.

"죽었다고요? 무슨 말이죠?"

"살해당했어요. 내 목숨을 구한 대신에 목을 베였어요. 남자 두 명이 나를 쫓아 왔어요. 나에게 마약을 주사해서 내가 뒷골목에서 죽어가게 하려고 할 심산이었어요. 키블이 개입했고, 나는 도망쳤어요. 그들은 나 대신 키블을 죽였지요."

"맙소사."

앤드류가 쇳소리를 내었고 얼굴이 충격으로 붉어졌다. 그는 갑자기 의자를 박차고 일어나더니 내 팔을 잡았다.

"가야 해요, 핼리 양. 당장 이곳을 벗어나야 합니다."

20

우리는 앤드류의 페라리를 탔다. 은색 컨버터블이었는데, 앤드류는 뚜껑을 열고 빠른 속도로 달려서 바람에 머리가 마구 엉클어졌다. 말은 많이 하지 않았지만 앤드류는 이따금 쓰고 있는 발렌시아가 선글라스 너머로 나를 흘끔흘끔 훔쳐보았다. 나를 보는 건지 아니면 보조석에 앉아 있는 스카이를 상상하는 건지 도무지 알 수가 없었다.

우리가 지금 가고 있는 곳에 도착하면 내 질문에 모두 답을 해주겠다고 약속했지만, 지금까지는 더 이상 한 말이 없다.

특히 '이식'에 대해서는 아무 말도 하지 않았다.

우리는 I-93 고속도로를 타고 보스턴을 뒤로 한 채 남쪽으로 달렸다. 우리가 갈 곳이 가깝지 않은 게 분명했다. 사우스 퀸시 근처에서 물가로 이어지는 공원 도로를 통해 고속도로를 빠져 나왔다. 그리고 바닷가 마을에 들어갔다가 나왔다. 앤드류는 혹시 우리가 미행당하고 있지 않은지를 확인하려는 듯 자꾸 백미러를 체크 했다. 나만 편집증이 있는 건 아닌 게 분명하다.

"도대체 누가 우리를, 아니 나를 미행한다는 거예요?"

내가 물었다.

"골라봐요. 중국인. 러시아인. 하아, NSA일 수도 있어요. 도대체 저 사람들이 당신에 대해서, 당신에게 무슨 일이 있었는지를 어떻게 알게 되었는지 모르겠지만… 만약 알았다면 많은 사람에게 당신은 말로 할 수 없이 소중한 존재요."

"농담해요?"

"그랬으면 좋겠네요."

MIT를 떠난 지 한 시간은 족히 지난 후 우리는 대서양에 있는 한 작은 반도에 도착했다. 길 저쪽으로는 넓고 평평한 해변이 있고 일광욕을 하는 사람들이 띄엄띄엄 보였다. 이미 물이 다 빠져있었고 저 멀리서 파도가 모래 위를 부드럽게 치고 있었다.

"여기는 난태스킷 비치에요."

물을 가로질러 있는 해변의 3층짜리 목조주택으로 향하면서 앤드류가 중얼거렸다.

"내가 머무는 곳은 케임브리지에 있고, 여름 동안 내 아내와 아이들은 여기서 시간을 보내요. 실험실 퇴근 시간이 들쑥날쑥해서 보통 주말에 가족을 방문하죠."

집의 현관은 매우 넓었고, 키 큰 창문이 바다를 향해 있는 오션뷰였다. 페라리에서 내린 앤드류는 바다에는 눈길도 주지 않았다. 이런 곳에 살면 이렇게까지 무뎌질 수 있는 건지 궁금했다. 안으로 들어가니 열린 오션뷰 창문과 천정의 채광창 덕분에 내부는 상쾌하고 밝았다. 나무 바닥에 벽은 바다 거품을 연상시키게 하는 녹색으로 칠해져 있었고 가구는 바닷가 별장답게 캐주얼했다. 해산물 냄새가 났다. 나는 앤드류를 따라서 놀라울 정도로 작은 주방에 들어섰다. 그곳에는 흑갈색 머리의 여성이 블라우스와 반바지를 입고 싱크대에서 조개를 씻고 있었다. 단정하고 매력적이었지만 마치 대회에 나가서 상을 받아올지언정 진흙탕에는 절대 발도 담그지 않는 손질이 잘 된 강아지를 연상시키는, 지나치게 격식을 차리는 스타일인 것 같았다.

앤드류는 형식적으로 여자의 뺨에 입을 맞췄고 여자는 답례하지 않았다.

꿈에서 앤드류가 사바나에게 한 말이 생각났다.

'우리가 사는 세상에서는 이게 바로 사랑의 정의지. 충격받은 척하지 마.'

"핼리 양, 제 아내 카라예요. 핼리는 우리 연구 프로젝트를 돕고 있어."

앤드류는 여자를 먼저 소개한 뒤 아내를 보고 말했다.

"안녕하세요."

카라는 조개를 문지르면서 정중하게 말했다.

하지만 카라의 표정에 내가 그녀와 어울릴 사회적 수준이 안된다는 것과 그래서 우리는 친구가 될 수 없다는 그녀의 생각이 분명하게 드러났다. 새로운 여성을 만날 때마다 혹시 남편이 이사람과 바람을 피우는 건 아닐지 의심해야 하는 여성의 싸늘한 감각을 느낄 수 있었다.

"와 있어?"

앤드류가 물었다.

"네, 다락방에 있어요."

"이쪽으로 가지요."

앤드류가 나에게 말했다.

나는 앤드류를 따라서 계단 두 층을 올랐고 집의 윗부분을 차지하고 있는 다락방에 다다랐다. 현대미술 작품이 걸려 있었는데, 마이런 글래스의 작품은 아니었다. 이곳에는 안락한 가죽 가구들, 바, 그랜드 피아노가 있어서 혹시 스카이도 이 집에서 시간을 보낸 건 아니었을까 궁금하게 했다. 지붕은 날카로운 각도로 솟아올라 있었고, 오션뷰 창문은 열려있어서 시원하면서도 소금기 담뿍 담긴 바람이 불어 들어왔다. 창문으로는 바닷가를 향해 나 있는 커다란 발코니로 올라갈 수 있게 되어있었다.

밖에는 어떤 남자가 한 손에는 위스키 잔을 들고 발코니 난간 앞에 서 있었다. 타일러 레예스였다.

다락방의 그늘에 있는 우리를 타일러가 돌아보았다.

"핼리 양, 미안해요. 내일 아침까지 기다릴 수가 없어서요. 여기 와서 우리와 함께하지요. 앤드류와 내가 지금 핼리 양의 머릿속에서 무슨 일이 일어나고 있는지 다 말해줄게요."

* * *

물이 다시 들어오기 시작하고 저녁이 서서히 내려왔다. 해수욕하던 사람들이 대부분 집으로 돌아가면서 우리 아래로 펼쳐진 돌이 울퉁불퉁한 모래밭이 쓸쓸하고 어두워 보였다. 바닷가에는 이제 두어 명의 실루엣만 보였다. 바람이 점점 세지면서 파도가 치는 소리도 점점 커졌다.

우리 셋은 바다를 마주 보며 반원 모양으로 애디론댁 의자*를 놓고 앉아있다. 나는 술을 마시지 않았다. 비록 너덜너덜해진 내 정신을 달래줄 무언가가 필요했지만 말이다. 하지만 나는 오늘 이 대화에서 완전히 제정신이고 싶었다. 한편 타일러는 우리가 이야기를 시작하기도 전에 위스키를 엄청나게 마셨다. 알코올이 타일러 속의 무언가를 느슨하게 했는지 내가 면접에서 느꼈던 애정의 감정이 더욱 짙어졌다. 이제 나는 이 감정의 근원이 무엇인지를 이해하고 있다고 확신한다.

내가 스카이의 눈을 통해서 세상을 보는 것처럼 타일러는 내 눈 속에서 스카이를 보는 것이다. 죽은 아내가 다시 살아 돌아온 느낌일 것이다.

"지금 내가 겪고 있는 건 꿈이 아니죠. 망상도 아니고, 환각도 아니에요. 나는 미친 게 아니에요. 내 머릿속에서 보이는 건 진짜 기억들이에요. 스카이의 기억들이죠. 그렇지요?"

"맞습니다."

---

* 넓은 팔걸이, 높은 슬레이트 등받이, 등받이보다 앞쪽이 높은 좌석이 있는 야외용 라운지 의자

타일러의 입술이 얇고 창백하게 굳게 닫혔다.

"스카이가 제 안에 있는 거군요."

"맞습니다. 그래요."

나는 두 남자를 쳐다보았다. 이 두 과학자는 지금 내가 마치 현미경의 렌즈 아래 놓여 있는 흥미롭고 새로운 바이러스인 양 나를 관찰하고 있다. 쓸쓸한 감정의 물결이 나를 휩쓸었다. 맙소사, 이들이 나를 어떤 상황에 놓이게 한 거지. 두려움이 밀려왔다. 무서웠다. 그다음에는 분노가 끓어올랐다. 나는 그 둘을 향해 질문을 내뱉었다.

"도대체 어떻게요?"

타일러는 내 목소리에서 느껴지는 분노를 모르는 척했다.

"음, 우선, 그러니까 우리 배경에 대해서 좀 설명할 필요가 있겠어요. 그래야 우리가 지금 하는 연구가 얼마나 중요한지를 이해할 수 있을 테니까요."

"나는 단도직입적으로 내 머릿속이 어떻게 된 건지를 듣고 싶은데요."

내 말에 타일러가 좀 불편해하는 것 같았다.

"핼리, 화난 거 잘 알아요. 그리고 우리가 생각한 것보다 핼리 양이 이미 훨씬 더 앞서있다는 것도 잘 알아요. 우리 회사에 잘 맞는다고 한 말도 거짓말이 아닙니다. 그냥 빈말이 아니에요. 핼리 양은 두뇌 회전이 빠르고 아는 것이 상당히 많지요. 저는 그래서 핼리 양이 우리와 함께해 주었으면 좋겠다고 생각했습니다. 그 외에 다른 일은, 음, 이건 완전히 다른 문제에요."

다른 일이라.

내 꿈속에 나오는 여자는 다른 일이다.

"얼른 계속 더 해보시죠."

나는 말을 끊었다.

"알았어요. 초조해하는 것도 당연해요. 하지만 나는 설명을 해야 하는 입장입니다. 아시다시피 앤드류와 나는 뉴포트에서 자랐어요. 우리는 사립학교 시절부터 최고의 친구였죠. 과학과 기술에 대해서 우리는 똑같이 흥미가 있었어요. 우리는 소위 말하는 영재였어요. 잘난 척하는 것처럼 들렸다면 죄송하지만, 사실은 사실이니까요. 우리는 우리 인생에 엄청난 변화를 만들 수 있는 재능을 가지고 있었어요. 그런데 제가 10대 소년일 때 개인적으로 겪은 일이 미래에 큰 영향을 미쳤지요."

"어떤 일이었는데요?"

"제 조부모님이 알츠하이머로 고생하는 것을 지켜보았어요."

"그것참 안됐네요. 정말 끔찍한 병이죠."

나는 타일러에 대한 동정심을 쥐어 짜내려고 애쓰며 말했다.

"정말 그래요. 난 조부모님이 빈껍데기가 되어 가는 걸 보면서 이런 문제를 막기 위해서 무언가를 해야겠다고 결심했어요."

"예를 들면요?"

"예를 들면, 이 세상의 그 누구도 병 때문에 기억을 잃지 않도록 해주는 거죠. 우리의 삶을, 우리가 누구인지를 정의하는 경험을 보존하는 거예요. 그래서 히포렉스가 생긴 거고요, 핼리 양. 나는 겨우 스물여섯 살 때 이 회사를 만들었어요. 앤드류는 히포렉스 설립 이후 쭉 MIT의 연구 파트너십을 통해 나와 같이 일하고 있고요. 운이 좋게도 앤드류의 아버님께서 우리가 하는 일의 가능성을 보셨어요. 그래서 아버님께서 우리가 프로젝트를 시작할 수 있도록 자금을 지원해 주셨지요."

나는 초조하게 일어나서 발코니의 난간으로 갔다. 거의 밤이 되었고, 조금 일찍 뜬 달이 바다를 은은하게 비추고 있었다. 바람이 조금 시원해진 것 같았다. 아니면 내가 몸을 떨고 있거나.

"나머지 이야기를 해주세요. 그래서 이 모든 게 왜 나랑 관련이 있는 건데요?"

"거의 다 왔어요, 핼리 양. 정말이에요. 하지만 먼저 아주 간단한 질문을 해보지요. 컴퓨터에서 데이터를 절대로 잃어버리지 않는 방법에는 무엇이 있을까요?"

"오, 망할."

"아니, 내 이야기를 잘 들어봐요. 컴퓨터는 정말 대단한 발명품이지만 여러 가지 많은 문제에 여전히 노출되어 있어요. 바이러스. 전원 차단. 부품 노후. 컴퓨터가 갑자기 다운될 경우를 대비해서 어떻게 아무것도 날아가지 않도록 할 수 있을까요?"

"백업을 해두면 되지요."

나는 어깨를 으쓱했다.

"정확해요. 백업을 해두면 되지요. 복구가 필요할 때를 대비해서 데이터를 다른 데 저장해두면 되는 거예요. 바로 그 방법이 내가 생각한 방법이었어요. 그래서 앤드류와 나는 지난 10년간 이 일에 몰두했지요. 우리는 해마에서 인간의 기억이 가진 전기 파동을 기록하고 저장하는 방법을 개발했어요. 그리고 마침내 누군가 병이나 사고로 기억을 잃었을 때 그 기억을 다시 넣어주는 방법까지도 찾아냈지요."

마침내 진실의 실마리가 조금 보이기 시작했다.

"그래서 스카이의 기억을 백업한 거군요."

"맞아요."

"어떻게 스카이가 이 일에 개입된 거죠? 스카이가 당신들이 할 일에 대해서 알고 있었나요?"

"물론 알고 있었어요. 우리 연구의 아주 중요한 전환점에 왔고 나는 우리와 함께할 실험 대상이 필요했어요. 하지만 우리는 누구를 고를지 아주 신중해야 했어요. 지금 이 분야는 경쟁이 엄청나게 치열해서 외부인을 쓰는 건 우리가 별로 탐탁지 않았어요. 그때 스카이가 자원했죠."

"왜요? 왜 스카이가 그랬을까요?"

"우리가 하는 일에 대한 신념이 있었기 때문이지요."

나는 머리를 저으면서도 아무 말도 하지 못했다. 타일러는 틀렸다. 그 이상의 무언가가 분명히 있다. 스카이의 기억은 구체적으로 폭력적이다. 어느 특정 해 여름 특정 날의 밤에 한정 지어져 있다. 죽음으로 끝난 그 밤 말이다.

스카이가 남편의 실험 대상이 된 데에는 나름의 숙제가 분명히 있었다. 나는 마치 궁금증이 쉴 새 없이 쏟아져나오듯 스카이의 생각으로부터 무언가 끊임없이 터져 나오는 게 느껴졌다. 무언가 스카이를 사로잡은, 그리고 이제는 나를 사로잡고 있는 그 무언가가 말이다.

스카이는 안개 속에 감춰진 미스터리를 찾고 있었다.

스카이는 사바나에 대한 진실을 찾고 있었다.

"스카이는 앤드류와 함께 MIT에서 실험에 참여했어요."

타일러는 별 특징이 없어서 오히려 짜증 나는 목소리로 이야기를 이어갔다.

"스카이의 인생에서 특별한 사건에 초점을 맞추어 서너 회차를 진행했고 앤드류가 스카이의 뇌파 활동을 기록했어요. 그 결과가 스카이의 기억을 담은 일종의 백업 드라이브였죠."

"그때가 언제였지요?"

내가 물었다.

"지난가을. 그리고 크리스마스 연휴 즈음이니까. 11월, 12월 정도일 거예요."

맞다. 크리스마스.

그때쯤 스카이는 마이런 글래스에게 자신의 초상화를 그려달라고 부탁했다. 그때쯤에 스카이는 타일러와 솔티 걸에서 저녁 식사를 했다. 상실감과 불행이 가득한 식사를. 그리고 어릴 적 고향으로 돌아가 절벽에서 몸을 던졌다.

타일러가 앤드류를 흘깃 바라보았고, 그러자 앤드류가 발코니 난간의 내 옆으로 다가왔다.

"백업을 했다고 해도 복구할 방법이 없다면 특별히 더 좋은 건 없어요. 누군가의 기억을 다운로드한 다음에 다시 그 기억을 복구할 수 있다? 이건 또 다른 시험이었죠."

나는 앤드류의 말을 듣고 정확히 어떤 일이 있었는지 알 수 있었다.

"저군요. 저에게 스카이의 기억을 집어넣었어요."

내가 말했다.

"말씀드렸지만 실수였습니다."

앤드류의 얼굴이 불편하다는 듯 일그러졌다.

"어떻게요? 어떻게 그렇게 할 수 있었어요?"

앤드류는 주머니에서 검은색 아이폰 12를 꺼내서 발코니 난간에 올려놓았다. 그리고는 다른 주머니에서 또 다른 핸드폰을 꺼내서 처음 꺼내놓은 핸드폰 옆에 두었다. 두 번째 핸드폰은 색깔만 빼고 처음 핸드폰과 똑같았다. 두 번째 핸드폰은 검은색 대신 금색이었다.

"검은색 핸드폰이 제 것입니다. 금색 핸드폰에 스카이의 기억 파일을 저장해놓았고요. 당시 저는 전기 파동을 시각화하는 컴퓨터 기술을 연구하고 있었지만, 이 전기 파동을 읽고 해석할 다른 사람의 두뇌가 없다면 사실 원시 데이터나 마찬가지였죠. 하지만 파일을 전송하는 건 또 다른 이야기였어요. 전기는 전기끼리 통하니까요. 사람 몸을 통해서 쉽게 흘러 들어갈 수 있었죠."

"자동심장충격기를 통해서였군요."

나는 다시 한번 온몸에 소름이 돋는 것을 느꼈다.

"네, 정확해요. 핸드폰을 기반으로 하는 자동심장충격기는 우리 히포렉스의 또 다른 제품이기도 하지요. 저는 이 자동심장충격기를 항상 가지고 다녔어요. 물론 라스베이거스에서 있었던 그날 루프탑 파티에서도요. 핼리 양이 죽었지요. 제가 그곳에 있었고 핼리 양을 다시 살렸어요. 하지만 온통 난리가 난 탓에 저는 제 원래 핸드폰 대신에 금색 핸드폰을 쓴 거죠. 바로 그때 '이식'이 일어난 거예요. 미안합니다, 핼리 양."

밖은 어두웠다. 하지만 앤드류의 차가운 파란색 눈은 여전히 반짝였다.

"믿을 수 없어요."

내가 말했다.

"뭐라고요?"

"아직도 나한테 거짓말을 하는 거잖아요."

"핼리 양……."

나는 앤드류의 얼굴에 더욱 가까이 갔다. 우리 사이로 바닷바람이 불었다.

"그 무엇도 당신을 당황하게 만들 수는 없어요, 이담 박사님. 실수했다는 것도 믿을 수 없어요. 원래 꺼내려던 핸드폰과 다른 핸드폰을 꺼내 들었다? 말도 안 되는 소리예요. 당신은 정말 기억이 복구될 수 있을지를 보기 위해 누군가에게 실험하고 싶었던 거예요. 실험용 쥐가 필요했던 거죠. 내가 죽었을 때 당신은 그 가능성을 보았어요."

앤드류는 아무 말도 하지 않았다. 타일러도 마찬가지였다. 하지만 나는 내가 맞다는 것을 알고 있다. 많은 연구원과 일해봤지만 모두 똑같이 눈먼 장님이었다. 도덕적 공백을 당연하게 여겼고, 새로운 발견에는 어두운 면이 전혀 없는 것처럼 행동했다.

위험을 발견했을 때는 이미 너무 늦었을 때였다.

그들이 나에게 한 행동에 대한 공포가 가슴속에서 부풀어 오르면서 숨을 쉬기가 힘들어졌다. 나는 바보였다. 앤드류가 전기 충격으로 죽은 나를 되살렸을 때 나는 미치광이 과학자의 실험대 위에 묶인 괴물이었다. 그때 살아난 건 나뿐만 아니었으니까.

스카이였다. 우리는 하나의 몸과 하나의 두뇌를 공유하는 두 개의 영혼이다.

이 사실을 받아들일 수 없었다. 이 중 어떤 것도 도무지 받아들일 수가 없었다. 이들과 떨어져야 한다. 내 안에 있는 여성과 떨어져야 한다. 여기서 도망가야만 한다. 눈물이 내 뺨을 타고 내렸다. 나는 앤드류와 타일러를 밀치고 계단으로 달려갔다.

21

나는 신발을 벗어들고 앤드류의 집 건너편에 있는 대서양의 해안가를 걸었다. 바닷물이 내 발목에서 찰랑거렸다. 나는 달빛 아래 혼자였다. 해변을 산책하는 서너 명의 그림자가 드리워져 있을 뿐이었다. 파도가 칠 때마다 다른 감정이 나를 압도해 왔다. 그들이 나에게 한 짓에 대한 분노와 모욕감. 그다음에는 두려움. 이 모든 것이 실제로 일어날 리 없다는 불신. 흠뻑 두들겨 맞은 기분이었다. 유린당한 느낌이다.

어디로 가야 할지 누구와 이야기를 해야 할지 모르겠다. 바로 여기서, 바로 이 순간 스카이를 내 머릿속에서 완전히 지워버리고 싶지만 그렇게 할 수 없다. 스카이는 항상 내 머릿속에 있다. 스카이가 보는 것을 내가 본다. 스카이가 느끼는 것을 내가 느낀다. 단순히 기억 그 이상이다. 왜인지 모르겠지만 내가 이해할 수 없는 방법으로 스카이는 살아서 숨 쉬고 있다.

스카이는 점점 더 강해지고 있다.

그 점이 진짜로 무서운 부분이다. 날이 지날수록 나는 내 마음속에서 스카이가 더 많아지고 핼리가 점점 더 작아지는 것을 느낀다. 내가 지금 이곳, 스카이가 평생 살았던 곳에 와 있기 때문일까. 여기는 스카이의 세계다. 아니면 간단하게 스카이가 너무 아름다워서일까. 너무 재능이 많아서. 성공한 여자라서. 그래서 내가 이 모든 걸 부러워하는 걸까. 내 안에 있는 이 죽은 여성이 갑자기 무서워졌다.

하지만 스카이에게는 어두운 면도 있다. 그 어두운 면이 바로 나를 잡아먹고 있다.

나는 파도에서 조금 뒤로 물러나서 돌이 많은 해변에 앉았다. 무릎을 두 팔로 꽉 안았다. 저 멀리 바다에서는 보트 몇 척이 한밤중 바다를 항해하고 있었다. 죽은 물고기가 파도에 쓸려와 모래사장에 내동댕이쳐졌다. 나 자신을 통제할 수 없다는 생각이 든다. 압도당한 것 같다. 이 문제를 절대로 나 혼자 해결할 수는 없다.

그래서 나는 내 주머니에서 핸드폰을 집어 들고 라스베이거스에 있는 토리에게 전화를 걸었다.

"핼리, 전화해 줘서 고마워요. 걱정하고 있었어요. 괜찮아요?"

언제나처럼 불가능할 정도로 통통 튀는 목소리다.

"잘 지내고 있지 않은 것 같아요."

내가 말했다.

"지금 어디예요?"

"보스턴 근처요. 바닷가에 있어요."

내가 다시 대답했다.

"보스턴이요? 거기서 뭐 하고 있어요?"

토리는 적잖이 놀란 것 같았다.

나는 광활하고 어두운 바닷가를 둘러보았다. 주변에는 아무도 없었다.

"나에게 지금 일어나고 있는 일에 대해 알게 되었어요. 꿈이요. 폭력이요. 진짜였어요. 모두 진짜였다고요."

"핼리, 무슨 일이 있었는지 말해봐요."

나는 숨을 깊이 들이쉬고 이야기를 시작했다. 토리에게 모든 걸 말했다. 그들이 나에게 한 모든 일과 그래서 내 머릿속에서 무슨 일이 일어나고 있는지를 말이다. 토리는 아무 질문도 하지 않았다. 처음에는 말이다. 토리는 가만히 듣고만 있었지만, 나는 토리가 의심하고 있다는 것을 알 수 있었다. 토리의 불신이 느껴졌다. 토리에게 나는 우리 엄마와 마찬가지로 조현병의 늪에서 허우적거리고 있는 환자일뿐이다.

내가 말을 마쳤을 때도 토리는 조용했다. 침묵이 너무 오래 이어지자 나는 조급해지기 시작했다.

"토리, 무슨 말이든 좀 해봐요."

"나는… 나는 무슨 말을 해야 좋을지 모르겠어요."

"내가 지어낸 이야기가 아니에요."

내가 강하게 말했다.

"음, 사실이라고 확신한다는 걸 나도 알아요. 핼리의 목소리에서 느껴져요."

토리가 천천히 대답했다.

"그 망할 상담사 방식의 조언이나 하려면 그만둬요. 지금은 아니에요. 진짜로 사실이니까 사실이라고 믿는 거예요. 그 사람들이 무슨 짓을 했는지 나에게 말해주었어요."

"핼리, 잘 들어봐요. 지금 이해를 좀⋯."

"히포렉스를 찾아봐요."

내가 토리의 말을 가로챘다.

"뭐라고요?"

"검색을 해보라고요. 인터넷에는 뭐라고 되어있는지 한 번 보세요. MIT의 앤드류 이담도 찾아보세요."

토리는 한숨을 쉬었다. 나를 버거워하는 게 느껴졌다.

"잠시만요."

또다시 긴 침묵이 이어졌고 나는 침착함을 유지하는 게 얼마나 힘든지를 알게 되었다. 내가 미치지 않았다는 것을 나는 잘 알고 있다. 하지만 내가 미치지 않았다는 것을 토리에게 알려주는 것도 나에게는 중요한 일이다. 누군가는 나를 믿어줘야 한다. 토리가 다시 전화를 집어 들었다. 나는 숨을 크게 몰아쉬었다.

"음, 그러네요. 핼리가 말한 모든 것이 이 회사의 연구 방향과 정확하게 들어맞네요. 말 그대로 놀랍군요."

내 목소리에서 안도감을 감출 수 없었다.

"토리 생각에는 이게 가능한 일인 것 같아요? 정말 말한 그대로 나한테 다 했을까요?"

"기술적으로는 정말 큰 진전이 있었죠. 전 세계의 많은 회사가 이와 같은 두뇌 연구에 열중하고 있어요. 조만간 이 회사 중 하나가 대단한 일을 할 거로 생각하기는 했어요. 그리고 나도 그 자리에 있었죠. 핼리를 살려준 의사를 나도 봤잖아요. 분명히 이 사람 맞아요. 앤드류 이담."

"그 사람이 내 머리에 다른 사람의 기억을 집어넣었어요."

나는 놀라움에 두려워 몸을 떨었다.

"인제 와서 말하는 거기는 하지만 그렇게 생각하니 그랬던 것도 같아요."

"토리, 나는 이제 어떻게 해야 할까요? 나에게 어떤 일이 일어날까요?"

"나도 말해줄 수 있으면 좋겠지만 나는 의사도 아니고 뇌신경과학자도 아니에요. 만약에 진짜 이런 일이 일어났다면 이 모든 과정이 두뇌에 어떻게 작용하는지 잘 몰라요."

"아주 작은 거라도 말해주세요. 알려주세요."

토리는 무언가 말할 거리를 찾고 있었다.

"음, 그래서 지금은 어떤 생각을 하고 있어요? 여기서부터 시작해 봅시다. 경험한 걸 묘사해 봐요."

마치 댐이 무너지듯 질문이 폭발적으로 나오기 시작했다.

"솔직하게요? 나는 지금 나 자신을 붙드는 데에도 어려움이 많아요. 내 머릿속의 모든 것은 스카이예요. 스카이가 나를 어디로 갈지, 내가 무슨 일을 할지 알려줘요. 스카이가 나를 점령하고 나를 온통 쥐어짜는 기분이에요. 그러니까 스카이의 기억이 시간이 지날수록 더 강해져요. 이게 말이 되나요? 가능한 일일 까요?"

"이론적으로는 충분히 가능하리라 보아요. 핼리의 뇌가 스카이의 기억으로부터 새로운 길을 만들어냈고 이제 핼리는 스카이의 존재가 좀 더 실제와 같다고 느낄 것 같아요. 내 생각에 핼리의 기억과 스카이의 기억이 서로 어느 정도 섞인 게 아닌가 싶네요."

나는 눈을 꽉 감았다.

"또 해줄 이야기가 있어요."

"뭔데요?"

"내 안에 사라진 기억이 있다고 느껴져요."

"무슨 말이죠? 어머니의 죽음에 관해서 이야기하는 건가요?"

"아니요. 스카이의 기억에서요. 내 생각에는 그래서 스카이가 이 실험에 자원한 것 같아요. 스카이가 기억하지 못하는 무언가를 밝혀내고 싶었던 거죠. 스카이는 진실을 알고 싶었지만 동시에 그 진실을 두려워했던 것 같아요. 그리고 왜 그랬는지 확실히 알 것 같고요."

"왜요?"

토리가 머뭇거리며 물었다.

"내 생각에는 스카이가 누군가를 죽였어요."

"누군가를 죽였다고요? 누구를요?"

"언니요."

"정말 확신할 수 있어요?"

276

"아니요. 내가 확신할 수 있는 건 하나도 없어요. 다만 스카이의 발밑에 언니가 죽은 채 누워있는 환영을 보았어요. 스카이의 손이, 아니 내 손이 피로 물들어 있었고요. 살인이 이루어지는 그 현장 자체를 본 건 아니에요. 하지만 실제로 무슨 일이 일어났는지 기억할 수 있어요. 물론 나도 스카이가 그럴 수 있었을 거라고는 생각하지 않지만요."

"음, 확실히 뭔가가 막고 있는, 트라우마가 확실하네요."

"네, 하지만 나는 스카이에게서 다급함을 느꼈어요. 스카이는 정말로 기억하고 싶은 거죠. 망할, 스카이는 지금도 기억하기를 원하고 있어요. 스카이는 내 머릿속에서 그때 일을 계속해서 반복해 돌리고 있어요. 마치 내가 무슨 일이 있었는지 알아봐 주기를 바라는 것 같아요."

"하지만 할 수 없고요?"

"네, 최소한 아직은요."

"아직은, 이라니요? 무슨 뜻이죠?"

토리가 물었다.

"음, 비록 스카이가 기억을 막았지만, 그 기억이 내 안의 어딘가에 있는 건 분명해요. 그렇죠? 그래서 내가 그 기억을 찾아야 할 것 같아요."

"왜 그런 일을 하고 싶은 거죠? 핼리 당신의 인생이 아니라 스카이의 인생이에요."

"이제는 그 둘 간에 어떠한 차이가 있는지도 모르겠어요."

나의 대답에 토리의 목소리가 한층 더 어두워졌다.

"잘 들어봐요. 지금 핼리가 말하는 방식이 정말로 마음에 들지 않아요. 핼리에게 좋은 방향이 아니에요. 특히 핼리의 지난 개인사를 돌아봤을 때 말이죠. 내 조언을 원해요? 그렇다면 당장 그곳에서 나오세요. 집으로 돌아오세요."

"나는 이제 더 이상 집이 없어요. 라스베이거스는 내 집이 아니에요. 정말 이상한 건 이제는 이곳이 나에게 좀 더 집같이 느껴진다는 거예요."

"핼리, 지금 당신은 낯선 곳에 있어요. 당신의 안전을 최우선으로 생각할 리 없는 사람들에게 둘러싸여서요. 기억을 잃어버린 한 여자와 그 여자의 과거에 있었던 폭력적인 죽음에 집착해서 말이에요. 지금 내 말이 낯설지 않지요? 스카이의 이야기는 지금 핼리가 어머니에 대해서 가두어둔 모든 고통을 끄집어내고 있어요. 할 수 있는 최선은 거기서 나와서 핼리의 인생으로 돌아가는 거예요."

"그렇게 할 수 있을지 잘 모르겠어요."

"왜요?"

"스카이의 언니에게 무슨 일이 있었는지 알 때까지 내 머릿속에서 느껴지는 부담은 점점 더 커지기만 할 것 같거든요. 스카이는 나를 놓아주지 않을 거예요. 스카이는 계속해서 좀 더 찾아보라고 나를 채찍질하고 있어요."

토리는 빠르게, 그리고 크게 한숨을 쉬었다. 토리가 다시 말을 시작했을 때 토리의 목소리에서 이전에 항상 느끼던 침범 불가능한 안정감이 사라졌다.

"핼리, 스카이가 자살했다면서요."

"네. 스카이는 뉴포트의 절벽에서 스스로 몸을 던졌어요."

"음, 그런데도 지금 이 일이 얼마나 끔찍한 위험을 초래하는지 모르겠어요? 핼리 당신도 두 번이나 자살을 시도했어요. 지금까지 살아있는 건 순전히 운이 좋아서예요. 지금 핼리 당신의 머릿속에 있는 이 여자가 절벽의 바닥으로 가는 길로 당신을 인도하고 있어요. 이건 당신뿐만 아니라 그 누구도 따라가기 위험한 길이에요, 핼리. 아주 위험한 길이에요."

* * *

전화를 끊고 나자 나는 완전히 지쳐버렸다. 아무것도 할 수 없었다. 심지어 일어날 수도 없었다. 별빛 아래 아직도 따뜻한 온기를 지닌 모래 위에서 몸을 쭉 펴고 잠을 자지 않으려고 애썼다. 만약에 잠이 든다면 스카이가 자신의 과거를 더 보여주려고 할 텐데 나는 더는 보고 싶지 않았다. 모든 게 사라져 버렸으면 좋겠다. 내 마음속에서 완전히 다 없어졌으면 좋겠다.

하지만 곧 내 눈은 감겼고 별은 사라졌다.

다음 꿈이 시작되었다.

앤드류의 실험실이다. 크리스마스 때다.

나는 가죽 의자에 누워있다. 내 주변에는 조용한 백색소음 외에는 아무 소리도 들리지 않는다. 나는 내 머리에 아늑하게 들어맞는 그물망 모자를 쓰고 있고, 모자에는 복잡한 전선과 전극들이 수도 없이 연결되어 있다. 빨간 전선들은 내 몸을 타고 내려가 컴퓨터에 연결된 케이블과 합쳐진다.

앤드류는 빠른 속도로 키보드를 치다가 나에게 다가와서 전극을 조정해 준다. 전기 신호들이 도저히 따라잡을 수 없는 속도로 앤드류의 컴퓨터 화면에서 흘러가고 있는 게 보인다.

"저 스크린에 나오는 게 내 뇌파야?"

"맞아."

"앞으로 어떻게 하면 돼?"

내가 물었다.

"음, 너한테는 아주 쉬울 거야. 나는 기록 프로세스를 시작하고 너를 방해하지 않도록 방을 나갈 거야. 중요한 건 기억 하나하나를 아주 세세하게 집중해야 한다는 거야. 어떤 사건의 시작에서 기억도 시작하도록 하고 시간순으로 쭉 생각해 봐."

나는 스크린을 다시 걱정스러움과 놀라움이 담긴 눈으로 쳐다보았다. 언뜻 보기에도 무한한 숫자의 파동과 진동으로 되어 있는 저것이 내 인생이라니. 내가 갔던 모든 장소, 내가 사랑한 모든 사람이라니.

내가 지금까지 한 모든 일이라니.

저기 어딘가에 내가 잊어버린 절벽에서의 몇 분도 있을 것이다.

"만약에 내가 어떤 걸 기억 못 하면 어떻게 돼? 내 기억에 공백이 있다면? 기계가… 채워줄까?"

내가 물었다.

나는 앤드류가 뭐라고 말할지 기다리면서 머뭇거리고 있었다.

앤드류는 나를 호기심 어린 눈길로 쳐다보았다.

"사실은 나도 잘 몰라. 결과적으로 이 실험은 기억을 빼내는 거지 기억을 넣어주는 건 아니거든. 우리가 기술을 좀 더 정교화하면 아마도 오랫동안 잊고 있던 기억이나 경험을 특정해 낼 수 있을지도 모르겠어. 하지만 지금은 컴퓨터가 그렇게까지는 못 해. 네가 해야 해, 핼리. 네 두뇌가 우리에게 데이터를 주는 거야. 어떤 기억은 의식 속에 있는 기억이고, 어떤 기억은 무의식 속에 있는 기억일 거야."

'잠깐만, 나를 뭐라고 부른 거야?'

"내가 어떻게 생각하는지도 중요해?"

"아니. 하지만 기억이 생생할수록 더 좋아."

"나 지난주에 타일러랑 저녁 먹었어. 이혼하고 싶다고 말했어. 정말 생생한 기억이야."

앤드류가 나를 빤히 쳐다보았다.

"기억하는 걸 나한테 말하는 건 별로 좋지 않은 방법 같아. 우리가 저장한 걸 해석하려고 할 때 그 결과가 왜곡될 수 있거든. 너와 타일러 사이에 있었던 일에 나를 끼어 들이지 않았으면 해. 타일러는 내 친구야. 너도 마찬가지고."

"나는 타일러를 사랑하지 않아. 한 번도 사랑했던 적이 없어. 정말 끔찍한 일이지만 그게 사실이야."

"핼리, 제발. 충분해."

'핼리?'

"최근의 기억이어야 해? 아니면 과거의 기억도 괜찮아?"

"그건 별로 중요하지 않아. 더 중요한 건 기억이 얼마나 강하냐는 거야."

나는 앤드류에게 사실을 말할지 조금 망설였다.

"나 사바나 언니에 대해서 생각하고 싶어. 그러니까… 언니에게 있었던 일을 말이야."

앤드류의 손가락이 키보드 위에서 얼어붙었다.

"사바나 이야기는 하지 말자."

"내가 언니를 기억하지 않기를 원해?"

"무엇을 기억하든지 너한테 달렸어. 하지만 벌써 10년 전 일이잖아. 과거를 바꿀 수는 없어. 우리가 할 수 있는 일은 그냥 안고 가는 것뿐이야."

"알아, 하지만 내 가슴이 찢어지는걸. 내가 아무 말도 하지 않아서 무고한 사람이 죽었잖아. 어떻게 그냥 덮고 살 수 있겠어?"

"무고하다고? 무슨 소리를 하는 거야?"

앤드류의 이마가 혼란스럽다는 듯 일그러졌다.

"엘리야 말이야."

"엘리야는 무고하지 않아."

"아니야. 내가 확신해."

"어떻게 알 수 있지?"

"내가 거기에 있었거든."

앤드류가 나를 바라보았다. 앤드류의 눈이 어땠냐고?

두려움이었다. 내가 생각할 땐.

"무슨 소리를 하는 거야?"

앤드류가 물었다.

"나 그날 거기에 있었어, 앤드류. 그날 절벽에 있었다고. 언니가 죽을 때 언니와 함께 있었어. 문제는 무슨 일이 있었는지 내가 기억을 못 한다는 거야. 언니가 정말 어떻게 죽었는지에 대해서 나 스스로 차단하고 있는 것 같아."

앤드류가 의자 뒤로 기대더니 천정을 바라보았다. 그러더니 손가락으로 머리로 가져가 머리카락을 마구 헝클었다.

"어떻게 아무 말도 하지 않을 수가 있어? 어떻게 이런 이야기를 나한테도 지금까지 안 했을 수가 있냐고?"

"확실하지 않아서 그랬어. 일종의, 그러니까 그날 밤을 아예 억눌러 놨던 것 같아. 그런데 최근에 그중 일부분이 자꾸 다시 생각나."

앤드류의 얼굴에 수심이 드리웠다.

"그러면 이걸 하는 건 그렇게 좋은 생각은 아닌 것 같아."

"아니야. 제발. 나는 언니에게 무슨 일이 있었는지 알고 싶어. 오빠가 나를 도와서 기억을 찾아줘."

"기억을 찾아줄 수는 없어. 지금 기술로는 네 두뇌가 보여주고 싶지 않은 걸 볼 수 없어."

"그래도 해볼래."

앤드류가 눈살을 찌푸렸다.

"나는 이게 좋은 생각은 아니라고 생각해. 하지만 어쨌든 네 결정이니까."

앤드류가 의자에서 일어나서 나를 두고 방을 나가려는 찰나,

내가 다시 앤드류를 불렀다.

"잠깐만, 나 궁금한 게 하나 있어."

"뭔데?"

"내 이름이 뭐지?"

"무슨 말이야?"

"내 이름을 말해봐. 내가 누군지 말해줘."

내가 말했다.

"넌 핼리 에버스잖아."

앤드류는 내 의자 뒤를 돌아서 어두운 실험실 창문 쪽으로 다가갔다. 창문에는 내 모습이 비쳤다. 창문에 보이는 나는 전극과 빨간색 전선이 달린 그물망 모자를 쓰고 있었다. 어깨까지 오는 길이의 검은 머리. 짙은 갈색 눈. 갈라지고 창백한 입술. 바짝 마른 어깨.

그래, 나였다. 라스베이거스 출신의 핼리 에버스.

이것은 꿈이다. 진짜가 아니다. 내 머리 한쪽에서는 내가 해변에 있다는 사실을 인지하고 있었다. 그리고 나 스스로가 기억에 맞서 싸우는 게 느껴졌다. 나 자신을 잃지 않기 위해.

'내 이름은 핼리 에버스. 나는 스카이가 아니다.'

22

"괜찮아요, 핼리 양?"

타일러가 물었다.

우리는 반도의 끝인 펨버톤 포인트에 있는 난파선이라는 이름의 식당에서 야외 테이블에 앉아 있다. 이곳에서 보스턴을 오고 가는 페리가 다닌다. 나는 곧 페리를 탈 것이다. 우리는 주황색 파치오 우산 밑의 테이블에 자리를 잡았고, 세찬 바람에 우산자락이 우리 머리 위로 날렸다. 왼쪽에는 굴곡이 진 해변이 조용한 항구를 감싸는 괄호처럼 놓여 있었다. 바다에서 수영하는 사람들도 보였다.

"핼리?"

내가 대답이 없자 타일러가 다시 물었다. 타일러는 소금에 절인 소고기 해시가 올라가 있는 접시를 비웠고 나는 에그 화이트 오믈렛을 먹는 중이었다.

"내가 괜찮냐고요? 그 질문을 한 거였어요?"

타일러는 내 목소리에서 쓴맛을 읽었다.

"받아들이기에는 너무 엄청난 일이죠. 나도 잘 알아요. 그리고 우리가 우리를 신뢰할 만큼 충분한 근거를 들어 설명하지 못한 것도 잘 알고 있어요. 하지만 우리가 같이 일하는 건 정말 무엇보다 중요해요."

"한 가지는 제대로 맞추셨네요. 네, 나는 당신을 믿지 않아요. 당신뿐만 아니라 당연히 앤드류도요."

"음, 바로 보스턴으로 돌아가지 말고 여기서 카라와 조금 더 머무는 게 어때요? 핼리 양에게 어떤 일이 있었는지 말이 새어 나가기 시작하면 혼자 보스턴에 있는 게 걱정되는데요. 안전하지 않아요."

"당신들과 눈곱만큼도 엮이기 싫다는 내 말을 귓등으로라도 듣기는 들은 거예요? 나에게 그런 짓을 하고도요?"

나는 절망에 휩싸여 머리를 흔들며 물었다.

타일러가 입을 꾹 다물었다.

"돈 문젠가요? 솔직히 우리는 이번 일에 대해서 아주 후하게 핼리 양에게 보상해 줄 생각이에요. 세부적인 내용은 물론 변호사들이 걱정할 일이기는 하지만 어쨌든… 부자가 될 수 있어요, 핼리 양."

"맙소사, 돈 문제가 아니에요. 이제 나는 내가 도대체 누구인지도 잘 모르겠어요."

타일러는 포크를 내려놓았다. 손을 뻗어 내 손을 잡으려다가 멈추었다.

"어떤 기분인지 아는 척하지는 않을게요. 아주 혼란스럽고 두려울 거예요. 하지만 핼리 양은 똑똑한 사람이잖아요. 우리가 이야기하는 최신의 연구에 대해 잘 알고 있어요. 물론 우리 중 누구도 이렇게 되리라고 계획한 건 아니지만 이제 핼리 양은 아주 특별한 연구의 일부가 되었어요. 여기서 빠져나가는 건 큰 실수라고 생각합니다."

"당신에게서 빠져나가는 게 큰 실수라고 말하고 싶겠죠."

내가 말했다.

"무슨 말인지 잘 이해가 되지 않네요."

"아니요. 잘 이해하고 있어요. 당신은 여전히 스카이를 사랑하죠. 내 안에서 스카이의 흔적을 찾으려고 해요. 나와 함께 여기 있는 게 어쩌면 죽은 아내가 돌아왔다는 환상을 불러일으키는 거 아닌가요? 하지만 나는 스카이가 아니에요, 타일러."

"잘 알고 있습니다."

"아니요. 그렇지 않은 것 같은데요."

타일러는 해변 쪽을 바라보다가 다시 나에게로 눈길을 돌렸다.

"내가 아직 스카이를 사랑한다는 당신 말은 맞아요. 당연히 그렇죠. 스카이와 제가 어렸을 때부터 사랑했으니까요."

"하지만 스카이는 당신을 사랑하지 않았어요."

타일러는 마치 나에게 한 대 맞은 양 움찔했다.

"그렇지 않아요."

"솔티 걸에서 스카이는 이혼을 제안했죠, 그렇죠? 스카이는 미안하다고 말했지만, 당신을 사랑하지 않았어요. 한 번도 사랑한 적이 없었어요. 그래서 계속 아닌 척하는 게 힘들었던 거죠. 나는 분명히 기억하고 있어요, 타일러. 그러니까 이것도 사실이 아니라고 하지 말아요."

"스카이는 우울증을 앓고 있었어요. 그래서 자신의 진짜 감정을 알 수 없었죠."

"네, 그랬죠. 하지만 미안하게도 당신에 대해 느끼는 감정은 정확하게 알고 있었어요."

타일러는 상처 입은 얼굴로 접시를 옆으로 밀어놓았다.

"당신 말이 맞을 거예요. 다만 내가 스스로 인정하기 어려울 뿐이죠. 스카이는 나에게 정말 많은 모습을 감추었어요. 나는 그게 스카이가 개인적인 사람이어서 그랬다고 생각했는데, 사실은 나와 가깝지 않았던 거죠. 감정을 교류할 만큼요. 솔직히 말하면 육체적으로도 그렇게 가까운 사이가 아니었어요. 스카이는 나를, 내 일을 존중했지만, 일종의 거리 같은 걸 항상 유지했어요. 나는 그 거리를 좁히려고 노력했고, 스카이에게 닿으려고 노력했지만 그럴 수 없었죠."

"스카이에 대해서 말해주세요."

내가 말했다.

"뭐라고요?"

"스카이에 대해서 말해주세요. 내가 스카이에 대해 아는 모든 것은 단편적인 기억뿐이에요. 스카이가 정말 어떤 사람이었는지 알고 싶어요."

타일러는 파치오 의자에 몸을 깊숙이 밀어 넣었다. 그리고 마치 슬픔을 가리기라도 하듯 선글라스를 썼다. 소고기 해시를 몇 조각 접시에서 덜어 부두에 있는 갈매기들에게 던져주자 갈매기 떼가 큰 소리로 까악거리며 먹이를 먹기 위해 서로 안간힘을 썼다. 타일러는 마치 전사들처럼 싸우고 있는 갈매기들을 바라보았다.

"스카이는…."

타일러의 목소리가 아련해졌다.

나는 타일러가 뭐라고 말할지 궁금해졌다.

"스카이는 누구에게나 사랑받는 사람이었어요. 모두가 스카이를 좋아했죠. 그 긴 금발 머리. 그 완벽한 미소, 그 완벽한 얼굴을요. 심지어 피아노에 심취해 몰두한 모습까지도요. 땅 위를 걸어다니는 게 아니라 요정처럼 사뿐히 날아다닐 것만 같았어요."

"언제 스카이를 만나셨어요?"

"아, 스카이가 어릴 때요. 일곱 살 정도였을 거예요. 제 기억에는요. 저는 12살 정도 되었을 때고요. 앤드류와 함께 스카이네집에 간 적이 있어요. 앤드류와 나는 그때부터 가장 친한 친구였거든요. 우리는 언제나 같이 놀았죠. 뉴포트의 앤드류네 집은 셀든 가족과 바로 옆이었어요. 절벽 바로 위에 어마어마한 규모의두 저택이 있었죠."

"셀든 가…."

나는 스카이의 가족들을 기억하려고 애쓰면서 중얼거렸다.

"맞아요. 테렌스와 알마 셀든이 스카이의 부모님이세요. 스카이의 아버님은 맨해튼에서 투자업을 하셨고요."

"그리고 사바나가 있었죠. 스카이의 언니요."

내가 말했다.

타일러는 조금 놀란 듯 나를 바라보았다.

"맞아요. 사바나는 스카이보다 두 살 위였어요."

"가족이 부자였나요?"

타일러가 웃었다.

"몇 세대에 걸친 재산이었죠. '셀든 기계 장비' 덕분에요. 셀든 기계 장비를 계기로 기계에 들어가는 부품이 더욱 정교해지는 새로운 시대가 열렸거든요. 스카이의 고조할아버지가 뉴욕에 있을 때 여름 별장이었던 뉴포트에 집을 지었어요. 이담 가족도 똑같이 했고요. 하지만 스카이는 사실 자기 가족이 가진 부를 원망했답니다. 스카이는 돈이 많은 사람이 대부분 얕다고 생각했어요. 스카이는 할 수만 있다면 자신이 가진 모든 것에서 도망치고 싶었던 것 같아요."

침실에 있는 스카이에 대해 생각해 본다.

'며칠만 지나면 나는 사라지고 없을 거야. 새로운 인생, 새로운 시작이 기다리고 있어.'

"스카이는 뉴포트에서 행복하지 않았어요."

내가 중얼거렸다.

타일러가 고개를 끄덕였다.

"그 집에서 아무도 행복하지 않았지요."

"왜요?"

타일러가 한숨을 쉬었다.

"스카이가 15살 때 아버님이 어머님과 이혼했어요. 그 당시 아버님은 50대 중반이었는데, 20년가량의 결혼생활을 끝내고 어머님을 버렸어요. 대신 아주 젊은 모델을 택했죠. 30살의 젊은 패션모델 이름은 로쉘이었어요. 뉴포트가 온통 떠들썩해졌죠. 그런데 그럴 만도 하기는 했어요. 로쉘 자체가 완전히 잡지에나 나올 것 같은 몸매에 온통 타투와 피어싱으로 뒤덮인 폭탄 같은 존재였거든요. 그러니까 상류 사회에는 전혀 어울리지 않는 사람이었던 거죠. 그 일로 가족 간에는 물론이고 마을 전체에 엄청난 균열이 생겼어요. 사바나는 자기 엄마 편에 섰죠. 사바나는 아버지에게 엄청나게 화를 내면서 새엄마와는 조금도 엮이려 하지 않았어요. 스카이는 나름 중재하려고 애를 썼지만, 쉽지 않은 싸움이었죠."

나는 앤드류와 사바나가 말다툼할 때 연회장 문밖에 있던 누군가를 떠올렸다.

"집에 또 다른 작은 소녀도 있던데요. 그 소녀는 누구지요?"

"로쉘에게는 딸이 있었어요. 이름은 비키고요. 스카이의 아버님과 재혼할 때 그 딸이 아홉 살쯤 되었던 것 같아요. 어린아이에게는 더더욱 쉽지 않은 상황이었죠. 정말로 모든 게 엉망진창이었어요. 모두가 각자 입장에서 서로에게 총구를 겨누는 상황이었지요. 사바나, 아버님, 새엄마, 비키, 거기다 마을 반대쪽의 콘도에서 살게 된 어머님까지요. 그다음 몇 년 동안은 정말이지 분쟁이 끊이질 않았어요. 그 일이 스카이에게는 상당히 큰 영향을 미친 것 같고요."

"하지만 당신은 스카이와 사랑에 빠졌잖아요?"

타일러의 얼굴에 다시 아련한 기운이 돌았다.

"그랬죠. 스카이가 16살쯤 됐을 때부터 나는 스카이와 결혼하고 싶다고 생각했어요. 25살이 되면 결혼을 해야겠다고 결심했죠. 아시다시피 스카이는 정말 멋진 여성으로 자랐어요. 나만 그렇게 생각한 게 아닐 거예요. 뉴포트 대부분의 10대 남자아이들이 스카이와 결혼하고 싶어 했답니다."

"스카이는 당신에 대해 어떻게 생각했나요?"

타일러는 쓴웃음을 지었다.

"스카이는 나란 사람이 있는지도 몰랐을걸요. 그뿐이었을까요. 다른 남자들한테도 도통 관심이 없었어요. 스카이는 피아노, 책, 그리고 자기만의 예술에 아주 깊이 사로잡혀 있었죠. 자기만의 세계가 있었고 자기만의 규칙에 따라 사는 사람이었죠. 하지만 정말 자석같이 놀랍게 끌리는 성격이었어요. 사람들은 아무이유도 없이 스카이에게 끌렸답니다. 남자, 여자, 젊은이건 늙은사람이건 할 것 없이요. 어디를 가든 관심의 대상이었어요."

"그런데 또 언니는 완전히 달랐다니 믿을 수가 없어요."

"정말 그랬죠. 그래서 자매간에 엄청난 경쟁이 항상 있었어요. 음, 아무래도 사바나의 일방적인 경쟁이었죠. 스카이가 사바나보다 예뻤고, 사바나보다 인기도 많았고, 재주도 많았고요. 그러다 보니 사바나의 질투심은 말도 못 할 정도였죠."

"어떻게 스카이랑 사귀게 되었어요?"

내가 물었다.

"스카이가 대학에 들어가고 1학년 여름방학이었어요. 스카이는 뉴욕의 바사르 대학에 갔죠. 그때 나는 이미 MIT 석사 과정을 밟고 있었고요."

"스카이가 당신의 존재조차도 몰랐다면서요. 무슨 계기가 있었던 거죠?"

타일러의 목소리가 부드러워졌다.

"스카이가 변했어요. 엄청나게 공감을 잘하는 사람이 되었죠. 우리 조부모님이 편찮으시면서 내가 괴로워하자 스카이가 내 곁에 있어 주었어요. 히포렉스에 대한 나의 꿈을, 그러니까 다른 사람들은 가족이 그런 과정을 거치는 걸 보지 않아도 되게… 무언가를 하고 싶다는 내 꿈을 이야기했어요. 스카이가 나를 돕고 싶다고 말했어요. 그렇게 사귀기 시작했죠. 그때 스카이가 나를 좋아하게 되었어요."

나는 아무 말도 할 수 없었다. 타일러는 여전히 스카이가 자신을 사랑했다고 믿고 싶어 하는 것 같지만 나는 스카이가 그러지 않았음을 잘 안다. 스카이는 타일러에게 많은 감정을 느꼈다. 의리, 헌신, 동정, 돌봄, 자부심과 같은 감정을 말이다. 하지만 그렇다 해도 타일러를 사랑하지는 않았다. 다만 아주 오랜 시간 동안 타일러를 사랑하는 척했을 뿐이다.

"스카이는 보석 같은 사람이었어요. 이제 궁금증이 좀 풀렸나요? 핼리 양은 스카이를 가슴 속으로 느낄 수 있으니 내가 하는 말이 무슨 뜻인지 너무 잘 알 것 같아요."

타일러가 말했다.

나는 바닷물을 바라보았다. 수평선 언저리에서 페리 한 척이 작은 섬들 사이를 지나오고 있었다. 저 배가 나를 보스턴으로 데려다줄 것이다. 시간이 별로 없다.

"신문 기사와 같은 요약 감사해요. 지금까지 해주신 말은 「글로브」지의 부고란에 실어도 손색이 없겠어요. 하지만 나는 진짜 이야기를 원해요."

타일러가 인상을 찡그렸다.

"무슨 말이에요?"

"스카이는 스스로 목숨을 끊었잖아요. 내가 모를 거로 생각했나요? 수년 동안 스카이 안에는 무언가가 있었어요. 스카이가 해결할 수 없는 무언가가요."

"핼리 양, 나는…."

나는 타일러의 말을 끊었다.

"내가 무슨 말을 하는지 그만 모르는 척하세요."

타일러는 해시를 갈매기들에게 더 던져주면서 더욱 차분한 목소리로 입을 열었다.

"사바나 이야기군요."

"맞아요, 사바나. 스카이가 앤드류의 연구실에 갔을 때 스카이는 언니 생각을 했어요. 모든 일의 핵심이라고 생각해요. 사바나에게 무슨 일이 있었는지 말해주세요. 그때 그 살인 사건에 대해서요."

23

"왜 이렇게 사바나의 죽음에 관심을 가지는지 잘 모르겠습니다. 어쨌든 아주 끔찍하고 비극적인 일이었지요. 하지만 스카이와는 아무런 상관이 없는 일이었어요. 그날 밤, 스카이는 저택에 있는 자기 침실에 있었어요. 사바나는 자정 넘어서 산책하러 나갔다가 저택에 들어온 침입자에게 죽임을 당했어요."

타일러가 말을 이었다.

"누구였는데요?"

"이름은 엘리야에요. 컨트리클럽에서 일했지요. 보스턴에서 여름에만 잠깐 일했던 친구였어요."

나는 눈을 감았다.

'엘리야.'

"언제 그 일이 일어난 거예요?"

내가 물었다.

"7월 4일 독립기념일이요. 10년 전이죠."

타일러가 대답했다.

7월 4일이라니.

인생이 얼마나 반어적인지 생각해 본다. 7월 4일이 스카이의 인생을 바꿨다. 그리고 몇 년 후, 똑같은 날이 내 인생을 바꿨다.

"그날 무슨 일이 있었는데요?"

타일러가 머리를 저었다.

"핼리 양, 왜 이 일에 관해 묻는 거예요? 만약에 스카이가 앤드류와 있을 때 사바나 생각을 했다면 그건 사바나에게 일어난 일에 대한 단순한 후회 같은 거였을 거예요. 좀 더 가까웠다면 좋았겠다는 생각을 한 게 분명해요. 둘 간에 사이가 좋아질 새도 없이 일이 일어났으니까요. 하지만 사바나가 죽은 사건에 대해서는 밝혀지지 않은 게 없어요."

"타일러, 제발요. 그날에 대해 말해주세요."

타일러는 좌절한 듯 곱슬머리를 손으로 쓸어올렸다.

"좋아요. 그날 저택에서 아주 큰 파티가 있었어요. 매년 독립기념일마다 앤드류의 가족이 성대한 파티를 열었거든요. 아마 백여 명 남짓 있었을 거예요. 최고급 바비큐에 엄청나게 많은 마실 거리가 있었죠. 날씨도 좋았어요. 따뜻하고 맑았거든요. 모두다 파티를 즐겼어요. 어두워지고 나서는 절벽 끝에 모여서 불꽃놀이를 봤어요."

"거기에 누가 있었어요?"

"셀든 가족, 이담 가족, 그리고 그 외에 뉴포트의 여러 가족.

친구들, 대학생들이 있었죠. 정말 사람이 많았어요."

"사바나와 앤드류는 그다음 날 결혼하기로 한 거죠? 연회장이 결혼식과 리셉션을 위해 단장되어 있던데요."

타일러의 눈이 놀라움에 커졌다.

"네, 맞아요."

"그 결혼식 때문에 가족 간에 문제가 있었나요?"

타일러가 고개를 끄덕였다.

"큰 문제가 있었죠. 가족 내 역학 관계가 몇 년 동안 엄청 안 좋았거든요. 사바나는 자기 친어머니가 결혼식에 오기를 바랐지만 로셸이나 비키가 참석하는 건 아주 강력하게 반대했어요. 스카이가 사바나의 마음을 바꾸려고 애써보았지만 별 소득이 없었지요. 확실하지는 않지만, 사바나는 스카이가 결혼식에 참석하는 것도 원치 않았을 거예요. 스카이가 더 주목받을 테니까요. 사바나의 경쟁심은 그때도 여전히 아주 강했거든요."

"스카이가 신부 들러리를 하지 않았어요?"

"안 했어요. 사바나는 심지어 들러리 언급조차 하지 않았답니다. 뉴포트에 있는 사바나 친구들이 대신 들러리를 섰어요. 사실, 지금 앤드류의 부인인 카라가 사바나의 들러리였어요. 그래서 스카이가 상처를 많이 받았죠."

나는 이해를 해보려고 애썼다.

그 독립기념일 밤의 조각들이 어떻게 들어맞는지 기억해 보려고 애썼다. 하지만 내 머릿속에서 생각들은 마치 산산조각이 난 유리잔처럼 마구 흐트러질 뿐이었다.

"그날 밤에 사바나와 앤드류가 헤어진 것 아세요?"

내가 물었다.

"무슨 말이에요?"

"사바나와 앤드류는 말다툼을 했어요. 사바나는 앤드류가 스카이와 바람을 피운다고 생각했죠."

"앤드류와 스카이가요? 말도 안 돼요. 둘 사이에는 아무것도 없었어요."

"사바나는 둘 사이에 뭔가 있다고 확신했어요. 아주 절망스러워했지요. 분노했고요. 결혼식을 취소했어요."

"음, 말했잖아요. 사바나는 정말 모든 것에 있어서 스카이에게 열등감을 느꼈다고요. 만약 그날 밤에 사바나가 뭔가 이상한 말을 했다면 그건 결혼식 전날 신부가 느끼는 초조함이나 설렘 때문이었을 거예요. 하지만 사바나와 앤드류는 헤어진 적이 없어요. 만약 그랬다면 앤드류가 나에게 말했겠죠. 게다가 사바나는 정말 미친 듯이 앤드류를 좋아했어요. 앤드류의 부인이 되겠다고 어렸을 때부터 말하곤 했죠. 사바나가 결혼식을 취소했을 리가 없어요."

나는 타일러가 틀렸다는 것을 안다.

스카이는 연회장에서 말다툼하는 둘을 보았다. 분명히 그랬는데.

아니면 내가 그날 밤의 일을 잘못 기억하는 건가? 어쩌면 스카이의 마음이 자신을 보호하고 있는지도 모른다. 아니면 나에게 거짓말을 하고 있거나.

298

"살인 사건은 어떻게 된 거예요? 나한테 이야기 좀 해줘 봐요. 엘리야는 누구예요?"

엘리야의 이름을 듣고 타일러가 인상을 찌푸렸다.

"엘리야는 골프 선생님이었어요. 그해 여름에 뉴포트에 있으면서 부잣집 아이들에게 골프를 가르쳐주고 돈을 벌었죠. 스카이와 사바나 모두 엘리야에게 수업을 들었어요."

"그런데 살인 사건은 어떻게 일어난 거예요?"

"사바나가 산책하러 나갔죠. 늦은 밤이었어요. 사바나는 절벽을 향했고요. 결혼식 때문에 잠이 오지 않았던 것 같아요."

'사바나는 막 앤드류와 헤어져서 잠을 잘 수 없었을 텐데.'

나는 속으로 생각했다.

"그래서요?"

"음, 아무도 자세한 이야기는 몰라요. 사바나는 절벽 옆에서 엘리야를 우연히 맞닥뜨렸던 것 같아요. 엘리야는 골프채 하나를 놓고 온 걸 파티 후에 알았던 것 같고요. 분명한 건 둘 사이에 무슨 일이 있었던 것 같아요. 경찰은 엘리야가 사바나를 폭행하려고 했고 사바나가 저항한 흔적이 있다고 말했어요. 하지만 결국 엘리야는 자신의 골프채로 사바나를 때려서 죽였죠."

"경찰이 찾았나요? 그 골프채 말이에요."

내가 물었다.

"아니요. 하지만 경찰 말로는 엘리야가 골프채를 가지고 가서 바닷속에 던져버렸다고 해요. 그 골프채를 제외한 나머지 클럽은 엘리야의 아파트에서 발견되었죠. 그리고 사바나 머리에 난 상처와 골프채의 타입이 일치했어요."

"하지만 어떻게 엘리야인 걸 알았을까요? 엘리야가 거기에 다시 갔었다는 걸 경찰은 어떻게 안 거예요?"

"내가 엘리야를 봤거든요."

일러가 입을 굳게 닫았다.

뭐라고요? 당신이요?"

"네. 나는 그때 저택 밖에 세워놓은 차에 있었어요. 그날 술을 너무 많이 마셔서 집에 가기 전에 좀 자고 술을 깬 다음에 가려고 했죠. 그런데 무슨 소리가 나서 깼고, 어떤 흑인이 담장을 넘어 저택으로 들어가는 거예요. 엘리야였죠. 엘리야가 담장을 넘을 때 내가 헤드라이트를 켰는데, 그리고서 엘리야가 사라져 버렸어요. 다음 날 아침 사바나에 대해서 듣고서는 경찰에게 내가 본대로 이야기했죠."

"하지만 실제로 아무도 엘리야가 사바나와 같이 있는 걸 본 사람은 없는 거네요?"

"없어요. 나는 그때쯤 집으로 출발했고, 엘리야가 저택을 떠나는 걸 보지 못했어요. 다만 그때 담장을 넘는 엘리야를 말렸으면 좋았을 텐데 하는 생각을 하기는 해요. 아니면 엘리야를 따라갔던가요. 만약에 그렇게 했다면 사바나는 지금도 살아있겠죠."

"하지만 여전히 엘리야가 사바나를 죽였다고 생각하는군요."

"핼리 양, 이게 다가 아니에요. 경찰이 엘리야의 신원조회를 했어요. 청소년 폭행 기록이 있더군요. 컨트리클럽에서는 엘리야를 채용할 때 이 사실을 몰랐던 거죠. 16살 때 여자친구를 때렸다고 하더라고요."

나는 머리를 저었다. 이것 말고 분명히 뭐가 더 있는데. 나는 무언가를 놓치고 있다. 무언가를 보지 못하고 있다. 스카이는 그날 밤 밖에 있었다. 침대에서 자고 있었던 게 아니다. 스카이는 손이 온통 피로 물든 채 사바나의 시체를 내려다보고 서 있었다.

우리 엄마가 죽은 날 경찰이 레드 록에서 나를 발견했을 때 내 손이 피로 물들었던 것처럼.

나와 스카이. 자매 같다. 아니, 쌍둥이 같다.

"그래서 엘리야는 어떻게 되었어요? 체포되었나요? 감옥에 있어요?"

"아니요. 경찰이 그를 용의자로 지목했을 때 엘리야는 도망갔어요. 도망갔다고요, 핼리 양. 정상적인 무고한 사람이라면 그렇게 행동했겠어요? 경찰은 엘리야를 코네티컷주 경계에서 멀지 않은 I-95 고속도로 위에서 잡았어요. 굉장한 속도의 추격전이었고 엘리야의 차가 중심을 잃고 굴렀지요. 그 사고로 엘리야는 죽었어요."

"살인 사건이 있고 얼마 만인가요?"

"하루도 채 안 되었어요. 24시간 이내였으니까요."

"그래서 그게 끝이에요? 경찰이 사건을 종결했나요?"

"그럼 뭘 더 할 수 있을 거라고 생각해요? 용의자가 밝혀졌고, 죽었어요. 엘리야는 폭행 전과도 있어요. 사바나가 살해당한 바로 그 시간에 현장에 있었고요. 살해 도구는 엘리야의 소유였어요. 경찰이 체포하려고 할 때 엘리야는 도망쳤어요."

"당신이 본 게 엘리야 맞아요? 잘못 보았을 수도 있잖아요."

"아주 확실해요."

"혹시 스카이도 봤어요? 스카이도 나와 있던가요?"

"아니요. 말했듯이 스카이는 파티 후 자기 침실에 돌아갔어요. 다음 날 아침까지 쭉 침실에 있어서 심지어 살인 사건이 일어난 줄도 몰랐어요."

거짓말이다. 일은 그렇게 흘러가지 않았다.

나는 그곳에 있었다. 아니, 스카이는 그곳에 있었다.

"사바나의 시체는 누가 발견했죠?"

내가 물었다.

"앤드류요. 다음 날 아침에 조깅 하러 나갔다가 절벽 옆에서 사바나를 발견했죠. 앤드류 인생 최악의 날이었어요. 결혼식 날이었는데, 결혼식은커녕 자신의 약혼녀가 맞아 죽어서 마치 쓰레기처럼 버려져 있는 걸 발견했으니까요. 아주 끔찍했지요. 그 소식은 마치 산불처럼 뉴포트 전역으로 퍼졌어요."

"스카이에게 당신이 이야기했나요?"

타일러는 고개를 끄덕였다.

"스카이는 완전히 무너졌죠."

"스카이는 침실에 있었어요?"

"네, 그 사건 이후 며칠 동안 방에서 거의 나오지 않았어요."

나는 조금 망설이면서 말을 꺼냈다.

"혹시 스카이의 방에 갔을 때… 스카이가 짐을 싸고 있지는 않던가요?"

"짐이라뇨? 무슨 말이죠?"

"스카이의 방에서 혹시 여행 가방을 본 적 있어요?"

"핼리 양, 무슨 말을 하는 거예요. 스카이는 아무 데도 가지 않았어요."

"아니에요, 내 생각에 스카이는 뉴포트를 떠나려고 했어요."

"말도 안 돼요. 왜 그랬을까요?"

"나도 잘 모르겠어요. 하지만 짐을 싸던 건 기억나요. 며칠 후면 영원히 떠날 거라고 생각했던 것도 기억나요."

타일러는 나를 과학자의 눈으로 다시 관찰하기 시작했다. 실험용 쥐가 예상치 못한 방향으로 움직인다.

"핼리 양, 그런 일은 일어나지 않았어요. 핼리 양의 두뇌가 스카이의 기억을 처리하면서 뭔가 오류가 있었던 게 분명해요. 아니면 스카이의 꿈을 실제 기억으로 생각했을 수도 있고요. 기억의 '이식'이 핼리 양의 머릿속에서 어떻게 작용하는지는 모르겠어요. 아직 실험 단계니까요. 하지만 기억나는 모든 걸 믿을 필요는 없을 것 같아요."

타일러의 말이 머리에서 울렸다.

'기억나는 모든 걸 믿을 필요는 없을 것 같아요.'

타일러가 맞다. 나는 무엇을 믿어야 할지 모르겠다. 도대체 어디까지가 나 자신이고 어디서부터 스카이인지 알 수 없다. 하지만 내가 보고 꿈꾼 모든 것이 너무나 생생하다. 게다가 지금까지 모든 게 사실로 판명되지 않았는가. 스카이는 나를 보스턴으로 이끌었다. 자신의 초상화로 이끌었다. 그리고 지금 스카이는 자기 언니의 죽음에 대해 알고 싶어 한다.

"스카이의 가족은요? 심포니홀의 포스터에는 스카이가 마지막 남은 셸든 가문의 사람이라고 하던데요. 부모님께는 무슨 일이 일어난 거죠?"

내가 물었다.

"사바나의 죽음은 모두를 산산이 부서뜨렸죠. 모든 상처를 다 열어젖혔어요. 사바나의 어머님은 술을 너무 많이 마셔서 1년이 채 못되어 돌아가셨고요. 아버님은 5년 전에 심장마비로 돌아가셨어요. 아버님과 로쉘 사이에는 자식이 없었기 때문에 아버님이 돌아가신 후 로쉘과 비키는 집을 나갔죠. 로쉘은 아버님으로부터 물려받은 약간의 돈으로 부티크 옷가게를 차렸고 장사가 꽤 잘 된다고 들었어요. 하지만 어쨌든 셸든 핏줄로 따지자면 그 시점에서는 스카이가 유일하게 남은 셸든 가문의 사람인 건 맞죠. 가문의 유일한 유산이라는 점도 스카이에게는 짐이 되었을 거예요."

나는 페리가 부두에 대는 걸 보았다. 승객들은 이미 내리고 있었다. 나는 가야 했기 때문에 테이블에서 일어섰지만, 마지막 질문이 하나 남아있다.

"타일러, 스카이는 대체 왜 스스로 목숨을 끊었을까요?"

타일러는 슬픈 한숨을 천천히 내쉬었다.

"그 질문에 대한 답은 할 수 없을 것 같아요. 그 누구도 알려줄 수 없을 거라고 생각해요. 스카이는 평생 우울증으로 힘들어했는데, 마침내 우울증이 이긴 게 아닌가 싶어요. 사람들의 얼굴만 봐서는 모르는 일이잖아요. 미소 속에 숨어있지요."

나는 그 말이 사실이라는 걸 잘 안다. 내 인생을 통틀어, 그리고 우리 엄마의 인생을 통해 배운 진리였다. 얼마나 많은 것을 이루었는지, 겉으로 볼 때 얼마나 행복해 보이는지는 중요하지 않다. 내면의 현실은 완전히 다르니까. 하지만 나는 여전히 타일러의 이야기에 뭔가 빠진 게 있다는 게 느껴졌다.

스카이에게 그 절벽에서 무슨 일이 있었든지 간에 7월 4일 그 밤으로 돌아가야 했다.

"스카이가 죽기 전에 사바나의 죽음을 다시 생각할 무슨 계기가 있었나요? 스카이로 하여금 언니의 죽음에 대해서 다시 생각해 볼 만한 무언가 말이에요."

내가 물었다.

타일러는 마치 대답하기를 원치 않는다는 듯 인상을 찌푸렸다. 마치 내 음모론을 더욱 키우고 싶지 않다는 듯 말이다. 대신 타일러는 100달러짜리 지폐를 밥값으로 테이블 위에 올려놓고 일어났다. 그리고는 부드러운 목소리로 말을 이었다.

"네, 사실은 그 이야기가 지난가을에 다시 논란이 되었어요."

"왜죠?"

"보스턴에서 활동하는 인권운동가들이 경찰이 범인으로 오인한 흑인을 조사해서 보고서를 내놓았거든요. 언론의 주목을 엄청나게 받았죠. 뉴잉글랜드 주변에서 일어난 사건 중에서 흑인이 재판을 받기도 전에 죽은 몇 가지 사건들을 심층 조사했어요. 그 사건 중 하나가 엘리아였습니다."

24

페리는 파도가 일렁이는 물살을 가르면서 보스턴으로 향했다.

나는 배의 2층 난간의 빈 곳에서 눈을 감고 파도에 배가 흔들릴 때 적당히 튀는 물보라를 맞고 있었다. 배의 흔들림은 너무나 자연스러워서 마치 내가 바다에서 태어나 자란 것 같았다. 나는 이곳이 고향같이 느껴지지만 내 고향인지 아니면 스카이의 고향인지 확실하지 않았다.

바다 양쪽으로 마치 점을 박아놓은 것처럼 띄엄띄엄 섬들이 배를 둘러싸고 있었다. 내 머릿속에서 이미 나는 이 섬들의 이름을 다 알고 있었다. 레인스포드 아일랜드. 조지스 아일랜드. 갤럽스 아일랜드. 섬 대부분이 개발되지 않아서 공원과 녹색 언덕밖에 보이지 않았다. 물론 간간이 등대나 오래된 요새가 있기도 했다. 저 멀리 수평선쯤에 나무 사이로 자리를 잡은 작은 집이 보였다. 저런 곳에서 살면 어떤 기분일까 생각해 본다. 현관문을 열고 나가면 반경 수천 킬로미터 내에 아무것도 보이지 않는 그런 곳 말이다. 기회가 된다면 그렇게 살아보는 나를 꿈꾼다.

나는 또한 스카이에 대해서도 생각한다. 내 머릿속에 남은 환영이 아닌 진짜 여성으로서의 스카이를 말이다. 돈과 자신감과 우아함, 그리고 누구든 보자마자 좋아하게 만드는 매력이 있는 스카이. 나는 이 중 어떤 자질도 갖추지 못했다. 우리는 극과 극의 유형이지만 나는 묘하게 스카이와 동질감을 느끼기 시작했다. 어쩌면 누군가의 가장 사적인 생각을 공유하는 데서 오는 친밀함이 아닐까 생각해 본다. 우리가 한 번도 만나보지 못한 것은 슬픈 일이다. 만약 만날 수 있었다면 우리는 친구가 되었을 것이다. 희한하게도 나는 내 인생의 그 누구보다 스카이가 가까운 것처럼 느껴졌다.

보스턴까지의 뱃길은 그리 멀지 않아서 심지어 30분도 채 되지 않았다. 그날 오후 나와 같이 페리에 탄 사람은 열댓 명 남짓이었다. 대부분이 내가 있는 2층 데크에 모여 바닷바람을 즐기고 있었다. 나와 가장 가까이 있던 우비를 입은 중년 여성은 챙이 넓은 모자를 쓰고 한 손으로는 모자가 날아가지 않도록 머리를 잡고 있었다. 나이가 좀 있어 보이는 두 중년의 부부는 배를 따라오는 바닷새에게 빵을 뜯어주었다. 어린아이들 세 명이 서로를 잡으러 선수에서 선미까지 뛰어다녔고 아이들의 아버지가 아이들을 말렸지만 소용없었다.

그 외에는 펄럭이는 미국 깃발 근처에 서 있는 남자가 보였다. 보스턴에 온 이후 미행당한다는 느낌을 받지 못했는데 다시 그 공포가 스멀스멀 올라왔다. 바로 그 남자가 아까 난파선에서 나와 타일러가 앉은 곳에서 몇 테이블 떨어진 데 앉아서 커피를 마시고 팬케이크를 먹고 있었다. 생각해 보니 저번에 MIT 근처 카페인 애어리어 4에서 앤드류를 만났을 때도 이 남자를 본 것 같다.

남자는 40대 중간 키에 살짝 살집이 있었다. 머리숱이 많았고, 희끗희끗하게 흰머리가 보이는 검은 머리가 귀를 덮을 정도로 길었다. 남자는 검은색 터틀넥 위에 소매가 없는 파란색 플리스 점퍼를 입고 청바지에 긴 부츠를 신었다. 한 손으로 핸드폰을 쥐고는 엄지손가락으로 핸드폰 화면을 스크롤하고 있었다. 남자는 나를 직접 쳐다보기는커녕 오히려 핸드폰에 집중하고 있었다. 하지만 왜인지 나는 그 사람이 내 사진을 찍는 것 같은 직관적인 인상을 받았다.

남자는 그곳에서 오래 머물지 않았다. 몇 분이 지나자 남자는 핸드폰을 다시 주머니 속에 넣었다. 바람에 날린 머리를 정리하더니 계단으로 페리의 아래층으로 내려가 내 쪽은 보지도 않고 사라져 버렸다. 내가 잘못 봤을 수도 있지만 나는 그렇게 생각하지 않는다.

몇 분 후, 우리 배는 보스턴의 주요 해협을 건넜고 도시의 스카이라인이 점점 가까워져 왔다. 오른쪽으로는 거버너스 아일랜드를 가로질러 로간 공항의 활주로가 펼쳐져 있었다. 우리는 롱 워프에 정박했고 나는 사람들이 거의 다 배를 나갈 때까지 2층에 머물렀다. 그리고 사람들이 다 빠질 즈음 마침내 아래층으로 내려와서 통로를 지났다. 앤드류가 사람을 시켜서 내 차를 MIT 주차장에서 이곳으로 가져다주기로 했다. 내 차를 막 찾으려고 하는데 어떤 남자가 뒤에서 내 어깨를 세게 치는 바람에 거의 넘어질 뻔했다. 남자는 사과도 없이 나를 지나쳐 가버렸고 내가 정신을 차렸을 때 그 사람은 이미 페리에서 나간 승객들 무리에 섞여 저 앞으로 가버리고 없었다.

페리에 타고 있던 그 남자였다.

남자는 뒤도 돌아보지 않고 가버렸지만 나는 이 충돌이 우연이 아니라는 걸 잘 알았다.

나는 잽싸게 내 지갑이 손가방에 잘 있는지 확인했는데, 아무 이상이 없었다. 다음으로 나는 혹시 그 사람이 추적 장치 같은 것을 나에게 달아놓지 않았는지 찾아보았는데, 추적 장치 대신 내가 발견한 것은 내 뒷주머니에 들어있는 비자 직불 카드였다.

카드에는 두꺼운 종이를 작게 접은 조각이 꽂혀 있었다. 페리의 그 남자는 연락책이었던 모양이다.

종이를 열자 단정한 손글씨가 눈에 들어왔다.

핼리 에버스 양,
만나서 핼리 양의 미래에 관해 이야기하고 싶습니다.
'블루'에서 9시에 만날까요?
동봉한 기프트카드는 작은 성의 표시입니다. 카드에 들어있는 돈은 핼리 양에게 드리는 선물로 10,000달러입니다.
폴 템플

좋아, 좋아.

나는 폴 템플을 만나본 적은 없지만, 그 명성으로 익히 그가 누구인지 알고 있다. 의료기기 산업에 종사하는 사람이라면 누구나 그럴 것이다. 의료기기 신생 회사에 투자하는 뉴욕의 벤처 캐피탈 회사인 템플 펀즈의 설립 멤버. 내가 죽었다 살아난 그라스베이거스의 파티 역시 템플 펀즈에서 후원한 것이다.

나는 템플이 나를 만나기를 원한다는 것과 나를 보기 위해서 이렇게 많은 돈을 기꺼이 내어놓는다는 점이 상당히 인상 깊었다. 하지만 템플이 말하는 내 미래가 내 홍보 커리어와 전혀 상관이 없다는 걸 나는 잘 알고 있다. 앤드류 이담이 나에게 한 일을 어쨌건 알고 있는 것이다.

다른 사람들과 마찬가지로 폴 템플 역시 내 머릿속에 있는 것을 좇고 있다.

* * *

폴 템플을 만날 작정이냐고? 당연하다.

하지만 블루에서의 저녁 식사까지는 아직 몇 시간이 남아 있으니 나는 그동안 사바나 셀든의 죽음에 대해서 내가 찾을 수 있는 한 많은 것을 찾아보기로 했다.

엘리야의 죽음을 언론에 알린 인권운동가 모임에서부터 시작해 보기로 했다. 모임은 하이드 스퀘어 근처의 상점에 있었다. 내 차를 찾은 후 항구의 도심 쪽으로 가보기로 했다. 모임의 본

부로 되어있는 초라한 작은 상점은 여러 모임의 본부 역할을 하는 동시에 중고 서적, 대마 티셔츠, 그리고 평화와 정의에 대한 화려한 색깔의 포스터를 팔았다. 회의 장소는 가게의 뒤편에 있는지 스피커에서 집세 제한에 대해 맹렬히 비난하면서 대중을 선동하는 소리를 들을 수 있었다.

갈색 포니테일을 한 남자 자원자가 계산대에 있었다. 남자 옆에는 가게에서 키우는 듯한 치즈색 고양이가 있었지만 내가 와도 잠에서 깨지 않았다. 정보를 얻으려면 무엇인가를 사는 게 좋겠다는 생각에 나는 대마초 요리책을 집어 들었다. 이 공간에서 나는 냄새로 볼 때 이 사람들은 이 분야의 전문가일 거라는 생각이 들었다. 남자에게 작년에 세간을 떠들썩하게 했던 범죄 조사에 관해 물어보자 남자는 낡은 초록색 소파에서 노트북을 두드리고 있는 흑인 여자를 가리켰다.

여자는 기껏해야 갓 대학을 졸업했을 정도로 어려 보였고, 실제로 어렸다. 내가 인사를 하자 여자는 자신의 이름이 휘트니 벨이며 매사추세츠 대학교 4학년으로 사회심리학을 전공한다고 소개했다. 휘트니는 키가 작고 말라서 다리를 쭉 뻗어도 소파를 벗어나지 않을 정도였다. 찢어진 청바지를 입고 '정의가 없으면, 평화도 없다'라고 쓰인 티셔츠를 입고 있었다. 전형적인 흑인 레게머리를 하고 이마에는 무지개색 스카프를 두르고 있었다. 입은 기본적으로 웃지 않는 모양인 것 같았고, 내가 범죄 조사에 대해 언급하자 검은 눈으로 나를 수상쩍게 바라보았다.

"기자세요? 언론에서 주로 다룰 법한 질문들은 제 인스타그램

계정을 보시면 되거든요."

휘트니가 말했다.

나는 휘트니의 발치 쪽으로 소파의 다른 한 편에 몸을 구겨 넣어 앉았다. 휘트니의 발톱은 빨간색으로 단정하게 페디큐어가 칠해져 있었다.

"아니에요, 기자 아닙니다. 보고서에서 언급한 사건 중 하나에 관심이 있어서요."

"왜요?"

나는 어떻게 말할지를 잠시 생각했다.

"보고서에서 주장하는 바가 옳다고 생각하기 때문에요. 경찰은 주요 용의자라고 했지만, 그 사람이 일을 저지르지 않았다고 확신해요."

"근데 그게 당신과 무슨 상관이에요?"

"피해자의 가족 중 한 명과 관계가 있어요. 지난겨울에 그분이 스스로 목숨을 끊었거든요. 그분 언니의 죽음과 연관이 있는 것 같아요. 그래서 정말 무슨 일이 있었던 건지 확인해 보고 싶었어요."

최소한 부분적으로는 사실이다.

하지만 휘트니의 태도는 변하지 않았다.

"그 사건이 무엇이죠?"

"사바나 셸든이요. 그리고 골프 선생님이었던 엘리야…."

"아, 잘 아는 사건이네요."

휘트니가 내 말을 끊고 들어왔다.

휘트니는 노트북을 내려놓고 소파에서 내려와 두 발로 섰다.

"하루도 채 지나지 않아서 경찰은 흑인이 범인이라고 지명하고 사건에서 손을 뗐죠. 뉴포트에 사는 부자들에게는 그편이 진짜 누가 그 일을 저질렀는지 자기네들 내부를 수사하는 것보다 훨씬 더 안전하다고 느꼈을 거예요. 뭐하러 완벽한 파라다이스를 들쑤셔 놓겠어요?"

"엘리야에게 전과 기록이 있다고 들었는데요."

"16살 때 일이에요. 경찰에게 죽임을 당했을 때 31살이었고요. 그 사이에 아무 일도 없었어요."

"경찰이 엘리야를 용의자로 지목했을 때 도망갔다면서요."

"당연하죠. 경찰이 흑인을 어떻게 대하는지 잘 아니까 그런 거예요. 보세요. 엘리야가 그 살인 사건에 연루되었다는 유일한 증거는 증인 한 명의 증언뿐이었어요. 백인 남자가 차에서 자다가 깨서 엘리야가 담장을 넘어가는 걸 봤다고 했죠. 그게 다였어요. 다른 증인도 없었고, 또 다른 증거도 없었어요. 경찰이 하다 못해 그 백인 남자의 차를 수색이라도 했을까요? 그 남자에게는 여자를 죽일 동기가 없는지 확인이라도 해봤을까요? 제가 정답을 말해드리죠. 전혀 시도도 하지 않았습니다."

"그럼 당신은 타일러 레예스가 사바나를 죽였다고 생각하는 건가요?"

"내 말은 타일러도 그곳에 있었다는 거예요. 엘리야처럼요. 하지만 그중 한 명만 용의자가 되었어요. 왜 그렇게 되었는지 유추하는 건 어렵지 않죠. 나에게 물어보니 하는 말인데, 경찰은 당

연히 없어진 골프채에 대해서 타일러의 차 트렁크도 살펴봤어
야 해요."

"어떻게 그렇게 잘 알아요?"

나는 머리를 주억거리며 물었다.

"엘리야가 무슨 일이 있었는지 그날 자기 형에게 다 말했으니
까요."

"형도 뉴포트에 있어요?"

내가 물었다.

"네. 그 둘이 아파트를 같이 쓰기로 했어요. 엘리야는 자기 골
프채를 찾으러 갔다가 절벽 옆에서 맞아 죽어있는 그 여자를 발
견한 거죠. 심지어 자기 골프채로요. 앞으로 일이 어떻게 전개될
지 엘리야는 잘 알았어요. 그래서 완전히 정신이 나가서 그 자리
를 빠져나온 거죠. 엘리야는 형에게 앞으로 끔찍한 일이 일어날
것 같다고 말했어요. 그러고 나서 도망간 거죠. 형은 엘리야의
말을 경찰에게 모두 전했지만, 경찰은 들으려고 하지 않았어요.
경찰은 이미 자기네가 원하는 스토리가 있었으니까요. 흑인 남
자가 무고한 백인 여자를 죽였다. 뭐 그런 거죠."

눈을 감으니 땅에 놓여 있는 골프채가 보였다.

내 손은 온통 피로 물들어 있다.

"엘리야가 절벽에서 누구 본 사람 있대요? 실제로 누가 사바
나를 죽였는지 혹시 엘리야가 알지 않았을까요?"

휘트니는 머리를 저었다.

"그 형에게 가서 직접 물어보는 게 좋을 것 같아요. 나에게 말

314

한 건 엘리야가 살인을 저지르지 않았다는 것뿐이었어요. 그 외의 문제에 대해서는 별로 말하고 싶지 않아하더라고요. 괜히 긁어 부스럼 만드는 것 같아서 그만두었어요."

"왜 그렇게 생각했어요?"

내가 물었다.

"잘 모르겠지만 자기가 하는 사업에 별로 좋은 영향을 주는 것 같지 않다고 생각하는 것 같았어요. 지금은 예술가고 백인들이 주로 모여 사는 비콘 힐에서 아주 잘나가고 있거든요. 바닷가에 스튜디오가 있어요. 이름은 마이런 글래스."

25

"마음을 바꿔서 나에게 당신을 그려달라고 하려는 거죠, 핼리 에버스?"

내가 부두에 있는 스튜디오로 돌아가자 마이런이 물었다.

흐린 빛 아래 마이런은 나에게 다가왔고 내 앞에 너무 가까이 선 나머지 거의 얼굴이 맞닿을 정도였다. 마이런은 느슨한 하얀색 긴 셔츠를 입었는데 단추를 잠그지 않았고 그 아래로는 트렁크 팬티 외에 아무것도 입지 않았다. 맨발에 손가락에는 물감이 무지개색으로 묻어 있었다. 나를 보는 마이런의 눈길에 나는 마치 아무것도 입지 않고 서 있는 것 같은 느낌이 들었고, 이 남자라면 나의 누드 초상화를 그린다 해도 상관없을 것 같다는 생각이 들었다. 마이런의 눈은 내 마음을 다 알고 있다고 말하는 듯했다.

나는 평정심을 유지하려고 애썼다.

"아니요. 그런데 우리가 전에 이야기를 나눴을 때 몇 가지를 빼고 말씀하셨더라고요."

"그래요? 이야기 안 한 게 뭐가 있지?"

마이런이 물었다.

"엘리야요."

마이런의 표정이 어두워졌다.

"왜 엘리야가 당신과 상관이 있는지 잘 모르겠네요. 엘리야와 관련된 일이 대체 무슨 상관인지도 모르겠고."

"내 책이요."

내가 말했다.

"아하, 스카이에 대한 당신의 책이요. 다만 우리는 둘 다 책 따위는 없다는 걸 잘 알고 있죠. 그런데 어쨌든 왜 그러는 거요?"

나는 마이런에게 진실을 말할까도 생각해 보았지만 마이런이 진실을 믿을 것 같지 않아서 강압적으로 질문을 밀어붙이기로 했다.

"이봐요. 내가 당신과 이야기하고 싶은 건 당신이 스카이를 그렸기 때문이에요. 마치 초상화를 그리는 일이 유일하게 스카이를 아는 방법인 것처럼 말하지 않았나요. 그런데 어쩌다가 당신의 동생이 스카이의 언니를 살해한 혐의로 경찰에게 쫓겼다는 걸 알게 되었어요."

마이런이 슬프게 고개를 저었다.

"엘리야는 사바나를 죽이지 않았어요."

"그렇다면 누가 진짜 사바나를 죽였는지 알고 싶어요."

"대체 왜요?"

"내 책 때문에요."

나는 다시 한번 이야기했지만 이제 이 거짓말은 더 이상 통하지 않는 것 같다.

마이런은 사람의 속을 꿰뚫어 보는 듯한 눈으로 나를 가만히 쳐다보았다. 혹시 나를 내쫓지 않을까 걱정했는데 오히려 그 대신 마이런은 스튜디오 벽 쪽으로 걸어갔다. 벽에는 나무 선반 위에 보스 블루투스 스피커가 놓여 있었다. 핸드폰을 몇 번 두드려서 음악을 재생했고 나는 음악이 나오는 즉시 그 곡이 무엇인지 알았다. 사막을 건너서 보스턴으로 오는 길에 차에서 들은 바로 그 곡. 라흐마니노프 피아노 콘체르토 3번이다.

"이 곡을 알아요?"

"네. 알아요."

나는 속삭이듯 말했다. 음악이 내 가슴 속에서 쿵쿵 울리면서 내 목소리가 거의 들리지 않았다.

"이 곡은 스카이의 대표곡이에요. 그 누구도 라흐마니노프 3번을 스카이만큼 연주할 수 없죠. 판도라의 이 사람이 비슷하게 하기는 하지만 스카이와 완전히 같지는 않아요."

음악 때문에 마이런이 하는 말에 집중하는 게 어려웠다. 음악이 나를 사로잡았다. 마치 구름처럼 내 주변을 감쌌다. 내 손가락이 움찔했다. 나는 눈을 감았고 멜로디의 고저에 따라 몸이 격렬하게 움직였다. 음을 느낄 수 있었고, 내 심장이 점점 빨리 뛰는 것을 느낄 수 있었다. 허공에다 대고 피아노를 연주하지 않기 위해 나는 내 모든 의지를 사용해야 했다.

내가 눈을 떴을 때, 마이런은 전보다 훨씬 더 가까이서 나를 지켜보고 있었고 그의 눈은 호기심으로 가늘어져 있었다. 나는 날카로운 것으로 찌르는 듯이 갑자기 당황스러워졌다. 고개를 숙이고는 스튜디오의 가운데에 있는, 모델이 앉는 의자로 걸어가서 무릎을 어색하게 구겨 넣은 채 자리에 앉았다. 그러자 마이런은 또 다른 의자를 찾아서 내 앞으로 의자를 질질 끌고 왔다. 마이런은 의자를 돌려서 이마가 의자의 등에 오도록 앉았다. 우리는 불과 몇 센티미터 떨어져 있을 뿐이다.

"당신이 나에게서 원하는 게 정확하게 뭐요, 핼리 에버스 양?"

"엘리야에 대해서 말해주세요."

내가 말했다.

"이미 말하지 않았나요. 엘리야는 아무도 죽이지 않았다고."

"하지만 그날 밤 그곳에 있었잖아요."

"그래서?"

마이런이 어깨를 으쓱했다.

"무엇을 보았다고 하던가요?"

"아무것도 못 봤어요."

마이런의 몸에서 풍기는 머스크 향이 우리 사이를 은은하게 흘렀다.

"아무것도 못 봤다고요?"

나는 잠시 말을 멈추었다 다시 입을 열었다.

"사람도 아무도 못 봤다고 하던가요?"

"엘리야가 시체를 찾았어요. 그게 다예요. 사바나는 엘리야의 골프채로 맞아서 곤죽이 된 채 절벽 근처에 쓰러져있었고요. 그 후에 타일러 레예스는 엘리야가 담장 넘는 모습을 봤죠. 내 동생은 바보가 아니었어요. 경찰이 자기를 추적할 걸 알았고, 실제로 내 동생의 직감이 맞았고. 다른 많은 사람이 살인 동기가 있었는데도 경찰은 신경 쓰지 않았고요."

"예를 들면요?"

"명단을 만들어 봐요. 타일러도 그중 하나니까."

마이런이 다시 어깨를 으쓱했다.

"타일러가 왜 사바나에게 해를 가하고 싶었을까요?"

"그건 타일러에게 직접 물어보세요. 나한테가 아니라."

"마이런, 제발요. 타일러에게 뭔가가 있다면 그게 무엇인지 내가 꼭 알아야 해요."

마이런이 숨을 내쉬자 그 숨결이 마치 가벼운 바람처럼 내 얼굴에 불어왔다.

"사바나가 타일러에 대한 비밀을 알고 있었어요. 타일러는 그때쯤 회사를 창업했고, 앤드류의 아버지가 주요 투자자 중 한 명이었고요. 앤드류의 아버지가 누구인지는 알아요?"

"이름이 존 데이비드 이담이라는 걸 알고 있어요. 하지만 그게 다예요."

"오호, 그렇군. 존 데이비드 이담은 제1순회항소법원의 판사였어요. 그런데 당시 그 사람은 대법관 자리에 인준된 상태였지. 그런데 타일러가 한 컨트리클럽에서 앤드류의 아버지가 핼러윈 파티 때 흑인 분장을 하고 다녔다고 떠벌리는 걸 사바나가 들은 거요. 누군가 그걸 듣고 언론에 흘렸고 대법관 인준은 난항을 겪었어요. 만약 타일러가 대법관 자리를 날린 장본인이라는 걸 알았어도 타일러의 회사에 수백만 달러를 투자했을까?"

마이런이 설명했다.

"그 일에 대해서 당신은 어떻게 알았죠?"

내가 물었다.

"엘리야가 그 클럽에서 일했어요. 사바나와 타일러가 그 일로 말다툼하는 걸 들었다고 했지. 사바나는 그 일을 앤드류에게 말하겠다고 협박했소."

"정말 협박을 했나요?"

"못하게 됐지. 골프채로 맞아 죽었으니까."

"음, 이 이야기를 경찰에게 했어요?"

마이런은 마치 내가 바보라는 듯한 눈으로 나를 쳐다보았다.

"물론이오. 하지만 말을 한들 그걸 어떻게 증명하겠어요? 경찰이 내 말을 믿었을 거로 생각해요? 무슨 말을 하든 경찰 귀에는 동생의 결백을 증명하려고 애를 쓰는 흑인의 말일 뿐이지."

무슨 말을 해야 좋을지 모르겠다. 머리를 세차게 흔들었다.

"그러니까 내 말은 타일러만 살인 동기가 있었던 게 아니라는 거예요. 말했잖아요. 명단을 만들어보라고."

"또 누가 있을까요?"

"앤드류 이담도 동기가 있지. 앤드류 이담은 항상 이성적이고 모든 감정을 잘 통제하는 것처럼 행동하지만 실제로는 성격이 아주 불같은 사람이에요. 앤드류가 화가 나서 쏘아붙이는 걸 보면 다시는 꼴도 보고 싶지 않을 지경이라고요. 앤드류는 골프 수업 때 엘리야가 사바나와 가깝게 지내는 걸 아주 싫어했어요. 그래서 한 번은 발칵 뒤집혔고, 앤드류가 내 동생의 턱을 주먹으로 날려버렸어요. 웃기지도 않는 일이지. 힘으로 치면 엘리야가 당장 앤드류를 때려눕힐 수 있었으니까. 하지만 엘리야는 분노를 잘 참았죠."

"사바나가 죽기 전에 앤드류와의 약혼을 깼어요."

내가 중얼거렸다.

"알고 있어요. 그러니 앤드류가 완전히 이성을 잃을 정도로 화가 난 것도 당연하지."

"잠깐만요. 그런데 그걸 어떻게 알았죠? 어떻게 그 둘이 깨어진 걸 알고 있어요? 엘리야는 그 자리에 없었는데요."

나는 몸을 앞으로 기대었다.

"그건 당신도 마찬가지일 텐데."

마이런이 입꼬리를 슬며시 올리면서 미소를 지었다.

"나는… 나는, 그러니까 앤드류와 이야기했어요. 앤드류가 말해주었고요."

나는 거짓말을 했다.

"그럴 가능성은 아주 낮아요, 핼리 에버스. 지금까지 앤드류가 그런 일을 인정하는 건 본 적이 없어요. 당신에게 말해준 그 사람이 나에게도 말해준 거요. 하지만 그게 어떻게 가능한지는 나도 잘 모르겠네."

"스카이가 말해주었군요."

내가 말했다.

"그래요."

"그렇다면 스카이는요? 스카이도 동기가 있었을까요?"

나는 부드럽게 말을 이었다.

"파면 팔수록 누구나 동기가 있어요. 그런데 그게 지금 무슨 소용이에요? 둘 다 죽은 사람인데."

"그래도 말해주세요."

마이런은 한숨을 쉬면서 이야기를 시작했다.

"스카이는 사랑에 빠져있었어요. 그 대상은 타일러 레예스가 물론 아니었지. 만약 사바나가 그 사실을 알게 된다면 사바나는 둘을 갈라놓으려고 무슨 짓이라도 했을 거요."

"그게 누군데요? 앤드류인가요?"

"말하지 않았어요. 이제는 아무 상관이 없다고. 당신도 그냥 잊어버려요."

"마이런, 대체 누구였어요?"

바로 그때, 내 눈이 커지면서 내 머릿속에서는 골프채를 쥔 내 손을 감싸고 있는 손이 생각났다.

"아, 맙소사, 엘리야였군요. 스카이는 엘리야랑 잔 거예요. 엘리야와 도망갈 계획을 세웠고 사바나가 그걸 제지하려고 했어요. 맞지요? 그 문제로 스카이와 사바나가 싸웠나요?"

마이런의 얼굴에 괴로운 표정이 역력했다.

"아니, 틀렸어요. 엘리야가 아니에요."

"그럼 대체 누구예요?"

정신없이 혼란스러웠지만, 그 즉시 나는 알았다. 내 몸이 느끼는 감정 때문에, 이 남자를 향한 나의 욕망 때문에 알게 되었다. 이렇게 강하게 끌린 건 단순히 내 감정이 아니었다. 스카이의 감정이 섞여 있었다.

"당신이군요. 맙소사! 스카이는 당신을 사랑했던 거예요."

나는 속삭였다.

마이런에게 내가 맞는다는 확인을 받을 필요도 없었다.

경고도 없이 마이런은 의자를 가로질러 내 얼굴에 자신의 얼굴을 완전히 밀착했다. 마이런의 입술과 내 입술이 부드럽게, 감각적으로 만나 서로를 열었다. 내 입은 마이런에게 굶주린 듯이 격하게 반응했다. 손을 뻗어 손가락으로 마이런의 머리칼을, 그 다음에는 목을 더듬었다. 마이런이 좋아하는 게 뭔지 알고 있었다. 마이런이 원하는 게 뭔지 알고 있었다. 키스하는 동안 나는 마이런의 몸 위에서 부드럽게 피아노를 연주했다.

내 손길이 느껴지자 마이런은 몸을 휙 뗐다.

"망할."

"나는…."

"그들이 대체 당신에게 무슨 짓을 한 거죠?"

내가 더 말을 하기도 전에 마이런이 조용히 내뱉었다.

"누가요?"

"누군지 알잖아요. 타일러 레예스와 앤드류 이담. 그들이 대체 당신에게 무슨 짓을 한 건가요, 핼리 에버스? 내가 모를 거로 생각했어요? 당신은 스카이네요."

* * *

우리는 스튜디오 벽에 등을 대고 나란히 앉았다. 마이런이 창문을 살짝 열자 생선비린내가 가득한 소금기 있는 바닷바람이 불고 갈매기 소리가 들렸다. 마이런은 샘 애덤스 썸머 에일 두 병을 열었고, 우리는 마치 약속이라도 한 듯 맥주를 꿀꺽꿀꺽 마셨다. 우리는 바싹 붙어 앉아 있어서 궁둥이가 닿을 정도였다. 하지만 마이런은 나에게 다시 키스하지 않았다. 비록 내 안에서는 마이런이 그래 주기를 바랐지만 말이다. 이제는 내 쪽을 보고 싶어 하지도 않는 것 같았다. 왠지 모를 냉정함이 느껴졌다.

나는 그동안 있었던 일을 모두 마이런에게 이야기했다. 놀랍게도 마이런은 내 말을 다 믿었다. 스카이가 이미 앤드류의 실험실에서 있었던 일을 말한 뒤여서인지 내 머릿속에 스카이의 기억이 들어있다는 걸 마이런은 아무렇지도 않게 받아들였다. 하지만 사실을 다 밝히고 난 뒤 우리 사이는 더 어색해졌다. 이제 나는 반은 낯선 사람, 반은 전 애인이다. 우리 둘은 누구도 서로를 어떻게 대해야 할지 몰랐다. 맥주를 마시며 스튜디오에 내리는 어두움을 가만히 바라보았다.

"그래서 엘리야가 절벽에서 스카이를 보았다고 하던가요?"

나는 낮고 조용한 목소리로 마침내 마이런에게 물어보았다.

"기억이 나지 않아요?"

마이런이 나를 쳐다보았다.

"그 부분은요. 엘리야는 기억이 안 나지만 그곳에 있었던 건 기억나요. 사바나의 시체를 본 건 기억이 나는데, 실제로 사바나에게 무슨 일이 있었는지는 기억나지 않아요."

마이런은 잠시 가만히 있다가 입을 열었다. 여전히 맥주를 마시면서 말이다.

"엘리야가 나에게, 당신이… 아니 그러니까 스카이가 절벽 근처에서 사바나를 내려다보며 서 있었다고 말해줬어요. 스카이가 골프채를 쥐고 있었고 손은 피로 물들어 있었다고 말이죠. 엘리야가 스카이에게 다가갔을 때 스카이는 초점이 없는 눈으로 엘리야를 쳐다보았다고 했소. 마치 무슨 일이 일어났는지 모른다는 듯이 말이지. 그 뒤에 스카이가 '내가 그랬어요.'라고 말을 했다고 해요."

내 머릿속에서도 똑같은 말이 들렸다.

'내가 그랬어요.'

"그럼 스카이가 저지른 일이네요?"

내가 단정적으로 말했다.

"어쩌면 그럴지도 모르지. 나도 잘 모르겠어요. 엘리야도 그렇게 말했고요. 스카이는 기억이 나지 않는다고 했고. 일종의 정신적인 해리를 겪는 것 같았어요. 잔디밭에서 깨어나 보니 사바나와 골프채가 있었다는 거지. 그게 스카이가 아는 전부였죠."

"둘 사이에 있었던 일은 전혀 기억하지 못하고요?"

"하나도 기억하지 못했어요."

"그런데 왜 스카이가 그때 밖에 있었을까요?"

"스카이가 마지막으로 기억하는 건 연회장에서 사바나와 앤드류가 말다툼을 하는 거였어요. 사바나가 앤드류와 약혼을 깨자고 하면서 불같이 화를 냈지. 스카이는 밖으로 사바나를 따라가 사바나와 이야기를 해보려고 했어요. 그런데 그러고 나서⋯ 그러니까 깨어나 보니 사바나가 죽어있었던 거지. 그리고 오래 지나지 않아 엘리야가 그곳에서 스카이를 발견했고. 스카이는 엘리야에게 자신에게서 멀어지라고, 도망가라고 말했어요. 골프채는 자기가 가지고 있었지."

"그래서 골프채는 어떻게 했나요?"

내가 물었다.

"나도 모르겠어요. 어딘가에 묻어버린 것 같아. 엘리야는 그 골프채가 사라졌다는 사실에 기뻐했어요. 엘리야의 골프채였으니 분명히 엘리야의 지문이 묻어 있을 거거든. 결국에는 상관없는 일이 되어 버렸지만요."

"당신은 어디에 있었어요?"

"엘리야의 아파트에 있었어요. 스카이와 나는 며칠 내에 뉴포트를 떠날 계획을 세웠지. 함께 도망가기로 하고요. 그런데 엘리야가 한밤중에 집에 돌아와서 무슨 일이 일어났는지를 털어놓은 거예요. 경찰이 아무래도 자기를 용의자로 지목할 것 같다고 했고, 엘리야의 말이 맞았지."

"하지만 엘리야에게는 증인이 있었잖아요. 스카이가 엘리야를 봤으니까요."

마이런의 얼굴이 어두워졌다.

"그런데 엘리야도 스카이를 보았지."

나는 마이런의 말을 이해하려고 애를 썼고 곧 무슨 말인지 이해할 수 있었다.

"그러니까, 엘리야는 스카이를 끌어들이고 싶지 않았던 거군요. 당신과 사랑에 빠져있었으니까 보호하려던 거예요."

"맞아요."

"그러면 스카이는 아무 말도 하지 않았나요? 경찰이 엘리야를 뒤쫓게 그냥 놔두었어요?"

"스카이와 이야기해 보려고 했는데, 스카이가 침실에 틀어박혀 버렸어요. 다음날 온종일 연락이 되지 않았고 나는 스카이를 보지 못했어요. 정말 아무도 보지 못했지. 스카이가 나중에, 나에게 무슨 일이 있었는지 몰랐다고 하더군. 경찰이 엘리야를 지목했는지도 몰랐어요. 스카이가 알게 됐을 때 이미 엘리야는 죽고 없었지."

"미안해요."

나는 머리를 흔들었다.

마이런이 나를 보았다. 마치 누가 사과를 하는지 모르겠다는 듯이. 나일까, 아니면 스카이일까.

"그 일 이후 우리는 헤어졌어요. 난 내 동생에게 일어난 일로 스카이를 원망했지. 솔직히 스카이도 자신을 원망했고. 그때는 우리에게 미래가 없었어요. 그러고 나서 몇 년 동안 나는 스카이를 보지도 않았어요. 나에게는 나만의 세상이, 스카이에게는 스카이의 세상이 있었으니까. 우리가 영원히 함께할 수 있을 거라는 생각 자체가 너무 순진했는지도 모르지."

"스카이는 타일러와 결혼했어요. 왜 그랬을까요? 스카이는 타일러를 사랑하지 않았는데요."

내가 말했다.

"어쩌면 자신을 스스로 벌주고 싶었는지도 모르죠. 아니면 세상이 자기에게 하기를 바라는 대로 행동했거나. 스카이는 음악에도 완전히 심취했어요. 일종의 구원이라도 되는 양 말이죠. 신문에서 스카이 소식을 보곤 했는데… 사람들은 스카이가 얼마나 스타인지를 떠들어댔지. 스카이가 보스턴 심포니 오케스트라와 연주를 할 때면 나는 꼭 티켓을 구매해서 발코니에서 스카이를 봤어요. 하지만 절대로 대기실로 찾아가지는 않았지. 스카이 인생에 내가 필요 없다고 생각했던 것 같네요."

"작년에는요? 무슨 일이 있었던 거죠?"

마이런이 맥주를 다 마시더니 몸을 일으켰다. 나도 같이 일어났다. 마이런은 스튜디오의 중앙으로 가서 모델이 앉는 의자에 앉았다. 마치 그 스스로가 전시 중인 작품처럼.

"그 보고서가 작년에 언론에 나왔어요. 엘리야의 사건이 다시 신문 헤드라인을 장식했지. 모든 사람이 그 이야기를 했어요. 만약 일이 원래 일어났던 그대로 보도가 되었다면 내가 그 여자, 그러니까 휘트니와 이야기할 일도 없었을 거예요. 나는 영원히 입을 닫고 있을 작정이었지."

"왜요?"

"죽은 사람의 뒤를 파서 좋을 건 없으니까. 그리고 내 예감이 맞았어요. 온통 안 좋은 쪽으로 왜곡된 이야기들만 가득했지."

마이런은 화가 나 있었다.

"스카이가 당신을 보러 온 건가요?"

마이런은 고개를 끄덕였다.

"한 달쯤 후던가. 스카이가 저 문으로… 마치 당신이 그랬듯이 전화도, 경고도 없이 어느 날 갑자기 걸어들어왔어요. 거의 10년 동안 내 인생에서 떠나 있던 스카이가 어느 날 갑자기 내 눈앞에 나타난 거예요. 더 이상 어리지 않았지. 우리가 같이했던 그때와 같지 않았어. 하지만 내가 기억하는 스카이보다 그때의 스카이가 훨씬 더 아름다웠어요. 훨씬 더 성숙했고. 깊이도 있었지. 항상 속이 깊은 사람이었어. 하지만 그 당시 스카이는 고통으로 가득 차 있었어요."

"스카이가 뭐라고 하던가요?"

"스카이는 그날 밤에 진짜로 어떤 일이 있었는지 절박하게 알고 싶어 했어요. 그 긴 시간이 지나도록 스카이의 귀에 들어간 이야기는 아무것도 없었지. 스카이는 심지어 여전히 기억도 하지 못했어요. 그게 스카이를 미치게 했지."

"그때가 앤드류의 실험실에서 실험한 후던가요? 기억을 백업한 것 말이에요."

마이런이 인상을 찌푸렸다.

"아니. 그렇게 할지 생각 중이라고 했어요. 물론 나는 스카이에게 하지 말라고 이야기했지. 좋은 생각이 아니라고 생각했거든. 나는 앤드류나 타일러를 믿지 않았고, 그래서 그들이 스카이의 머리에 그런 짓을 하는 걸 원치 않았어요. 하지만 스카이는 그렇게 함으로써 무언가를 알 수 있지 않을까 생각했던 거지. 감춰져 있는 게 무엇이든 그걸 끄집어내고 싶었던 거예요."

나는 마이런 근처의 의자에 앉았다.

"둘 사이는 어떻게 되었어요?"

"다시 만나기 시작했지. 최소한 잠깐은. 시간이 전혀 흐르지 않은 것 같았어. 우리는 뉴포트의 그 여름처럼 연인이 되었지. 사랑에 빠졌어. 하지만 나는 우리의 사랑이 오래지 않을 것을 알고 있었어. 스카이는 나에게 결혼 생활을 끝낼 준비가 되었다고 말했지만 그렇다고 하더라도 이혼 후에 우리가 함께 살 거라는 생각은 하지 않았으니까. 행복해지기에는 스카이 안에 있는 어두움이 너무 컸죠. 스카이는 그 어두움으로부터 계속해서 도망치고 있었지만… 내 생각에는 어두움이 잠식하는 속도가 훨씬 빨랐어요."

마이런은 손을 뻗어 내 얼굴을 쓰다듬었고 마이런의 손길에 나는 마치 녹을 것만 같았다. 마이런이 나를 쳐다볼 때 내 눈 속에서 스카이를 찾고 있다는 걸 알았다. 우리 사이가 어떻게 될지 알 수 없었다. 나에게 다시 키스할까? 나를 바닥에 눕힐까? 만약에 그렇게 한다 해도 나는 저항할 생각이 전혀 없었다. 하지만 서로의 얼굴을 바로 눈앞에 두고 가슴 아픈 시간들을 보냈다. 마이런은 의자를 밀고 일어섰다. 나는 시계를 확인하고 폴 템플과의 저녁 식사 약속에 늦었다는 것을 깨달았다.

"가야 해요."

내가 조용히 말했다.

"알겠어요. 가세요."

스튜디오 문 쪽으로 몸을 돌렸고, 그때 마이런이 나를 불렀다.

"이봐요, 혹시 내가 충고 하나 해도 될까요, 핼리 에버스?"

"물론이죠."

나는 마이런을 바라보며 가만히 기다렸다.

"그 절벽에서 무슨 일이 있었든 간에 스카이가 그 기억을 막은 데에는 이유가 있을 거예요. 종국에는 그 때문에 스카이가 죽었고요. 그 사실에 대해서 생각해 보세요, 알겠어요? 아까도 말했지만 죽은 사람의 뒤를 캐서 좋을 건 아무것도 없어요."

26

매니저가 그 식당에서 가장 좋은 테이블로 나를 안내했다. 폴 템플이니 당연한 일이지. 블루는 에퀴녹스 빌딩 4층에 있었는데, 식당의 모든 벽과 천정이 다 유리로 되어있었다. 밖을 보니 도심 건물의 불빛이 마치 수천 개의 작은 불처럼 빛났다.

내가 자리에 도착했을 때 템플은 나를 기다리고 있었다. 내가 창가 쪽 테이블에 다가가자 폴 템플이 일어났다. 악수를 청하기 위해 손을 내밀었지만, 폴 템플은 몸을 살짝 기울여 내 손에 입을 맞췄다. 상당히 유럽식이었는데, 일리가 있는 게 암스테르담에서 태어나 뉴욕의 벤처캐피털 사업에 뛰어든 사람이기 때문이다. 말할 때 약한 네덜란드 억양이 남아 있었다.

"에버스 양, 영광입니다. 함께 저녁 식사를 하게 되어 기뻐요."

내가 자리에 앉자 어디선가 웨이터가 나타나서 내 무릎에 냅킨을 둘러주었다. 우리 머리 위에서 희미하게 빛나는 조명으로 우리 테이블이 파랗게 빛났다. 폴 템플은 실버 오크 까르베네 병을 열었고, 어느새 내 앞에 와인이 가득 든 잔이 놓였다. 폴 템플은 자신의 잔을 들었고 우리는 쨍 소리를 내며 건배했다.

"정말로 제 관심을 끄는 데 성공하셨어요. 하지만 이 돈은 받지 않겠습니다, 템플 회장님."

나는 이 말을 전하며 만 달러짜리 선불카드를 테이블 저쪽으로 밀었다.

폴 템플의 한쪽 회색 눈썹이 위로 올라갔다.

"정말이에요? 선물이라고 말한 건 진심이었는데요. 어떤 조건도 없습니다."

폴 템플의 말하는 투가… 내 통장에 돈이 별로 없으므로 만 달러라면 한참을 잘 살 수 있다는 것을 아는 듯했다. 그래서 거절하는 거다. 거절하는 게 맞는지는 잘 모르겠지만, 폴 템플 역시 믿을 수 없다. 내 인생의 지금 이 시점에서 나는 아무도 믿을 수 없다.

"정말 괜찮아요. 돌려드리겠습니다."

나는 다시 한번 말했다.

"정 그러시다면 알겠습니다."

폴 템플은 전망을 감상이라도 하듯이 창문 밖을 내다보았다. 덩치가 큰 건 아니었지만 잘 손질된 검은색 정장을 입고 있는 그는 상당한 존재감이 느껴지는 사람이었다. 60대 중반 즈음 되어 보이는 폴 템플의 이마에는 곱슬거리는 흰머리가 둥글게 내려와 있어 마치 영국 변호사의 가발을 생각나게 했다. 얼굴은 날

카롭게 각이 져 있었는데, 특히 턱이 사각형으로 도드라져 보였
으며 끝이 둥근 코 또한 길고 날카로웠다. 얼굴엔 깊게 주름이
파여 있었고, 검버섯이 조금씩 올라오고 있었다. 이상하게 숱이
적은 눈썹 아래 연한 색의 눈은 반짝 빛나고 있었다.

"제가 마음대로 타파스 플래터를 주문했습니다. 가리비 요리
도요. 정말 맛있거든요. 해산물에 알레르기 반응이 없길요, 핼리
에버스 양."

폴 템플은 리더다운 자신감을 보이며 말했다.

"맛있겠어요. 그런데 그냥 핼리라고 부르셔도 괜찮습니다."

"그래요. 이름이 예쁘네요."

하지만 폴 템플은 나에게 폴이라고 불러도 된다고 하지 않아
서 나는 그냥 '템플 회장님'으로 부르기로 했다.

"말을 빙빙 돌릴 수도 있겠지만 핼리 양의 시간도 내 시간도
낭비하는 건 아닌 것 같습니다. 괜찮지요?"

폴 템플이 말을 이었다.

"저도 그편이 좋습니다."

"아주 좋아요. 자, 핼리 양, 본론으로 들어가 봅시다. 라스베이
거스에서 상당히 이례적인 일을 경험했다고요."

부인할 이유가 없었다.

"네, 사실입니다. 하지만 제가 궁금한 게 있는데, 회장님께서
는 그 사실을 어떻게 아셨나요?"

폴 템플은 입으로만 살짝 미소를 지으면서 까르베네 와인을
한 모금 마셨다.

"너무 잘난 척하는 것처럼 들리지 않았으면 좋겠는데. 내가 어떤 사람인지 또 우리 회사가 어떤 일을 하는지 알고 있지요?"

"네, 물론입니다."

"좋아요. 그렇다면 내가 투자에 성공하는 핵심도 의료기기 업계에서 내가 모은 정보의 깊이에 달려있다는 걸 잘 아실 겁니다. 업계 전반에 걸쳐 유망한 연구 프로젝트의 현 상황에 대해서 기본적으로 다 알고 있다고 말하는 편이 좀 더 정확하겠네요. 물론 히포렉스와 MIT에서 타일러 레예스와 앤드류 이담이 하는 연구 또한 내 레이더망 안에 있지요. 수년 동안 그 둘의 파트너십에 대해 계속 주시하고 있었습니다. 그와 같은 두뇌 연구에 대해 익숙하죠."

웨이터가 우리 테이블로 와서 타파스 플래터를 내려놓자 폴 템플은 잠시 말을 멈추었다. 플래터에는 잘 손질된 양고기구이가 석류 소스와 함께 있었다. 폴 템플이 하나를 집어 나이프와 포크로 조심스럽게 잘랐다. 나는 조금 대담하기로 했다. 해서 양고기구이를 뼈째 들고 두 입에 다 먹어버렸다.

"기분 나쁘시게 할 생각은 없지만 그들의 연구를 계속 주시하는 것과 저에게 일어난 일을 알고 계시는 게 어떤 관련이 있는지 모르겠습니다."

내가 말했다.

폴 템플의 회색 눈이 반짝 빛났다.

"맞는 말입니다. 음, 물론 드러내 놓고 말할 건 아니지만 기업 비밀을 모으다 보면 종종 비도덕적으로 보일 수 있는 기술이 필요하기 마련입니다."

"첩보 활동을 말하는군요."

내가 단정적으로 말했다.

이번에는 폴 템플이 큰 소리로 웃었다.

"맞아요. 그렇습니다. 나는 첩보 활동을 통해 다른 회사들을 몰래 엿보고 있어요. 그렇다고 내가 하는 일에 대해서 사과할 생각은 없습니다. 메드엑스와 같은 박람회가 열리면 우리는 보통 여러 사람을 고용합니다. 그냥 엘리베이터를 타거나 바나 수영장 주변을 어슬렁거리면서 다른 사람들의 대화를 듣게 시키지요. 과학자들은 때로 공공연한 장소에서 의외로 아주 부주의한 경우가 많답니다. 설마 누가 알아듣겠냐고 생각하는 거죠. 그런 방법으로 우리는 유용한 정보들을 싹 쓸어 모읍니다. 사실 불법이라고 할 것도 없지요. 뭐 물론 그렇게 윤리적인 방법은 아니지만요."

"그래서 저에 대해서는 뭐라고 하던가요?"

"음, 사실, 나도 그날 밤에 루프탑의 파티에 참석했어요. 아시다시피 우리가 후원했으니까요. 핼리 양에게 일어난 일을 보았고, 앤드류 이담이 당신의 목숨을 구하는 걸 보았습니다. 잘된 일이었죠. 그런데 오래지 않아 내가 고용한 스파이 중 한 명이 와서는 상당히 흥미로운 일이 동시에 일어났다고 하더군요."

나는 혹시 폴 템플이 허세를 부리는 게 아닌가 의심했다. 포커를 많이 해보지는 않았지만, 문득 실제로 나에게 무슨 일이 일어났는지는 정확히 모른 채 내가 자세한 이야기를 하도록 유도하는 게 아닐까 싶었다.

"그게 정확히 어떤 일이라고 생각하세요, 회장님?"

내가 물었다.

그러자 탬플은 우리에게서 멀리 떨어지지 않은 다른 테이블에 앉아있는 남자를 바라보았고, 나는 그 둘을 바라보았다.

"저쪽에 저 사람이 내 운전사인 데렉입니다. 데렉은 내가 어디를 가든 도청 장치가 있는지 계속해서 확인합니다. 내가 다른 사람들을 도청하듯이 다른 사람들도 나를 도청할 수 있으니까요. 그럴 수 있다고 생각해요. 결국에 판은 그렇게 돌아가니까요. 지금 데렉이 우리가 안전하다고 알려주었으니 이제 당신이 이미 알고 있는 사실을 내가 다시 한번 확인해 드리죠. 앤드류는 다른 사람의 두뇌 패턴을, 그러니까 그들이 저장한 기억을 당신의 머릿속에 복구했습니다. 그들이 수년간 연구해 온 기술이지요. 음, 그들뿐만 아니라 전 세계 여러 회사와 정부 기관에 속한 수십 명의 연구진이 그 연구를 하고 있어요. 하지만 분명한 건 히포렉스가 정말 놀라운 성과를 이루어냈다는 거죠. 자, 이제 내가 당신의 시험을 잘 통과했나요?"

"물론이요."

나는 어깨를 으쓱해 보였다.

"핼리 양이 보스턴에 있길래 나는 앤드류와 타일러가 자신들이 핼리 양에게 한 일을 자백했다고 생각했어요. 아마도 그 일은 사고였다고 말했겠죠. 글쎄요⋯. 앤드류가 다른 핸드폰을 집어들었다던가 뭐 그런 식으로 이야기하지 않았겠어요?"

나는 놀랐다. 아니, 오히려 그렇게 놀라지 않았다. 템플이 이렇게나 자세히 알고 있는 건 어쩌면 당연한 일 아닌가.

"맞습니다."

"앤드류 말을 믿어요?"

"아니요."

"똑똑하군요. 그 일은 사고가 아니었습니다."

"어떻게 그렇게 확신하시죠?"

"제 정보원은 비밀입니다. 하지만 앤드류가 사실을 인정했다고 분명하게 말할 수 있습니다."

"무슨 일을 하신 거죠? 앤드류의 호텔 방을 도청했나요?"

이어 나는 눈살을 찌푸리며 덧붙였다.

"혹시 저도 도청했나요? 저를 미행하신 건가요?"

다시 한번 템플은 아무 말도 하지 않았다. 나는 머리를 저었다. 이제 이 업계의 게임에서 일개 졸병으로 이용당하는 게 지긋지긋했다.

"좀 더 진도를 나가보죠. 그래서 이 말을 하려고 저를 보고 싶다고 하신 건가요?"

폴 템플은 하나도 서두를 게 없어 보였다.

"음, 일단 가리비 요리를 즐겨보죠, 어때요? 우리는 시간이 많지만, 요리는 따뜻할 때 먹어야 맛있으니까요."

그래서 우리는 요리를 먼저 먹어보기로 했다. 폴 템플이 장담한 대로 아주 맛있었다. 우리가 와인 한 병을 다 마실 동안 폴 템플은 내 인생, 내 배경, 우리 엄마, 그리고 내 건강에 대해서 여러 가지를 물어보았다. 예상한 대로 폴 템플은 나에 대해서 아주 잘 알고 있었다. 나의 이전 자살 시도를 알아보기 위해 내 손목을 확인할 필요도 없었다. 폴 템플은 우리 엄마의 조현병에 대해서도 아주 적절하게 공감해 주었다. 마치 토리와 같이 내 말을 잘 이해해 주었다.

디저트로 봄볼로니 컵을 즐길 때쯤 폴 템플은 마침내 오늘 만남의 본론으로 들어갔다.

"핼리 양, 지금쯤이면 이제 핼리 양의 머릿속에 얼마나 귀하고 가치 있는 과학적인 자원이 들어있는지 확실히 알게 되었을 겁니다."

"앤드류와 타일러도 똑같은 말을 하더군요."

내가 대답했다.

"당연하지요. 연구의 다음 단계를 도모하기 위해서 기억의 이동에 대해 최대한 자세하게 정보를 모으려고 애쓰고 있을 겁니다. 특히, 내가 알게 된 바로는 기억의 복구 과정이 기대했던 것보다 훨씬 더 성공적이었기 때문이지요."

"그래서요?"

"그래서 나는 핼리 양이 그들 말고 나와 일하기를 제안하는 바입니다."

"제가 왜 그래야 하죠?"

"여러 가지 이유가 있지요. 하지만 가장 큰 이유는 히포렉스가 그들을 신뢰할 만한 어떤 이유를 제시하지 않았기 때문이에요. 그들은 핼리 양의 동의나 사전 지식 없이 인권 침해의 소지가 있는 실험에 핼리 양을 끌어들였어요. 핼리 양의 정신 건강을 위험에 처하게 했죠. 이 시험의 잠재적인 결과가 어떻게 될지 모른 채 말이에요."

폴 템플이 대답했다.

"그렇다면 제가 앤드류나 타일러보다 회장님을 더 신뢰해야 하는 이유는 뭐죠?"

내가 물었다.

"그럴 필요는 없어요. 핼리 양은 핼리 양의 이익을 추구해야지요. 우선 재정적인 이익부터 생각해 봅시다. 타일러 레예스가 얼마를 제시했든 간에 그 이상을 줄 수 있어요. 거기에 더해 우리 회사는 핼리 양이 타일러와 앤드류를 고소하기 위해 변호사를 고용하는 일도 도울 겁니다. 핼리 양, 당신은 무시무시하게 부자가 될 수 있어요. 그 대가로 핼리 양이 해줄 일은 향후 몇 년간 내 투자 포트폴리오에 있는 전도유망한 연구원 몇 곳에 협조해 주는 정도입니다."

"나의 두뇌에서 어떤 일이 있는지 살펴보려는 거죠?"

"정확합니다."

나는 의자에 몸을 파묻고 생각에 잠겼다. 폴 템플이 옳다. 비록 앤드류와 타일러가 나에게 많은 것을 해주었지만 내가 그들에게 빚진 건 하나도 없다. 돈에 혹했다는 것 또한 인정한다. 그 돈이면 내가 평생 가져보지 못한 자유를 누릴 수 있을 것이다. 폴 템플의 제안을 수락할 준비가 되어있지는 않았지만, 그렇다고 단칼에 거절할 이유도 없었다. 게다가 폴 템플은 아주 매력적인 사람으로 미워하기 어려웠다.

폴 템플 또한 내가 자신의 말에 살짝 마음이 기울었다는 걸 눈치챈 것 같았다.

"후식으로 술 한 잔 더 하는 건 어떨까요, 핼리 양?"

"좋아요."

나는 미소를 지었다.

* * *

한 시간 후쯤 우리는 저녁을 끝내고 애버리 스트리트에 있는 에퀴녹스 빌딩 밖으로 나왔다. 거의 자정이 다 된 시간이었고 비가 흩뿌려지고 있었다. 폴 템플은 버버리 우비를 정장 위에 걸치더니 신사답게 나에게 자신의 커다란 우산을 건넸다. 운전사인 데렉은 우리에 앞서 서둘러 폴 템플의 차를 찾으러 갔고 우리는 한 블록 정도 보스턴 커먼 공원을 향해 걸었다. 시간이 늦어서 좁은 길에는 우리 외에 아무도 없었다. 흩뿌리는 비 사이로 도시의 음습한 냄새가 풍겼다.

나는 하이힐을 신고 있어서 폴 템플과 키가 비슷했다. 인도 위에서 구두는 또각또각 소리를 냈다. 늦은 시간임에도 차가 좀 다니는 트레몬트에 다다랐다. 길 건너에는 보스턴 커먼 공원의 나무들이 달빛 아래 은은하게 빛나고 있었다. 빗방울이 묻은 폴 템플의 하얀 머리도 달빛에 빛났다.

"오늘 함께할 수 있어서 좋았습니다, 핼리 양."

폴 템플이 나에게 말했다.

"저도 즐거웠습니다."

"선불카드에 관한 생각은 바꿀 생각이 절대로 없나요? 보스턴이 정말 쇼핑하기 좋은 곳인데 말이죠. 앞으로 우리 관계를 위한 착수금 정도로 생각해도 돼요."

"감사합니다. 하지만 괜찮습니다."

"좋아요. 핼리 양의 청렴함을 높이 삽니다."

일방통행 길의 저 북쪽 끝에서 빛나는 검은색 리무진이 커브를 부드럽게 돌아 우리 옆에 섰다. 데렉이 운전대를 잡고 있었는데, 문을 열어주기 위해 차에서 내릴 필요도 없었다. 차의 뒷문이 자동으로 딸깍하고 열렸다.

"내 제안에 대해서 생각해 봐요, 핼리 양."

템플이 차 문을 잡고 말했다.

"그럴게요."

"호텔까지 데려다줄까요?"

"아니에요. 몇 블록만 가면 되는데요. 걸어가는 편이 더 좋을 것 같습니다."

나는 우산을 돌려주려고 했으나 폴 템플이 고개를 저었다.

"가지고 가요. 숙녀가 비를 맞으면 안 되죠."

폴 템플은 웃으면서 차 쪽으로 몸을 돌렸다.

그리고 그 순간 지옥 같은 참사가 벌어졌다.

길에서의 그 순간, 시간이 아주 천천히 흘러 마치 얼음과 같이 내 기억 속에 각인되었다. 폴 템플이 자신의 리무진 옆에 서서 차의 뒷좌석에 올라타려고 몸을 살짝 구부렸다. 그리고 내가 물이 뚝뚝 떨어지는 우산을 폴 템플의 손에 건넸다.

바로 그때, 폴 템플의 머리가 날아갔다. 폴 템플의 얼굴은 피와 쏟아져나온 뇌가 엉망진창으로 섞여 붉은색으로 물들었고, 마치 천둥과 같이 큰 소리가 내 귀를 스쳤다. 나는 입을 열었으나 충격이 너무 큰 나머지 목소리가 나오지 않았다. 나는 어떻게든 몸을 움직여보려고 했지만 내 눈으로 본 것을 믿을 수 없는 채 그 자리에 얼어붙고 말았다.

나는 리무진 문 너머 저 뒤를 바라보았다. 불과 3미터가량 떨어진 곳에 어떤 남자가 서 있었다. 내가 아는 사람이다.

라스베이거스에서 만난 긴 금발의 그 남자다. 골목에서 나를 쫓아와서 내 목을 주사기로 찔러 독극물을 주입해 죽이려고 했던 그 사람이다. 남자는 정확하게 나를 겨누어 다시 한번 총을 쐈지만, 그와 동시에 리무진의 운전사 쪽 문이 활짝 열렸다. 총알은 차 문을 통과해 쉭 소리를 내며 내 머리 옆을 지나갔다. 나는 우산을 떨어뜨렸다.

그 바람에 정신이 번쩍 든 나는 미친 사람처럼 거리로 뛰어들었다. 내 하이힐은 비에 젖은 인도에서 벗겨졌고 나는 신발을 차버렸다. 트레몬트를 쏜살같이 달리던 차들은 맨발로 공원을 향해 냅다 달리는 나를 보고 끽- 소리를 내며 섰다. 나는 어깨너머로 그 남자가 차들을 이리저리 피하면서 나를 따라오는 걸 보았다. 보스턴 커먼 공원으로 들어온 나는 나무 둥치 사이를 지그재그로 통과하면서 젖은 잔디 위를 전력 질주했다. 두 방의 총알이 바로 내 옆으로 더 날아왔고, 나는 몸을 수그렸으며 넘어졌고 일어나서 다시 달렸다. 이제 남자는 거의 나를 따라잡았다. 나무도 점점 없어지고 있다. 이제 너른 잔디밭이고 달빛이 밝아 남자의 눈에 쉽게 띌 것이었다. 빗소리와 공황 상태에 빠진 나의 숨소리가 머릿속을 울렸다. 또 한 발이 바로 내 귀 옆을 지났고 총알이 너무 근접해서 지나가 나는 내가 맞은 게 틀림없다고 생각했지만 나는 계속 달렸다.

내 앞에는 공원의 경계를 나타내는 울타리가 있고, 그 앞의 찰스 스트리트에 차들이 지나다니고 있었다. 다음에는 어디로 가야 할지 도무지 정신을 차릴 수 없을 때 차 한 대가, 페라리 컨버터블이 공원 문 바로밖에 끼익하고 멈추는 게 눈에 들어왔다.

앤드류 이담이다.

"헬리, 어서, 빨리 타요!"

앤드류가 나를 향해 외쳤다.

나는 뒤를 돌아보고 정말 찰나의 순간 머뭇거리다가 이내 공원 문을 향해 다시 한번 전력으로 질주했다. 대시보드에 부딪히지 않게 머리를 두 손으로 감싸고 나는 앤드류의 차로 뛰어들었다. 앤드류가 액셀러레이터를 밟자 타이어는 끼익 소리를 내며 차는 앞으로 나갔고 우리가 공원에서 벗어날 때까지도 조수석 문은 여전히 열려있었다.

마지막 한 발이 우리 머리 위를 스쳐 지나갔지만 우리는 무사히 그 자리를 빠져나왔다.

27

앤드류는 집의 불을 모두 껐다.

그는 웨스트 케임브리지의 조용한 지역에 2층짜리 빨간 벽돌로 지은 집을 가지고 있었다. 앤드류는 거실 전면 창 앞에 서서 주변을 내다보고 있었다. 페라리를 차고에 넣고 나를 안으로 데리고 들어오는 동안 그는 아무 말도 하지 않았다. 대신 혹시 교외 지역의 풍성한 나무 사이에 숨어있을지 모르는 위협이 있는지 조용히 거리를 감시했다.

정신이 나간 건 나였다.

나는 어두움 속에서 발을 미친 듯이 동동 구르며 가만히 있지 못했다. 내 온몸이 떨렸다. 몸이 젖고 추웠으며 더러웠고, 내 손과 발에는 피가 묻어 있었으며, 눈을 감을 때마다 폴 템플의 이마가 마치 화산에서 용암이 폭발하듯 터지던 게 생각이 났다. 그 생각에 과호흡이 심해졌고 호흡이 너무 빠르고 깊어서 폐로 공기를 넣을 수 없었다. 마침내 나는 헉하고 숨을 들이쉰 채 숨을 멈췄다.

앤드류가 나의 고통을 알아차렸다. 앤드류는 창가에서 나에게 다가와 내 손을 동그랗게 모아 내 입 앞에 대어주었다.

"여기, 손에다가 숨을 쉬어 봐요. 천천히 해봐요. 숨을 들이쉴 때 몇 초간 가만히 있어 보고, 그리고 나서 한 번에 조금씩 숨을 내쉬어봐요."

나는 앤드류가 시키는 대로 했다.

잠깐 지나자 나는 벽난로 근처에 있는 안락의자에 앉을 정도로 안정이 되었다. 거실에 조명은 켜져 있지 않았지만 육중한 가구와 벽에 걸린 유화의 모습은 알아볼 수 있었다.

"그들이 그를 죽였어요."

내가 간신히 말했다.

"알고 있어요."

"나도 죽으려고 했어요."

"맞아요. 미안해요."

"경찰이요. 경찰에게 신고해야 해요."

앤드류가 창가로 돌아가 다시 길가를 살피기 시작했다.

"신고할 거예요. 내일이요. 내일 아침에 경찰을 만나러 갑시다. 하지만 우선 타일러와 이야기하고 우리 변호사들과 상의해 봐야 해요."

분노가 들끓기 시작했고, 나는 이성을 잃었다.

"당신 변호사들이라뇨! 당장 경찰에 신고해요. 이번 일은 내

일이에요. 당신도, 타일러도, 히포렉스의 일도 아니란 말이에요. 이해했어요? 폴 템플이 내 눈앞에서 총에 맞아 죽는 걸 봤다고요! 당신들이 나에게 한 짓 때문에요! 도대체 어떤 부분이 당신네 과학자들한테는 이해가 되지 않는 거죠?"

소리를 질렀고, 조용한 집에 내 목소리가 쩌렁쩌렁 울렸다.

앤드류는 거실의 반대쪽, 전면 창 앞에 서 있었다. 얼굴에는 언제나 그렇듯이 표정이 없었다.

"핼리 양, 당신이 화가 났다는 것 잘 알아요. 화가 나는 것도 당연해요."

"화가 났다고요? 내가 화가 났다고 생각해요? 나는 이미 미쳐 버릴 지경이라고요!"

"잘 알아요. 경찰에 신고할 거예요."

"증거가 없잖아요."

나는 머리를 저으며 현실을 직시했다.

"정말 끔찍한 일을 겪었어요. 그에 대해서 책임을 통감합니다. 내가 할 수 있는 한 무슨 일이든 도울게요."

"그렇다면 먼저 진실을 말씀해 주세요."

내가 말했다.

"말만 해요. 무엇을 알고 싶은 거죠?"

"폴 템플을 살해했어요?"

"아니요! 당연히 아닙니다!"

앤드류의 분노한 목소리가 어두움 속에서 불거져 나왔다.

"정말요? 심리적으로는 나를 완전히 망가뜨릴 수도 있으면서 살인은 너무 간 건가요? 갑자기 넘지 못할 선이라도 생겼어요?"

"편한 대로 생각해요, 핼리 양. 하지만 나는 죽이지 않았소."

"나를 미행했잖아요. 공원에서 바로 그때 나타난 게 우연은 아닐 텐데요."

나는 화를 내며 말했다.

"아, 물론 나는 핼리 양을 미행했어요. 내가 생각할 때 명백한 이유로 당신은 위험에 처해 있고, 내 생각이 맞았죠. 그래서 타일러와 나는 당신이 도심 밖에 머물기를 원했던 거예요."

앤드류가 어깨를 으쓱했다.

"그렇다면 누가 폴 템플을 죽였나요? 누가 나까지 죽이려고 했을까요?"

"저도 모르겠어요. 전에도 말했지만 기억의 백업 및 복구 관련해서 아주 유사한 연구를 하는 회사들이 여럿 있어요. 처음으로 성공하는 회사가 갖게 될 지식재산권과 그로 인한 보상은 천문학적인 숫자예요. 누가 그 생각을 했는지는 모르겠지만 핼리 양을 없애서 우리의 진척을 늦춘다면 그들이 시간을 벌 수 있을 거라고 생각한 것 같아요."

"내가 어디에 있는지 어떻게 알지요? 나에 대해서 도대체 어떻게 찾아낸 거예요? 폴 템플은 당신들이 나에게 한 일을 알고 있었어요. 당신네 두뇌 연구에 대해서 전부 다 알고 있더라고요."

앤드류는 고개를 강하게 저었다.

"가는 곳마다 도청 장치가 있는지 확인합니다. 라스베이거스의 호텔 방은 아무 문제 없었어요. 폴 템플에게 무슨 일이 있었는지, 어떻게 알게 되었는지는 잘 모르겠습니다."

"폴 템플은 수년간 당신들을 대상으로 첩보 활동을 했대요. 그날 밤에 당신이 한 일에 대해서 당신이 인정했다고도 이야기 했어요. 고의였다고요."

앤드류의 얼굴이 근심으로 일그러졌다.

"그렇게 말했어요? 내가 인정했다고요?"

"네. 사실인가요?"

앤드류는 창가에 있는 소파에 가서 앉았다. 얼굴은 어두움에 가려 보이지 않았다.

"네, 맞아요. 사실입니다. 당신을 살릴 때 나는 스카이의 기억을 사용하기로 했어요. 기억 전송 프로세스를 수년간 연구했지만, 실험실에서 테스트를 돌려본 게 다였죠. 내가 무슨 짓을 하는지 분명히 알고 있었어요."

"맙소사. 왜 그런 짓을 한 거죠?"

앤드류는 잠시 망설였다. 마치 내가 믿을 법한 답을 고르는 것 같았다.

"신의 영역에 손을 대는 일은… 때로 너무 엄청나서 과학자가 감히 거부할 수가 없어요. 통탄할 만한 윤리적인 문제가 있었고, 그 일을 하는 그 순간 후회했습니다."

앤드류는 바로 부엌에 가서 위스키를 한 잔 따라 마셨다. 처음으로 그가 불안해 보였다.

"핼리 양, 이 결과가 이렇게까지 될 줄은 정말 몰랐어요. 내가 한 일 때문에 사람들이 죽으리라고는 생각지도 못했어요. 당신 말이 맞아요. 경찰에 신고해야 해요. 그리고 반드시 신고할 겁니다. 하지만 지금 당장은 당신이 그럴 만한 상황이 아니에요. 휴식이 필요해요. 아침에 모든 것을 다 밝혀봅시다."

"그럼 당신은요? 당신은 무엇을 할 건데요?"

"나는 질문에 대한 답을 얻어야죠."

앤드류가 대답했다.

"어떻게요? 무슨 질문인데요?"

"내일 다 말해줄게요. 약속해요."

"맙소사. 계속 나를 속이는 것 같아서 정말 지겨워요. 반만이라도 진실을 알려주세요."

"핼리 양, 내가 모르는 걸 말해줄 수 없잖아요. 좀 더 알아보고 나서 다 말해줄게요. 그러니 지금은 위층으로 올라가서 잠을 좀 자둬요. 그게 지금 최선이에요."

나는 안락의자에서 일어났다. 맞다, 나는 지금 피곤하다. 하지만 잠을 잘 수 있을 것 같지는 않았다. 지금 신경이 너무 곤두서 있다. 기진맥진한 상태다. 어두운 거실에 있는, 유령과 다름없어 보이는 앤드류 앞에 가서 섰다.

"마이런 글래스와 이야기했어요."

"누구요?"

"엘리야의 형이요."

위스키를 홀짝이는 앤드류의 얼굴이 굳어갔다.

"왜 그 사람이랑 이야기해요?"

"사바나의 죽음에 대해서 더 알고 싶어서요."

"그게 왜 당신에게 중요하죠?"

"스카이에게 중요한 문제니까요. 진실을 알아야 스카이가 평온하게 쉴 수 있을 거고, 그 말은 나 역시 그때까지 쉴 수 없다는 거예요. 스카이가 그날 밤에 당신과 사바나를 봤어요. 둘이 말다툼하는 걸 보았죠. 나 역시 보았고요. 그래서 사바나가 결혼식을 취소하자고 한 걸 알고 있어요."

앤드류가 어둠 속에서 나를 응시했다. 개인적인 갈등과 과학자적인 호기심이 서로 충돌한 것 같았다.

"그렇게 특정한 기억을 독립적으로 할 수 있어요? 그 정도로 자세하게? 믿을 수 없군요."

"핵심은 내가 기억하고 있다는 거예요. 사바나는 당신이 스카이와 잤다고 의심했죠."

"그러지 않았어요."

"아마 아니었겠죠. 하지만 사바나는 당신을 믿지 않았어요. 둘이 그랬다고 이야기했으니까요."

"네, 맞아요. 사바나가 취소했어요. 그런데 그게 지금 무슨 상관이 있는지 모르겠네요."

"그 이후에 무엇을 했어요?"

내가 물었다.

"무슨 말을 하는 겁니까?"

"당신은 화가 나 있었어요. 사바나를 따라갔나요? 절벽까지 따라갔어요?"

앤드류는 좌절하였다는 듯이 숨을 내쉬었다.

"그러니까 혹시 내가 아니냐고요? 내가 사바나를 죽인 게 아니냐고요? 아니요. 나는 아닙니다. 사바나의 죽음으로 엄청나게 고통을 받았어요. 사바나의 사건은 거의 내 인생을 파괴했죠. 나를 어떤 사람으로 생각하고 싶어 하는지 모르겠지만 나는 정말로 사바나를 사랑했어요."

앤드류의 눈에 어린 어두움이 앤드류가 지금 느끼고 있는 모든 감정을 여실히 드러내 주었다. 상실. 회한. 의심. 죄책감. 어쩌면 사랑까지, 아니 이 사람이 생각하는 사랑이 무엇이든지. 이러한 감정을 보면서 나는 한 가지는 확실히 진실이라고 깨달았다.

앤드류는 사바나를 죽이지 않았다.

그리고 나머지도 다 이해가 되었다.

"오 맙소사. 그래서 당신이 그렇게 한 거군요."

나는 탄식했다.

"무슨 말을 하는 거예요?"

"그래서 스카이의 기억을 내 안에 넣었어요. 모든 것을, 모든 경력을, 인생 전체를 걸면서 말이에요. 과학이나 연구를 위해서가 아니었어요. 당신도 진실을 원했던 거예요. 사바나에게 정말 무슨 일이 있었는지 알고 싶었던 거죠. 스카이가 죽었으니까 당신의 유일한 희망은 내가 기억하고 있는 걸 찾는 것이었어요."

앤드류는 위스키를 입에 털어 넣고 잔에 더 따랐다. 앤드류의 목소리는 피곤했고 더 이상 이 세상을 지배하는 권력자와 같지 않았다.

"내일 아침에 이야기합시다. 할 말이 아주 많아요."

* * *

　2층으로 올라온 나는 옷을 벗고 몸을 델 정도로 뜨거운 물에 샤워했다. 긴장이 전혀 완화되지 않았다. 샤워기의 흐르는 물에 얼굴을 대고 있자니 내가 살아가고 있는 두 사람의 기억이 물밀 듯 올라와 나를 압도했다. 오늘부터는 내 눈앞에서 죽은 폴 템플에 대한 기억이 추가되었다. 10년 전 절벽에서는 사바나가 스카이의 발밑에서 죽어있는 모습이 생생하고. 14년 전 그 우울한 라스베이거스의 집에서는 내 몸이 물에 잠긴 채 칼로 벤 손목을 욕조에 넣고 피가 흐르도록 했지.

　내가 열 살 때 그 길고 무서운 복도를 지나 내 손을 문손잡이에 대고 엄마의 침실로 들어가려고 했던 기억도 생생하다. 문은 결국 열리지 않았고 안에서 무슨 일이 일어났는지 알 수 없게 되었지.

　스카이가 나에게 물어본다. 모든 정신과 의사들이 지금까지 나에게 물어본 똑같은 질문이다.

　"무엇을 보았어요, 핼리?"

　하지만 나는 대답을 할 수 없다. 내 주변에서 내가 느끼는 건 오로지 피와 죽음뿐이다.

　몸을 떨면서 나는 샤워부스에서 나왔다. 욕실의 불을 꺼두었지만, 창문으로 저 밖의 길에서 불빛이 새어 들어왔다. 약이 들어있는 장 앞에 있는 거울을 통해 내 벌거벗은 몸을 바라보았다. 마치 비에 젖은 고양이처럼 마르고 뼈만 남았다. 자해하고 싶다는 오랜 본능이 살아났다. 나는 변기에 몸을 구부리고 무릎을 꿇었다. 변기에 몸을 기대고 떨리는 손가락을 입속으로 구겨 넣었다. 목이 타는 듯한 위산의 과다 분비를 느끼고 싶었다. 그것이 바로 나 자신을 벌하는 방법이다. 항상 나 자신을 벌하는 방법이었다. 하지만 나는 그 대신 손가락을 홱 잡아당겨 손을 말아 주먹을 만들어 내 이마를 아주 세게 쳤다.

억지로 토하는 게 도움이 될 리가 없다. 이 밤은 그보다 훨씬 더 깊고 어둡다.

다시 몸을 일으켰다. 눈물이 얼굴을 타고 흘렀다. 두통이 마치 드럼과 같이 내 머리를 쿵쿵 치면서 스카이 외의 모든 것을 몰아냈다. 스카이는 바로 이곳에 지금 나와 함께 있다. 친구처럼 말이다. 하지만 나는 스카이와 나의 죄책감을 동시에 감당할 자신이 없다. 우리 둘 사이의 비밀을 감당하는 게 어렵다.

우리의 두 손이 피범벅이다.

거울에 비친 내 얼굴을 다시 바라본다.

여기서 나갈 방법이 있다. 탈출구다. 이 전에 두 번이나 시도한 방법이다.

욕실 장을 열어젖혔다. 안의 선반에서 구강청결제, 치약, 감기약, 소염제 병들 사이를 헤집다가 마침내 내가 원하는 것을 찾았다. 앤드류의 아내인 카라 이담의 이름으로 처방된 약이다. 트라조돈*이다. 작은 하얀색 알약이 수십 개는 족히 있다. 이 약이 있

---

*   항우울제의 일종

으면 나는 마침내 잠을 잘 수 있을 것이다. 더 이상 꿈을 꾸지 않아도 될 것이다.

약통을 열고 알약을 모두 내 손에 쏟았다. 몇 알은 흘러넘쳐서 세면대로 떨어졌다. 내가 알약을 잡으려고 할수록 손가락이 떨렸고 약이 더 세면대로 떨어졌다. 나는 입을 크게 벌렸다. 손바닥을 오목하게 만들자 작은 알약들이 손에서 봉긋하게 솟았고 나는 손을 들어 알약들을 모두 입속에 쑤셔 넣었다. 알약이 너무 많아서 숨이 막혀 캑캑거렸다.

입을 닫았다.

내 혀에서, 내 볼 사이로 알약들이 내 따뜻한 침에 녹는 게 느껴졌다.

하지만 곧 목이 막혀서 알약을 모두 세면대에 뱉어버렸다. 세면대 물을 최대로 세게 틀어서 신맛이 가실 때까지 입을 헹구었다. 알약은 세면대에 들러붙어 있다가 녹아서 이내 하수구로 사라졌다. 나는 손으로 세면대의 대리석 옆면을 꽉 잡았고, 내 팔이 간신히 나를 지탱했다. 젖은 머리가 얼굴로 쏟아졌다. 천천히 나는 욕실 장을 닫았다.

할 수 없었다. 스카이가 나를 그대로 두지 않을 것이다. 조금 이상한 방법으로 스카이가 나를 구했다. 화장실의 세면대 거울은 어둡게 빛났고 한순간 거울에 비치는 모습이 내가 아니라는 생각이 들었다.

내가 본 건 스카이의 얼굴이었다.

28

한밤중에 무슨 소리가 들려서 잠에서 깼다. 소리를 의도적으로 낮춘 삐걱 소리였다. 멀지 않았다. 아니면 내 꿈인가?

잠을 다시 자보려고 애쓰는 와중에 다른 소리가 들려왔다. 아래층에서 들리는 화난, 격렬한 목소리였다. 소리를 지르기도 하고 분노에 찬 말다툼이 있기도 했다. 앤드류가 전화로 이야기하는 소리다. 그런데 이건 꿈이 아니고 진짜일까?

나는 머릿속으로 지금 내가 어디에 있는지 확인하려고 안간힘을 썼다. 언제 카라의 티셔츠를 입고 앤드류의 손님방에 있는 퀸사이즈의 푹신한 침대에 누운 건지 기억이 전혀 없다. 하지만 눈을 떴을 때 나는 희미하게 라벤더 향이 나는 부드러운 침대보 위에 이불을 덮고 누워있었다. 시계에서 나오는 희미한 빛이 새벽 2시임을 알려주었다. 나는 이불을 걷었는데 어디선가 한기가 느껴졌다. 마치 한밤중에 집의 문이 열려있는 것처럼 말이다.

아니면 겁이 나서 춥게 느껴지는 걸까?

무언가 잘못되었다. 잘못되었다는 것을 나는 알고 있다.

나는 침대에서 빠져나왔다. 내 맨발이 나무 바닥에 닿자 바닥의 나무가 삐걱거렸다. 나는 최대한 살금살금 걸으려고 애썼지만 오래된 집이어서 그런지 나무 바닥은 내 발걸음마다 소리가 났다. 나는 침실로 가보았다. 침실 문이 닫혀있어서 문을 여니 삐걱 소리가 났다. 경첩에서 나는 소리다. 밖의 복도에서는 아무것도 보이지 않아서 나는 숨을 참고 가만히 소리를 들어보았다.

누가 있는 건가?

내가 무엇을 하려는지 보려고 기다리는 건가?

앤드류의 이름을 불러볼까도 생각했지만, 소리를 내지 않는 편이 나을 것 같았다. 눈이 어두움에 적응되고 나니 1층으로 내려가는 계단이 오른쪽에 있는 걸 볼 수 있었다. 복도의 저쪽 끝에 침실 문이 열려있었다. 할 수 있는 한 조용히 나는 까치발을 하고 그 방으로 가보았다. 방은 부부의 침실이었다. 하지만 침대에 사람이 누웠던 표시는 전혀 없다. 앤드류는 밤새 여기에 올라오지 않은 것이다. 나는 창가로 가서 나무가 빽빽하게 심겨 있는 뒷마당을 보았다. 수영장의 푸른 빛이 빛나고 있었다. 하지만 사람은 아무도 없었다.

계단을 딛는 발걸음 소리가 들렸다. 하지만 그 소리는 갑자기 멈추었다. 마치 내가 소리를 들었는지 확인하려는 듯했다. 앤드류일 거라고 나 자신에게 말했다. 앤드류가 침실로 올라오는 것이리라. 최대한 조용히 올라와서 나를 깨우지 않으려는 거겠지.

하지만 나는 그렇다고 믿을 수 없었다. 이 중 어떤 것도 제대로 되고 있다고 생각되지 않았다. 나의 모든 감각은 내가 다시 위험에 처했다고 외치고 있었다.

다시 발소리가 들렸다.

한기에도 불구하고 땀이 흘렀다. 나는 창문을 밀어서 조용히 열었다. 차가운 바람이 훅 불어왔고, 집 전체에 새로운 공기가 들어오는 게 느껴졌다. 나는 몸을 밖으로 기대었다. 오래된 참나무가 내 쪽으로 두꺼운 가지 하나를 내밀고 있었다. 아마도 내가 저 나뭇가지를 잡아도 나뭇가지는 부러지지 않을 것 같았다. 아마도. 아래 수영장 물로 뛰어드는 생각을 해보았지만, 너무 아래에 있어서 과연 내가 무사히 수영장으로 떨어질 수 있을지 고민이 되었다.

다시 발소리가 들렸다.

층계참에서 시간을 조금 지체하려는 것 같았다. 내가 여기 위에 있는 것을 알고 정확하게 내가 어디에 있는지를 확인하기 위해 귀를 기울이고 있는 것 같았다.

나는 어찌해야 좋을 줄 모르는 채 공포에 휩싸여 얼어붙었다.

'숨어!'

그런데 대체 어디로?

침대 옆은, 아마도 이쪽은 카라가 쓰는 쪽인 것 같은데, 로션과 향수가 조명 옆으로 놓여 있었다. 나는 한 쌍의 슬리퍼를 찾았다. 슬리퍼 중 한 짝을 들고 나무 둥치와 수영장 사이의 잔디밭을 겨냥하여 슬리퍼를 창문 밖으로 던졌다. 슬리퍼가 쿵 하고 떨어지면서 마치 누군가 도망가는 사람이 신발 한쪽을 잃어버린 것 같은 모양새가 되었을 것이다. 이번에는 향수병을 집어서 물가의 콘크리트 쪽으로 던졌다. 향수병은 돌에 부딪혀서 정원의 불빛 아래 산산조각이나 부서졌다.

발소리가 빨라지는 게 들렸다. 누구든 유리가 깨지는 소리를 들은 게 분명하다. 즉시 나는 바닥에 납작 엎드려 침대 밑으로 기어들어 갔다. 몇 초 후 침대 문이 쾅 하고 열렸다. 어떤 남자가 방으로 들어오자 바닥의 나무가 삐걱거렸다. 나는 숨을 참으려고 애썼다. 하지만 내 심장이 쿵쿵 뛰는 바람에 불가능했다. 나는 공기가 필요했다. 방으로 바람이 획- 불어 들어올 때 나는 조용히 숨을 내쉰 뒤 다시 들이셨다.

침대 밑에서 나는 청바지의 바짓단과 국방색 신발 끈이 달린 더러운 검은색 부츠를 보았다. 남자는 창가로 가서 밖을 내다보고는 욕을 지껄였다. 남자는 창가에서 꽤 긴 시간을 머물며 누군가 도망가는 기척이 있는지, 울타리를 넘거나 도움을 청하는 소리를 지르는지를 살펴보는 것 같았다. 물론 그런 일은 하나도 일어나지 않았다. 그러자 남자는 몸을 돌려 침실을 수색하기 시작했다. 내가 남자를 속였다고는 생각하지 않았다. 내가 다시 한번 숨을 쉬었을 때 남자는 내 소리를 들은 게 분명했다. 아니면 내 땀 냄새를 맡았던가.

남자의 부츠가 침실 문 쪽으로 가더니 문을 닫았다. 영리하다. 내가 도망간다 해도 시간을 벌 수 있을 테니 말이다.

"핼리 양, 쉽게 갑시다. 얼른 나와서 이야기를 좀 해요. 해치지 않을게요."

거짓말이다.

남자는 나를 죽일 것이다.

남자는 체계적으로 주변을 수색하기 시작했다. 우선 욕실로 갔다. 남자가 욕실에 있을 동안 밖으로 달려나갈 기회를 보았으나 움직일 수 없었고, 이내 남자가 다시 침실로 돌아왔다. 다음으로 남자는 붙박이장을 확인했다. 나는 남자가 장을 열어볼 때 남자의 부츠를 볼 수 있었지만 도망갈 기회는 없었다. 옷장에서 나왔을 때 나는 남자가 이제 몸을 굽혀 침대 밑을 볼 거라는 것을, 그래서 남자의 눈과 내 눈이 마주칠 것임을 알았다. 남자는 나를 끌어낼 것이다. 나는 죽을 것이다.

그때 무슨 소리가 들렸다. 남자도 그 소리를 들은 게 분명하다. 남자가 장에서 멀어져 열어놓은 창문 쪽으로 다시 달려갔기 때문이다. 경찰차의 사이렌 소리가 바람결에 들렸는데, 소리가 점점 가까워지고 점점 커졌다.

남자는 다시 큰 소리로 욕을 했다.

남자는 나를 찾는 걸 포기했다. 남자의 부츠는 침실 문 쪽으로 쿵쿵 걸어갔다. 문을 확 열었고, 1층으로 쿵쿵 내려가는 소리가 들렸다. 다시 밖으로 나간 게 분명하다. 몇 초 후에 나는 부츠가 뒷마당의 콘크리트 바닥 위를 스치는 소리를 들었다. 남자는 도망갔다.

나는 침대 아래서 기어 나와서 창문을 확인했다. 옆집 마당에서 강아지가 짖는 소리가 들렸다. 이웃집들의 불이 켜졌다. 사이렌 소리는 멀어봐야 이제 몇 블록 밖인 것 같았다. 여러 방향에서 이쪽으로 다가오는 게 느껴졌다.

'어서 여기서 나가!'

내 머릿속에 든 유일한 생각이었다. 나는 공황 상태에서 도대체 무엇을 해야 할지 정하려고 애를 썼다. 나는 티셔츠만 입고 있을 뿐 바지를 입고 있지 않았다. 바지를 입지 않고 탈출할 수는 없다. 나는 카라의 옷장에서 청바지와 신발을 집어 들었다. 입을 시간이 없다. 나는 대신 계단을 내려가 현관으로 향했다.

내 눈에 가장 먼저 띈 것은 현관이 활짝 열려있다는 것이었다.

그다음으로 나는 경찰차 두 대가 집 바로 앞의 길에 멈추는 것을, 그리고 경찰들이 손에 총을 들고나오는 것을 볼 수 있었다.

마지막으로 내 눈에 띈 것은 앤드류 이담이다.

앤드류는 현관 근처에 엎드려 누워있었다. 눈은 뜨고 있었으나 살아있지 않았고, 이마의 정중앙에 총알이 관통해서 바닥에 볼을 댄 채 피를 흘리고 있었다.

내 발밑에서 앤드류의 시체를 보았을 때 나의 머리는 마구 빙빙 돌기 시작했다. 그리고 나서 나는 마치 중력이 나를 한없이 잡아당기는 것처럼, 절벽에서 몸을 던진 여자처럼, 한없이 아래로, 아래로, 아래로 떨어졌다.

3부

나는 경찰서 회의실 탁자에 있는 가운데 의자에 앉아있다. 카라의 옷을 입고 있었다. 타일러가 내 왼쪽에, 그리고 히포렉스의 법률자문회사에서 나온 변호사가 내 오른쪽에 앉았다. 변호사는 50대쯤 되어 보이는 여성으로 레이어드컷의 갈색 머리에 하얀 블라우스와 갈색 스커트를 입고 있었다. 변호사의 눈은 강철 같은 회색이었다. 변호사는 자신을 수잔이라고 소개했는데, 그 즉시 나는 그 누구도 수잔과 엮이고 싶어 하지 않겠다는 생각이 들었다.

케임브리지 경찰서의 형사는 탁자의 반대편에 앉아있었는데 누가 봐도 데니스 러헤인*의 소설을 지나치게 많이 읽은 태가 났다. 불을 붙이지 않은 담배를 입에 물고 있다가 주기적으로 담

---

*   미국의 소설가로 추리소설을 주로 집필했다

배를 집어서 손가락 사이에 말아 넣었다. 기름얼룩이 묻어 있는 파란색 셔츠의 단추를 다 잠가서 입고 그 위에 낡은 가죽점퍼를 걸치고 있었다. 얼굴은 스포츠 센터에서 여러 번 크게 맞은 사람과 같았고 회색 머리는 거의 다 벗어졌다.

형사가 나의 권리를 읽었다. 나는 별로 듣고 싶지 않았다. 하지만 변호사 수잔은 나에게 내가 위험에 처한 것은 아니라고 말하며 무엇이든 형사의 질문에 대답하기에 앞서 수잔과 확인할 것을 요구했다. 이미 내 머릿속을 엉망으로 만든 사람들의 손에 내 운명을 맡겨야 한다니 하나도 신나지 않았다. 하지만 불과 몇 주 동안 두 도시에서 살인 사건을 세 건이나 목격했다. 당연히 경찰이나 형사는 그 사실을 좋아하지 않을 것이다. 그러므로 변호사가 있어서 기뻤다.

"핼리."

형사는 나를 존칭으로 부르지 않았다. "에버스 양"과 같이 귀찮게 말이다.

형사의 이름은 위더스. 성은 모른다.

"우리 이야기 해보지요. 핼리 양. 그렇게 좋은 여름을 보내고 있는 것 같지는 않네요."

"네, 그렇습니다."

"라스베이거스에서 있었던 일 알아요. 그러니 숨길 생각하지 마시오. 보스턴의 내 동료가 폴 템플의 운전사와도 이야기를 나눴거든. 핼리 양에 대해서 할 말이 엄청 많더라고. 거기에는 바로 지난주 라스베이거스에서 있었던 살인 사건에 연루가 되었다는 사실도 포함되었지. 해서 그곳에 있는 에인절 형사와도 이야기를 좀 해보았소."

위더스 형사가 말을 할 때마다 입에서 담배가 까딱까딱 움직였다.

내가 미처 대답할 새도 없이 수잔이 끼어들었다.

"라스베이거스의 경찰과 이야기를 했으면 에버스 양이 그 살인 미수 사건의 공격 대상이었다는 것과 증인으로 경찰 조사를 받았다는 점을 잘 아실 텐데요. 게다가 보스턴 경찰이 템플 씨의 운전사로부터 증언을 확보했다면 에버스 양이 템플 씨의 죽음과 관련해서 가해자가 아니라 공격 대상이었다는 점을 알고 계시리라 믿습니다. 지금 케임브리지에서도 똑같은 일이 발생했어요. 범행 현장에서 범행 도구가 발견되지 않았고, 이미 에버스 양에게 총기 잔류물이 있는지 검사하지 않았습니까? 그 검사 결과를 보면 에버스 양이 이담 박사를 죽이려고 총을 쏘지 않았다는 게 분명할 텐데요. 에버스 양은 모든 범죄로부터 결백합니다."

"보스턴에서 범행 현장을 그냥 떠났소."

위더스 형사가 지적했다.

"청부살인업자가 나를 쫓아오고 있었다고요!"

내가 말을 끊었다. 그러자마자 수잔이 손을 뻗어 내 손을 잡고는 '입 닥치라'는 얼굴을 했다.

나는 입을 닫았다.

"에버스 양은 일단 안전을 확보한 후에 경찰에 신고하려고 했습니다. 당연히 경찰에 최대한 협조할 계획이었고요. 이담 박사가 에버스 양을 구했을 때, 에버스 양은 너무 놀라고 기진맥진한 상태여서 경찰에 무언가를 말할 상황이 아니었습니다. 이담 박사가 저에게 즉시 전화했고 저는 진술을 위해서 다음 날 아침 제일 먼저 에버스 양, 이담 박사와 보스턴 경찰을 찾아가기로 했습니다. 불행히도 우리가 그렇게 하기 전에 살인자가 먼저 들이닥친 거고요. 그래서 우리가 지금 여기에 있는 것입니다."

"음, 만약에 경찰에 조금 더 일찍 신고했다면 이담 박사는 살아있었을지도 모르죠."

형사가 말했다.

"이담 박사는 우리의 친구이자 동료입니다. 우리는 이담 박사의 죽음에 몹시 슬퍼하고 있습니다. 이담을 죽인 살인자가 정의의 심판을 받는 것을 반드시 볼 겁니다. 하지만 에버스 양이 이번 살인 사건이나 그 외에 다른 사건에 대해서 관련이 없다는 것은 아주 명백합니다. 형사님께서 그 점을 염두에 두어주셨으면 감사하겠습니다."

수잔은 화가 난 듯 이야기했다.

그러자 위더스 형사는 한숨을 크게 쉬었다.

"핼리 양이 누구를 죽였다고 한 적 없소, 변호사 양반. 그러니 좀 진정하는 게 어떻겠소? 어쨌든 핼리 양이 가는 곳마다 살인율이 올라가는 건 사실이지 않소. 내가 알고 싶은 건 이 사건에 왜, 그리고 어떻게 히포렉스가 연관되어 있는지요."

"히포렉스는 어떤 살인 사건과도 연관이 되어 있지 않습니다."

수잔이 반박했다.

위더스는 담배를 꺼내어 테이블 위에 놓았다. 위더스의 시선이 타일러에게로 옮겨져 갔다.

"이게 사실입니까, 레예스 씨? 에인절 형사에 따르면 라스베이거스에서 살해당한 피해자가 당신 회사에서 고용한 사설탐정이었다고 하오. 이번에는 당신과 또 히포렉스와 연관이 있는 연구원이 자신의 케임브리지 집 현관에서 총에 맞아 죽었소. 이 사건이 일어나기 몇 시간 전에는 당신 업계에서 상당한 경제적 영향력이 있는 사람이, 여기 핼리 양과 저녁 식사를 한 직후 보스턴에서 총에 맞아 죽었고. 이 모든 일이 나에게는 상당히 연관이 있어 보이오, 레예스 씨. 그래서 당신이 이 모든 일이 도대체 어떻게 된 건지 설명을 해주었으면 좋겠소."

하지만 타일러는 미끼를 물지 않았다. 타일러는 수잔을 향해 다만 고개를 끄덕였다.

"대답을 원하면 질문은 나에게 해주세요, 형사님."

수잔이 위더스 형사에게 다시 상기시켰다.

"그리고 핼리와 우리 동료인 이담 박사는 지금 피해자라는 걸 명심해 주세요."

"도대체 왜 사람들이 핼리 양을 죽이려고 하는 거요?"

수잔은 자신의 회사에서 확인받은 그대로 토씨 하나 틀리지 않고 그대로 외운 듯한 대답을 줄줄 했다.

"에버스 양은 현재 히포렉스 의료 연구 프로젝트의 일환으로 활동하고 있습니다. 여기에 걸려있는 지적재산은 어마어마한 가치예요. 업계의 나쁜 사람들이 에버스 양에게 해를 가하면 우리 연구의 속도를 늦추거나 망칠 수 있다고 생각하는 것 같습니다. 그만큼 우리를 따라잡을 시간을 버는 거니까요."

"도대체 무슨 연구 프로젝트가 사람을 막 죽일 정도의 가치가 있소?"

위더스가 물었다.

"말씀드렸지만 이 기술은 지적재산입니다. 세부 사항을 말씀드리지는 못하지만 확실한 건 프로젝트의 구체적인 사항이 형사님의 조사와는 연관이 없다는 것입니다."

"연관이 없다고? 살인 사건이 세 건이나 있었는데, 그 연구가 연관이 없다고? 내가 볼 때는 그 연구가 이 모든 사건의 동기인 것 같단 말이지."

수잔은 대답하지 않았고, 그러자 위더스는 좌절한 듯 고개를 세차게 흔들었다. 수잔으로부터 더 알아낼 수 있는 게 없다고 생각한 듯했다. 대신 위더스는 자기 앞에 놓인 파일 폴더에서 사진을 한 장 꺼내어 탁자 위 내 쪽으로 밀어놓았다. 나는 흐릿한 사진이 라스베이거스 카지노의 뒷골목인 것을, 바로 그 남자가 주사기를 들고 나를 쫓아왔던 곳임을 알아차렸다.

"라스베이거스의 에인절 형사가 그때 범행 현장에 있었던 CCTV의 사본을 보내왔소. 이 사진은 라스베이거스 경찰이 그 살인 사건 용의자로 지목한 사람 중 하나요. 내가 듣기로 다른 용의자는 이미 죽었다던데. 어떻게, 사진을 알아보겠소, 핼리 양?"

나는 수잔 쪽을 바라보았고, 수잔은 고개를 끄덕였다.

"네, 어딘지 잘 압니다."

"사진 속의 이 남자는 어떻소? 아는 사람이오?"

"음, 이 사람이 나를 죽이려 했다는 것을 알고 있습니다. 하지만 그 외에는 이 사람이 누구인지 전혀 아는 바가 없습니다."

"이 사람이 보스턴에서 폴 템플을 살해한 사람이오? 길에서 이 사람을 보았소?"

"네, 보았습니다. 이 사람이 분명합니다."

"이담 박사는 어떻소? 이 사람이 이담 박사도 총으로 쐈소?"

"확신할 수 없어요. 저는 그때 침대 밑에 숨어있었기 때문에 제 눈으로 본 건 남자의 다리가 전부입니다. 검은색 부츠에 청바지를 입고 있었어요. 제 생각엔 같은 사람입니다만 사람을 식별할 정도로 자세히 보지는 못했습니다."

위더스는 폴더에서 다른 사진을 꺼냈다. 이번에는 초점이 선명하게 잘 맞은 사진이었는데, 내가 알기로는 데저트 인 로드에 있는 중국집이 배경이었다. 여러 사람이 서 있었다. 남자 두 명은 아시아 사람이었고, 나머지는 백인이었다. 사진의 배경에는 벨라지오에서 열리는 서커스 쇼를 광고하는 택시가 서 있었다.

"이 중에 아는 사람 있소?"

위더스가 물었다.

나는 무리 중 가운데에 서 있는 긴 금발 머리의 남자를 가리켰다.

"이 사람이 나를 죽이려고 한 사람이에요. 폴 템플을 쏘기도 했고요."

수잔이 사진을 자세히 보기 위해 몸을 앞으로 기울였다.

"이 남자가 누군지 아시나요, 형사님?"

"네, 이름이 칩 더튼이라고 하오. 라스베이거스 경찰이 연방 당국에 이 사진을 보내왔고, 안면 인식으로 신원조회를 했소. 현재 FBI도 이 사람을 쫓고 있소. 더튼이 프림의 카지노 근처에서 중국인 반체제 인사를 납치 및 고문한 혐의를 받고 있소. 그 반체제 인사는 결국 바스토우 인근의 사막에서 죽은 채 발견되었는데, 시체를 버리기 전까지 그들이 한 행동이 결코 아름답지 못한 데에 문제가 있지. 이 남자가 당신에게 아직 손을 못 대서 아주 다행이오, 핼리 양."

나는 그 주사기를 떠올리며 침을 꿀꺽 삼켰다.

곧장 나에게 든 생각은 아마도 그의 계획은 나를 카지노 뒤에서 죽이는 게 아니라 나를 납치하려는 것이었을 것이다. 바로 죽이지 않았을 것이다. 나를 죽이기 전까지 그들이 나에게 어떤 짓을 했을지 생각도 하기 싫었다.

"중국인 반체제 인사라."

타일러가 중얼거리면서 의미심장한 눈으로 수잔을 바라보았다.

"그게 어떤 의미가 있소?"

위더스가 물었다.

"우리 분야에서 경쟁 업체 중 일부는 중국 회사입니다. 히포렉스가 하는 일을 막았을 때 이익이 생길 수 있지요."

수잔이 설명했다.

"특정 회사가 있소? 우리가 이야기해 볼 사람들이라도?"

373

타일러는 고개를 저으며 자기 생각을 이야기했다.

"무슨 일이 일어나고 있는지 모를 겁니다. 중국 회사나 그 직원들은 모두 합법적일 테니까요. 문제는 정부와의 연결고리를 가지고 어둠 속으로 다니면서 더러운 일을 하는 일당들이죠."

"더튼이 지금 어디에 있는지 혹시 알아요? 그 사람이 누구를 위해 일하든 상관없어요. 어쨌든 지금도 밖을 돌아다니고 있는 거잖아요."

내가 물었다.

"메트로 지역 주변에 있다는 소문을 들었소. 어쨌든 보스턴 주변에 있으면 우리가 곧 찾을 거요."

위더스가 나에게 말했다.

"제발, 그 사람이 저를 찾기 전에요."

나는 위더스의 말을 끊었다.

"음, 핼리 양의 말이 맞소. 하지만 우리가 더튼을 잡을 때까지 조심하시오, 핼리 양. 지금까지 이 사람들은 여러 번 당신을 노렸소. 당신이 죽을 때까지 멈추지 않을 것이라 확신하오."

30

경찰서에서 조사를 받은 후 타일러와 나는 월섬에 있는 히포
렉스 본사에 도착했다. 타일러는 나를 2층 코너에 있는 자신의
사무실로 데리고 갔다. 창문 밖으로는 강이 천천히 흐르고 있었
다. 타일러는 점심을 챙기기 위해 밖으로 나가서 나는 잠시 혼자
있게 되었고, 나는 그 틈을 타서 책상 뒤 진열장에 놓여 있는 사
진들을 살펴보았다. 거의 다 스카이 사진이었다. 피아노를 연주
하는 스카이, 해변의 스카이, 햇빛이 작렬하는 침대에서 잠이 든
스카이.

스카이의 뉴포트 집임이 분명하다고 생각되는 절벽 근처에서
찍은 스카이의 사진도 있었다. 포세이돈 동상이 스카이 뒤에 드
리워져 있었으며 포세이돈은 삼지창을 들고 있었다. 바람에 스
카이의 긴 머리가 휘날렸다. 얼굴에는 슬픔이 어려 있었고, 눈은
카메라가 아닌 바다 쪽을 바라보고 있었으며, 입은 시무룩하게

입꼬리가 아래로 내려가 있었다. 분명한 건 이 사진은 좀 오래되었다는 거다. 스카이가 훨씬 어려 보였다.

"이때가 스카이가 마지막으로 뉴포트 집에 갔던 때예요."

타일러가 말했다.

타일러는 내 등 뒤에서 나타나 사무실 문을 닫았다.

"아버님이 돌아가시고 얼마 되지 않았을 때였죠. 그때 이후로 뉴포트에는 다시는 가지 않았어요. 음, 그러니까 마지막에 가기 전까지요."

"스카이가 저택을 팔았나요?"

"아니요. 저택은 해변에 빈집으로 남아 있어요. 스카이는 그 집에서 살고 싶지 않았지만 그렇다고 없애는 것도 원치 않았어요. 수 세대 동안 셸든 가문이 살았던 곳이니까요."

나는 창문 쪽으로 다가갔다. 타일러가 내 옆으로 와서 너무 가까이 붙어 서는 바람에 불편했다.

"핼리 양이 안전하게 다닐 수 있도록 조치를 하려고요. 핼리 양이 어디를 가든 경호원을 붙여주려고 해요."

타일러가 말했다.

"언제까지요?"

"핼리 양이 안전하다는 확신이 들 때까지요."

"그러니까 내가 더 이상 필요 없을 때까지요? 내 머릿속에서 원하는 만큼 정보를 다 빼낸 다음 말인가요?"

내가 물었다.

"연구와는 상관없는 일입니다."

타일러가 말했다.

타일러는 이렇게 말하면서 내 어깨에 손을 올렸는데, 그로 인해서 내가 움찔했고 타일러가 손을 뗐다.

"핼리 양, 당신이 걱정돼요. 당신이 보호받고 있다는 걸 분명하게 하고 싶어요."

"당신의 보호도, 당신이 고용한 경호원도 필요 없어요. 당신의 변호사나 히포렉스로부터 아무것도 받고 싶지 않아요. 무엇보다 내가 당신의 아내인 것처럼 굴지 마요. 소름 돋아요."

타일러는 뒤로 물러서서 항복한다는 듯이 손을 들었다.

"미안해요. 당신 말이 맞아요. 내가 부적절하게 행동했네요. 알아서… 그러니까 당신 머릿속에 무엇이 들어있는지 알아서 힘드네요."

맙소사.

내 안에 들어있는 것을 이야기하는 목소리에 끈적끈적한 감정이 가득 담겨 있었다. 소름 돋는 느낌이 가시지를 않았다. 사실 본능적으로 타일러의 뺨을 때리고 싶었지만 그렇다고 상황이 조금도 나아질 것 같지 않았다.

"이봐요, 나는 지금 기분이 나빠요. 무섭고요. 엄청나게 화가 나 있어요. 당신도 마찬가지인 것 같은데요."

"그래요. 앤드류는 나의 가장 친한 친구였어요. 앤드류가 없다는 걸 믿을 수가 없네요."

"앤드류의 아내와 이야기했나요?"

"카라는 오늘 오후에 페리를 타고 보스턴으로 올 거예요."

타일러는 이렇게 말하면서 창문 유리에 손을 갖다 댔다.

"왠지 이번 일은 내 잘못인 것 같아요. 내가 이 연구에 집착해서 앤드류가 죽은 것 같아요. 세상을 바꾸고 싶었지만 그 대가가 이렇게나 클지는 상상도 못 했어요."

"음, 모두 다 당신 탓만은 아니에요. 앤드류는 자신이 하는 일을 잘 알고 있었거든요."

"무슨 의미죠?"

"앤드류는 그 일이 사고였다고 거짓말을 했어요. 하지만 사실은 고의로 스카이의 기억을 나에게 집어넣었죠."

타일러가 머리를 저었다.

"앤드류가 그랬을 리가 없어요."

"어젯밤에 나에게 실토했어요."

"실토했다고요? 정말요?"

"모르고 있었단 말이에요?"

타일러는 책상 뒤의 의자로 가서 앉았다. 몸을 의자에 깊숙이 파묻고 손으로 눈을 비볐다.

"네. 몰랐어요. 맹세합니다. 왜 앤드류가 그런 위험을 감수하려고 했는지 이해할 수가 없네요. 본인의 경력과 회사를 모두 위험에 빠뜨렸어요. 말이 되지 않아요."

"내가 무언가를 기억하기를 바랐던 것 같아요."

타일러가 나를 바라보았다. 타일러의 얼굴에는 온통 혼란이 가득했다.

"무엇을요?"

"사바나요."

"앤드류가 당신이 사바나에 대해서 기억하기를 바란 건 무엇이었을까요?"

"사바나가 죽던 밤 스카이가 본 것이요."

타일러가 몸을 일으켰다. 타일러의 발이 바닥에 쿵 소리를 내며 닿았다. 좌절로 인해서 언성이 높아졌다.

"핼리, 이미 말했잖아요. 스카이는 그곳에 없었어요. 스카이는 자기 침실에 있었다고요."

"아니요. 스카이는 그날 밤에 절벽에 있었어요. 진짜로 무슨 일이 있었는지를 보았지요. 하지만 그날 기억에 남은 살인 사건을 봉인해 버렸어요."

타일러는 내 말을 반박할 준비가 되어 보였다. 내가 틀렸다고 주장하려는 듯했다. 하지만 타일러는 망설였다.

"만약에 그게 사실이라 하더라도 스카이가 봤을 거로 추측하는 그 부분이 이미 일어난 일을 바꿀 수 있을까요?"

"잘 모르겠어요. 스카이가 당신을 보았을 수도 있고요."

타일러가 의자에서 일어났다. 타일러는 얼굴을 찌푸리고 나에게 다가왔다.

"나요? 무슨 말을 하는 거요?"

"당신은 앤드류 아버님에 대한 소문을 퍼뜨렸고, 그래서 대법관 인준이 무산되었어요. 사바나가 그 일을 알고 있었고요. 엘리야는 사바나가 그 일을 밝히겠다고 당신을 위협하는 걸 들었다고 해요."

"그걸 어떻게 알았어요? 스카이도 몰랐던 일인데요."

"그건 중요하지 않아요. 어쨌든 사바나를 죽일 동기가 될 수 있는 거죠. 아닌가요? 살인 사건의 용의자로 엘리야를 지목한 것도 당연하죠."

타일러가 눈을 잠시 감았다. 그리고는 내 어깨로 다시 손을 뻗었으나 내 표정을 보고는 다시 손을 거두었다.

"내가 앤드류 아버님에 대해서 멍청한 짓을 했느냐고요? 맞아요, 내가 그랬어요. 그 말이 퍼져서 아버님은 인준을 포기해야 했죠. 나는 정말 말할 수 없이 죄책감을 느꼈어요. 맞아요. 사바나가 내가 한 일을 폭로하겠다고 위협했어요. 하지만 사바나는 내가 직접 고백하게도 했죠. 나는 앤드류 아버님에게 가서 내 실수였다고 말했어요. 이 일로 아버님이 히포렉스에 약속한 재정적 지원을 모두 취소할 거로 생각했죠. 하지만 그러지 않으셨어요. 아버님은 애초에 실수한 건 자신이므로 자신이 전적으로 책임을 진다고 하셨어요. 그게 끝이에요. 아버님은 그때 실수로 말을 퍼뜨린 게 나라는 이야기를 아무에게도 하지 않으셨어요. 심지어 앤드류한테도요. 이 모든 일이 사바나가 죽기 이틀 전에 일어난 일입니다, 핼리 양. 내가 사바나를 해칠 이유가 없어요. 당연히 내가 한 일도 절대 아니고요."

"스카이는 사바나의 죽음에 대해서 무언가를 알고 있었어요. 스카이는 앤드류의 실험으로 그날 무슨 일이 있었는지 기억날 거라고 기대했어요. 앤드류도 나한테 똑같은 걸 바랐고요."

타일러가 책상에 다시 앉아서 손으로 얼굴을 파묻었다. 나는 반대쪽 의자에 앉았다.

"단 한 가지 내가 이해가 안 되는 일이 있어요."

내가 말했다.

"그게 뭔데요?"

"앤드류는 스카이에게 억눌린 기억을 푸는 건 불가능하다고 말했어요. 기술이 아직 그 정도까지는 아니라고요. 만약 그 말이 사실이라면 도대체 왜 앤드류는 스카이의 기억을 내 머릿속에 넣었을까요? 도대체 뭘 얻으려고 한 걸까요?"

타일러가 고개를 들었다. 움푹 꺼진 타일러의 눈이 나를 바라보았다. 타일러가 나를 볼 때마다 그 속에서 스카이를 찾는다는 걸 느낄 수 있었다.

"스카이가 앤드류와 함께 실험한 후 많은 것이 바뀌었어요. 특히 지난 몇 달간 우리 연구에는 놀랄만한 진전이 있었죠. 아직 매우 초기 단계이기는 합니다만, 방법은 있을 것 같아요."

* * *

실험실에는 우리 둘만 있었다.

타일러는 다른 연구원들에게 나가달라고 말했다. 앤드류가 스카이에게 사용했던 것과 아주 비슷하게 생긴 의자에 나를 앉힌 뒤 전극과 전선이 타일러의 컴퓨터에 연결된 모자를 내 머리에 씌웠다. 다시 한번 나는 기시감을 느꼈다. 내가 꿈에서 본 상황인데, 이번에는 의자에 앉아있는 사람이 정말 나다. 실험실 한쪽

벽의 검은 유리를 바라보았을 때, 나는 유리에 비친 내 모습을
볼 수 있었다.

'내가 누군지 말해봐.'

'넌 핼리 에버스야.'

내가 이 실험을 위한 준비가 되었냐고? 나는 스카이가 그날
밤 절벽에서 있었던 일에 대한 기억을 봉인한 데에는 이유가 있
을 거라고 경고했다. 그 말은 스카이가, 그리고 내가 무슨 일이
있었는지 볼 준비가 아직 되지 않았다는 거다. 하지만 스카이가
나를 그곳으로 이끌었고 내가 한 일은 그저 따라간 것뿐이다.

"어떻게 작동하는 거예요?"

나는 마치 스카이가 했던 것처럼 물었다.

타일러가 키보드에서 손가락을 뗐다. 의자를 빙글 돌렸다.

"우리 연구의 핵심은 병이나 사고를 당한 환자로부터 기억을
백업해서 다시 복구하는 거예요. 저장된 기억을 실제로 두뇌가
하듯이 실제 영상과 소리로 전환해서 복구하는 방법을 연구하
고 있어요."

"그게 어떻게 가능해요?"

"음, 러시아에서 몇 년 전에 이미지 복구와 관련해서 놀랄만
한 연구 결과를 내놓았어요. 사진을 보고 있으면 컴퓨터는 두뇌
가 그 사진을 인식한 방법에 따라서 사진을 다시 복구하는 거죠.
우리의 목표는 이 과정을 한 단계 더 업그레이드하는 거예요. 쉽
게 말해서 컴퓨터가 우리에게 핼리 양이 그냥 눈에 보이는 게
아니라 핼리 양 머릿속에 기억하고 있는 것을 보여주는 거죠. 예

를 들면, 부모님이 돌아가신 후 몇 년이 지나도 아이들은 그 부모님의 기억을 이미지로, 심지어 영상으로 볼 수 있어요. 또는 사람이 죽는 그 순간 그 사람이 머릿속으로 어떤 생각을 했는지 볼 수 있다고 생각해 봐요."

나는 이 모든 것에 뭔가 불안한 게 있다는 생각이 들었다. 그러니까 할 수는 있지만, 굳이 알고 싶지 않은 그런 것들 말이다.

"그러면 스카이의 기억을 직접 읽어 들이는 게 낫지 않아요? 왜 나를 통해야 하지요?"

"최소한 지금은 기억을 번역해 줄 두뇌가 필요해요. 지금 우리가 하는 일은 두뇌가 스카이의 기억으로부터 해석해 낸 걸 시각화 및 재생산하는 겁니다."

"하지만 스카이가 봉인한 기억은 나도 기억할 수 없어요."

"맞아요, 그렇지만 컴퓨터가 그 봉인된 기억 주변에 접근할 수는 있어요. 핼리 양의 두뇌는 비록 핼리 양이 인식하지 못하고 있다고 하더라도 아주 수없이 많은 무의식적인 작업을 하지요. 두뇌의 일부가 당신을 어떤 기억으로부터 '보호하고' 있다고 해서 두뇌의 다른 부분이 그 기억을 처리하지 않는다고 볼 수는 없어요. 사실 두뇌는 그 기억을 처리해야만 하죠. 그렇지 않으면 그 기억으로부터 당신을 보호할 수 없을 테니까요."

"내가 어떻게 하면 되죠?"

타일러가 어깨를 으쓱했다.

"그냥 긴장을 풀고 사바나에 대해 생각해 봐요. 당신이 기억할 수 있는 걸, 아니 스카이가 기억할 수 있는 걸 기억해 봐요.

만약에 무언가가 기억 속에 있다면 활성 기억이 아닐지라도 내 스크린에 뜰 거예요. 그러면 당신의 두뇌가 그 기억을 좀 더 자세히 보려고 할 테고요. 전체 과정이 공생 과정이라고 보면 돼요."

"어떻게 보이는데요?"

내가 물었다.

타일러는 벽에 설치된 커다란 평면 TV 화면을 가리켰다. 버튼을 누르니 검은색 모니터가 켜졌다.

"보여줄게요. 헬리 양의 인생의 무언가에 대해서 집중해봐요. 그러면 어떻게 작동하는지 알 수 있을 거예요."

"예를 들면 어떤 거요?"

"아무거나요."

나는 내 마음이 자유롭게 흘러가도록 두었다. 종종 하듯이 나는 엄마를 생각했다. 엄마가 죽었을 때 내가 고작 10살이었으니까 엄마에 대한 기억 대부분은 마치 안개 속에 있는 듯 뿌옇다. 그런데도 나는 엄마의 존재를 느낄 수 있었고 이 정도면 컴퓨터가 인식하는 데 충분할지 궁금해졌다. 나는 벽에 걸린 커다란 TV 화면을 쳐다보았다. 처음에는 잭슨 폴록의 그림에 나올법한 무작위 색깔과 모양이 돌아다녔다. 그러다가 이 이미지들이 천천히 정렬되었다. 파란색과 흰색은 화면의 위쪽으로 올라갔고 그 아래로 비정형적인 노란색, 갈색, 황갈색의 자국들이 모였다. 이 화면은 모호하지만 익숙해 보였고 한순간 나는 깨달았다.

레드 록 캐니언이다. 이건 레드 록 캐니언이다.

내 옆으로 소용돌이치는 아메바의 모양이 보였다. 살구색과 파란색 점을 배경으로 길고 가는 검은 줄이 움직였다. 그 순간 나는 이 모양이 우리 엄마의 머리카락이라는 걸 알았다. 엄마의 얼굴임을 느낄 수 있었다. 엄마의 미소를 보여주기에는 너무 이미지가 흐릿했지만, 이미지를 보는 것만으로도 오래도록 잊고 있었던 기억이 다시 생생하게 되살아났다. 모니터에서 보이는 화면은 초점이 어긋나 있었다. 하지만 내 머릿속에는 엄마와 내가 캐니언에 서서 아래를 내려다보는 모습이 명확하게 보였다. 내 손을 잡고 있던 엄마에 대한, 짧지만 완벽한 인상이었다.

지직거리는 레코드판처럼 컴퓨터 스피커도 지직거리며 살아났다. 기대도 하지 않았는데, 그날의 소리도 기억하고 있었다.

셰릴 크로의 노래, "햇볕을 만끽하자"*다. 마치 고장 난 레코드에서 나오는 소리처럼 내가 들을 수 있는 건 딱딱 끊기는 단편적인 음조뿐이었지만 노래를 부르는 목소리는 엄마가 분명했다. 목소리를 듣지 못한 지 20년이 넘었는데 지금 엄마의 목소리가 마치 홍수처럼 나에게 밀려들었다. 나는 기쁨에 숨을 쉬지 못했고 눈물이 내 뺨을 타고 흘러내렸다.

문득 타일러가 하고자 하는 일이 이해되었다.

그리고 그때 화면에 비치던 이미지가 새로운 것으로 재배치되었다. 처음에는 내가 무엇을 보고 있는지 이해할 수 없었다. 캐니언의 색깔이 사라지고 남은 건 오로지 회색과 검은색뿐이

---

*　　　셰릴 크로의 "Soak Up the Sun"

었다. 온통 배경이 어두웠고 어두운 배경을 바탕으로 모니터 가 운데 금색 원이 자리를 잡았다. 마치 회전목마를 타는 아이가 금 속 고리를 잡으려는 것처럼 나는 그 원을 잡으려고 손을 뻗었다.

그때 스피커가 울리면서 음악이 나왔다. 아바의 노래. "방문객 들"이다.

엄마의 쉿소리가 노래를 뒤덮었다. 날카로운 소리다. 당황스 럽다. 절망적이다.

나는 엄마 방의 문손잡이에 손을 뻗었다. 손잡이를 돌려서 문 을 열고 안으로 들어간다.

"그만!"

나는 그 즉시 소리를 질렀다. 목소리는 마치 내 것이 아닌 양 생소했다.

"제발 그만 멈춰주세요!"

타일러가 모니터를 껐다. 화면의 이미지가 사라졌다. 천천히, 그리고 고통스럽게 내 머릿속의 기억들도 안개 속으로 사라졌 다. 나는 크게 숨을 쉬었고 내 심장이 미친 듯이 뛰었다.

"미안해요. 미리 말을 해줬어야 했는데. 생각보다 강렬할 수 있어요."

나는 심지어 말을 할 수조차 없었다. 나는 눈을 감았다. 아무 것도 보지 않으려고, 괴물을 다시 상자 안에 넣으려고 말이다.

"지금 이건 멈추는 게 좋겠어요."

타일러가 말했다.

하지만 나는 단호하게 머리를 저었다.

"아니에요, 괜찮아요. 이번에는 스카이에 집중해볼게요."

타일러가 고개를 끄덕였다.

"좋아요. 그럼 나는 방을 나가 있을게요. 불을 끄고 모니터만 켜 놓을 거예요. 하지만 통제실에서 모든 걸 보고 기록할 수 있으니 걱정하지 말아요. 너무 지나치다 싶으면 바로 이야기해요. 지금처럼 전원을 끌게요."

"좋아요."

내가 속삭이듯 말했다.

타일러가 다시 TV 화면을 켰다. 타일러의 발소리가 들리고, 실험실 문이 열렸다 닫혔다. 불이 다 꺼져서 나는 어두움 속에서, 오로지 벽에 붙어있는 모니터에서 나오는 직사각형의 파란색 불빛만 켜진 채 남겨졌다.

정확히 무엇을 해야 좋을지 모르겠다. 우선 내 머릿속에 있는 스카이의 기억을 찾으려고 애써봤지만 잘되지 않았다. 내가 스카이를 찾은 적은 없다. 항상 스카이가 나를 찾아왔다. 꿈에서 본 것들을 생각하자 화면은 마치 일종의 진흙처럼 칙칙한 색으로 바뀌었다. 하지만 어떤 것도 실제로 구체화 되지 않았다. 화면에서도, 내 머릿속에서도. 스카이의 기억이 빠른 속도로 멀어져가고 있었다.

'스카이.'

나는 머릿속에 속삭였다.

'스카이, 나에게 말을 걸어줘요.'

마침내 화면에서 무언가를 보았다. 그런데 대체 무엇이지?

아주 잠깐 머물다가 마치 손가락 사이로 흩어지는 모래알처럼 사라져 버렸다. 그러고 나서 다시 나타났다. 나를 내려다보고 있는 청동 동상이다. 남자의 형상이다. 무엇인지 알 것 같았다.

포세이돈.

1, 2초 사이에 내 머릿속에는 완벽한 환영이 보였지만 그게 무엇인지 이해가 되지 않았다. 내가 동상이 있는 근처에서 손가락으로 부드러운 땅을 파고 있다. 왜? 왜 저런 일을 하는 거지?

장면은 순식간에 왔다가 순식간에 사라졌다.

'스카이, 거기 있어요?'

이번에는 내 손가락 아래로 피아노 건반이 있다. 음악의 한 부분이 스피커에서 나온다. 스카이가 피아노를 연주하고 있다. 피아노를 연주할 때마다 스카이는 행복했다. 나는 피아노 연주에 집중하려고, 스카이가 아끼는 기억을 밖으로 내놓을 수 있도록 노력했다. 안전한 기억이다. 음악 소리는 점점 커졌고 나는 내가 느끼는 감정에 집중했다. 따뜻함. 웃음. 사랑.

이번에는 화면이 푸른색으로 바뀌었다.

물인가? 아니면 바다? 아니면 파란색 하늘? 만족감이 물밀듯 밀려옴을 느꼈다. 그렇다. 나는 하늘을 바라보았다. 그리고 내 아래 있는 한 남자를 내려다보았다. 옷을 걸치지 않은 갈색 피부와 내 허벅지가 보인다. 화면에 비추는 영상은 대충 무엇이 일어나고 있는지를 제시해줄 뿐이지만 내 머릿속으로는 분명히 볼 수 있다. 나는 밖에서 사랑을 나누고 있다.

내가 누구와 있는지 잘 알 것 같다.

바로 마이런이다.

이런 상쾌함은, 신체적으로든 감정적으로든 느껴본 적이 없다. 신체가 영혼과 합치되는 느낌이다. 나는 이 사람을 사랑한다.

그리고 다시 어두움이 다시 찾아왔다. 그 여름밤, 7월 4일 독립기념일이 나에게 살금살금 다가오고 있다. 낮이 밤이 되었다. 나는 맨발로 젖은 풀 위를 달린다. 바람이 시원하게 내 머리를 날리고 파도가 포효하며 절벽에 부딪히는 소리를 듣는다. 바다의 소리는 스피커에서 마치 천둥소리처럼 들렸다.

나는 갑자기 멈춰서 내 앞의 누군가를 바라본다.

사바나다.

나는 그때 사바나와 함께 있었다. 사바나의 얼굴을 똑똑하게 볼 수 있었다. 목소리도 겹쳐서 들렸는데, 너무 많은 말이 쏟아져 나와서 마치 내가 이해하지 못하는 언어처럼 들렸다. 사바나는 나에게 소리를 지르고 있는데, 사바나의 얼굴은 증오로 일그러져 있다. 사바나가 아주 못된 말을 했다. 내가 맞게 들은 것일까?

정말로 사바나가 그렇게 말했을까?

나는 사바나의 뺨을 때리기라도 할 양으로 사바나에게 한발 다가간다. 하지만 내가 팔을 들었을 때 내 손목에 강한 통증이 느껴진다. 손을 거의 움직일 수가 없다. 그러고 나서….

그러고 나서 화면이 검은색으로 바뀌었다. 짙은 검은색으로 바뀌었고 아무 이미지도 보이지 않았다.

나와 스카이 사이에는 아직도 벽이 있다. 내가 뚫을 수 없는 벽이다.

'무슨 일이 있었던 거예요? 무엇을 보았어요?'

나는 스카이에게 더 보여달라고 빌었다. 아무것이라도 좋다. 기억의 아주 찰나라도 좋다.

마침내 화면과 내 머리에서 섬광이 비치듯이 갑작스럽게 하나의 영상이 더 나왔다가 사라졌다. 하얀 달빛을 가르며 골프채가 마치 도끼처럼 공중에서 내려오는 것을 보았다. 그다음에 골프채는 뼈가 부서지는 소리와 함께 사바나의 머리에 내리꽂혔다.

여기까지, 그다음에는 아무것도 보이지 않았다.

31

실험이 끝나자 타일러는 무미건조한 목소리로 더 기억나는 게 있는지 물었다. 나는 타일러에게 없다고 말했는데, 사실은 거짓말이었다. 이번에는 진실에 더 가까이 갔다는 게 느껴졌다. 절벽 가에서 사바나가 살아있는 것을 보았다. 우리가 말다툼하는 걸 보았다. 사바나는 내 마음을 분노로 가득 채울만한 말을 했고, 나는 날것의, 원시적인 폭력 충동을 느꼈다.

이 기억은 새로운 것이다.

골프채가 사바나의 머리에 내려꽂히는 장면 역시 새롭다. 꿈에서는 그러한 장면을 본 적이 없다. 내가 본 장면에 대해서 다른 설명은 생각할 수가 없다. 범인은 나다.

내가 그랬다. 내가 언니를 죽였다.

아니, 내가 아니다! 스카이지, 핼리가 아니다! 우리 둘을 분리해야 하는데, 점점 더 우리 둘을 분리하는 게 어렵다고 느껴진다.

타일러는 안색이 창백했다. 어두운 유리창을 통해서 나를 지켜본 경험에 상당히 충격을 받은 것 같았다. 처음에는 화면에 나오는 흐릿한 이미지가 진짜처럼 느껴졌다고 생각했다. 그러니까 다른 여자 속에서 자기 아내의 기억이 살아있는 것을 보는 경험 말이다. 그런데 이내 그 때문이 아니라는 걸 깨달았다.

마이런이었다.

화면에 나온 장면으로 충분히 스카이가 다른 남자와 사랑을 나누고 있음을 알아차릴 수 있었다. 비록 나와 같은 정도로 느끼지는 못하겠지만, 그 기억이 무엇을 의미하는지를 이해했을 것이다. 아내가 바람을 피운 것이다. 그뿐만 아니라 스카이는 마이런과 긴 시간 사랑에 빠져있었다. 그래서 그날 밤, 솔티 걸에서 타일러에게 이혼을 요구한 것이다. 스카이는 결국 자기 자신에게도, 그리고 타일러에게도 솔직해졌다.

타일러가 나를 쳐다볼 때 나는 타일러와 스카이의 결혼이 얼마나 공허했는지를 보았고 이에 대해 들끓는 분노를 느꼈다. 타일러의 눈에서 질투가 느껴졌다. 소유욕도. 타일러는 스카이에게 소리를 지르고 싶겠지만, 타일러의 눈앞에 있는 건 다름 아닌 나다. 타일러의 얼굴에 나타나는 감정을 보고 싶지 않았다.

"여기서 나가야겠어요. 가야 해요."

내가 말했다.

"어디로요?"

"모르겠어요. 생각을 좀 해봐야 할 것 같아요. 처리 과정이죠. 생각할 시간을 좀 더 갖는다면 더 많은 문이 열릴 것 같아요."

하지만 이 역시 거짓말이었다. 나는 내가 어디로 가야 할지 잘 알고 있었다. 마이런의 존재는 나에게도, 스카이에게도 마치 자석과 같았다. 나는 마이런을 만나고 마이런과 함께 있고 싶었다.

"데려다줄까요?"

타일러가 물었다.

"아니요."

"그러면 누군가 데려다줄 사람을 불러줄게요."

나는 머리를 저었다.

"내 몸은 내가 건사할 수 있어요."

"안전하지 않아요. 아까 경찰도 더튼 같은 사람이 여전히 밖을 활보하고 다닐 수 있다고 했잖아요."

타일러는 여전히 무미건조한 목소리로 말했다.

"무슨 상관이에요. 당신네 사람들이 내 근처에 있는 게 싫다고요. 알아들었어요? 당신들 중 누구도 내 인생에 참견할 수 없어요. 나는 당신에게도, 앤드류에게도, 폴 템플에게도, 심지어 나를 죽이려고 하는 사람들한테도 소모품일 뿐이잖아요. 아주 지긋지긋해요."

"아주 큰 위험을 감수하고 있는 거예요."

"음, 하지만 그 역시 내 인생이에요. 그렇지 않나요?"

타일러는 아무 말도 하지 않았다.

나는 몸을 돌려 사무실에 타일러만 남겨둔 채 밖으로 나왔다.

밖에 나와서 나는 택시를 불러 코플리 플라자로 향했고, 내 차를 찾아서 곧바로 부둣가로 향했다. 나는 매우 서둘렀는데 안절부절못하겠으면서도 묘하게 흥분되었다. 내 욕망, 스카이의 욕망이 나를 압도했다. 부둣가에 도착해서 나는 계단을 뛰어올라 마이런의 스튜디오로 향했다. 노크도 없이 나는 안으로 들어갔다. 흐릿한 공간에서 숨을 헉헉거리며 나를 소개하는 말 한마디 없이 가만히 서 있었다.

내가 도착하는 소리를 마이런이 들었다. 마이런의 발소리가 스튜디오 뒤쪽에서 들렸다. 회색 불빛 아래 근육질의 그림자, 마이런이다. 나를 보았을 때 마이런은 아무 말도 하지 않았다. 마이런은 조용히 나에게 걸어왔다. 살에는 갖가지 색깔의 물감이 묻어 있었고, 레게머리 아래로 땀이 반짝반짝 빛나고 있었다. 마이런은 내가 왜 이곳에 왔는지를 아는 것 같았다. 우리 둘 사이가 열기로 가득했다. 신경 말단에서 전기가 통했다. 하지만 마이런은 조금도 움직이지 않았다. 내가 어떻게 하는지를 보려고 가만히 있는 것 같았다. 나여야 했다. 나의 선택이어야 했다. 나는 마이런에게 다가가 마이런의 얼굴을 손으로 잡고 키스했다. 입, 볼, 코, 눈, 목, 닥치는 대로 키스했다. 그러자 마이런의 팔이 나를 에워쌌다. 마이런이 나를 안아 들 때, 마치 나는 몸무게가 전혀 나가지 않는 존재인 것 같이 느껴졌다. 내가 마이런의 품에 안겨 침대로 가는 내내 우리는 키스를 멈추지 않았다.

* * *

한 시간 후, 우리는 바닥의 매트리스에 서로 옷을 하나도 걸치지 않은 채 누워있었고 얇은 이불이 우리를 덮고 있었다. 다락방의 서까래에서 천장 실링 팬이 나른하게 돌아가고 있었다. 우리의 몸은 꼭 붙어있었고, 마이런은 손가락으로 천천히 유두에서 다리 사이의 성긴 그곳까지 나를 애무하고 있었다. 나는 만족감에 충만해서 기운이 하나도 없었다. 내 몸이 전에는 결코 경험해보지 못한 이런 방향으로 쓰일 수 있다니.

이게 바로 본연의 섹스다. 더 하고 싶었다.

내 마음속의 따뜻한 햇볕을 가리는 유일한 먹구름은 마이런이 마음속으로 내가 아니라 스카이와 사랑을 나눌 것이라는 의심이다. 스카이는 마이런이 원하는 유일한 사람이니까. 스카이는 마이런이 사랑한 유일한 여자니까. 타일러와 마찬가지로 말이다. 모두가 스카이를 원한다. 사바나가 스카이를 향해 느꼈던 질투심이 어느 정도 이해가 되기 시작했다. 하지만 이 은혜로운 순간에 나는 그냥 스카이의 그늘에 사는 것에 만족하기로 했다. 스카이가 되어야지.

"타일러가 오늘 내 기억을 읽어내려고 했어요."

잠깐의 침묵이 흐른 뒤 내가 중얼거리듯 말했다.

이제 더 이상 '그녀의' 기억이라고 부르지 않는다. 매일 매일 스카이와 나는 하나의 사람으로 합쳐지는 것 같다. 키츠의 시에서 나왔던 구절 같은데? '영혼은 둘이나 생각은 단일하여….'

마이런의 손가락이 계속해서 내 몸을 갈구하고 있다.

"무엇을 봤는데요?"

마이런이 물었다.

"당신이요. 우리요. 우리 둘이 사랑을 나누는 모습이요. 그래서 내가 이곳으로 돌아온 거예요."

"당신이 그리웠어."

마이런이 중얼거렸다.

마이런이 스카이를 의미한다는 걸 나는 안다. 마이런은 눈을 감고 있다. 스카이를 생각하는 것 같다.

"나도 당신이 그리웠어요."

"마치 내 인생에 당신이 다시 돌아온 것만 같아."

"알아요. 객관적으로 보니 내가 당신을 얼마나 사랑했는지 알 것 같아요. 타일러도 똑같은 걸 보았죠. 그래서 화가 난 거고요."

"타일러에게 상처를 줄 생각은 없잖아요?"

마이런이 말했다.

"음, 타일러가 나를 사랑하기는 했는지 확신이 없어요. 나를 소유한다는 그 생각을 좋아했던 게 아닐까 싶어요. 희귀한 동전을 모으듯 나를 모은 거죠. 사랑이랑은 달라요. 당신과 나, 우리 사이가 바로 사랑이죠. 항상 알고 있었어요. 너무 오래 떨어져 있어 미안해요."

마이런이 내 몸에서 손을 뗐다. 마이런은 눈을 뜨고 한쪽 팔로 머리를 괴고 옆으로 누웠다.

"그만, 핼리."

"왜요?"

"당신은 스카이가 아니에요."

나는 별것 아니라는 투로 어깨를 으쓱했다.

"나는 스카이가 될 수 있어요. 만약 당신이 원한다면요. 어렵지 않은 일이에요. 다만… 스카이가 나를 압도하도록 하면 되는 걸요."

"스카이는 죽었어. 이제 이 세상에 없어요."

"그렇지 않아요. 스카이는 내 속에 여전히 살아있어요."

나는 마이런을 마주 보고 누운 채로 마이런의 얼굴을 가만히 만졌다.

"알겠어요? 우리는 다시 함께 있을 수 있어요. 나만 보면 돼요, 마이런. 내가 여기 있어요."

마이런이 내 팔목을 잡더니 팔을 밀쳤다. 매트리스에서 일어나서 팬티를 다시 입고는 침대 근처의 의자에 앉았다. 찬 바람이 부는 눈을 들여다보니 당황스러움이 느껴져 나는 이불로 몸을 감쌌다.

"이게 지금 당신에게는 장난으로 보여요?"

마이런이 물었다.

"아니에요. 미안해요."

부끄러움에 볼이 빨개졌다.

"당신이 아닌 다른 사람인 척하지 말아요. 내 평생 직업이 사람들을 살펴보는… 그 사람이 정말로 어떤 사람인지 보는 일이에요."

"당신 말이 맞아요. 내 감정에 잠시 헷갈렸어요."

나도 매트리스 위에 앉으면서 말했다.

마이런이 한숨을 쉬었다.

"당신의 잘못만이 아니야. 내 잘못이기도 해요. 언제나 내 속의 한 부분에서는 스카이가 돌아오기를 바라고 있었거든. 그 사실을 부인하지 않을게요."

"스카이는 나보다 훨씬 강해요. 어떤 부분에서는 차라리 내 인생이 아니라 스카이의 인생을 사는 게 좀 더 쉽겠다는 생각이 들어요. 원재료로 좀 더 나은 결과물을 만드는 거죠, 그렇죠?"

"본인을 과소평가하지 말아요, 핼리 에버스. 내가 본 당신은 그 나름 상당히 강하니까."

"하지만 스카이 수준은 아닌 것으로요."

마이런이 의자에서 미끄러지듯 내려와 다시 매트리스 위로 올라왔다. 마이런이 팔로 내 허리를 감쌌고, 마이런이 내 옆에 있는 느낌이 좋았다.

"질문 하나 해도 되나요?"

"뭔데요?"

마이런의 손길이 내 오랜 상처 위에 부드럽게 머물렀다. 내가 15살부터 가지고 있었던, 욕조에서, 새빨간 장미색의 물속에서 죽어가는 걸 발견한 그때부터 항상 함께인 그 상처 위를 말이다.

"왜 이런 짓을 한 거요? 무슨 일이 있었소?"

마이런이 물었다.

나는 머리를 기울여 계속 보고 있으면 최면이 걸릴 것만 같은 실링 팬을 쳐다보았다.

"로니라는 애가 있었어요."

"남자 때문에 자살을 시도할 그럴 사람 같지는 않은데."

"사실, 내가 그 아이를 죽이려고 했어요."

마이런은 아무 말도 하지 않았지만 마이런의 눈은 나를 흥미롭게 바라보면서 어서 계속하라고 재촉했다.

"로니는 우리 옆집에 사는 애였어요. 거의 1년 가까이 나를 추행했죠. 걔가 하라는 대로 한 이유는 그 집 수영장을 쓰고 싶어서였어요. 말도 안 되죠?"

"말도 안 되긴. 그리고 당신 잘못이 아닌데."

"네, 음, 그날, 나는 이제 걔랑 끝을 내야겠다고 생각했어요. 로니가 수영장 한쪽 가에 앉아서 다리를 벌리고 내 머리를 쥐고 있었죠. 그다음에 기억나는 건 내가 그 아이를 물속에 밀어 넣고 나오지 못하게 잡고 있었다는 거예요."

"나쁜 놈이 정당한 대가를 치른 것 같은데."

"그냥 겁주려는 정도가 아니었어요. 나는 정말 그 인간을 죽이고 싶었죠. 하지만 그다음에… 잘 기억이 나지 않아요. 어마어마하고 파괴적인 죄책감이 물밀듯 밀려오기 시작했어요. 마치 가슴이 부서지는 것 같았어요. 엄청 비열한 짓을 하는 것 같았죠. 나를 절대 용서하지 못할 것 같았어요. 계속 울었는데, 왜 그랬는지 지금도 잘 모르겠어요. 그날 밤, 나는 욕조에서 이모부의 면도칼로 이렇게 했어요."

"어린아이였잖소. 그 남자애가 당신을 이용한 거고. 당신을 비난하는 건 완전히 잘못된 것 같소."

"중요하지 않아요. 어쨌든 나는 그렇게 느꼈으니까요."

눈에 눈물이 가득 찬 채로 나는 고개를 가로저었다.

"이 상처는 언제나 나랑 함께였어요. 언제나 내가 한 짓을 끊임없이 알려주었죠. 내 손목을 볼 때면 항상 생각해요. '헬리, 이게 네 본모습이야.'라고 말이에요."

마이런은 자신이 내 마음을 바꾸기 위해서 할 수 있는 말이 없다는 걸 아는 것 같았다. 대신 마이런은 나에게 다시 키스했고, 이번에는 내가 그를 밀어냈다. 나는 무릎을 세워서 팔로 감싸 안고 턱을 팔 위에 올려놓았다.

"뭐 하나 말해도 돼요?"

"뭔데요?"

"그날 밤을 생각하면 할수록 스카이가 사바나를 죽였다는 생각이 들어요."

마이런은 내가 한 말을 곱씹듯 한동안 가만히 있었다.

"실제로 그 장면을 머릿속에서 본 거예요?"

"아니요. 실제 기억은 여전히 오리무중이에요. 하지만 나는 처음부터 그렇게 생각했어요. 또 스카이 역시 자신을 용서하는 방법을 모르는 게 아닌가 생각했어요. 가능한 이야기일까요? 스카이가 정말 그랬을까요?"

"스카이 안에는 강한 불이 있었지. 조건만 맞으면 스카이 역시 충분히 이성을 잃었을 수 있소. 당신처럼 말이죠. 그렇다고 당신이나 스카이가 나쁜 사람이라는 건 아니에요."

"그렇다면 사바나는요?"

마이런이 어깨를 으쓱했다.

"사바나는 아주… 아주 무서운 면이 있었소. 사람들의 발작

버튼을 누를 수 있었지. 특히 스카이한테는 더더욱."

"그게 무슨 말이에요?"

"사바나는 그 이름을 딴 기후처럼 불쾌지수가 매우 높고 기복이 심하지. 뭐랄까 조지아벨 복숭아*의 뉴잉글랜드 버전이라고 할까. 우아하고, 매력적이며, 아주 잘 자랐지. 하지만 그 예쁜 얼굴에서 한 겹을 벗겨내면 내가 만나본 중 가장 강경한 인종차별주의자를 볼 수 있어요. 뉴포트와 같은 곳에서야 물론 항상 인종차별이 존재하지. 마치 지하수처럼 말이야. 하지만 사바나는 그런 마음을 숨기려고조차 하지 않았어."

나는 타일러와 있을 때 실험실에서 본 것을 생각하며 눈살을 찌푸렸다.

"사바나가 스카이에게 한 말이 기억났어요. 하지만 내가 맞게 들었는지 확신이 없었죠. 솔직히 말해서 내가 들은 걸 믿고 싶지 않았어요. 완벽한 문장은 아니었지만…."

"뭐라고 했는데요?"

"얼마나 끔찍한지… 그러니까 더럽고 냄새나는 검…."

내 목소리 끝이 떨렸다.

"흑인을 비하하는 그 단어 말이죠?"

마이런이 내 말의 끝을 맺었다.

"네."

---

*   하얀 즙이 나오는 홍당무

"나와 스카이에 대해서 이야기하고 있었나요?"

"그런 것 같아요. 바로 그 직후에 골프채가 사바나의 머리를 내리치는 걸 보았거든요."

"스카이는 사바나가 어떤 사람인지 잘 알고 있었죠. 아마 그 날 밤 절벽에서 '검둥이'라는 말을 처음 들은 건 아닐 거예요."

"어떻게 알아요?"

마이런이 가만히 내 얼굴을 감쌌다.

"스카이의 어린 시절에 대해서 얼마나 알고 있나요?"

"많이는 몰라요. 타일러에게 들은 거로는, 아버님이 스카이의 어머님과 이혼하고 로쉘이라는 패션모델과 재혼했다고요. 그때 그 일로 가족의 분열이 시작된 것 같았어요."

"오, 분열 정도가 아니지. 완전히 전쟁이었죠. 그해 여름 로쉘을 만났어요. 로쉘은 사바나가 본인과 딸에게 얼마나 못되게 구는지 조금 이야기해 주었지. 그런 대접을 받으면서 어떻게 사는지 신기할 정도였다니까."

"왜 사바나가 그 모녀를 그렇게 싫어했어요? 정말로 단순히 이혼 때문인가요?"

"로쉘에 대해 몰라요?"

마이런이 물었다.

"어떤 거요?"

마이런이 조심스럽게 미소를 지으면서 머리를 조아렸다.

"로쉘이 흑인이에요. 백옥같이 하얀 백인 셸든 딸들에게 흑인 계모가 생긴 거지. 사바나는 그게 지상 최대의 모욕을 당한 것인

양 행동했소. 그러니 스카이가 나랑 도망가기로 계획을 세웠을
때 사바나의 반응이 어땠을지는 상상하고도 남지."

32

이제 그 답을 찾았냐고?

내 기억 속에서 그 해답을 분명하게 볼 수는 없지만 10년 전 7월 4일, 독립기념일에 무슨 일이 있었는지는 분명해진 것 같다. 스카이와 사바나는 마이런을 두고 말다툼을 벌였고, 스카이는 절대로 본인이 의도하지 않았던 무언가를 저질렀다. 이성을 잃은 것이다. 스카이는 한순간 분노에 휩싸여 언니를 죽였다. 사건이 모두 끝난 후 스카이의 머리는 그날 그 사건의 공포를 완전히 마음 한구석에 봉인해서 결국에는 하나도 기억하지 못하게 된 것이다. 기억은 숨겨져 있다. 벽장 뒤에 숨어있는 괴물처럼.

하지만 10년 후 사바나 살인 사건, 그러니까 엘리야의 죽음이 다시 회자되기 시작했다. 스카이는 보았을 것이다. 엘리야의 얼굴을, 그리고 신문에서 엘리야와 함께 나란히 실려있는 사바나의 얼굴. 그날 밤의 들쑥날쑥하고 이어지지 않은 채 남아 있던 자세한 기억이 다시 스카이의 머리에 스멀스멀 떠오르기 시작했다. 스카이는 자신이 끔찍한 비밀을 가지고 있고 그 비밀이 이제 세상 밖으로 나오려고 한다는 것을 깨닫기 시작했다.

그래서 스카이는 뉴포트의 집으로 돌아갔다. 살인이 일어났던 포세이돈 동상의 그림자 아래 절벽에 다시 섰을 때 스카이는 자신의 기억이 무섭게 되살아나는 것을 느꼈을 것이다. 그 순간 스카이가 느꼈을 절망과 죄책감이 그려진다. 사바나에게 한 행동에 대한 죄책감. 그리고 뒤이어 엘리야에게 일어난 일에 대한 죄책감 말이다.

결국 스카이가 찾던 진실은 스카이가 감당할 수 있는 수준을 넘어섰다. 이것이 스카이 셀든 미스터리의 마지막 페이지다.

하지만 아직 아니다.

이 모든 것에도 불구하고 나는 내가 아는 것과 모르는 것에 대해 확신할 수 없다. 퍼즐에는 아직도 맞추지 못한 조각이, 내가 채워 넣지 못한 네모난 모양이 하얗게 남아 있다. 이 퍼즐을 완벽하게 맞추려면 스카이가 골프채를 들어서 사바나를 향해 내리치는 장면을 볼 필요가 있다.

그 장면을 볼 수 있는 유일한 한 가지 방법이 있다. 스카이의 마지막 기억을 풀 수 있는 유일한 장소가 있다.

스카이를 따라서 뉴포트에 가기로 했다.

나는 코플리 플라자로 돌아가 짐을 싸야 했다. 내일 아침이 되자마자 출발할 것이다. 호텔에 도착해서 서둘러 로비를 지날 때 내가 해야 할 일에 너무 몰입한 나머지 내 주변의 사람들에게 신경을 쓰지 못했다. 멍청한 일이었다. 나는 여전히 감시당하고 있다. 미행당하고 있다. 살인자 칩 더튼이 여전히 돌아다니고 있는데 나는 그런 걸 생각할 여유가 없었다.

그런데 갑자기 들리는 어떤 목소리에 나는 가던 길을 멈추고 얼어붙었다.

"핼리 에버스, 맞지요?"

나는 초조하게 뒤를 돌아보았다. 한 여자가 호텔 조명 아래 무늬가 있는 빨간 소파에서 일어났다. 흑갈색 머리를 완전히 틀어서 올리고 짙은 푸른색 블라우스에 검은색 치마를 입고 있었다. 30대 초반인 것 같았는데, 뻣뻣한 태도에 나이가 좀 더 들어 보였다. 얼굴은 예뻤지만, 화장이 진했고, 눈의 흰자가 충혈되어 있었다.

여자의 얼굴이 낯익었다. 마치 전에 만난 적이 있는 사람 같았다. 나는 여자가 누군지 생각해 내려고 애썼다. 그리고 여자가 자신을 소개하기 전에 기억이 났다.

카라 이담. 앤드류의 아내다.

오, 망할. 이거 별로 좋지 않은데.

바닷가에 있는 앤드류의 집에서 카라를 만났을 때, 카라는 남편의 애인을 만나기라도 한 듯 나를 바라보았다. 아내의 완벽한 촉 같은 것이다. 이제 앤드류는 죽었다. 그리고 그 케임브리지의 집에서 앤드류가 죽었을 때, 나는 그 집에 있었다.

설상가상으로 내가 입고 있었던 건 카라의 옷이다.

"네, 제가 핼리에요. 카라 맞지요?"

"맞습니다."

"앤드류 일은… 정말 유감이에요."

나의 위로가 카라에게 별다른 인상을 주지는 못한 모양이다. 나를 쳐다보는 카라의 얼굴은 차갑고 화가 난 표정이었다.

카라는 마치 내가 아무 말도 하지 않은 것처럼 자기의 말을 이어나갔다.

"타일러와 이야기했어요. 경찰들이랑도요. 하지만 핼리 양은 그곳에 있었잖아요. 내 남편에게 무슨 일이 있었던 거죠?"

"제가 그 일에 관해서 이야기해도 되는지 잘 모르겠어요."

"그곳에 있었잖아요!"

자신의 말을 되풀이하는 카라의 언성이 점점 높아졌다.

"앤드류가 살해당할 때 당신은 그곳에 있었어요. 모두들 앤드류가 죽은 건 당신 때문이라고 해요. 그런 당신이 그 일을 언급해도 되는지 나한테 물어본다고요? 나는 앤드류의 아내예요. 나에게는 답을 해야지요."

나는 로비를 둘러보았다. 우리 주변의 사람들은 이미 이 불편한 대화의 상황을 눈치챈 것 같았다.

"여기서 이러지 말고 밖으로 나가요."

내가 말했다.

우리는 같이 호텔을 나와 길 건너에 있는 공원으로 갔다. 늦은 저녁이었다. 점점 어두워지고 있었고 코플리 광장은 조용했다. 트리니티 교회로 향하는 계단 근처의 조약돌 위에 벤치가 하나 있었다. 해가 질수록 교회의 빛은 점점 더 밝게 빛났다. 카라는 손을 무릎에 포개 놓은 채 내 옆에 앉았다. 카라는 등을 꼿꼿이 세우고 거의 움직이지 않았다. 나는 몸을 계속 움직이다가 결국 다리를 꼬고 앉기로 했다. 나는 손가락으로 벤치의 나무를 두드렸다.

"일단 정리할 문제부터 정리하고 넘어가지요. 둘이 잤어요?"

카라가 매섭게 물었다.

"아니요."

카라의 길고 우아한 목에서 마치 백조처럼 머리가 홱 내 쪽을 향해 돌았다.

"나를 위한답시고 거짓말을 할 필요는 없어요. 이담 가문의 사람들은 일부일처제를 마치 케네디가의 사람들만큼이나 하찮게 여겼으니까. 나라를 구하는 일을 하는데 사생활에서 무슨 짓인들 못 하겠어요. 처음 결혼할 때부터 이 조건을 이미 잘 알고 있었어요."

"같이 자지 않았어요. 앤드류를 잘 알지도 못해요."

나는 반복해서 말했다.

그러자 카라는 어깨를 으쓱하더니 너무나 명백한 사실을 지적했다.

"내 옷을 입고 있었잖아요. 밤새 우리 집에서 내 남편과 단둘이 있었고요. 나는 앤드류가 어떤 사람인지 너무 잘 알고 있어요. 둘이 자지 않았다는 게 오히려 더 이상해요."

"믿고 싶은 대로 믿는 거야 자유지만 아무 일도 없었어요. 저는 손님방에서 잤습니다. 옷을 빌린 건 입을 옷이 없어서였어요.

내가 원래 입고 있던 옷은 나를 죽이려고 달려드는 사람을 피해 도망가는 사이에 완전히 진흙투성이가 되어 버렸거든요."

"그 모든 게 앤드류의 연구 프로젝트 때문이라는 거죠?"

카라가 아직도 미심쩍다는 듯한 얼굴로 물었다.

"네, 맞아요."

"그 연구가 대체 정확히 뭐죠? 타일러도 자세한 이야기는 피하고, 경찰은 아예 아무것도 모르는 것 같고요."

카라는 자신의 우월감을 과시하는 듯한 표정으로 나를 바라보았다.

"그리고 당신은 분명히 과학자는 아닌 것 같아요."

"네, 아니에요."

"그렇다면 뭐죠?"

카라가 남편을 잃었다는 것도, 그래서 화가 난다는 것도 잘 안다. 남편을 잃은 사람으로 인생을 살아야 한다는 것도, 그래서 두려워하고 있다는 것도 잘 안다. 하지만 나도 이제 슬슬 카라의 빙빙 돌려 말하는 말투에 짜증이 나기 시작했다.

"나와 앤드류의 관계를 알고 싶다고요, 카라? 좋아요, 말해줄게요. 라스베이거스의 메드엑스 박람회에서 열렸던 한 파티에서 내 심장이 멈췄어요. 앤드류가 나를 휴대용 자동심장충격기로 살렸죠. 그런데 나를 살리면서 고의로 실험에서 사용하는 데이터를 내 머리에 넣은 거예요. 깨어났을 때 내 머릿속에는 죽은 여자의 기억이 들어있었죠. 그때 이후로 사람들이 나를 죽이려고 쫓아다니기 시작했고요."

너무 의외의 대답이었나. 카라는 한동안 말이 없었다.

"그게 사실이에요?"

"네, 사실이에요."

"죽은 여자의 기억이요?"

"네."

"상상도 못 했네요. 앤드류의 연구가 그 정도까지 진척되었을 줄 몰랐어요. 앤드류는 자기 일에 관해서 이야기하지 않는 편이거든요."

카라는 눈을 가늘게 뜨고 나를 가만히 관찰했다.

"음, 내가 한번 말해볼게요. 죽은 여자… 혹시 그 여자 스카이 셸든 아니에요?"

"왜 그렇게 생각했어요?"

카라가 이렇게 빨리 짐작을 할 수 있다는 사실에 깜짝 놀라며 나는 카라에게 되물었다.

카라는 모든 다른 사람들이 나를 보았던 것처럼, 마치 나를 뚫어지게 쳐다보고 있으면 스카이를 혹시나 볼 수 있을지 모른다고 생각하는 것처럼 나를 바라보았다.

"스카이가 지난가을에 바닷가 우리 집에 몇 번 왔었어요. 스카이와 앤드류는 아주 오래 이야기를 했죠. 앤드류는 일과 관련되어 있다고 했어요. 물론 앤드류를 믿어야 할지 그때도 확신이 없기는 했지만요. 아시다시피 스카이는 크리스마스 때 즈음해서 스스로 목숨을 끊었어요."

"음, 맞아요. 스카이예요."

"축하해요. '성스러운 셸든 양'과 머리를 공유하다니 아주 운이 좋은 게 틀림없어요."

"카라 당신은 스카이의 팬은 아닌 것 같아요."

"팬 아니에요. 어쨌든 앤드류에 대해서 말해주세요. 무슨 일이 있었는지 전부 다요."

그래서 나는 모든 이야기를 다 카라에게 했다.

라스베이거스의 병원에서부터 MIT에서 앤드류를 찾은 일부터 어제 일어났던 사건까지 앤드류와 나 사이에 있었던 일을 빠짐없이 카라에게 말해주었다. 어떤 이야기도 앤드류가 좋게 보일 수 없었는데, 카라는 내가 말한 어떤 일에도 전혀 놀라지 않았다. 앤드류의 잘못에 대해서 깊이 이해하고 있음이 분명했다. 앤드류가 내 발밑에서 죽어있었고, 나는 앤드류를 내려다보며 숨이 멎는 줄 알았다는 데서 이야기가 끝났다. 내가 앤드류의 시체를 찾았다고 이야기하자 카라는 그 지점에서 아주 조금 사적인 감정을 내비쳤다. 카라는 마치 어떤 약점을 다 치유하기 위해 자신을 꾸짖듯이 눈물을 닦아내었다.

"솔직히 말해줘서 고마워요. 앤드류나 타일러한테는 절대 못 들을 이야기군요. 그나저나 앤드류와 타일러가 당신에게 한 짓이 괘씸하네요. 당신의 동의 없이 그런 짓을 저질렀다면 정말 끔찍한 폭력이에요. 앤드류가 한 일에 대해서 대신 사과합니다. 솔직히 말해서 그 나쁜 놈들을 고소하라고 하고 싶어요. 하지만 우리 아이들의 미래가 히포렉스의 성공에 달려 있어요. 회사가 망하는 꼴은 보고 싶지 않기도 하네요."

"어떻게 할지 아직 결정을 내리지 못했어요. 법적으로는 고소하는 게 맞겠지요."

내가 말했다.

카라는 마치 볼일을 다 끝내고 이제 떠나려는 사람처럼 치맛자락을 펴더니 공원을 한 바퀴 둘러보았다. 막 일어섰으나 이내 멈칫하면서 다시 벤치에 앉았다. 카라는 마치 내가 누구인지 다시 확인하려는 듯 다시 눈길을 나에게 주었다.

"개인적인 질문 하나만 해도 돼요?"

"물론이죠."

"어떤 느낌이에요?"

나는 카라의 말뜻을 바로 알 수 있었다. 스카이가 내 안에 있는 게 어떤 느낌이냐는 말이다. '성스러운' 셸든 양 말이다.

"지금은 어디까지가 나고 어디까지가 스카이인지 잘 모르겠어요."

"당연해요. 스카이는 아주 강한 성격이었으니까요."

"스카이를 잘 아세요?"

카라는 고개를 끄덕였다.

"나도 뉴포트에서 자랐거든요. 당시 우리는 아주 친한 그룹이었어요. 모두가 모두를 알았죠."

"사바나도요?"

내가 물었다.

내 질문에 카라의 입꼬리가 흥미롭다는 듯 위로 올라갔다.

"네, 물론이에요. 나는 사바나와 가장 친했어요. 결혼식 때 사

바나의 들러리를 하기로 했었죠. 음, 그런데… 무슨 일이 있었는
지는 알고 있죠?"

나는 고개를 끄덕였다.

"앤드류와 나는 사바나가 죽고 나서 같이 슬퍼했어요. 서로를
위로했죠. 그리고 이렇게 결혼까지 하게 된 거예요."

카라는 잠시 슬픈 듯이 보였지만 이내 감정을 추스르고 나에
게 물었다.

"얼마나 기억하고 있어요?"

"사바나에 대해서요? 아니면 그 살인 사건에 대해서요?"

"전부 다요. 머릿속에 있는 스카이가 어느 만큼 기억하고 있
는지요."

"스카이 인생의 여러 부분에서 조각조각 기억이 되살아나요.
실제 시간순과는 전혀 상관없어요. 어떤 일은 정확하게 왜, 어떻
게 그렇게 되었는지는 모르겠지만 확실히 알고 있는 일들도 있
고요. 스카이는 항상 나와 함께 있어요. 보스턴으로 온 이후 이
런 느낌이 더 강해졌어요."

"당연하죠. 스카이는 거의 이 도시를 지배하다시피 했었던걸
요. 스타였어요."

"그런데 왜 그렇게 스카이를 싫어해요? 스카이가 앤드류랑 잤
다고 생각해요?"

다시 한번 카라의 목소리에 날이 서 있는 것을 느끼고 내가
물었다.

그리고 처음으로 카라가 웃었다.

"아니요. 내가 스카이를 싫어하는 이유는 스스로 다른 사람들보다 본인이 훨씬 낫다고 생각했기 때문이에요. 어렸을 때부터 그런 식이었죠. 겉으로는 겸손한 척하는데 알고 보면 사람들의 관심을 엄청나게 갈구하는 그런 스타일? 그래서 사바나가 화를 많이 냈어요. 하지만 스카이와 앤드류의 관계는 전혀 의심하지 않았답니다. 스카이가 사랑하는 사람은 유일하게 한 명이었죠. 그 남편이 아니라 다른 사람이었어요."

"그러면 알고 계셨던 거예요?"

"마이런 글래스에 대해서요? 네, 물론이죠. 뭐랄까. 그 매력이 이해는 갔어요. 마이런은 정말 믿을 수 없을 만큼 재능을 타고났죠. 게다가 멋지잖아요. 몇 년 전에 마이런이 나를 그려준 적이 있어요. 아시다시피요. 우리 무리 중 여자들을 많이 그렸지요."

"스카이와 마이런이 뉴포트에서부터 그런 사이였다는 걸 알고 있었어요?"

"소문은 들었어요. 그때는 그냥 소문이겠거니 했거든요. 하지만 시간이 지나고 보니 사실이더라고요."

"사바나는 어땠어요? 사바나도 알고 있었어요?"

내가 물었다.

"맙소사, 아니요! 사바나가 눈치만 챘어도 완전히 난리가 났을걸요."

"마이런이 흑인이라서요?"

카라는 자신의 친구에 대해 안 좋은 이야기를 하기가 조심스러운 듯 보였다.

"인생은 복잡해요, 헬리. 사바나는 전반적으로 좋은 사람이었어요. 하지만 좋은 사람들이 언제나 좋기만 한 건 아니에요."

"그 이상이라고 들었는데요."

카라가 한숨을 쉬자 작은 휘파람 소리가 이빨 사이로 새어 나왔다.

"이게 지금 왜 중요한지 모르겠어요. 아주 오래전 이야기거든요. 네, 사실이에요. 사바나는 아주 무례한 말을 쏟아내곤 했어요. 하지만 나는 사바나가 왜 그러는지 이해할 수 있었죠."

"이혼 때문에요? 계모, 로쉘 때문인가요?"

"맞아요. 사바나는 친어머니를 정말 좋아했죠. 그래서 로쉘이 가족을 깨버렸다고 생각했어요. 솔직히 로쉘이 흑인이어서는 아니었는데, 종종 사바나의 분노가 그런 식으로 표출됐어요. 분명히 말하는데, 로쉘도 그리 좋은 사람은 아니었어요. 사바나에게 들은 거로는, 로쉘이 눈에 띄는 사람이면 누구든 바람을 피웠다고 하더라고요. 그게 하인일 때도 있었고, 이웃 사람일 때도 있었고요. 그 딸도 똑같았어요. 비키가 겨우 13살 때 동네 10대 남자아이와 난잡하게 놀고 있는 것을 사바나가 보았어요. 그 엄마에 그 딸이었죠. 네, 맞아요. 그래서 사바나가 그 모녀에 대해서 끔찍한 말들을 하곤 했어요. 그 모녀를 마치 쓰레기처럼 취급한 건 사실이지만, 그래도 나는 사바나가 그럴 만하다고 생각했어요."

나는 벤치에서 일어서서 카라를 내려다보았다.

"한 가지만 말해주세요. 누가 사바나를 죽였다고 생각해요?"

"그 문제는 너무 명백한데요. 모든 사람이 다 누가 사바나를 죽였는지 알고 있어요. 그 골프 강사, 엘리야요."

"근데 그게 사실이 아닌 것 같아요."

"마이런이 그렇게 말했나요? 마이런 말을 믿어요? 자, 보세요, 엘리야가 그곳에 있었어요. 절벽에서 사바나를 발견했고요. 엘리야는 사바나를 강간하려고 했지만, 사바나가 저항했고 그래서 엘리야가 사바나의 머리를 골프채로 내리친 거예요."

"하지만 증거가 없잖아요."

"그래서요? 그럼 다른 사람이 죽였다고 생각하는 거예요?"

"네, 제 생각에는 스카이인 것 같아요."

카라는 내가 다른 행성에서 온 사람인 양 나를 바라보았다.

"스카이요? 아니에요. 내가 개인적으로 스카이를 미치게 좋아하고 그런 건 아니지만 스카이는 사바나의 죽음과 아무런 연관이 없어요."

"제 생각에는 스카이가 사바나와 마이런과의 연애 문제로 다툰 것 같아요. 그래서 스카이가 폭발했던 거고요."

"미안하지만, 아니에요. 무엇을 기억하고 있는지 모르겠지만 그런 일은 있을 수가 없었어요."

카라의 목소리에는 의심의 여지가 눈곱만큼도 없었다.

"어떻게 그렇게 장담할 수 있어요?"

카라도 일어섰다. 우리는 교회의 불빛이 비치는 가운데 서로 눈과 눈을 마주 보고 섰다.

"그날 밤 내내 내가 스카이와 함께 있었거든요. 스카이가 사바나를 죽이지 않은 것도 않은 거지만, 스카이는 사바나를 죽일 수 없었어요. 물리적으로 불가능했어요."

"이해가 잘 안 되는데요. 무슨 뜻이죠?"

"스카이는 피아니스트잖아요. 그만큼 연습하고 리허설하면서 오는 부작용 중 하나가 손목 터널 증후군이고 스카이는 계속 재발하는 그 병으로 고생했어요. 그날, 그러니까 7월 4일에 스카이는 그 나쁜 놈, 엘리야와 같이 스윙 연습을 하다가 손목을 다쳤어요. 그리고 저녁에는 손목 터널 증후군이 완전히 심해졌지요. 파티 내내 내가 스카이와 같이 있었어요, 핼리. 스카이는 고통이 너무 심해서 팔을 허리 위까지도 간신히 들 정도였어요. 다시 한번 말하지만, 물리적으로 스카이가 사바나의 머리에 골프채를 휘두를 수 없어요. 그러니까 스카이는 아니에요."

33

"토리?"

토리의 이름을 부르는 내 목소리가 갈라졌다. 토리의 핸드폰에 메시지를 남기는 중인데, 온몸을 덜덜 떨고 있다. 손도 떨린다.

"토리, 핼리에요. 메시지를 받는 즉시 나에게 전화해 줄 수 있을까요? 시간은 상관없어요. 토리의 도움이 필요해요. 아주 중요한 부탁을 하고 싶어요."

나는 전화를 끊었다.

호텔 방은 쥐 죽은 듯이 조용했다. 나는 불을 다 끄고 커튼을 모두 닫아 도시의 불빛이 새어 들어오는 것을 막았다. 짐은 이미 다 싸놨다. 새벽이 되기 전에 출발하려고 알람도 설정해놨다. 해가 뜨기 시작하는 대로 나는 남쪽, 뉴포트로 향하는 고속도로를 탈 것이다. 그 무엇보다… 보고 싶다는, 스카이의 집과 절벽의 동상을 보고 싶다는 강렬한 충동이 일었다. 하지만 내가 그곳에 도착했을 때 무엇을 기억할 수 있을지 아무런 생각이 없다.

라스베이거스에서 처음으로 꿈을 꾼 이래로 나는 계속해서 스카이가 범인이라고 생각해 왔다. 스카이가 사바나를 죽였다. 유일한 의문점이자 유일한 미스터리는 도대체 왜 그랬냐는 것이었다. 하지만 카라가 사실을 말한 거라면 나는 처음부터 틀렸다. 스카이는 결백하다.

스카이는 사바나의 죽음을 목격한 사람이었다. 스카이는 범인이 사바나를 때려죽이는 것을 보았다. 골프채가 공중으로 획 들렸다가 사바나의 머리를 향해 내리꽂히는 장면에서 내가 무언가를 잘못 이해했다는 걸 깨달았다. 나는 바로 스카이의 눈을 통해서 무슨 일이 일어나고 있는지를 본 것이다.

스카이가 골프채를 잡고 있었던 게 아니다, 다른 누군가가 골프채를 쥐고 있었다.

누가 스카이와 함께 있었을까? 누가 사바나를 죽였을까?

'당신이 본 걸 나에게 말해주세요.'

하지만 스카이는 기억을 하지 못하고, 나도 기억을 못 하기는 마찬가지다.

거의 새벽 한 시다. 잠을 자보려고 했지만, 눈은 여전히 감기지 않았다. 좌절한 나는 침대에서 나와 창문 옆으로 가서 무거운 커튼을 열었다. 보스턴 시내가 내 아래 펼쳐져 있다. 스카이의 보스턴이다. 스카이가 이 도시에서 그리워하는 모든 것이, 여기서 잃어버린 것들의 아픔이 느껴졌다. 스카이의 기억이 회오리처럼 몰아쳤지만 10년 전 그때는 아니다. 나는 지금 크리스마스

때의 아주 깊은 우울함을 생각한다. 스카이의 마지막 크리스마스. 타일러와 헤어졌고. 마이런에게 이별을 고했다. 스카이의 기억을 더듬어 본다.

뉴포트로 향했다.

자살도 계획한 것일까?

'대체 왜?'

만약 스카이가 진심으로 죄가 없다면 왜 그렇게까지 자신을 몰아갔을까?

내 뒤에서 전화가 울렸고 나는 달려가서 전화를 받았다.

"여보세요?"

"핼리, 토리예요."

토리의 위스키처럼 부드러운 목소리가 이렇게 반가웠던 적은 없는 것 같다.

"토리, 맙소사! 전화해 줘서 고마워요. 그리고 너무 늦게 음성 남겨서 미안해요."

"아직 안 자고 있었어요. 무슨 일이에요?"

나는 최대한 빠른 속도로 모든 것을 설명하고 나서 가장 중요한 부분으로 넘어갔다.

"저… 저 그래서 아침에 뉴포트로 가려고요."

"뉴포트요?"

토리가 내 말에 깜짝 놀란 것 같았다.

"그러니까 스카이가 스스로 목숨을 끊은 곳을 말하는 거죠? 왜 그런 일을 하려고 하는 거죠?"

"내가 거기에 가면 스카이의 기억이 돌아올 것 같아서요. 스카이도 해답을 찾으려고 그곳에 갔어요. 똑같이 해보려고요."

토리는 아주 오랜 시간 뜸을 들이며 답을 생각하는 것 같았다.

"핼리, 솔직하게 말할게요. 이 계획이 나는 걱정스러워요. 이게 단순히 스카이에 대한 게 아니라는 건 잘 알고 있죠? 핼리도 스스로 감당해야 할 문제가 있잖아요. 정확히 스카이처럼 핼리 당신도 자신으로부터 비밀을 감추고 있어요. 핼리, 당신은 연약해요. 뉴포트에 가면 핼리 자신의 삶에 대해서, 핼리 자신의 과거에 대해서도 많은 것들이 떠오를 거예요. 스카이의 기억을 마주하는 건 결국 핼리 당신의 기억을 마주하는 게 될 수 있어요. 받아들일 각오가 되어있는 거예요?"

나는 다시 그때를 머릿속에 그려보았다. 청동 문손잡이. 그리고 문손잡이를 향해 뻗은 내 손.

이 모든 것이 정말로 그때의 그 일을 위한 건가? 위급함. 절망감. 절실하게 필요한 평화. 스카이의 감정일까, 아니면 나의 감정일까? 그 문의 반대편에서 무슨 일이 있었는지 알기 위해 내가 스카이를 이용하고 있는 걸까?

우리 둘.

비밀도 둘.

"잘 모르겠어요. 어쩌면 토리 당신 말이 맞는 것 같아요. 하지만 인제 와서 멈출 수는 없다고 생각해요. 그래서 전화를 한 거예요. 도움이 필요해요, 토리. 제발요."

"어떤 도움이 필요한데요?"

토리의 목소리는 조심스럽고 머뭇거렸다.

"내가 이런 부탁을 할 자격이 없다는 것 잘 알아요."

"괜찮으니 말해봐요."

"나와 같이 가줘요."

내가 말했다.

"뭐라고요?"

"내일 이쪽으로 올 수 있어요? 뉴포트에서 만나도 될까요?"

"핼리, 글쎄요…."

"이미 잡힌 상담도 많을 테고 일일이 취소해야 할 테죠. 저도 잘 알아요. 비행기를 타고 나라를 횡단하는 일이니까요. 어떻게든 비행깃값은 제가 마련해 볼게요. 혼자서 가기는 싫어요."

"내가 무엇을 도울 수 있다고 생각하는데요?"

"내가, 아니 스카이가 영원히 기억하도록 도울 수 있어요. 거의 다 왔어요. 마지막 정답은 그곳에 있어요. 다 내 머릿속에 있는데, 기억에 다다르지를 못하는 것 같아요. 뉴포트에 가는 것도 기억을 찾기 위한 일부에요. 하지만 나 혼자 힘으로 할 수 있을지 잘 모르겠어요. 무언가 더 필요해요. 토리가 최면치료를 원할 때 내가 도망갔잖아요. 그 치료를 이번에 해봐요."

"그건 핼리 당신의 기억을 찾기 위한 거였죠. 모르는 사람의 기억이 아니라."

"토리, 나는 꼭 이 일을 해야겠어요."

오랜 침묵이 흘렀고 나는 토리가 대답해 주기를 기다렸다.

"좋아요."

422

마침내 토리가 입을 열었다.

"우리 엄마도 동부에 계시는데 놀러 오라고 성화거든요. 핑계로 가보죠. 내일부터 며칠간 상담 일정을 비우고 비행기를 알아볼게요. 아마 초저녁에는 뉴포트에 도착할 수 있을 것 같아요."

"토리, 고마워요."

"절대로 스카이가 살았던 저택 근처에도 가지 말아요. 내가 갈 때까지 기다려요. 알았어요?"

"네, 좋아요."

"뉴포트에 가서 어디서 만나면 좋을지 문자 보내줘요."

"그럴게요."

토리는 더 이상 말을 하지 않았지만, 전화를 끊지도 않았다. 수화기 너머로 토리의 숨소리가 들렸다.

"토리? 왜요? 뭐가 잘못됐어요?"

마침내 내가 참지 못하고 물어보았다.

"정신 차리고 잘 들어요. 지금 이 결정을 내린 사람이 누구인지 확신할 수 없어요. 그러니까 핼리 당신인지 아니면 스카이인지요. 스카이가 당신을, 자신이 죽은 바로 그 장소로 데리고 가려고 해요, 핼리. 만약 스카이가 그 절벽에서 다시 몸을 던지려고 한다면 스카이를 막을 수 있나요? 그만큼 스스로 강할 수 있어요?"

* * *

토리의 경고로 이후 몇 시간 동안 잠이 오지 않았다. 나는 호텔 창가에 앉아서 도시의 불빛을 가만히 바라보았다. 토리의 말이 옳다는 걸 잘 알고 있다. 나는 스카이가 갔던 길을 따라가고 있는데, 그 길은 결국 스카이로 하여금 스스로 목숨을 끊게 했다. 나도 내 인생에서 똑같은 길을 가고 있다. 두 번이나 스스로 목숨을 끊으려 했지만 실패했다. 이번에는 아주 높은 절벽으로 갈 것이고, 아주 작게 한 발만 내디뎌도 성공할 수 있을 것이다.

커튼을 닫고 침대에 다시 몸을 눕혔다. 날카로운 신경을 안정시키기 위해서 휴식이 필요했지만, 눈을 감을 새도 없이 문을 두드리는 소리에 깜짝 놀랐다.

나는 벌떡 일어났다. 침대에서 나와 살금살금 문 쪽으로 걸어갔다. 문의 작은 구멍으로 복도를 확인했더니 케임브리지 경찰서의 '이름은 아직도 모르는' 위더스 형사가 서 있었다.

나는 안전고리를 잠근 채 문을 빼꼼 열었다.

"형사님, 무슨 일이세요?"

내가 물었다.

"잠을 깨워서 미안해요, 핼리."

위더스 형사가 말했다. 여전히 이 사이로 불을 붙이지 않은 담배를 물고 있었다.

"보스턴의 사건 현장에서 전화를 받았소. 나에게 와서 한 번 봐달라는데. 핼리 양도 같이 가면 좋을 것 같아서 말이요."

"저요? 지금요? 이 한밤중에요?"

"음, 빨리 현장에 가야 해서 말이오. 아침 전에 시체를 처리할 것 같소."

"누구 시체인데요? 누군데요?"

"도착해서 보도록 하지요."

위더스 형사가 말했다.

나는 좌절의 한숨을 쉬었다. 위더스 형사와 같이 가고 싶지는
않았지만 이미 잠은 다 깼고 누가 살해당했는지 모른 채 잠을
잘 수 있을 것 같지도 않았다. 나는 위더스 형사에게 고개를 끄
덕이고, 호텔 문을 닫고는 옷을 갈아입었다. 복도에서 만났을 때
나는 다시 한번 누구의 시체를 보러 가는 거며 어디로 가는 거
냐고 물었지만 형사는 내 질문에 대답하지 않고 애꿎은 담배만
씹어댔다.

위더스 형사의 차가 1층에서 있었다.

"히포렉스의 변호사를 불러야 하나요? 제가 개인적으로 형사
님 만나는 걸 별로 좋아하지 않을 것 같은데요."

텅 빈 도심의 거리로 이동하면서 내가 물었다.

"하고 싶으면 하시오. 하지만 핼리 양이 용의자는 아니오."

"오?"

"그렇소. 우리 부서에서는 핼리 양이 케임브리지 서를 떠난
이후 계속해서 핼리 양을 감시하고 있었소. 온종일 핼리 양의 동
선을 확인했기 때문에 당신이 어디에 있었는지 알고 있소. 당신
이 사람을 죽이지 않았다는 것도요."

위더스 형사가 설명했다.

"나를 미행했다고요? 왜요?"

"당신을 죽이려는 사람들이 있는 것 같으니 부분적으로는 당신을 보호하려고. 또 청부살인업자들이 움직이면 그들을 잡을 수 있으니까. 또…."

"내가 혹시 무언가 불법을 저지르나 보려고요?"

"맞소. 그런 이유도 있소."

위더스 형사가 인정했다.

위더스 형사는 계속해서 차를 몰았다.

우리는 써머 스트리트에 있는 강을 건넜고, 주변에는 아무도 없었다. 위더스 형사는 우리가 어디로 가는지 아무 언질도 주지 않았지만 차가 항구 쪽으로 향할 때 나는 갑자기 속이 메슥거리는 느낌이 났다. 부두의 쌍둥이 빌딩에 가까이 가자 메스꺼움은 이내 극심한 공포로 바뀌었다. 물가에서 경찰차의 경광등이 번쩍이는 게 보였다.

마이런의 스튜디오 근처다.

"오, 맙소사, 오, 맙소사. 안 돼요! 마이런이라니!"

위더스 형사가 끼어들더니 나를 미안하다는 듯 쳐다보았다.

"잠깐만요, 핼리 양. 피해자는 마이런 글래스가 아니오. 바로 이야기했어야 하는데. 오늘 마이런을 만난 것을 알고 있소."

"마이런은 괜찮나요?"

"네. 마이런이 시체를 발견했소. 경찰에 전화를 건 사람도 마이런이오."

나는 조수석에 몸을 편안히 기대고 안도감에 눈을 감았다.

"그럼 도대체 누구예요? 말씀해 주세요, 형사님."

"더튼이오."

위더스 형사가 어깨를 으쓱하더니 마침내 입을 열었다.

"칩 더튼이요? 그 살인자요? 그 사람이 죽었다고요?"

"그렇소."

"음, 누가….

나는 말을 이을 수 없었다. 무슨 말을 해야 할지도 모르겠다.

위더스 형사가 부두에 차를 대는 동안 나는 조용히 기다렸다. 부두 쪽으로 나가는 골목을 보스턴 경찰 여럿이 막고 있었다. 하지만 위더스 형사가 신분증을 보여주자 우리를 들어가게 해주었다. 나는 너무 충격을 받아서 걷기조차 쉽지 않았다. 경광등 때문에 더욱 어지러웠고, 그래서 위더스 형사가 내 팔을 부축해 주어야 했다. 생선 냄새 때문에 속이 더 안 좋았다.

우리는 부두 끝에 도착했고 강한 바람에 인도에도 거품이 일어난 물이 찰박거렸다. 폴리스라인이 북서쪽 구석에 쳐져 있고, 그 안으로 경찰과 의사들 몇 명이 모여 있었다. 내 생각에 아마 시체가 있는 곳인 것 같다.

"햄리!"

깊고 부드러운 목소리가 나를 불렀다. 마이런이 폴리스라인 밖에서 경찰과 나란히 서 있었다. 마이런은 나를 향해 달려오기 시작했고, 나도 마이런을 향해 달려가기 시작했다. 하지만 위더스 형사와 마이런의 옆에 있던 경찰이 각각 우리를 막아섰다.

"나중에 이야기할 수 있소."

형사가 말했다.

위더스 형사를 따라가면서 나는 입으로 사과 인사를 전했다. 위더스 형사와 나는 경찰이 쳐 놓은 폴리스라인 쪽으로 향했다. 나는 계속해서 뒤를 돌아 마이런을 바라보았다. 마이런은 자신을 잡은 경찰에게서 벗어나려고 애쓰고 있었다. 마이런은 내가 앞으로 볼 광경을 보지 않기를 바란다는 것을 알 수 있었다.

시체를 발견한 사람이 마이런이다. 그러니 어떠한 광경이 내 앞에 펼쳐질지 아는 것이다.

우리가 다가가자 경찰과 의사 무리가 길을 터주었다. 나는 침을 꿀꺽 삼켰다. 경찰은 길바닥에 누워있는 남자에게 불과 몇 미터 떨어진 곳까지 가도록 허락해주었고, 한눈에 남자의 목이 잘린 것이 보였다. 상처에서 피가 엄청나게 나왔고 상처로 인해 턱 아래로 기괴한 미소를 짓고 있는 것처럼 보였다. 죽을 때 청어처럼 파닥거린 듯 피는 온 사방에 튀어 있었다.

속이 메슥거렸다. 나는 손으로 입을 꽉 막았다. 가까스로 물가에 가서 손으로 무릎을 짚으며 간신히 균형을 잡았다. 몸이 너무나 휘청거려 넘어지지 않으려고 조심해야 했다. 숨이 거칠어지더니 급기야 물에 게워 냈다. 가슴이 쾅쾅 뛰었다. 위더스 형사가 내 뒤로 다가와서 내 등에 손을 대었다.

"괜찮아요, 핼리 양?"

위더스 형사가 물었다.

이틀 사이 벌써 세 번째 시체다. 그러니 당연히 괜찮지 않다. 나는 등을 쭉 펴고 소매로 입을 닦았다.

"맙소사."

"그래요. 이 망할 거, 정말 받아들이기 힘들어요. 하지만 우리는 이 사람이 라스베이거스에서부터 당신을 쫓아다니던 사람이라고 생각해서 꼭 핼리 양이 보고 우리 질문에 대답을 해주었으면 좋겠다고 생각했소."

"네, 알겠어요."

"그 사람이 맞습니까? 이 남자인 걸 확신할 수 있어요?"

위더스 형사가 물었다.

나는 간신히 몸을 가누어 시체 쪽으로 몸을 돌렸다. 이번에는 다른 아무것도 아닌 시체의 얼굴에만 집중했다.

"그 사람이 맞아요. 라스베이거스에서 나를 죽이려고 했던 사람이에요. 폴 템플을 쏜 사람이기도 하고요."

그다음에 나는 죽은 남자가 신고 있는 검은색 부츠를 보았다.

"이 사람이 앤드류 이담도 죽인 게 분명해요. 아니 최소한 침대 밑에서 본 그 사람이 맞는 것 같아요. 부츠가 똑같고 국방색 신발 끈도 똑같아요."

"알겠소. 좋은 소식이로군."

나는 시체로부터 조금 멀리 떨어졌다.

"어떻게 된 사건이에요?"

"보스턴 경찰이 아직 확인 중이에요. 당신의 친구인 마이런 글래스가 두 시간 전에 스튜디오 밖 부두에서 야단법석이 난 소리를 들었다고 해요. 그러고 나서 시체를 발견했지만, 주변에서는 아무도 못 보았다고 했고요. 더튼을 죽인 자는 잽싸게 사라졌고 어떤 흔적도 남기지 않았죠. 안팎으로 재빠르고 확실하게 일을 처리한 거지. 더튼 같은 청부살인업자가 또 있는 것 같소. 프로를 제거하려면 다른 프로를 고용하는 게 제일 확실한 방법이니까."

"그런데 왜 더튼이 하필이면 여기에 있었던 거예요?"

위더스 형사는 눈살을 찌푸렸다.

"의견을 묻는거라면, 내 생각에는 아마 당신을 찾으러 왔던 것 같소. 불과 몇 시간 전에 당신이 이곳에 있었다는 게 단순히 우연 같지는 않은데. 더튼은 당신이 다시 돌아올 거로 생각하고 당신이 나타나면 죽이려고 했던 것 같아요."

나는 머리를 저으며 물가로 향했다. 물에서는 눅눅한 냄새가 났다. 아니면 내 입에 아까 토한 기가 남아 있어서 쓰기 때문일지도 모르겠다.

"누군가 더튼을 고용해서 나를 죽이라고 했는데, 더튼이 죽임을 당했다? 왜일까요?"

위더스 형사는 주머니에 손을 찔러 넣더니 라이터를 꺼냈다. 작은 한숨과 함께 형사는 입술로 물고 있던 담배에 불을 붙였다. 담배 연기를 들이마시면서 형사는 만족스러운 듯이 눈을 감았다. 그리고 물가를 향해 회색 구름과 같은 담배 연기를 내뱉었다.

"음, 그 지점이 흥미로워요."

"왜요?"

"더튼은 몇 시간 전에 살해당했죠. 그런데 그 시간쯤에 보스턴 경찰이 폴 템플의 운전기사에게 전화를 받았지. 운전기사는 탬에서 늦은 밤에 맥주를 한잔하면서 슬퍼하고 있었소. 그런데 누군가 명백하게 고의로 그에게 접근했어요. 술을 한 잔 사면서 템플 펀즈의 이사들에게 전할 메시지가 있다고 했다는데."

"무슨 메시지요?"

내가 물었다.

"자기들이 템플의 죽음과 관련이 없다고 이야기했소."

"자기들이요? 그게 누군데요?"

"우리도 아직 확실하지는 않소. 운전기사는 그 사람이 전혀 모르는 사람이라고 진술했소. 하지만 그 남자가 중국인이었다고 했고, 그렇다면 타일러 레예스가 전에 말한 것으로 추측해보건대…."

"중국 정부의 사주를 받은 누군가라고 생각하시는군요."

"그렇소. 내 생각에는 그 중국인이 자신들이 고용한 청부살인업자 중 한 명에 의해 업계의 거물이 살해되었다는 소문을 들은 것 같소. 그들은 템플의 최측근에게 그 사건의 배후에 있는 게 자기네가 아니라는 것을 분명히 하고 싶었던 것 같고요. 그러면서 기사에게 지금 돌아가는 상황을 '잘 수습하고 있다'라고 말했다고 하오. 내 생각에는 더튼을 이야기한 것 같소만. 그래서 여기 더튼의 시체가 있는 것이고."

"그러면 중국인들이 자기가 고용한 청부살인업자를 죽인 거라고요?"

내가 물었다.

"그런 것 같네요. 우선은 핼리 양 당신에게는 좋은 소식이에요. 더튼이 제거되었으니 말이오. 하지만 만약 중국인들이 개입

하지 않았다면 더튼은 누군가 다른 사람을 위해 일한 게 분명한
데. 누군가 핼리 양, 당신을 제거하기 위해 더튼을 고용했다는
뜻이오. 문제는 그 사람이 누구냐이고."

34

물가를 걸으면서 마이런은 내 어깨에 팔을 두르고 있었다. 경찰이 아직 부두 출입을 막아두어서 우리는 씨포트 대로를 따라 산책로가 해협과 만나는 근처의 다른 부두로 가고 있었다. 그 시간에 길에는 아무도 없었지만, 해안가의 콘도 두어 채에서 불빛이 반짝이는 게 보였다.

부두 끝에서 우리는 물가의 검은색 울타리 앞에 멈춰 섰다. 이른 새벽 배들이 바다로 나가는 게 보였다. 마이런은 소금기가 가득한 공기를 들이마셨다. 그리고 어두운 수평선을 유심히 바라보았다.

"느껴져요? 태풍이 오고 있어요. 남쪽에서 아주 큰 태풍이. 내일 밤이면 아마 태풍이 이곳에 상륙할 것이오."

"공기가 축축한 게 느껴지네요."

마이런은 내 얼굴에 내린 어두움을 유심히 보더니 손으로 내

턱을 감싸 얼굴을 위로 들어 올렸다.

"왜 그런 사건에 대해서 말하지 않았어요? 당신이 처해 있는 위험에 대해서요. 심지어 앤드류 이담이 죽은 것도 경찰이 말해 줘서 알았네요."

"당신이 할 수 있는 일이 아무것도 없으니까요."

"어쩌면 그럴지도 모르지. 하지만 말을 해야 했어요."

"내 문제인걸요. 뭐 하러 당신까지 끌어들여요?"

마이런이 빙긋이 웃었다.

"친구가 무엇인지에 대해 생각해 볼 필요가 있겠네요. 핼리 에버스. 그게 친구라면 서로 해주는 거예요. 그리고 사실 내가 당신을 좋아하기도 하고."

나도 미소 지으며 마이런의 어깨에 머리를 살포시 기대었다.

"나도 당신이 좋아요."

"이 모든 게 그들이 당신에게 한 실험 때문인가요? 그래서 지금 이런 일이 일어나고 있는 거예요?"

"경찰은 그렇게 생각하고 있어요. 다른 이유가 없으니까요."

"그래서 어떻게 할 계획인데요?"

나는 별로 달갑지 않은 태도로 대답했다.

"글쎄요. 타일러와 그 밑의 사람들에게 나를 가지고 실험하도록 허락할 수 있겠죠. 그러면 내 뇌파를 가지고 온갖 실험을 다 할 테고 자신들의 최신 기술을 활용해서 무엇을 찾아낼 수 있는지 볼 거예요. 일단 그렇게 하고 나면 연구의 다음 단계로 넘어가는 데 필요한 것을 얻을 수 있을 거고, 나에게는 아무도 신경

434

쓸 이유가 없어져요. 그즈음 되면 나는 가치 있는 소모품이 아니라 쓰고 버리는 실험 장비가 될 테니까요."

"그 멍청한 놈들이 당신의 아름다운 머릿속을 헤집고 다니도록 용납할 수 없는데."

"네, 나도 별로예요. 그리고 고마워요. 아름답다고 해줘서요."

"고마워할 필요는 없어요. 내 의견이 아니거든. 객관적인 사실이에요."

"정말 말을 잘하시네요."

마이런이 나에게 몸을 기대고 입술을 내 입술에 포갰다. 우리는 마치 10대처럼 물가에서 몇 분간 몸을 꼭 붙인 채 키스했다. 입술을 떼었을 때 나는 약간 당황스러워서 얼굴이 빨개졌다. 우리는 여전히 아직 서로를 그렇게 잘 알지 못하고, 이제 나는 아무하고나 사귈 그런 나이는 아니기 때문이다. 하지만 나는 마이런이 정말 좋다. 만약 시간이 있다면 관계가 좀 더 진전되지 않을까 생각해 본다.

하지만 무엇보다 지금 내게 부족한 건 시간이다. 수평선에서 분홍색 빛이 보였고 나는 곧 떠나야 한다는 걸 알고 있다. 뉴포트가 기다리고 있다.

"저기요. 내가 스카이에 대해서 잘못 생각한 것 같아요."

"스카이와 사바나 말이요? 왜 그렇게 생각하게 되었소?"

나는 카라가 스카이의 병과 그날 밤 골프채를 휘두를 수 없었던 이유에 대해 해준 이야기를 다시 한번 마이런에게 설명했다.

"음, 스카이의 손목 터널 증후군이라면 카라의 말이 맞소. 실제로 병이 심해지면 정말 힘들어했지. 병이 기승을 부릴 때는 콘서트도 취소하고 그랬으니까."

"그날 밤과 관련해서 스카이가 손목 터널 증후군에 대해 말한 적 있어요? 그 정도 고통이라면 스카이가 사바나를 죽일 수 없었다는 걸 스스로 잘 알고 있었을 텐데요."

"음, 아마 알고 있었을 거예요. 스카이와 나는 그날 밤에 대해 솔직히 이야기한 적이 없어요. 그냥 덮어두었지. 내 말 이해해요? 그 일을 꺼내는 순간 우리 사이에 문제가 발생할 게 분명하고 우리 둘 다 그건 원치 않았어요. 스카이가 그날 일어난 일에 대한 기억을 스스로 막아버렸지만, 스카이가 얼마나 그날 일을 다시 기억하고 싶은지도 잘 알고 있었지. 하지만 그날 일에 관해서 물어보기는 싫었소."

우리는 부두를 따라 다시 도시 쪽으로 걸었다. 우리는 손을 잡고 있었는데, 꽤 낭만적이었다. 해가 뜨는 순간, 둘이 물가를 걷고 있다니. 하지만 내가 이 질문을 하면 이 분위기가 망가질 것이라는 걸 나는 잘 알고 있었다.

"별로 좋아할 이야기는 아닌데, 엘리야가 살인을 저지르지 않았다고 정말 확신해요?"

내가 소심하게 물었다.

"뭐라고?"

마이런이 내 손을 놓더니 내 얼굴을 바라보았다.

"음, 당신의 동생이 사바나를 죽였을 가능성이 있냐고요."

"진지하게 물어보는 거예요, 핼리? 당신조차도?"

마이런의 목소리가 심각해졌다.

"미안해요. 하지만 꼭 물어봐야겠어요. 엘리야는 자기 생각에 스카이가 사바나를 죽인 것 같다고 했지만 이제 우리는 그게 사실일 확률이 거의 없다는 걸 알잖아요. 그렇다면 혹시 엘리야가 나머지 사건의 정황에 대해서도 거짓말을 했을 수 있겠다는 생각이 들었어요."

마이런이 나에게서 떨어져 걷기 시작했다. 마이런을 따라잡으려고 나는 보폭을 넓혀야 했다. 마이런은 화가 났고, 나는 마이런을 원망하지 않는다. 마이런은 수년간 동생이 유죄라고 생각하는 모든 사람으로부터 동생을 변호해 왔는데, 겨우 몇 시간 전에 같이 잔 여자가 똑같은 의심을 하고 있으니 말이다.

"마이런, 그만 해요. 제발요."

더 이상 마이런의 걸음을 따라잡을 수 없었다.

마이런이 멈췄다. 그리고 가슴께에 팔짱을 끼었다. 새벽녘 어렴풋한 빛에 마이런의 눈은 두 개의 얼음으로 만든 검은 구처럼 빛났다.

"계속해봐요, 핼리. 여기서 멈추지 말고. 알고 싶은 게 뭔데요?"

"깊게 파고 들어가면 누구나 사바나를 살해할 동기가 있다고 했어요. 엘리야에게 사바나를 죽일만한 동기가 있었을까요?"

"없어요."

"그해 여름에 많은 시간을 같이 보냈다면서요."

"그래서?"

"혹시 사바나와 앤드류가 헤어진 걸 알고 엘리야가 사바나에게 치근댔을 수도 있잖아요. 그랬더니 사바나가 엘리야를 거부하면서, 그러니까 못된 말을 했을 수 있고요. 그런 말을 듣고 충분히 폭발할 수 있었을 것 같은데요?"

"내 동생은 절대로 폭발하지 않아요. 일생 단 한 번 그런 일이 있었는데, 그때 교훈을 제대로 얻었지."

마이런이 대답했다.

"알았어요. 알았어요. 미안해요."

나는 항복한다는 뜻으로 손을 들었다.

마이런은 한숨을 쉬면서 물가로 몸을 돌렸다. 주먹으로 울타리를 너무 세게 쳐서 그물망에 물결이 일었다. 숨을 크게 들이쉬자 가슴이 부풀어 올랐다. 마이런은 다시 몸을 돌렸다.

"아니, 미안한 건 오히려 나예요, 핼리. 당신은 지금 엉뚱한 렌즈를 통해 세상을 보고 있어요. 당신과 똑같은 질문을 나도 나자신에게 한 적이 있죠. 하지만 엘리야에 대해서는 당신이 틀렸어요. 내 동생은 무고해요."

"당신이 그렇게 말하니 믿을게요."

마이런은 큰 손으로 내 얼굴을 감쌌고 우리는 다시 키스했다.

"이쯤 되면 과거 일은 충분히 이야기한 것 같아요. 잠시 미뤄놔도 좋을 것 같은데, 내 스튜디오로 다시 갈래요?"

"네, 그럴게요."

그 이상 내가 원하는 건 없었다. 마이런의 스튜디오에 가서 마이런과 꼭 안고 있었다. 안전하다고 느껴졌다. 더 이상 스카이생각이 나지 않을 때까지 있고 싶었다. 하지만 그럴 수 없다.

"아니에요. 가볼 데가 있어요."

"어디를?"

마이런의 눈에 수심이 가득했다.

나는 대답하지 않았다. 하지만 굳이 말할 필요도 없었다. 마이런이 내 마음을 읽었으니까.

"뉴포트로 가려고 하는 건가요?"

"네, 맞아요."

마이런이 특유의 강렬한 인상을 지었다.

"그러지 말아요, 핼리. 당신은 스카이가 아니에요. 스카이가 당신을 통제할 수 없어요. 스카이의 인생에 무슨 일이 일어났듯, 스카이가 당신 머릿속에 어떠한 기억을 넣어놨든지 간에 그건 스카이의 문제지 당신 문제가 아니라고요. 스카이를 위해서 당신 무언가를 할 필요는 절대 없어요."

"그게 그렇게 간단하지 않아요."

마이런이 고개를 저었다.

"그렇지 않아요. 당신의 인생으로 돌아가요. 당신만 좋다면 여기서 나와 같이 잠시 있는 것도 괜찮고요. 스튜디오에 있으면서 앞으로 하고 싶은 일을 찾아보는 것도 좋을 것 같아요."

"스카이는 진실을 원해요."

"스카이는 죽었어요."

"나도 진실을 원해요."

마침내 마이런이 좌절해서 분노를 터뜨렸다.

"그럴 필요 없다니까! 그냥 놔두라고요! 핼리, 스카이는 뉴포트로 가서 다시 돌아오지 못했어요. 내가 좀 더 강하게 막을 걸 얼마나 후회했는지 알아요? 당신에게 지금 하는 말을 그때 했다면 얼마나 좋았을지? 나에게 작별인사하는 걸 그냥 두었고, 그리고 다시는 스카이를 보지 못 봤어요. 그때 이후 매일 나는 그 순간을 돌이켜요. 돌아갈 수 있으면 무슨 수를 써서라도 스카이가 뉴포트에 가지 못하게 할 거고요. 그리고 지금 우리가 같은 상황을 맞닥뜨리고 있어요. 나에게 기회가 있는 거예요. 뉴포트에 가지 마요."

우리 사이에 긴 침묵이 흘렀다. 동쪽 수평선에서 하늘이 붉은 빛으로 점점 밝아지고 있다. 마이런은 여전히 내 손을 꼭 잡고 있다. 마치 지금 여기에 나를 붙들어 두면 나를 막을 수 있다고 생각하는 것처럼. 하지만 마이런이 내 눈을 보았을 때 마이런은 자신이 틀렸다는 것을 알 수 있었을 것이다. 마이런은 비통하게 한숨을 쉬며 물가로 몸을 돌렸다.

"혹시 위로될지 모르겠지만 당신이 모르는 한 가지를 내가 알고 있어요."

내가 마이런에게 말했다.

"그게 뭔데요?"

"작년 12월에 당신이 무슨 말을 했든 중요하지 않아요. 스카이는 상관없이 떠났을 테니까요."

마이런의 어깨가 조금 들썩였다. 입이 슬퍼졌고 눈은 새벽녘 빛에 초점을 잃었다. 마이런이 몸을 돌렸을 때 나는 마이런의 옆모습을 볼 수 있었다. 마이런은 너무나 따뜻하고, 너무나 잘생겨서 떠나는 게 후회가 될 정도였다. 후회가 날카롭게 나를 파고들었다. 스카이도 똑같은 감정을 느꼈을 것이다. 하지만 우리는 작별 인사를 했다.

"나는 가야 해요."

다시 한번 말했다.

"당신이 해야 한다고 생각하는 일을 해요. 하지만 내 말이 맞을 거예요."

"뭐에 대해서요?"

마이런은 남쪽에서 몰려오는 성난 구름을 턱으로 가리켰다.

"태풍의 눈으로 들어가고 있는 거예요, 핼리 에버스."

* * *

우리 둘은 길에서 헤어졌고, 나는 마이런이 멀어져가는 것을 지켜보았다.

나는 이 모든 일이 끝났을 때 보스턴으로 돌아와 마이런에게 나를 그려달라고 하기로 다짐했다. 진짜 핼리 에버스는 어떤 모습일지 궁금했다. 가면 뒤의 내 모습, 폭력과 자살시도 뒤의 내 모습, 외로움 뒤의 내 모습, 그리고 스카이와 공유하고 있는 기억 뒤의 내 모습이 궁금했다.

닫힌 문 뒤의 모습도.

그곳 어딘가에 정말 진실한 나인, 나만을 위한 삶이 있을 것이다. 내가 찾기만 한다면 말이다.

나는 호텔로 돌아가려고 했다. 택시를 잡으려고 길을 아래위로 훑어보았다. 바로 그때 하얏트 근처에 주차한 스포츠카가 눈에 띄었다. 스포츠카는 나에게 헤드라이트를 비추었고 나는 굽은 길가에 있는 테슬라를 알아보았다. 그도 그럴 것이 엊그저께 그 차를 탔었기 때문이다. 차를 보기만 해도 분노가 치솟아 올랐다.

타일러가 여기에 있다.

사람들이 나를 따라다니는 데 정말, 정말 지쳤다.

나는 길을 건너서 조수석 문을 열었다. 차 안의 운전석에는 타일러가 있었다. 부유한 CEO이자 과학자가 아니라 무언가 잘못을 저질러 안절부절못하는 작은 소년 같았다. 곱슬머리는 엉망진창에 감지도 않은 것 같았다. 타일러는 땀이 난 콧등 위로 안경을 치켜올렸지만, 안경은 이내 다시 제자리로 내려왔다.

"도대체 여기서 뭐 해요? 나 스토킹이라도 하는 거예요?"

나는 몸을 안쪽으로 기대고 물었다.

"아니, 아니에요. 맹세해요. 경찰이 수잔에게 시체에 관해서 이야기했어요. 수잔이 나에게 전화했고요."

"그러면 왜 경찰이랑 같이 있지 않지요?"

타일러의 입이 굳어졌다.

"이쪽으로 차를 타고 오는데 당신이 부두에 있었어요. 그 사람과 같이요."

"그래서요? 당신이랑 상관없는 일인데요."

타일러의 뺨이 붉어졌다.

"나랑 상관없는 일이라고요? 그 나쁜 놈이 내 결혼을 망쳤어요. 내 아내랑 잤단 말이에요. 그 남자 때문에 스카이는 이혼을 원했어요. 그런데 지금까지도 당신이 그 사람과 같이 있는 걸 봐야 해요? 스카이와 마찬가지로 당신까지 분명히 그 남자와 잔 걸 내 눈으로 봐야겠냐고요? 당장이라도 달려가서 그 나쁜 놈을 때려눕히고 싶은데 참고 있는 거예요."

나는 타일러에게 생각할 시간을 주었고, 타일러는 두 주먹을 불끈 쥐고 있었다.

일단 타일러가 마이런을 때려눕힌다고 생각하니 우스웠다. 마이런은 아마에 땀 한 방울 흘리지 않고 마치 바위로 달걀을 깨듯 쉽게 타일러를 제압할 테니까 말이다. 하지만 질투심과 복수심으로 불타오르는 타일러의 일면을 보는 것은 혼란스러웠다. 감정이 장악하면 누군가를 때려서 죽게라도 할 수 있는 사람이 분명하다.

타일러는 나에게 자신이 사바나를 해칠 아무 이유가 없다고 말했다. 하지만 지금 그 말이 사실인지 아니면 또 다른 거짓말이었는지 헷갈린다.

"마이런과 내 관계는 당신과 아무 상관이 없어요. 당신과 나 또한 아무 관계가 아니고요. 알아듣겠어요? 그러니까 제발 나에게서 떨어져요. 내 인생에서 나가 주세요."

"순진한 척하지 말아요."

타일러가 냉소적으로 받아쳤다.

"스카이만 아니라면 마이런이 당신이랑 있지도 않을 거예요. 마이런이 원하는 사람이 당신이라고 생각해요? 당신을 볼 때마다 당신의 안을 들여다보는 거라고요. 내가 그렇듯이 말이죠. 얼굴을 다르지만 다른 건 똑같거든. 스카이를 다시 뺏기는 걸 감당할 수 있다고 생각해요? 그것도 같은 사람에게?"

"난 떠날 거예요."

타일러는 차에서 손을 뻗어 절실하게 내 손목을 잡았다. 그리고 애원했다.

"안 돼요, 핼리, 기다려요."

"가게 놔둬요! 나에게서 손 떼요!"

나는 손을 빼면서 소리를 질렀다.

"미안해요. 정말로 미안해요. 가지 마요. 나에게도 제발 기회를 줘요."

"무슨 기회요? 당신이랑 사랑에 빠질 기회요? 당신 아내를 찾기 위해서 내 머리를 온통 헤집어 놓을 기회요? 그럴 일은 없을 거예요."

"그냥 당신이랑 같이 있고 싶어요."

"아니요. 스카이와 같이 있고 싶은 거겠죠. 하지만 스카이는 죽었어요."

나는 몸을 좀 더 기대어 타일러의 얼굴을 똑똑히 바라보았다. 내 말 한마디 한마디를 제대로 들으라는 듯 말이다.

"지긋지긋한 게임은 이제 끝이에요, 타일러. 알겠어요? 마이런에게 나를 데려다가 실험하도록 허락할까 생각 중이라고 말했어요. 나를 안전하게 지키고 싶어서요. 지금은 아니에요. 어림도 없어요. 내 몸에 손가락 하나 대지 마세요. 잘 알아들었어요?

나를 따라다니지 말아요. 나에게 전화도 하지 말고요. 내 근처에는 얼씬도 하지 말아요. 스카이는 당신과 끝났어요. 나도 마찬가지예요."

나는 차에서 물러서서 차 문을 쾅 닫았다. 타일러가 내 뒤로 소리를 지르는 게 들렸지만 나는 천천히 멀어져갔다. 끝났다.

내 인생에는 이제 더 이상 타릴러 레예스도, 히포렉스도 없다.

좋든 나쁘든 나는 이제 나 혼자다.

35

태풍 이야기는 마이런의 말이 맞았다. 남쪽으로 내려갈수록 검은색 띠 모양의 구름이 점점 북쪽으로 올라왔다. 라디오 뉴스에서는 퍼붓는 비와 강한 바람, 그리고 거의 쉴 새 없이 치는 천둥과 번개를 이야기했다. 태풍은 전날 캐롤라이나를 강타했다. 이제 뉴잉글랜드를 향해 올라오고 있다.

뉴포트에 가까이 갈수록 내 두려움은 점점 커졌다. 여기서는 스카이의 기억에 의존할 수 없기 때문이다. 스카이의 마지막 뉴포트 행은 앤드류의 실험실에서 기억의 보존이 이루어진 후 있었기 때문에 스카이가 인생의 마지막 날 무엇을 했는지, 그리고 그 마지막 순간에 무슨 생각을 했는지 내가 알 방법이 없다. 내가 아는 유일한 것은 최후의 순간에 스카이가 절벽으로 갔고 포세이돈이 보는 가운데 바위 아래로 몸을 던졌다는 것뿐이다.

뉴포트로 오는 내내 고속도로에서는 해안을 볼 수 없었다. 티

버튼에서 섬과 연결된 다리를 건너기 전까지 내가 본 건 푸른 초원, 시골 카페, 빨간 지붕의 하얀 집들, 일일이 수작업으로 돌을 쌓아 올린 낮은 담이 전부였다. 바다가 멀게 느껴졌지만 거의 다 왔다는 걸 알 수 있었다. 나는 파도가 치는 뉴포트 항구 쪽으로 향했는데, 구름 때문에 물은 더욱 깊은 푸른색으로 보였고 물의 표면에는 구름의 하얀 그림자가 점처럼 찍혀 있었다. 나는 도심 바로 밖의 작은 공원에 차를 대고 벤치를 찾았다. 수십 척의 요트가 해안에서 여유롭게 움직이고 있었고, 등대 하나가 작은 섬의 끝을 표시하고 있다. 바로 이곳의 호텔을 예약했다. 멀지 않은 곳에 뉴포트 브리지의 아치형 상부가 급격한 경사를 이루며 제임스타운 쪽으로 놓여 있었다. 저 무시무시한 은색 브리지가 7월 4일 햇빛에 비추어 물 위에서 반짝이는 것을 내 처음 꿈에서 본 적이 있다. 가만히 다리를 보고 있자니 마이런의 그림에서도 본 것 같다. 별똥별이 분명히 저 높은 다리 상단에서 떨어지고 있었다.

바로 여기, 그리고 바로 이 다리가 스카이의 이야기가 시작되는 곳이다.

나는 뉴포트의 중심가로 계속 차를 몰았다. 이제 이 도시가 얼마나 오래되었는지를 느낄 수 있다. 길은 차가 아니라, 말이나 마차가 지나가도록 좁게 설계되어 있다. 식민지 스타일의 집들 사이를 군인과 노예의 망령들이 돌아다니는 상상을 해본다. 하지만 과거의 상상은 그리 오래가지 않았다. 해안가의 메인스트리트에 도착하자 완전히 현대 세계가 펼쳐졌다. 호텔. 펍. 가게.

관광객. 교통 체증. 7월이고 성수기이다 보니 도시는 온통 사람들로 붐볐다.

한 번도 이곳에 와 본 적이 없지만, 거리의 모양은 잘 알고 있었다. 이곳에서 나고 자란 스카이의 기억들이 다시 떠오르는 것 같았다. 도시의 중심에서 나는 보웬의 부두를, 그리고 배니스터의 부두를 지났다. 그곳에 있는 갤러리와 바들이 생각났다. 내 앞으로 항구를 따라 길이 오르막이 되는 메모리얼 대로에서 파도 위로 포세이돈 동상의 놋쇠 발이 비죽이 튀어나온 게 눈에 들어왔다. 빨간색 하이힐을 신고 술을 마시며 웃고 떠드는 10대의 스카이 모습이 연상됐다.

대저택이 나왔다. 100여 년 전만 해도 뉴포트는 밴터빌트 가문과 아스토 가문의 놀이터나 다름없었다. 도금시대*의 부자들은 뉴욕의 더위를 피해 1800년대 말의 여름을 이곳에서 보냈다. 이런 대저택은 한 번도 본 적이 없다. 대리석과 벽돌로 된 유럽식 궁전에 철제 울타리가 쳐져 있고 말로만 듣던 60개의 방은 사치와 탐욕을 잘 보여준다. 지금은 거의 박물관으로 바뀌었고, 소득세가 존재하지 않던 시절 돈으로 무엇을 살 수 있는지에 대해 관광객들이 경탄하는 공간이 되었다. 하지만 이 도시의 돈은 사라지지 않았다. 오늘날의 부유한 가문들은 오션 애비뉴와 브렌튼 로드 사이의 긴 도로를 따라 여전히 모여 살고 있다. 이쪽

---

* 1865년 남북 전쟁이 끝나고 1873년에 시작되어, 불황이 오는 1893년까지 미국 자본주의가 급속하게 발전한 28년간의 시대

의 집들은 높은 덩굴과 벽으로 둘러싸여 있어 밖에서 보이지 않는다. 과거 세금도 내지 않고 부를 축적하던 시대는 과연 이제 영영 지나간 걸까.

해안가를 따라 섬의 작은 만을 둘러보았다. 나는 마침내 스카이의 저택에 왔다. 토리는 나에게 가지 말라고 했지만 말이다. 아직은 아니다. 혼자는 안된다. 하지만 나는 그 저택이 어디에 있는지 보고 싶었다. 리지 로드에서 나와 스카이의 집으로 가는 길을 찾았다. 이담 저택. 셸든 저택. 안으로 들어가는 철문은 닫혀있었지만, 벽을 넘어서 나는 울창한 나무와 절벽으로 향하는 넓은 초록색 잔디밭을 볼 수 있었다. 하염없이 돌아다니거나, 숨거나, 사랑을 나누거나, 마약을 하거나, 살인을 저지를 수 있는 공간이 많다.

벽돌 벽.

이 벽이 외부인과 내부인을, 가진 자와 그렇지 못한 자를 가른다. 이 벽이 엘리야가 넘은 벽이리라. 나는 정확히 어디서 엘리야가 벽을 넘었는지, 그리고 타일러가 엘리야를 목격했을 때 정확히 어디에 주차하고 있었는지 궁금해졌다.

나는 차에서 나와 정문까지 걸어 올라가 보았다. 얼굴을 정문의 창살에 대고 눈을 감고는 스카이의 기억이 떠오르기를 기다렸다. 내가 지금 이곳에 있다. 내가 돌아왔다. 저택, 연회장, 포세이돈 동상, 푸르른 잔디밭, 절벽, 그리고 쿵쿵 치는 바다의 파도까지. 모든 것이 내 앞에 있다. 나는 스카이가 10년 전 7월 4일 밤으로 돌아가기를 바랐다.

'기억해야 해.'

하지만 막상 여기서는 내 마음에 아무것도 떠오르지 않았다. 아무것도 기억할 수 없다. 사바나가 살해당한 곳에 가까이 오면 새로운 기억들이 물밀듯 떠오를 거라고 생각했는데, 내가 틀렸다. 오히려 정반대다. 오히려 보스턴에 있을 때보다 이곳에 있는 게 7월 4일 밤으로부터 더 멀어지는 기분이다.

방법이 먹히지 않는다. 기억하려면 도움이 필요하다. 토리가 도울 수 있을 것이다. 아마도 최면치료로 토리가 나를 과거로 이끌 것이고, 나는 찾고 있는 것을 발견할 수 있을 것이다. 그때까지 나는 이곳에서 이방인이다.

그래서 당장은 도시로 돌아가 호텔에 체크인하기로 했다.

* * *

날이 점점 어두워지면서 공기도 심상치 않았다. 구름은 더 어두워졌고 바람은 점점 더 세지고 있다. 빗방울이 마치 태풍의 선발대처럼 내 얼굴에 후드득 떨어지기 시작했다. 나는 관광객처럼 특이한 가게들을 들락날락하면서 뉴포트 거리를 걸어 다녔다. 바닷가 근처에서 점심을 먹었다. 클램 차우더 수프. 그리고 바삭바삭한 빵 몇 조각. 재즈 연주자 몇몇이 야외무대에 옹기종기 모여 있는 작은 바를 찾아서 재즈 연주를 듣기도 했다. 블랙 펄이라는 이름의 해산물 식당을 찾았을 때, 나는 토리에게 식당 정보를 문자로 보내면서 저녁에 여기서 만나자고 했다.

그리고서 쉴 새 없이 걷고 또 걸었다.

보스턴에서는 스카이가 자신이 가고 싶은 곳으로 나를 이끄는 느낌이었는데, 여기서는 아니다. 뉴포트에서는 내가 어디로 가든 상관없는 것 같다. 나는 이곳을 잘 알고, 이 지역이 익숙하지만 그렇다고 고향과 같이 느껴지지는 않았다. 스카이는 오래전에 이곳을 떠났고, 내가 지금 느끼는 건 유년 시절의 단절된 메아리뿐이다. 이 거리의 어떤 것도 스카이에게 특별한 의미가 있는 것 같지는 않았다.

벨레뷰 애비뉴에 도착하기 전까지는 말이다.

벨레뷰에 도착하자마자 강한 파도와 같은 무언가가 나를 압도했다. 마치 누군가가 손을 내 가슴에 대고 나를 뒤로 미는 것 같았다. 나는 구석에 서서 벨레뷰 가게들의 초록색 가림막을 바라보았다. 그러다가 내가 길을 건너려는 순간, 마치 스카이가 내 앞에 서서 길을 막고 있는 것 같은 느낌이 들었다.

스카이는 내가 무언가를 보는 걸 원하지 않는다. 그리고 그 무언가가 이 거리에 있다.

나는 이해가 되지 않았다. 지금까지 계속 내 안에서는 스카이의 비밀을 풀고자 하는 강한 동기가 느껴졌다. 이제 거의 다 왔는데, 스카이가 새로운 방어막을 세우고 나를 더 이상 다가오지 못하게 한다. 왜일까?

거리는 모든 것이 다 평범해 보였다. 아침 식사를 파는 식당이 있다. 카드 가게가 있다. 국제 테니스 명예의 전당의 입구를 가리키는 국기들이 있다. 몇몇 고급스러운 옷가게들이 있다. 그 사이에서 나는 무엇을 맞닥뜨릴지 모르고 빗속을 계속 걸었다. 머릿속에서는 전에 비콘 힐 갤러리에 근처에 갔을 때처럼 목소리가 들렸다.

'멈춰.'

하지만 나는 멈추지 않았다.

블록을 반쯤 내려갔을 때 나는 내가 찾고 있던 곳을 발견했다. 최신 유행의 옷가게 앞인데, 아스펜, 이비자, 맨해튼, 성 모리츠에 지점이 있다고 홍보 중이었다. 아, 물론 라스베이거스에도 있다. 그렇다. '아리아' 카지노에 있는 가게에서 이 옷가게를 본 적 있다. 녹색 차양에는 고풍스러운 글씨로 가게 이름이 새겨져 있었다.

로쉘

창문에는 예약을 통해 단독 쇼핑이 가능하다는 안내가 적혀 있었다. 파티용 드레스들을 화려한 액세서리로 치장한 마네킹이 입고 있었는데, 작년 한 해 동안 번 돈을 모두 쏟아부어도 저 중 하나라도 과연 살 수 있을지 의심이 되었다. 문밖에 서 있는데, 문이 열렸다. 살아있는 진짜 사람이라고 하기에는 너무 비현실적으로 아름다운 여성이 가게에서 사뿐히 나왔다. 여성은 아메리칸익스프레스 블랙 카드를 에르메스 가방에 집어넣었다. 어떤 남성이 따라오면서 우산을 받쳐 여자가 가랑비를 맞지 않도록 보호했다. 여자는 마치 마법처럼 나타난 롤스로이스의 뒷좌석에 탔다.

'들어가지 마요.'

스카이가 다시 한번 나에게 애원했다.

하지만 나는 안으로 들어갔다. 깔끔하고 잘 정돈된 공간이었으며, 제품을 아주 신중하게 선별해 놓았다. 파티용 드레스와 비즈니스캐주얼. 블라우스. 스커트. 수영복도 있다. 가격표는 어디에도 붙어있지 않았다. 가게 안에는 나 말고 몇몇 손님들이 있었는데 하나같이 나처럼 생긴 사람은 없었다. 라스베이거스 출신, 서른에 가까운 파산 직전의 여자라니. 밖으로 빼내어 입은 주황색 블라우스와 청바지 차림의 내 모습이 이곳과 너무 어울리지 않는다고 생각했지만 가게 점원들은 사람의 차림새를 보고 부를 판단하지 말라고 배웠을 것이다. 미소로 맞이한다. 도움이 필요하면 언제든지 이야기하라고 한다. 내 머리색을 칭찬한다.

여기서 나는 무엇을 하는 걸까? 무엇을 찾고 있는 걸까? 나도 모르겠다.

그러던 중 나는 계산대 근처에 걸린 「로드 아일랜드 먼슬리」 기사 액자를 보았고, 제목을 읽어 보았다.

로쉘 셀든, 자신만의 부티크를 고향인 뉴포트에 열다.

제목 아래에는 벨레뷰 애비뉴의 가게 앞에 서 있는, 지나칠 정도로 매력적인 흑인 여성의 사진이 있었다. 로쉘은 이제 50대에 접어든 거로 알고 있는데, 사진으로는 전혀 나이를 가늠할 수 없었다. 여전히 날씬한 몸매에 「보그」 표지를 장식하는 모델과 같은 모습이었다. 긴 검은 머리를 반으로 나누어 양쪽으로 늘어뜨렸다. 커피색 얼굴은 마치 다이아몬드와 같이 생겼다. 하얀색, 초록색, 빨간색 줄무늬의 무릎까지 내려오는 원피스를 입고 가느다란 허리에는 금색 벨트를 매고 있었다. 눈은 항상 카메라를 위해 포즈를 취하는 사람 특유의 자신감으로 빛나고 있었다.

로쉘 셸든.

스카이의 계모. 사바나가 그렇게 증오했던 사람.

나는 벽에 걸린 액자 속 기사를 읽고 로쉘이 몇 년 전에 옷가게를 시작했으며, 첫 가게는 라스베이거스의 아리아 카지노였다는 사실을 알게 되었다. 기사는 모델로서 로쉘의 경력뿐만 아니라 뉴포트의 테렌스 셸든과의 결혼생활도 다루고 있었다. 내가 몰랐던 사실도 알게 되었는데, 로쉘이 뉴포트의 요트 항구 근처에 수백만 달러 리조트에 있는 콘도를 아직도 가지고 있다는 점이다.

"필요하신 것 있으세요?"

뒤를 돌아보니 삐삐 마른 점원이 내 옆에 서 있었다. 광대뼈가 매우 두드러지고 머리는 숱이 많아서 마치 보라색 솜사탕을 보는 기분이었다. 억양에는 희미하게 동유럽 사투리가 섞여 있었다. 점원은 아주 정중했다. 웃으면 얼굴이 갈라질 것만 같았다.

"아, 그냥 보는 거예요."

내가 말했다.

"잠깐만 있어 봐요. 정말 잘 어울릴 만한 원피스가 있어요."

"아, 정말로 그러실 필요 없는데…."

하지만 나타샤는 사라졌다. 점원의 진짜 이름이 뭔지는 모르겠지만 어쨌든 나는 나타샤라고 부르기로 했다. 잠시 후 나타샤는 옷걸이에 걸린 검은색 원피스를 들고 나타났다. 스퀘어 네크라인에 가슴골이 V자로 아주 깊게 파여 있어서 어쩌면 내 배꼽까지도 보일 수 있을 정도였다. 길이는 거의 엉덩이를 덮을까 말까 한 수준이었다. 여섯 가닥 정도의 금색 체인이 왼쪽 어깨에서 늘어뜨려져 다양한 길이의 끝에 달려 있었다. 나타샤가 옳았다. 의심할 여지 없이 나에게 너무나 잘 어울릴 옷이다.

"한번 입어볼래요?"

나타샤가 물었다.

"어머, 아니에요."

나타샤가 보톡스를 맞은 입술에 미소를 장착했다.

"입어본다고 꼭 사야 하는 건 아니에요. 입어본다고 뭐 손해 볼 것도 없잖아요?"

나는 어깨를 으쓱했다.

"좋아요. 한 번 입어볼게요."

내가 왜 그랬을까? 아무리 해도 나는 이 원피스를 살 돈이 없고 심지어 감히 이 옷이 얼마냐고 물어보지도 못하겠다. '얼마에요'라는 말이 왠지 이 공간에서는 어울리지 않는 것 같다. 하지만 나는 로쉘에 대해 알고 싶었고, 만약 내가 옷을 살 사람처럼 보인다면 나타샤가 로쉘에 대해 그나마 정보를 줄 것 같았다.

우리 둘은 가게의 뒤편에 있는, 커튼 뒤 커다란 거울 방으로 향했다. 나타샤가 다른 점원에게 와서 도와달라고 손짓했다. 또 다른 점원은 고작해야 스무 살쯤 되었을까. 코에 피어싱이 있고, 몸에 꼭 맞는 하얀색 보디슈트를 위에 입었다. 아래는 프릴이 달린 하얀색 스커트를 입고 있었다. 마치 체스판의 졸병 같았다.

"샴페인, 아니면 와인 한잔할래요?"

나타샤가 물었다.

"음, 샴페인이 좋겠어요."

나타샤는 나에게 샴페인을 가져다주려고 사라졌다. 두 번째 점원이 내 옷을 무섭게 벗기기 시작했다. 나는 팔을 들어 점원을 제지했지만, 점원은 막무가내였다. 영어가 아닌 다른 언어로 뭐라고 이야기했다. 몇 분 정도 씨름을 하다가 내가 포기하고 말았다. 로셸에서는 이렇게 옷을 입나 보다. 속옷도 벗기려고 해서 약간의 씨름 끝에 지켜냈다. 점원은 내 옷을 벗겨 잘 접더니 유리 탁자 위에 올려놓았다. 그리고 나서 내가 검은색 원피스에 몸을 집어넣도록 도왔다. 옷을 다 갈아입자 점원은 무릎을 꿇고 하이힐을 내 발에 신겨주었다. 그리고 내 머리를 빗으로 빗겨주었다.

내가 준비가 다 되었을 바로 그때 나타샤가 샴페인을 한 잔 들고 돌아왔다.

"괜찮죠?"

나타샤가 거울을 보며 고개를 끄덕였다.

정말 좋았다. 너무 멋져 보였다. 내 인생에 이렇게 아름다웠던 적이 또 있었던가 싶다. 만약 런웨이가 있다면 바로 걸어나가도 될 정도였다.

"너무 예쁘네요."

나도 인정했다.

처음으로 물어보고 싶어졌다.

'얼마예요?'

"로쉘이 직접 디자인한 옷이에요. 로쉘이 디자인한 옷은 아주 극소수 한정판으로만 판매한답니다. 파티에서 다른 사람이 똑같은 드레스를 입고 있지 않을까 걱정할 필요가 전혀 없어요."

나는 샴페인을 홀짝이며 웃지 않으려고 안간힘을 썼다.

"그러게요. 누가 그러길 바라겠어요."

"그러니까요."

"그런데 혹시 로쉘을 아세요?"

"물론이죠. 모든 매장을 다 직접 관리하시거든요. 로쉘은 전 세계를 다니지만 뉴포트에 있을 때는 꼭 이곳을 들른답니다."

"그럼 지금 로쉘이 여기 있나요?"

나타샤는 약간 당황스러운 듯했다.

"왜 알고 싶으신 거죠?"

"저는… 음, 그러니까 로쉘의 가족 중 한 명을 알고 있어요."

"오, 누구죠?"

"스카이 셸든이요."

나타샤는 보라색 머리를 만지작거리면서 신중하게 말을 골랐다.

"아. 스카이요. 네, 우리 모두 스카이를 잘 알아요. 아주 비극

457

이었죠."

"그러게요."

"어떻게 스카이를 알아요?"

"친구였어요. 아직도 가끔은 스카이가 살아있는 것만 같아
요."

"그러니까요."

"그래서 제가 생각해 봤는데, 로쉘이 뉴포트에 있으면 스카이
에 대해서 이야기를 나누는 것도 좋을 것 같아서요."

나타샤는 냉정한 파란색 눈으로 나를 쳐다보았다. 나타샤는
내가 로쉘 셀든을 만나려고 하는 모든 가능한 동기를 다 생각해
보는 것 같았다. 어쩌면 기자일 수 있다. 아니면 스토커. 아니면
유명인의 팬. 아니면 정말 내가 말한 그대로일 수도 있다. 진실
을 알지 못한 채 나를 거절하는 것도 위험 요소가 있다.

"사실은 로쉘이 지금 뉴포트에 있는지 잘 몰라요. 보통은 여
름 재즈 페스티벌 즈음해서 뉴포트에 오시거든요."

나는 미소를 지었지만, 나타샤가 거짓말을 하는 걸 확실히 알
고 있었다. 나타샤는 로쉘이 어디에 있는지 알고 있다. 그리고
나는 로쉘이 뉴포트에 있다는 걸 확신할 수 있었다.

"메모를 남겨놓아도 좋은데. 만약에 로쉘이 가게에 오면 그때
메모를 전해주시면 되잖아요."

내가 제안했다.

나타샤는 내 제안의 장단점을 고민하는 듯했다.

"네, 좋아요. 카드와 펜을 가져올게요."

"고맙습니다."

나는 거울을 다시 보았다.

"그런데요. 이 원피스는 얼마나 하나요?"

나타샤가 가격을 말했다. 나는 놀라서 샴페인 잔을 떨어뜨릴까 봐 꼭 쥐고 있어야 했다. 만 달러 대였는데, 첫 자리가 1이 아니었다. 잠깐 나를 이 끔찍한 상황을 몰아넣은 대가로 타일러 레예스에게 청구할까도 생각해 보았다. 단언컨대 이 가게에 지불 정보가 있을 테니 말이다. 하지만 그러지 않기로 했다. 빚을 질 생각은 없으니까.

썩 내키지는 않지만 나는 코에 피어싱을 한 점원에게 옷을 갈아입고 싶다고 했고 내 옷은 내가 혼자 입었다.

나타샤는 장미색 카드와 봉투, 그리고 만년필을 가져왔다. 나는 뭐라고 쓸지 고민하다가 서두를 시작했다.

로쉘에게,

드릴 말씀이 있는데…

하마터면 '스카이에 대해서'라고 쓸 뻔했다. 하지만 그렇게 쓰지 않았다. 나는 마음을 바꾸었다. 카드에는 다음과 같이 썼다.

로쉘에게,

사바나 셸든 살인 사건에 관해서 이야기 나누고 싶습니다.

급해요. 저에게 전화 주세요.

제 이름은 핼리 에버스입니다.

　나는 내 이름 아래 핸드폰 번호를 적었다. 그리고 카드를 봉투에 넣은 뒤 봉투 밖에 로쉘의 이름을 쓰고 나타샤에게 건넸다.
　"로쉘에게 이 카드를 꼭 전해주세요."
　"물론이지요."
　나는 마지막으로 마음에 쏙 드는 이 원피스를 아련한 눈빛으로 바라본 뒤 벨레뷰 애비뉴 밖으로 나왔다.

36

그날 밤, 7시 정각에 블랙펄에 도착했을 때 토리는 이미 와서 나를 기다리고 있었다. 보슬비는 이제 완전히 폭우로 바뀌었다. 우리는 안에 앉기로 했다. 식당은 바다를 테마로 인테리어를 했다. 벽은 온통 검은색이고 바닥은 배의 낡은 갑판을 닮았다. 토리는 창가에 자리를 잡았고, 유리잔에는 빗물이 흐르고 있었다. 태풍 때문에 천장 아래 우리의 머리로 비가 들이쳤다.

내가 도착하자 토리는 자리에서 일어나 나를 살짝 안아주었다. 우리 둘 다 자리에 앉았는데, 나는 웃음을 터뜨릴 수밖에 없었다. 토리가 레드와인을 병째 주문해서 병을 내 자리에 놔두고 잔은 치우도록 한 것이다. 아마도 라스베이거스의 바에서 내가 병째 와인을 들이키던 걸 토리가 기억하는 게 분명했다.

"귀엽네요."

내가 말했다.

"마음이 좀 편해질까 싶어서요."

토리가 웃으면서 대답했다.

나는 병째 들어서 조금 마시는 척을 하며 장단을 맞춘 뒤 웨이터에게 잔을 가져다 달라고 이야기했다.

토리는 자신의 와인을 마시며 테이블의 반대편에서 나를 관찰했다. 라스베이거스의 상담실이 아니라 이곳에서 토리를 보는 게 어색했다. 토리는 마치 완벽한 태양 빛을 찾을 줄 아는 고양이처럼 언제나 자신의 피부색에 자신이 있어 보였다. 노력하지 않아도 예쁜 스타일이 되는 적갈색의 나선형 곱슬머리, 모카색 피부에 잘 어울리는 연한 분홍색 입술, 그리고 동그란 코 주변으로 퍼져있는 주근깨까지 완벽했다. 오늘은 에메랄드빛 녹색의 슬리브리스 탑을 입고 있어서 토리의 검은 팔이 매끈하게 드러났다. 목에는 금목걸이를 하고 있었다. 향수, 아니면 샴푸에서는 은은한 라벤더 향기가 풍겼다.

"먼 길 와줘서 고마워요."

내가 말했다.

"음, 도움이 필요하다고 했잖아요. 너무 상담사처럼 들리는 건 싫지만 암튼 아주 흥미로운 사례예요, 핼리. 그리고 최근에 더욱 흥미로워졌고요."

"죽은 여자의 기억이라니 말 다 했죠."

나는 이렇게 말하고 와인을 마셨다.

"맞아요. 정말 새로운 국면을 맞이한 거죠. 그래서 기분은 어때요? 뉴포트에서는 무슨 일 없었어요?"

"기대했던 것과는 완전히 달라요."

"어떻게 다른데요?"

"잘 모르겠어요. 내가 여기에 오면 막 모든 기억이 샘솟듯이 솟아날 줄 알았거든요. 그런데 그렇지 않아요. 내 머릿속의 벽이 점점 더 강해지는 느낌이에요. 스카이가 나를 밀어내고 있다고, 나를 멀리하려고 한다고 해야 할까. 말이 돼요?"

"그럴 수 있을 것 같아요."

"나를 도와줄 수 있어요?"

토리는 의자에 편하게 몸을 파묻었다. 식당은 우리 주변으로 꽤 시끄러웠고 비가 와서 공기는 축축했다. 토리는 밖을 쳐다보더니 이내 테이블 건너에 앉아있는 나를 보았다. 다시 한번 토리의 눈 속에서 냉정한 분석력이 느껴졌다.

"나도 잘 모르겠어요, 핼리. 상담사들이 잘하는 허튼소리는 빼고 이야기하죠. 심리학적 관점에서는 핼리 당신의 머릿속에 정말로 무엇이 들어있는지, 무엇이 들어있지 않은지를 알 수는 없어요. 만약에 스카이가 그 안에 있다면 최면치료를 이용해서 스카이가 자신을 보호하기 위해 쳐 놓은 바리케이드를 뚫고 들어가 보자고 할 수 있겠지요. 하지만 당신은 스카이가 아니에요. 핼리 당신이라고 가정할 때, 머릿속에는 아무것도 없을 수 있어요. 찾고자 하는 그 기억을 찾을 수 없을 수도 있다는 이야기에요. 간단히 말해서 그 기억이 당신의 머릿속에 없으니까요."

"네, 나도 알아요. 하지만 나는 그게 문제 같지는 않아요. 좀 이상하게 들릴지 모르지만 내 기분에는 마치 스카이가, 내가 진

463

실을 알게 될까 두려워하는 것 같아요. 나를 무엇으로부터인가 보호하려고 하는 느낌이랄까요. 내 상상일 수 있지만 어쨌든 내 느낌은 그래요. 그래서 내가 기억할 수 있을 거라고 확신해요."

"음, 그렇다면 나는 내가 할 수 있는 일을 해볼게요."

토리가 대답했다.

"고마워요."

"질문이 하나 있어요, 핼리. 찾고 있는 걸 찾았다고 칩시다. 그 다음에는요?"

"잘… 잘 모르겠어요. 그렇게까지는 생각해 본 적이 없어요. 아마도 자유로워지겠죠. 스카이도 그럴 테고요."

"그럴 수 있겠네요."

"또 다른 뭐가 있을까요?"

토리가 어깨를 으쓱하자 토리의 곱슬머리가 살짝 흔들렸다.

"사람들은 보통 좋은 기억을 덮어두지 않아요. 누구보다 잘 알잖아요. 사람들은 대개 자신이 감당하기 어렵다고 생각하는 기억을 봉인해 두죠. 그런 기억을 찾아내는 건 카타르시스를 일으킬 수도 있지만 반대로 아주 깊은 상처를 남길 수도 있어요. 스카이는 스스로 그 사실을 알았던 것 같아요. 그래서 당신을 보호하려고 하는 건지도 모르겠고요."

"그럴 수 있겠네요."

불안감이, 이미 극도의 흥분으로 바뀌면서 점점 더 심해졌다.

그 이후 우리는 잠시 말이 없었다. 웨이터가 홍합 한 그릇을 가지고 와서 중간에 놓아주었다. 토리는 레몬즙을 홍합 위에 뿌리고 작은 포크로 껍데기에서 살을 발라내었다. 그리고는 홍합 살을 마늘 베이스의 와인 소스에 찍어서 자신의 혀에 올려놓았다. 그 모습은 토리가 의도한 것보다 훨씬 더 섹시했다. 토리는 모든 행동이 자연스럽게 사람들의 시선을 끄는데, 부러운 점이었다. 스카이와 마찬가지로 토리도 나보다 훨씬 더 매력적이다.

나도 홍합을 접시에 덜었다. 우리는 로이벤 샌드위치를 나눠 먹었고, 토리는 와인을 한 병 더 주문했다. 나쁘지 않았다. 굳이 서두를 필요 없었다. 오늘 저녁의 마지막 단계에 들어갈 이유 말이다. 나는 토리에게 내 마음속 가장 어두운 구석에 숨겨진 기억을 들여다보고 싶다고, 하지만 내가 발견할 기억에 대해서 두렵다고 말했다. 그리고 나는 라스베이거스에서의 그날 밤보다 더 많이 마셨다.

우리가 저녁 식사를 마쳤을 때 밖은 이미 어두워져 있었다.

비는 거의 홍수 수준으로 내렸다. 토리는 우산이 있었지만 나는 없었다. 우리는 토리의 우산을 같이 썼다. 토리의 차로 물을 튀기면서 뛰어가면서 나는 살짝 취한 척 토리의 허리에 내 팔을 감고 토리에게 매달렸다. 차에 도착할 즈음에는 강풍으로 비가 우산 사이로 다 들이쳐서 우리는 흠뻑 젖어 있었다. 나는 몸을 떨면서 차에 올라탔다. 추워서이기도 했지만, 한편으로는 앞으로 닥칠 일에 대한 두려움 때문이기도 했다.

"어디서 최면치료를 할까요?"

내가 물었다.

"핼리 당신이 결정해요. 내 호텔도 좋고. 당신 호텔도 좋아요.

아니면 다른 조용한 데도 좋고요."

"스카이의 저택은 어때요? 타일러가 비어있다고 했는데."

토리는 잠시 망설였다.

"만약에 핼리가 정 거기에서 하고 싶다면 가능은 해요. 하지만 그리 좋은 생각은 아닌 것 같아요. 약간의 거리를 둘 필요가 있어요."

나는 잠시 생각했다.

"그럼 내 호텔로 가죠."

"좋아요."

토리는 물 위로 800미터 길이의 좁은 다리 끝에 있는 고트 아일랜드로 차를 몰았다. 강수량이 이미 몇 센티미터를 넘은 건지 도로에 물이 넘쳐서 마치 해변을 드라이브하고 있는 느낌이 들었다. 우리는 제임스 본드 영화에나 나올법한 요트들도 지났다.

나는 방을 거니스 리조트에 잡았는데, 내 방은 뉴포트 브리지가 보이는 오션뷰였다. 방에 도착했을 때 나는 일부러 조명을 켜지 않았다. 비가 와서인지 다리의 조명은 왠지 불길해 보이는 안개에 싸여 있었다. 나는 방안의 열기에 흠칫 놀란 뒤 창문 옆의 소파에 앉았다.

또 다른 걱정이 물밀듯 밀려왔다. 갑자기 토리가 지금까지 계속 맞는 말만 했다는 생각이 들기 시작했다. 그냥 놔두는 게 좋지 않을까. 나는 두 손으로 소파의 쿠션을 꽉 움켜잡고 마구 폭주하는 스스로를 진정시키려고 애썼다.

"그래서 이제 어떻게 해요?"

내가 물었다.

토리가 내 옆에 앉았다. 목 뒤로 두 손을 가져가서 하고 있던 목걸이를 풀었다. 토리 손가락 사이로 목걸이가 내 눈앞에서 달랑거렸고, 나는 이상하게 그 반짝이는 금빛에 끌려들어 가는 듯한 느낌을 받았다.

"자, 이제 스카이와 이야기를 해볼게요."

토리가 말했다.

* * *

이게 또 다른 꿈일까? 모르겠다.

내가 핼리일까, 아니면 스카이일까? 모르겠다.

나는 밤하늘을 배경으로 포세이돈의 그림자 아래 누워있다. 7월 4일을 기념하는 불꽃놀이가 자정을 넘어서도 화려하게 터지고 있었다. 연기 자국이 공중을 가르며 생겼다. 저 아래로 파도가 바위에 부딪치는 소리가 마치 내 심장 소리처럼 꾸준히 들렸다. 바람에 내 해바라기 원피스가 펄럭였고, 내가 아래를 내려다봤을 때 나는 맨발이었다. 나는 마치 공중으로 내 몸을 던지면 날아가기라도 할 듯 절벽의 끝을 향해 두 팔을 활짝 펴고 달려갔다.

나는 지금 내가 있어야 할 곳으로 돌아왔다.

이게 진짜일까? 모르겠다. 하지만 안개 속 어딘가에서 토리의 목소리가 나를 이끌고 있다.

"다음에 무슨 일이 일어날지 알고 있어요. 그 일을 직접 봐야 해요."

나는 눈을 감고 있다.

이건 현실이 아니다. 내 앞에 놓인 어떤 공간. 여기에서 탈출이라도 하듯 마음이 마구 요동쳤다. 내가 눈을 뜨지 않으면 볼 수밖에 없을 것 같다. 내 앞에서 나를 기다리는 것을. 이 꿈에서 깨어야 한다. 도망가야 한다.

"그녀의 비명을 들어요. 비명을 들어보세요."

아니, 토리의 말을 들으면 안 된다.

하지만 바로 그다음 순간, 바람결에 울부짖는 소리가 들린다. 살려달라는, 날카로운 비명이 들린다. 목소리는 애원하고 있다.

나 자신의 기억과 헷갈리기 시작한다.

'엄마? 엄마예요?'

아니. 사바나의 목소리다. 우리 언니의 목소리다. 나는 스카이다. 나는 눈을 다시 떴고, 지금 절벽 끄트머리에 있다. 나는 팔을 활짝 벌리고 있고 내 원피스는 바람에 뒤로 날린다. 여기서 뛰어내리면 바람이 나를 받아줄 것 같다. 그리고 더 이상 아무것도 안 봐도 될 것 같다.

나는 날 수 있다.

"사바나한테 당신이 필요해요. 사바나에게 가세요."

아니, 이건 꿈이다. 이 모든 건 다 가짜다. 나는 발아래 절벽을 내려다보았다. 깎아지른 듯한 절벽이다. 하얀 파도가 바위에 부딪치고 파도가 들어왔다 나갔다 한다. 날카롭고, 축축하고, 뾰족한 바위다. 나는 내가 무엇을 해야 할지 알고 있다. 내가 항상 했던 거다. 나를 벌주는 거다. 신음을 내며 나는 뛰어내린다. 이제 다시 돌이킬 수 없다. 중력이 나를 잡아 이끈다. 너무 빠른 속도 때문에 머릿속이 어지러울 지경이다. 바로 그다음 순간, 0.01초도 되지 않는 기괴한 고통이 있고… 아무것도 없다.

죽지 않았다. 내 몸이 바위에 닿지도 않았으니까.

나는 눈을 떴다.

처음부터 다시 시작이다.

나는 밤하늘을 배경으로 포세이돈의 그림자 아래 누워있다. 7월 4일을 기념하는 불꽃놀이가 자정을 넘어서도 화려하게 터진다. 연기 자국이 공중을 가르며 생겼다. 저 아래로 파도가 바위에 부딪치는 소리가 마치 내 심장 소리처럼 꾸준히 들렸다.

시간이 되돌아갔다. 나는 여기서 탈출할 수 없다.

"그녀의 비명을 들어요. 비명을 들어보세요."

'엄마?'

아니. 비명을 지르는 건 사바나다. 사바나에게 가야 한다. 하얀 옷을 입은 천사처럼 나는 젖은 잔디 위를 달렸다. 원피스가 바람에 부풀어 오른다. 나는 혼자다. 밤하늘이 머리 위로 펼쳐지고, 나무는 마치 군인들처럼 불길하게 서 있고, 파도는 교향악단의 드럼처럼 쿵쿵 울려 퍼지고 있다.

'어디 있어, 언니?'

나는 지금 언니에게 가고 있다. 언니를 구하러 가고 있다. 내가 해야 하는 일은 청동 문손잡이를 잡아서 돌리고 침실 안으로 들어가는 것이다. 엄마가 안에 있다. 엄마에게 내가 필요하다. 내가 겁을 내서는 안 된다.

아니… 잠깐만.

나는 푸른 잔디 한가운데 멈춰서 눈을 감는다. 지금 누구의 인생을 사는 거지? 내가 누구를 구하러 가고 있는 거지?

"계속 가세요."

하지만 나는 그럴 수 없다.

"사바나를 구해야 해요."

이건 현실이 아니다.

"사바나는 당신이 필요해요, 스카이."

나는 스카이가 아니다. 나는 핼리다.

"사바나가 죽어가고 있어요."

오, 맙소사. 그렇다. 사바나가 죽어가고 있다. 나는 달렸다. 나는 맨발로 뛰고 있다. 너무 빨리 달려서 땅에 발이 거의 닿지 않는다. 내 귀에 들리는 소리는 바람 소리뿐이다. 눈물이 뺨을 타고 흘러내린다.

"사바나가 보여요? 보이는 걸 말해줘요."

사바나가 있다. 우리 언니. 사바나는 잔디밭에 누워있는데, 팔다리가 기괴한 방향으로 뻗어 있고 눈은 뜨고 있지만 아무런 생명력이 없다. 머리에서 새빨간 피가 흘렀다. 마치 달빛 아래 루비 강처럼 흘러내리고 있다. 사바나 옆으로 피에 잠겨 있는 골프채가 있다. 나는 사바나 옆에 무릎을 꿇고 앉아 사바나의 이름을 부른다. 사바나는 대답이 없다. 나는 골프채를 두 손으로 잡아 들고 못 믿겠다는 듯이 골프채를 바라보다가 다시 떨어뜨린다. 내 손이 온통 피범벅이다. 나는 얼굴 가까이 손을 가져가고 손바닥이 위로 향한다. 그러자 새빨간 와인 같은 피가 손가락 사이로 뚝뚝 떨어진다.

"거의 다 왔어요."

아니, 이건 꿈이다. 이 모든 것이 다 진짜가 아니다.

"지금 가면 안 돼요."

나는 아무것도 기억하지 않는다.

"눈에 보이는 걸 말해주세요."

이건 실제로 일어난 일이 아니다.

"그래요."

나는 다시 눈을 떴다. 토리는 나에게 보기를 강요한다. 사바나, 골프채, 푸른 잔디밭, 붉은 피. 그리고 나는 혼자다.

아니, 나는 혼자가 아니다.

내 뒤에 누군가 있다. 누군가 분명히 있다. 나는 뒤를 돌아보기 싫다. 누구인지 보고 싶지 않다. 하지만 토리는 나에게 꼭 봐야 한다고 한다. 나는 일어서서 크게 숨을 들이마시고 뒤를 돌아본다. 검은 모습, 밤보다 더 어두운 인물이 절벽 옆에 서 있다. 그가 나를 향해 다가온다. 팔을 활짝 벌리고 다가오는 그의 얼굴이 불빛에 드러난다. 이제 얼굴을 확실히 알아볼 수 있다.

나는 이 사람을 안다. 이 사람을 아주 잘 안다.

마이런이다.

"나였어요."

471

마이런이 갈라진 목소리로 내가 절대로 듣고 싶지 않았던 말
을 한다.

37

최면에서 깨어났을 때 나는 잠깐 내가 어디에 있는지 몰랐다. 왜인지 계속 그와 함께 절벽에 있는 것만 같았다. 그러나 호텔 방을 둘러보면서 주변 환경에 익숙해지자 천천히 내 호흡도 안정을 되찾았다. 나는 창가의 소파에서 천장을 보고 누워있다. 내 옷은 바싹 말라 있었고, 방안의 열기는 너무나 뜨거웠다. 나는 더위를 느끼면서 땀을 흘리고 있었다. 불빛은 꺼져 있었다. 밖에서 들어오는 불빛에 의지한 방은 전체적으로 어두웠다.

토리는 소파 옆에 가져다 놓은 의자에 앉아있었다. 토리가 나에게 기대어 있어서 곱슬머리가 얼굴로 흘러 있었다. 금목걸이는 다시 토리의 목에 걸려있었다.

"돌아온 걸 환영해요."

"맙소사. 얼마나 오래 걸린 거예요? 얼마나 오래 최면 상태였어요?"

내 마음은 본 것을 처리하려고 애쓰는 중이었고, 그 가운데 내가 중얼거렸다.

"세 시간이요."

내 눈이 커졌다.

"세 시간이라고요? 농담 아니고요? 그냥 몇 분 다녀온 것 같은데요."

"스카이가 그날 밤을 당신에게 보여주지 않으려고 상당히 완강하게 버텼던 것 같아요. 기억의 근처에 다가갈 때마다 스카이가 밀어내는 것 같았어요. 그래서 계속해서 그 순간을 반복했고 반복할 때마다 조금씩 더 가까이 갈 수 있었어요."

나는 소파에서 빨리 일어나려고 하다가 잠시 멈춰서 테이블에서 숨을 골랐다. 머리가 가벼워진 것 같았다. 나는 창가로 걸어가서 손을 창틀에 대고 몸의 균형을 잡았다. 밖에는 아직 비가 많이 내리고 있었고 유리창에도 세차게 부딪혔다. 자욱한 안개로 다리의 교각은 가려져 있었다.

"무엇을 보았어요?"

토리가 물었다.

나는 조용했다.

"핼리?"

나는 몸을 돌려서 고개를 저었다.

"아무것도 보지 못했어요."

토리의 눈에 놀라움이 가득했다.

"아무것도요? 정말요? 마침내 원하는 결론을 얻은 것 같았는데요. 그래서 최면치료를 끝내고 당신을 깨운 거예요. 사실은 내 도움 없이 최면에서 깨어났답니다. 경험상 그건 원하는 곳에 도 달했다는 것을 의미하거든요."

"아니요. 그렇지 못했어요."

토리가 인상을 찌푸리면서 특유의 눈으로 나를 레이저와 같 이 쏘아보았다.

"괜찮아요. 나한테 다 말할 필요는 없어요. 이해해요."

"나한테 어떻게 한 거예요?"

내가 물었다.

"무슨 뜻이에요?"

"이번 꿈은 다른 꿈들과 달랐어요. 토리가 나에게 말을 거는 걸 들을 수 있었고 나를 계속 압박하면서 뭘 해야 할지 나에게 말해주었어요. 당신 목소리요. 음 그러니까… 꿈속에 토리가 같 이 있는 것 같은 기분이었어요."

"음, 어떤 방면에서는 그렇지요. 스카이가 진실을 보기 원하지 않아서 내가 나는 스카이를, 아니 당신을 압박해서 진실을 찾도 록 해야 했어요."

"아, 그렇군요."

"그런데 찾은 결과가 그렇게 만족스럽지 않은 것 같아요."

대답하지 않았지만, 토리 말이 맞았다. 나는 전혀 행복하지 않 다. 사실 오히려 길을 잃었다. 엄청나게 충격을 받았다. 나는 내 가 본 끔찍한 광경을 인정할 수 없다. 이해할 만한 유일한 사람 은 스카이인데, 스카이는 죽었다. 지금까지 처음부터 줄곧 내내 이 멋있는 여성이 어떻게 스스로 목숨을 끊게 되었는지가 궁금했다. 하지만 이제는 그 궁금증이 풀렸다. 이제 나는 왜 스카이가 절벽에서 떨어졌는지를 알고 있다. 얽히고설킨 긴 길을 따라와서 마침내 그 해답을 찾은 것이다.

그리고 그 사실이 나는 너무 싫다.

"나가봐야겠어요."

토리에게 말했다.

토리의 부드러운 얼굴이 한순간에 딱딱해졌다.

"어디로 갈 건데요?"

"나도 모르겠어요. 밖으로요. 생각을 좀 해야겠어요. 좀 걷고 싶기도 하고요."

"비가 억수같이 쏟아지는데요."

"괜찮아요."

"내가 같이 갈게요."

토리가 말했다.

"아니에요. 혼자 있고 싶어요."

"핼리, 그건 당신이 당장 할 수 있는 최악의 선택이에요."

"아니에요, 토리. 지금까지 나에게 해준 모든 일에 감사해요. 내가 생각했던 것보다 훨씬 더 많은 것을 해주었어요. 정말로 고마워요. 그리고 당신 말이 맞아요. 나는 마침내 모든 걸 다 기억해냈어요. 기억을 막고 있던 벽이 무너졌거든요. 하지만 그 결과는, 뭐라고 말해야 좋을지 모르겠는데, 생각했던 것보다 훨씬 더 좋지 않아요. 나는 이 문제를 어떻게 감당할지 방법을 좀 찾아봐야 할 것 같아요. 그런데 이제는 스카이와 나의 문제랍니다. 토리가 도와줄 수 없어요."

"스카이의 집에는 절대로 가지 마세요. 절벽 근처에도 절대로 가면 안 돼요."

"네, 알았어요."

내 목소리에 별로 확신이 없었는지 토리는 내 손을 잡았다.

"약속해요. 약속하지 않으면 못 보내줘요."

"약속해요."

토리는 여전히 나를 보내주지 않았다. 내 손을 꼭 잡고 있었다.

"약속해요."

나는 다시 한번 말했다.

"괴로우면 나한테 전화하거나 문자를 보내주세요. 어디 있는지 알려주면 내가 바로 갈게요."

"그럴게요."

"이건 스카이에 대한 문제가 아니에요. 핼리 당신의 마음이 열려있어요. 당신의 과거가 그 틈을 통해서 피를 흘리고 있을지 몰라요. 어쩌면 보기를 원치 않았던 것들을 볼 수 있어요."

"알겠어요."

"절대로 절벽 근처는 안 돼요, 핼리."

"그쪽으로 가지 않을게요."

나는 토리에게 풀려나서 호텔을 나왔다. 그렇게 따뜻하고 한정된 공간에 1분도 더 있을 수 없었다. 나는 스카이가 살아서 나와 함께 있기를 간절히 바랐다. 그 마지막 날로, 스카이가 그 꿈찍한 진실을 기억하는 그때로 스카이와 함께 돌아가고 싶다. 스카이와 이야기할 수 있고 우리의 고통을 함께 나눌 수 있으면 좋겠다. 스카이의 기억, 나의 기억. 어떻게 보면 그편이 나 혼자 짐을 지고 가는 것보다 좀 더 쉬울 것 같았다.

고트 아일랜드를 떠난 나는 엄청난 소용돌이 속으로 차를 몰았다. 태풍은 내 머릿속의 대혼란과도 닮아 있었다. 나는 둑길로 차를 몰아 마을로 향했고, 쏟아지는 폭우에 내 차의 와이퍼는 미친 듯이 움직였다. 거리는 비어있었다. 뉴포트에서 이런 날 밤에 밖으로 나올 바보가 어디에 있겠는가. 나는 차를 몰고, 몰고, 또 몰았다. 거리를 오르락내리락했다. 가게를 지나고, 저택을 지났다. 글쎄, 몇 킬로미터, 몇 시간이 지난 것 같이 느껴질 때쯤 나는 해안의 오션 애비뉴에 도착했다. 나는 바다 근처에 차를 주차하고 마치 일종의 애벌레처럼 차 안에 앉아있었다. 파도가 해변을 강타했다. 파도는 마치 폭발하듯 다가와 내 차에도 물을 뿜었다. 내 앞으로 동녘 수평선에는 엄청난 규모의 번개가 하늘을 반으로 갈라놓았다.

'마이런.'

엘리야도, 타일러도, 앤드류도 아니었다. 다른 누구도 아니었다. 마이런이었다.

나는 이 사실을 믿기 힘들었다. 하지만 내 두 눈으로 똑똑히 보았다.

핸드폰을 꺼냈다. 오래도록 나는 핸드폰을 가만히 들고 있다가 어느 순간 전화번호를 누르고 마이런에게 전화를 걸었다. 전화는 연결되지 않았다. 날씨가 이래서 신호가 약한 것 같았다. 나는 다시 한번 시도했고 마침내 마이런이 전화를 받았다. 그의 평온한 목소리가 들렸다.

"핼리?"

내가 마이런을 만난 이후로 이 목소리는 항상 나에게 안전함을 느끼게 해주었다. 따뜻함을, 희망을 말이다. 하지만 이제는 아니다. 더 이상 아니다.

"무슨 일이요? 어디에 있어요?"

마이런이 나에게 물었다.

"뉴포트요."

아주 길고 긴 침묵이 있었고, 나는 전화가 다시 끊어진 줄 알았다. 바로 그때 마이런이 입을 열었다.

"찾고 있는 것을 찾았어요?"

"네."

"나한테 말해줄래요?"

갑자기 눈물이 뺨을 타고 흘러내렸다.

"당신에게 이야기한다고요? 왜요? 내가 왜 그래야 하는데요? 이미 다 알고 있잖아요. 지금까지 줄곧 다 알고 있었어요. 수년 동안 스카이가 당신을 지키기 위해 고생하도록 놔두었잖아요. 결국에 스카이는 절벽 아래까지 그 비밀을 간직하고 떨어졌어요."

"핼리, 무슨 말을 하는 거요?"

"당신이었어요. 마이런. 당신이었다고요."

"나? 도대체 당신이 무슨 말을 하고 있는지 전혀 모르겠소."

마이런의 목소리에 긴급함이 배어 나왔다.

"거짓말쟁이! 엘리야가 아니라 당신이 그곳에 있었어요. 엘리야에게 골프채를 가져다주려고 갔죠. 저택의 담을 넘은 것도 당신이었어요. 타일러가 본 것도 당신이었어요. 당신이 사바나를 죽였어요. 스카이가 그날 밤 절벽에서 당신을 발견했을 때, 당신은 스카이에게 당신이 그랬다고 말했어요. 그리고 그때 이후 스카이는 당신의 비밀을 지켜온 거고요."

침묵이 흐르는 사이, 내 귀에 들리는 소리는 오로지 빗소리뿐이었다.

"당신이 틀렸어요. 이보다 더 간단하게 말을 할 수 없어요. 당신이 틀렸어요. 그런 일은 없었어요. 나는 그곳에 가지 않았고, 절대 사바나를 해치지 않았어요."

조금 뒤 마이런이 다시 말했고, 마이런의 목소리는 끊겨서 들렸다.

나는 마이런에게 화를 냈다.

"내가 이제 다 기억한다고요! 알아듣겠어요? 내가 기억한다니까요! 내가 봤다고요! 내가 당신을 보았다고요! 바로 이게 스카이가 지금껏 몇 년을 숨기고 있었던 비밀이었어요. 세상 그 누구보다 사랑한 남자가 바로 살인자라니요! 당신이 동생 골프채를 가지고 가서 사바나를 때려죽였어요!"

내 목소리가 커질수록 마이런의 목소리는 차분했다.

"아니요."

"마이런, 내가 봤다고요."

"나는 당신이 무엇을 보았는지, 당신의 머릿속에 무엇이 있는지 알지 못해요. 하지만 그건 사실이 아니에요. 나는 사바나를 죽이지 않았어요. 내가 아니라고요, 핼리 에버스. 내 말을 똑똑히 들어요. 그건, 내가, 아니에요."

눈물과 빗물이 섞여 내 뺨을 타고 내렸다. 현실 감각을 잃었다. 머리가 돌 지경이었다. 나도 마이런의 말을 믿고 싶다. 맙소사, 내가 얼마나 마이런의 말을 믿고 싶은데. 하지만 내가 어떻게 그럴 수 있을까? 마이런의 손에 묻은 피를 두 눈으로 똑똑히 보았는데 말이다.

"당신과 더 이상 이야기할 수 없어요. 당신 말을 더 이상 들을 수 없어요."

"핼리, 지금 이성적으로 생각하지 못하고 있어요. 이제 바로 내가 두려워했던 바라는 걸 알지 못해요? 스카이가 죽기 전 며칠 동안 행동했던 것처럼 똑같이 행동하고 있어요. 내가 말했잖아요. 여러 번 부탁했잖아요. 뉴포트에 가지 말아 달라고요."

"하지만 그래서 이제 왜 당신이 그랬는지 알게 되었죠."

"아니요. 당신은 몰라요. 당신이 본 건 거짓이에요."

"마이런, 제발. 그만 해요."

하지만 마이런은 계속했고 말이 점점 빨라졌다.

"지금 그곳에 가만히 있어요, 핼리. 무슨 일이 벌어지고 있는지는 모르겠지만 나는 당신이 걱정되니까. 움직이지 말아요. 내가 지금 당장 그곳으로 갈게요."

"나를 죽이려고요?"

"당신을 구하러 갈 거예요. 이 태풍을 뚫고 당신을 찾으러요. 함께 고민해 봐요. 두 시간. 두 시간이면 아마 그곳에 도착할 수 있을 거예요. 하지만 그때까지 안전하게 있어야 해요."

"잘 있어요, 마이런."

"핼리, 기다려요!"

나는 마이런의 말 도중에 전화를 끊어버렸다.

차가 강풍에 흔들렸다. 번개는 마치 네온사인처럼 번쩍거렸다. 바다는 성난 듯 매서웠고, 3미터는 족히 되어 보이는 파도는 마치 거대한 바다 괴물처럼 솟아올랐다가 내 차의 앞 유리를 강타했다. 나는 내가 해야 하는 일에 대해서 아무런 두려움이 느껴지지 않았다. 지금 느끼는 감정은 아주 차분한 체념뿐이다.

태풍의 중심에 혼자 있는데도 나는 외롭지 않았다. 조수석을 보면 스카이가 내 옆에 앉아 있는 것 같았다. 내 꿈의 여인이.

솔직히 스카이는 내가 만나본 가장 아름다운 여자다. 아주 긴 금발 머리를 반으로 나누었다. 완벽하게 균형 잡힌 얼굴에 오뚝한 코, 그리고 티 하나 없는 깨끗한 하얀 피부. 평온한 파란 눈 위로 예쁘게 솟아 있는 눈썹. 입술에는 살짝 슬픈 미소가 어린다. 피아노를 연주할 수 있는 손. 몇 년 전 입었던 아름다운 해바라기 원피스를 입고 있고, 긴 다리를 어둠 속으로 쭉 펴고 있다.

스카이는 내 자리 쪽으로 몸을 기울이고 있다. 스카이의 눈과 내 눈이, 얼굴과 얼굴이 마주 본다. 나는 병원에서 깨어난 첫날 이후 계속해서 스카이의 마법에 빠져있다. 스카이는 내가 그녀를 향해 가진 것과 똑같은 호기심으로 나를 바라본다. 마치 자신의 인생을 공유하는 이 독특한 여자에 대해서 알고 싶다는 듯이 말이다. 짧은 찰나의 순간, 우리는 서로를, 불과 몇 센티미터 떨어진 거리에서 서로의 매력을 찾아간다. 핼리와 스카이, 두 자매, 반대되는 사람, 어두움과 빛, 음과 양, 내성적인 여자와 사람들의 사랑을 한 몸에 받았던 여자. 스카이를 보면서 나도 자매가 있었으면 좋았겠다고 생각한다. 내 인생에 스카이가 있었다면 얼마나 좋았을까.

나를 보는 스카이의 눈이 이상하게 절실했다. 한편으로는 기이할 정도로 따뜻했다. 스카이가 나에게 속삭였다. 내 귀에 대고 내가 해야 할 일을 말해주었다.

"나를 죽여주세요."

"뭐라고요? 이해를 못 했어요."

"나를 죽여주세요. 더는 견디기 힘들어요."

"그렇게 할 수 없어요."

"아니에요, 할 수 있어요. 제발요, 핼리. 당신의 도움이 필요해요. 당신은 나를 죽일 수 있어요."

나는 스카이의 목소리가 내 머릿속에서 마치 노래처럼 울려 퍼지는 소리를 들었다. 그러고 나서 스카이는 사라졌다. 종국에는 차 안에 나 혼자였고, 주변에는 비와 바다뿐이다. 나는 내가 한 짓에 대해 나 자신을 벌해야 한다는 마음의 소리에 공허함이 느껴졌다. 나의 목소리다. 나의 죄책감이다.

나는 손을 뻗어 차 키를 돌려 시동을 걸었다.

나의 이야기는 열 살 이후 운명 지워진 것처럼 끝을 향해 갈 것이다. 미로 속의 생쥐처럼 나는 스카이의 집으로 갈 것이다. 스카이는 나를 포세이돈 동상으로, 그리고 땅이 끝나는 절벽의 바로 그 끝으로 안내할 것이다. 나는 바위에 부딪히는 파도를 내려다볼 것이다.

그다음에는?

그다음에는 무엇이 있을까?

나도 내가 무슨 일을 저지를지 모르겠다.

출발하려고 하는데 전화벨이 울리면서 정신이 번쩍 들었다. 모르는 번호였지만 나는 전화를 받았고, 수화기 반대쪽에서 어떤 여성의 두려움에 가득 찬, 긴장한 목소리가 들렸다.

"헬리 에버스 양인가요?"

"네."

지지직거리는 소리가 들렸다. 몇 초간 침묵이 흘렀다. 태풍 때문에 연결 상태가 좋지 않다. 아니면 나에게 전화를 건 여자가 사실은 정말로 말을 하고 싶지 않은 걸지도 몰랐다.

"나는 로쉘 셀든이에요. 메모 받았어요. 사바나의 죽음에 관해서 이야기하고 싶다고요."

소름이 쫙 돋았다.

"네, 맞습니다."

"음, 그럼 이쪽으로 와주시겠어요?"

38

열두어 개의 촛불이 로쉘 셸든의 바닷가 콘도에서 초자연적인 빛을 내며 반짝이고 있다. 초의 불붙은 스틱에서 나는 백단유 향이 방을 은은한 향기로 채우고 있다. 창문 밖으로 번개가 칠 때마다 언뜻언뜻 백만 달러짜리의 항구가 보인다. 인테리어는 초현대적이었다. 나는 모양이 잘 잡힌 슬레이베드*를 닮은 연한 파란색 소파에 앉아있다. 벽에는 파도를 연상시키는 주황색과 하늘색의 물결이 그려진 추상화 벽화가 걸려있다. 방의 한쪽 구석에는 금빛 나무로 만든 영양의 조각이 놓여 있다.

로쉘은 원색으로 색을 입힌 크리스털 고블릿 잔으로 차를 마셨는데, 촛불에 반사되어 벽에 기괴한 그림자를 남겼다. 로쉘은 발목까지 내려오는 아프리카식 실크 가운을 걸치고 있었고, 맨

---

*　머리 · 다리 부분의 판자가 바깥쪽으로 말린 침대

발이었다. 로쉘은 창가의 일인용 의자에 앉아서 종종 영양의 옆을 가볍게 두드리곤 했다. 화장하지 않은 얼굴에 미소가 없어서인지 피부가 좀 더 흘러내려 나이가 들어 보였다. 여전히 눈에 띄는 놀라운 여성임에는 분명했지만 지금 로쉘은 세상에 보여주는 그러한 모습을 하고 있지 않았다.

나는 내가 여기서 무엇을 하고 있는지 잘 모르겠다. 들어오라고 한 후 로쉘은 나의 메모나 자신이 내게 건 전화에 대해 아무 말도 하지 않았다. 나를 제외한 모든 곳을 바라보고 있다.

"저 때문에 가구가 젖을 것 같아요."

내가 미안한 듯 말했다.

"걱정하지 말아요."

로쉘은 괜찮다는 듯 단호하게 손을 저었다.

"참 아름다운 공간이에요."

"그런가요?"

로쉘은 이렇게 물었다. 그러고는 이내 눈살을 찌푸렸다.

"나는 잘 모르겠어요. 조금씩 고쳐나가려고 애를 쓰고 있기는 한데 항상 집 같지는 않네요. 언젠가는 이 집을 팔고 뉴포트를 영원히 떠나야 할 것 같아요."

"이곳이 싫으세요?"

"추억이 너무 많아서요."

로쉘이 대답했다.

내가 들은 중 가장 반어적인 대답으로 접수 완료.

"전화 주셔서 감사해요. 메모를 보고 많이 놀라셨을 텐데요."

로쉘이 어깨를 으쓱했다. 로쉘은 일어나서 고블릿 잔을 항구가 내려다보이는 창문틀에 올려두었다. 그리고 뒤를 돌아 나를 바라보았다. 비는 유리창을 사정없이 두드리고 있었다.

"별로요."

"정말요?"

"네. 언젠가는 당신과 같은 사람이 나타날 거라고 생각하고 있었거든요."

"잘 이해가 가지 않아요."

하지만 로쉘은 더 설명하지 않았다. 로쉘은 창가에 서서 가만히 있었는데, 로쉘의 몸은 곧고 자신감에 넘쳤다. 마치 배의 돛대 꼭대기에 나무로 빚어놓은 것 같았다. 심지어 로쉘의 표정 또한 굳어 있었다.

"쉘든 부인? 괜찮으신가요?"

몇 분간의 침묵이 흐르고 내가 물어보았다.

내 목소리에 로쉘의 정신이 든 것 같다. 로쉘은 몸을 돌려 나를 바라보았다.

"그래서 당신은 누군가요? 경찰? FBI? 기자? 앤드류가 죽었다는 소식을 신문에서 보고 곧 나도 찾아오겠구나 싶었어요. 항상 대비하고 있었지요."

"아, 저는 그런 사람은 아닙니다."

"그렇다면 왜 사바나에 관해 이야기하고 싶다고 했을까요?"

나는 진실이 나를 여기로 데리고 왔는지 확신할 수 없었다. 오히려 답을 찾으려다가 진실에 걸려 넘어진 기분이었다.

"스카이 때문에요."

"스카이를 알아요?"

"음, 설명하기는 어려워요. 하지만 매우 특별한 일로 인해서 스카이는 저에게 자매나 다름없답니다. 스카이는 사바나의 죽음이 경찰이 말한 대로가 아니라고 생각했어요. 하지만 스카이도 결국 세상을 떠났고, 저는 스카이에게 반드시 정말로 무슨 일이 있었던 건지 찾아주리라고 결심했지요. 지금 저도 그날 밤 일에 대해서 스카이가 맞았다고 확신해요."

"그러니까 엘리야가 무고하다고 생각하는 거죠?"

로쉘이 물었다.

"네."

"음, 물론 엘리야는 죄가 없어요."

"상당히 확신하고 계신 것 같아요."

"네, 맞아요. 그때도 엘리야는 죄가 없다고 생각했어요."

"하지만 아무 말씀도 안 하셨잖아요?"

로쉘은 한숨을 쉬며 가운을 여몄다.

"하룻밤 새 벌어진 일이었고, 결과는 이미 확정 났죠. 내가 무엇을 할 수 있었겠어요? 게다가 그사이 너무 많은 일이 벌어지기도 했고요."

"무슨 뜻이에요?"

"너무 많이 죽었어요. 처음에는 사바나. 그다음에는 스카이. 그리고 앤드류도 죽었죠. 물론 앤드류는 나한테 여러 번 도발했고, 나도 수년 동안 앤드류를 아주 증오한 건 사실이에요. 그렇다고 해도 아이들과 아내가 있잖아요. 그 사람들이 불쌍하죠."

"앤드류가 죽을 때 제가 같이 있었어요."

내가 불쑥 말했다.

"핼리 양이요? 왜요?"

로쉘의 얼굴에 당황스럽다는 듯한 분위기가 담겼다.

"살인자가 제 뒤도 쫓고 있었거든요."

로쉘은 나에게 다가와 소파의 내 옆자리에 앉았다.

"중요한 이야기를 아직 나에게 하지 않은 느낌이에요."

"맞아요. 하지만 제 말을 믿어주실지 잘 모르겠어요."

"핼리, 핼리라고 불러도 돼요? 핼리 양은 정직한 사람인 것 같아요. 나를 믿어요. 내가 사는 세상 때문인지 나는 거짓을 밝히는 아주 날카로운 촉이 있답니다. 만약에 핼리 양이 나를 가지고 노는 것 같았다면 나는 당신을 당장 내쫓았을 거예요. 하지만 나에게서 진실을 듣기를 원한다면 나 역시 당신으로부터 진실을 들어야겠지요."

로쉘이 말했다.

"좋아요. 모든 이야기를 다 해드릴게요. 하지만 우선 물어볼게 있어요. 혹시 앤드류 이담이 하는 연구에 대해서 아시나요?"

"솔직히 말해서, 네. 아주 잘 알고 있어요. 기억을 백업받고, 기억을 복구하는 일이죠. 아주 놀라운 일이에요. 몹시 끔찍한 사람이지만 앤드류는 과학 분야에서는 정말이지 개척자인 게 분명해요. 장단점이 공존하는 건 종종 있는 일이죠."

"어떻게 그렇게 잘 알고 계세요? 히포렉스의 연구는 의료기기

업계에서도 가장 큰 비밀이거든요."

"내가 진짜 묻고 싶은 것도 그 연구에 핼리 양이 어떻게 연관
이 되어있냐는 거예요."

로쉘이 말했다.

나를 로쉘에게 말했다. 로쉘이 내 말을 믿지 않을 거라고, 나
를 미친 사람이라고 할 줄 알았는데, 내 이야기에 눈 하나 깜짝
하지 않았다. 심지어 놀란 것 같지도 않았다. 대신 로쉘은 나를
보며 말했다.

"당신이었군요."

"뭐가요?"

"스카이의 기억이요. 당신이었어요. 베일에 싸인 여자."

"알고 계셨어요? 어떻게요?"

로쉘은 놀랍다는 듯 머리를 저었지만 내 질문에 대해서는 별
다른 설명을 하지 않았다.

"누구든 받아들이기 굉장히 힘든 상황이었을 거예요, 핼리 양.
이 무슨 경험인가요. 핼리 양과 같은 일을 겪는다는 게 실감이
나지 않아요. 얼마나 무섭고 혼란스러웠을까요."

"맞아요."

"이제 모든 걸 알겠어요. 왜 여기 왔는지도 이해가 되고요. 앤
드류가 죽을 때 앤드류와 같이 있었다고 했나요?"

로쉘이 물었다.

"네, 케임브리지에 있는 앤드류의 집에서요."

"누가 그랬는지 봤어요?"

"경찰에 따르면 청부살인업자였다고 해요. 저격수였던 거죠. 타일러 레예스는 경쟁업체들이 저를 제거함으로써 히포렉스의 연구 진행 속도를 늦추기를 원한다고 했어요."

"그 누구도 히포렉스 연구 때문에 당신을 노리는 게 아니에요, 핼리 양."

로쉘이 머리를 저었다.

"만약 제가 위험에 처하지 않았다고 말씀하시는 거면 틀렸어요. 사실이거든요."

"오, 위험에 처하지 않았다고 이야기하는 게 아니에요. 오히려 그 반대죠. 위험은 정말 가까이에서 도사리고 있어요. 다만 그 위험이 히포렉스와는 상관이 없다는 거죠."

로쉘이 대답했다.

"그럼 왜 누군가 제가 죽기를 원하는 거죠?"

"이미 그 답을 알고 있어요. 사바나 때문이에요. 핼리 양의 머릿속에 있는 비밀, 누군가는 핼리 양을 죽여서까지 세상에 알리고 싶지 않은 거예요."

"누가요?"

로쉘은 일어서서 단단하게 팔짱을 꼈다. 태풍이 몰아치는 소리 외에 방에는 아무 소리도 들리지 않았다.

"뉴포트에서 무엇을 찾으려고 했나요, 핼리 양? 왜 이곳에 왔어요?"

로쉘이 부드럽게 물었다.

"저는 스카이가 봉인한 기억이 무엇인지 알고 싶었어요. 정말로 사바나에게 일어났던 일에 대한 기억을 되찾고 싶었죠. 그래서 제 상담사에게 최면치료를 통해 그날 밤으로 돌아가게 해달라고 부탁했어요."

로쉘은 슬프게 고개를 끄덕였다. 촛불 사이로 로쉘이 울고 있는 게 보였다. 은빛 눈물이 뺨을 타고 내렸다. 로쉘은 이내 깊은 숨을 쉬고는 두 손으로 뺨을 닦았다. 로쉘은 다시 차분해졌다.

"그래서 무엇을 발견했나요?"

"마이런이었어요. 엘리야의 형이요. 마이런이 사바나를 죽였어요."

"그 장면을 보았어요? 기억이 났어요?"

"네."

"아니에요. 마이런은 사바나를 죽이지 않았어요."

로쉘이 고개를 저었다.

그 말에 내 가슴이 조금 더 빨리 뛰기 시작했다.

"로쉘, 저도 당신을 믿고 싶어요. 하지만 제가 봤어요. 스카이의 눈으로 마이런이 절벽에 서 있는 걸 말이에요. 그리고 정말로 유일하게 모든 걸 설명해 줘요. 스카이가 솔직히 어떤 거로도 스스로 목숨을 끊었다는 게 상상이 가지 않거든요. 제 안에서 느껴지는 스카이는 정말 강인한 사람이라서요."

"나도 스카이를 알아요. 핼리 양 말이 맞아요. 스카이는 정말 강하죠."

"그래서 전 왜 스카이가…."

로쉘의 얼굴에 어두움이 스치는 것을 보고 입을 닫았다.

492

"스카이는 자살한 게 아니에요. 절벽에서 스스로 뛰어내린 게 아니랍니다. 그날 밤, 누군가 스카이와 함께 있었어요."

로쉘이 나에게 말했다.

* * *

가장 가까이 있던 초에서 불이 꺼지자 어둠 속에서 로쉘의 모습은 거의 보이지 않았다. 로쉘은 차라리 그편이 더 나은 것 같았다. 로쉘은 소파에 앉아서 다리를 끌어안아 마치 아이처럼 몸을 모았다. 로쉘의 눈은 창문을 방황하다가 번개가 칠 때마다 몸을 떨었다.

"나는 테렌스, 그러니까 스카이의 아버지를 30살에 만났어요. 지금 생각하면 너무 어린 나이지만 그때만 해도 너무 늦었다는 생각이 들었죠. 모델로서의 커리어가 거의 끝나가고 있었어요. 몇몇 예외적인 슈퍼스타를 제외하면 모델은 대부분 20대를 넘지 못하고 은퇴하거든요. 그래서 노후 계획을 세워주고 커리어에 대해 조언해 주는 곳을 찾고 있었어요. 나는 어떻게 내 자산을 잘 관리할지 그리고 앞으로 돈을 벌려면 어떻게 해야 할지 궁금했죠. 테렌스가 나에게 조언을 해주었어요. 그리고 음, 곧 우리 관계는 그 이상이 되었어요."

로쉘의 입에 애석하다는 듯 미소가 떠올랐다.

"아마도 테렌스가 내 미래의 계획이었다고 생각할 거예요. 테렌스와 결혼하면 돈 걱정 따위는 안 해도 되었을 테니까요. 하지만 그런 경우가 아니었어요. 나는 테렌스와 사랑에 빠지게 되었답니다. 물론 테렌스가 나보다 훨씬 더 나이가 많기는 했지만 믿을 수 없을 만큼 똑똑하고, 세련되고, 성숙했답니다. 네, 우리는 바람을 피운 거였어요. 물론 나도 바람을 피운다는 게 좋지는 않았지만, 사실 나를 만나기 훨씬 전부터 테렌스의 결혼생활은 거의 파경 직전이었어요. 알마. 정말 독하고 불쾌한 여자였죠. 테렌스는 알마와 살면서 최대한 의무는 다하려고 했지만, 나와 사랑에 빠졌을 때부터 현실을 직시하고 결혼을 깨기로 했어요. 물론 알마가 이 현실을 고분고분 받아들였을 리 없죠. 특히나 내가 흑인인 점 때문에 더더욱 그랬어요."

"마이런은 사바나도 잘 받아들이지 못했다고 했어요."

로쉘이 건조하게 웃었다.

"마이런이 표현을 잘 절제하는 편이죠. 사바나는 완전히 알마의 복사판이었어요. 맞아요. 사바나는 나를 정말 열정적으로 싫어해서 내가 모를 수 없도록 만들었어요. 단순하게 생각하면 사바나가 나에게 한 대로 그대로 해줄 수도 있었을 거예요. 아이들은 보통 계모를 싫어하죠. 특히나 지저분한 이혼 끝의 재혼이라면 더욱이요. 그런데 문제는 사바나가 내 딸에게 분노를 표출하기 시작한 거예요. 자기가 생각해도 나는 만만하지 않으니 대신 폭력을 나의 어린 딸에게 행사한 거죠."

"비키 말씀하시는 거죠?"

내가 물었다.

"맞아요. 비키는 내가 테렌스랑 결혼할 때 고작 아홉 살이었

494

어요. 사실 비키를 가졌을 때는 내 모델 인생이 최고의 절정을 맞았을 때죠. 사실 그때는 좀 방탕하게 살았어요. 돈도 미친 듯이 쓰고, 약도 미친 듯이 하고요. 비키의 아빠는 내가 몇 번 같이 일한 적 있는 패션 사진작가였어요. 우리는 같이 파티에 갔고, 내가 마약을 많이 한 다음에 그 사람이…, 그 사람이 나를 강간했어요. 그리고 임신하게 되었죠. 하지만 언론에 알릴 생각은 없었어요. 내 직업에 스캔들이 좋을 리 없으니까요. 솔직히 그때 나는 그 일이 내 잘못이었던 양 아주 오랫동안 나 자신을 비난했지요."

"하지만 아이를 낳기로 하신 거잖아요."

"아, 물론이에요. 당연히 낳아야 한다고 생각했어요."

"그 일에 대해서 아는 사람이 또 있었어요?"

"그 후 수년간 소문이 나를 따라다녔어요. 하지만 나는 공개적으로 그 소문에 대해서 한마디도 하지 않았죠. 내가 테렌스랑 결혼하고 나서 누군가 그 이야기를 알마에게 한 모양이에요. 알마는 그 이야기를 사바나에게 전했고요."

나는 눈을 감았다.

"그리고 사바나는 비키에게 그 이야기를 했군요."

"네. 나는 아빠에 관한 이야기를 비키에게 평생 하지 않았어요. 그런데 비키가 열 살이 되었을 때, 사바나가 비키를 강간범의 자식이라고 놀리기 시작했어요. 그래서 나는 비키에게 무슨 일이 있었는지 다 이야기해야 했지요. 그때부터 비키의 문제가 시작된 것 같아요. 그 비밀 속에 담긴 무언가가 비키를 탈선시킨 거죠. 그 이후로 비키는 전과 완전히 달라졌어요. 밖으로만 돌고 거칠게 놀았어요. 무엇보다 비키는 사바나가 자기를 괴롭힌 그 대로, 사바나를 괴롭힐 방법을 찾기 시작했지요. 정말로 보기 괴롭고, 또 괴로운 전쟁이 시작되었어요."

"스카이는요? 스카이는 그 상황에서 어땠나요?"

로쉘이 미소를 지었다.

"스카이는 참 다정했어요. 나는 스카이를 좋아했답니다. 스카이와 나는 알마가 그렇게 하는 데도 꽤 가까워졌어요. 당연히 스카이는 비키와 사바나 사이에 일어나는 일들을 끔찍하게 생각했지만, 그렇다고 어떻게 할 방법은 없었어요. 그건 나도, 테렌스도 마찬가지였답니다. 아이들이 좀 더 성숙해지면서 분쟁이 멈추기를 바랄 뿐이었어요. 사바나가 커서 대학을 갔고, 사바나가 없을 때 비키는 그나마 멀쩡해 보였어요. 하지만 사바나가 방학 때 돌아오면 전쟁이 다시 시작되는 형국이었어요. 나중에 사바나가 앤드류랑 약혼을 하면서 나는 이제 이 싸움도 머지않아 끝날 거로 생각했어요. 사바나가 곧 집을 떠날 테니까요. 그리고 사바나와 비키가 서로의 목을 더 이상 겨누지 않아도 될 것 같았어요."

"그때 비키가 몇 살이었지요?"

내가 물었다.

"15살이요."

나는 내 꿈에서 본, 연회장 문밖의 소녀가 생각났다. 마치 자랑스럽다는 듯 실실 웃던 소녀의 얼굴이 떠오른다.

'이번에는 진짜 헤어지겠지.'

그리고 나는 알게 되었다.

나는 무슨 일이 일어났는지 알 수 있었다.

"사바나는 앤드류가 바람을 피운다고 생각했어요. 사바나는 그게 스카이라고 생각했는데, 그게 아니었던 거죠? 비키가 그 상대방이었네요."

내가 중얼거렸다.

로쉘이 고개를 끄덕였다.

"비키는 그때 정말 통제가 불가능했어요. 질투심으로 넘쳤고, 폭력적이었죠. 성적인 탐욕도 이루 말할 수 없었어요. 나는 비키를 막을 수 없었죠. 비키는 사바나에게 모욕을 주기 위해 혈안이 되어있었는데, 그 약혼자를 꾀는 것보다 더 좋은 방법이 어디 있었겠어요? 그리고 앤드류, 그 나쁜 놈은 일이 그렇게 되도록 가만히 내버려 두었어요. 비키가 불과 15살밖에 되지 않았는데, 다 알면서 비키와 바람을 피웠지요. 그 정도 돈이 있는 사람들은 아무거나 다 할 수 있다고 생각하는 것 같아요. 그래서 내가 앤드류를 싫어하는 거기도 하고요."

나는 일어나서 창가로 갔다. 그리고 이 모든 이야기에 대해 곰곰이 생각해 보았다. 어쩌면 크게 안도할 일인지도 모르겠다. 마이런이 범인이 아니니까. 이 미스터리의 해답은 내가 심지어 알지도 못하는 소녀에게 있었다.

그런데 어째서 두려움이 이렇게 점점 더 커지는 걸까?

"그럼 사바나를 죽인 건 비키네요."

내가 말했다.

"맞아요."

"지금껏 이 모든 사실을 다 알고 계셨군요."

로쉘의 목소리가 부드러웠지만 떨렸다.

"그날 밤늦게 비키가 내 방에 왔어요. 온통 피범벅이더군요. 비키는 자기가 무슨 짓을 했는지 다 말해주었어요. 물론 경찰을 불러야 했지만, 나는 비키를 깨끗이 씻겼답니다. 비키는 스카이도 그곳에 있었다고 했어요. 그래서 다음 날이면 진실이 밝혀질 거라고 생각했지요. 그렇게 아침이 되었는데 스카이가 아무것도 기억을 못 하는 거예요. 심지어 절벽에 갔던 것도 기억하지 못했답니다. 그냥… 언니와 동생 사이에서 있었던 일을 제대로 직면할 수 없었던 것 같아요. 그래서 이상하게 들리겠지만 그 순간 비키는 위기를 모면할 수 있었어요. 운명이 나에게 그러한 결정을 내리게 한 거죠. 나는 비키를 자수하게 할 수 없었어요."

"그럼 엘리야는요?"

로쉘의 목소리가 굳었다. 나는 어떠한 후회나 회한도 느끼지 못했다.

"우리는 모두 다른 선택을 해요, 핼리 양. 나는 내 딸을 사랑했어요. 그래서 딸을 지켰지요. 만약에 똑같은 일이 또 일어난다고 해도 나는 똑같이 행동할 거예요."

나는 모든 기억이 이제 다시 나에게로 돌아오는 것 같은 느낌을 받았다. 나는 그 장면을 보았다. 내 마음속의 커튼이 열리고 그러면서 이 일이 단순히 10년 전의 그 살인 사건만은 아니라는 것을 깨달았다. 폭력은 그날 밤으로 끝나지 않았다. 단순히 사바나만 겨눈 것이 아니다.

폭력은 스카이를.

그리고 앤드류를.

그리고 나를 겨누었다.

나는 로쉘에게 다가가서 로쉘을 내려다보고 섰다. 몸이 으슬으슬 떨렸다. 소름이 끼쳤다. 심장이 서늘해졌다. 내가 묻고 싶은 질문이 있었다. 가장 중요한 질문이다. 나는 열리지 않는 입을 간신히 열었다. 내가 생각한 답을 들을까 두려워 주저하며 물었다.

"비키는 어떻게 되었나요?"

로쉘은 나를 주저함이 가득한 얼굴로 바라보았고, 나는 로쉘의 눈에서 답을 읽을 수 있었다. 로쉘의 얼굴을 가만히 바라보는 동안 나는 마침내 둘이 닮았음을 깨달을 수 있었다.

"나는 비키가 극복했다고 생각했어요. 그날 밤 이후 비키는 훨씬 더 차분해졌거든요. 마치 사바나의 죽음으로 인해서 비키가 마침내 자기 속의 악마를 마음에 묻어버린 것 같았어요. 아니 최소한 그렇다고 생각했지요. 작년까지는 말이에요. 그런데 스카이가 진실을 찾기 위해서 기억을 보존하려고 한다고 했을 때 끝난 게 아니라는 걸 깨달았어요. 맹세코 나는 비키를 막으려고 했어요. 자수하라고 설득하기도 했고요. 내가 할 수 있는 모든 걸 다했어요."

"지금 비키는 어디에 사나요?"

물어보기는 했지만 나는 로쉘이 뭐라고 대답할지 잘 알고 있었다.

"고향으로 돌아갔어요. 태어나고 자란 곳으로요."

"고향이 어디인데요?"

"라스베이거스요."

나는 눈을 감았다. 이런 바보가 또 있을까. 처음부터 나는 바보였다.

로쉘은 서둘러 나를 설득하기라도 할 듯이 말을 덧붙였다.

"비키는 과거의 자신을 잊고 싶었던 게 분명해요. 모든 걸 뉴포트에 남기고 떠났죠. 완전히 다른 사람이 되었어요. 심지어…."

로쉘이 말을 멈추었고, 나는 마침내 비키에 대한 생각을 끝냈다.

"이름도 바꿨지요."

"맞아요. 나는 언제나 그 아이를 비키라고 불렀는데, 갑자기 어느 날 비키가 와서는 싫증이 났다고 하더라고요. 자신은 더 이상 비키가 아니라고, 그러니까 빅토리아가 아니라고 했어요."

"토리로 바꾸었지요. 비키는 토리가 되었어요."

내가 말했다.

39

스카이의 집으로 들어가는 철문이 어제 왔을 때만 해도 닫혀 있었는데, 지금은 활짝 열려있다. 나는 차를 몰고 안으로 들어갔고, 아주 긴 차도를 따라 들어가니 대저택이 우리 앞에 나타났다. 불은 모두 꺼져 있었지만, 번개가 칠 때 저택을 볼 수 있었는데, 회색 돌로 지어진 궁전과 같았다. 날카로운 박공이 3층 건물을 장식하고 있었고, 하얀 기둥이 입구임을 알려주었다. 지붕 위에 망대가 보였다. 나는 스카이가 그곳에서 작은 해적처럼 바다를 내려다보며 시간을 보냈다는 것을 알 수 있었다.

나는 운전석에서, 로쉘은 조수석에서 밖으로 나왔다. 바람이 너무 세서 서 있기조차 힘들었다. 태풍의 진원지가 바로 우리 머리 위가 아닐까 하는 생각이 들 지경이었다. 허리를 숙이고 전속력으로 달려 우리는 어마어마한 정문으로 향했다. 밖의 문과 마찬가지로 저택의 현관문도 활짝 열려있어 비가 안으로 들이치고 있었다.

"비키가 여기에 있어요. 비키가 왔다는 걸 알겠어요. 비키는 나를 기다리고 있을 거예요."

열린 문을 보며 로쉘이 중얼거렸다.

아마 그럴지도 모른다. 하지만 나는 토리가 나를 기다리고 있다는 걸 안다. 아니, 스카이를 기다리고 있다는 것을 알고 있다. 토리는 우리가 올 것을, 우리 둘 중 누구도 멀리 갈 수 없음을 알고 있다. 우리의 운명이 여기, 이 저택에서, 이곳의 높은 절벽에서 만났다. 나는 도망칠 수 없으므로 끝을 보지 않을 수 없다. 자유롭기 위해 나는 마침내, 모든 일이 벌어진 곳에 서서 마음속에 펼쳐지는 과거를 지켜본다.

우리는 안으로 들어가서 문을 닫았고, 그러자 집안은 이루 말할 수 없이 조용해졌다. 현관으로 높이 경사진 지붕이 드리웠다. 대리석 계단은 굽이굽이 위층으로 올라가고 있었다. 저택은 텅비어있었고, 가구는 하나도 없었으며, 벽에는 예술작품도 한 점남아 있지 않았다. 나는 먼지가 목에 들어가는 것 같은 느낌이 들어 기침했다. 아무것도 없지만 그런데도 인상적인 저택을 보면서 스카이가 집에 대해서 느꼈을 복잡한 감정이 이해되었다. 이곳에서 다시는 살고 싶지 않았겠지만, 이 집이 남의 손에 넘어가는 것 또한 상상도 할 수 없었으리라. 셸든 가문의 저택이니까 말이다. 그래서 집은 예전 모습 그대로 고립된 채, 귀신 외에 아무도 살지 않는 곳으로 남아 있다.

"토리?"

로쉘이 큰 목소리로 불렀다. 로쉘의 목소리가 텅 비어있는 저택 안에서 쩌렁쩌렁 울렸다.

"토리, 어디 있니? 엄마야."

하지만 아무 대답도 없고, 어둠 속에는 어떠한 움직임도 없었다.

"경찰에 연락해야 해요."

내가 말했지만 로쉘은 내 말은 들으려고 하지도 않았다.

"토리를 개처럼 쏘면 어떡하려고요? 나는 내 딸이 그런 꼴을 당하는 걸 볼 수 없어요. 내가 토리와 이야기해 볼 수 있어요. 우리가 이야기해 보면 돼요. 우리가 자수하라고 설득하면 되잖아요. 당신은 토리에게 그냥 핼리가 아니에요. 스카이이기도 해요. 사바나 같지 않아요. 토리는 스카이를 좋아했어요."

분노와 걱정으로 내 말을 낚아챈 로쉘이 설명했다.

"토리는 스카이를 죽였어요."

"그건 사고였어요!"

로쉘이 주장했다.

"둘은 말다툼을 했고, 몸싸움을 벌였어요. 토리는 절대로 그런 일이 일어나도록 의도한 게 아니에요."

나는 그 말을 믿지 못하겠다. 로쉘도 그 말을 믿지 않는다고 생각한다. 그냥 거짓말을 진실로 알고 살아가기로 한 것 같다.

"어디로 갔을까요? 어디에 숨어있을까요?"

내가 물었다.

"아마도 옛날에 쓰던 침실에 있을 거예요."

그래서 우리는 저택의 꼭대기까지 돌계단을 올라갔다. 집안
이 너무 어두워서 거의 아무것도 보이지 않았지만 나는 마치 보
스턴의 길거리나 뉴포트의 거리를 기억하듯이 본능적으로 집의
구조를 알 수 있었다. 스카이가 여전히 내 머릿속에 있다. 스카
이의 존재, 스카이의 기억은 이곳에서 더욱 강해졌다. 3층 복도
끝에 아주 큰 격자구조의 창문이 바다를 향해 나 있었다. 밖에서
번개가 번쩍일 때 나는 양쪽 침실 쪽으로 열려있는 커다란 호두
나무 문을 볼 수 있었다. 나는 오른쪽 침실 문을 선택했는데, 왜
냐하면 그쪽이 스카이의 방이라는 걸 알고 있었기 때문이다. 로
쉘은 반대쪽 문을 열었다. 우리는 각자 안으로 들어갔다.

집의 다른 곳과 마찬가지로 이곳에도 가구는 하나도 없었다.
하지만 나는 방이 어땠는지 머릿속으로 그려볼 수 있었다. 그날
밤 스카이의 흥분에 대해, 마이런과 도망가려고 했던 스카이의
계획에 대해, 반쯤 꾸려놓은 스카이의 여행 가방에 대해 생각한
다. 하지만 다음 날 아침 이 모든 계획은 물거품이 되었다. 언니
는 죽었으며, 마이런과의 관계는 끝이 났다. 나는 정원과 바다가
내려다보이는 창가로 갔다. 비 때문에 유리창이 뿌옇게 흐려졌
다. 하지만 다음 번개가 칠 때, 나는 절벽 근처에 있는 동상을 빠
르게 훑어볼 수 있었다.

포세이돈이다. 받침대 위에 청동으로 만든 신.

모든 것이 시작된 곳으로 스카이를 위해, 또 나를 위해 돌아
왔다.

복도로 다시 나왔다. 로쉘이 복도에 있었다. 그녀는 고개를 저

었다. 토리가 위층에 있는 기척이 보이지 않았다. 우리는 1층으로 돌아갔다. 그리고 이번에는 넓은 복도를 따라 저택의 뒤편으로 돌아갔다. 오른쪽에는 벽 전체가 창문으로 되어 있었다. 그리고 저 끝으로 유리로 된 문을 열면 정원과 잔디밭 위에 펼쳐진 테라스로 나갈 수 있었다. 우리 왼편에는 연회장이 있는 건물이다.

나는 꿈에서 비키가 앤드류와 사바나가 말다툼하는 걸 몰래 지켜본 장면을 기억한다. 그리고 그때 나도, 아니 스카이도 그곳에 있었다. 스카이가 그들을 바라보던 문이 몇 발짝 앞에 있다. 나는 연회장 안으로 들어갔지만 로쉘은 복도에 서 있었다. 나는 놀라움을 금치 못했다. 금빛 촛대로 장식된 하얀 돌벽과 천장 아래 하늘의 천사들을 그린 벽화가 있는 바닥 위를 걸었다. 섬세하게 세공된 바닥이었다. 웅장한 샹들리에가 머리 위에서 흔들렸지만 나는 그 사이사이에 생긴 거미줄까지 볼 수 있었다. 연회장의 북쪽 끝은 상단의 문을 통해 테라스로 향하게 되어 있다. 밖에서는 이제 거의 끊임없이 번개가 치고 있다.

나는 이제 그들이 머릿속에 그려진다. 앤드류와 사바나가 결혼식 전날 밤에 이곳에 있다. 사바나가 절망에 차서 분노하며 약혼자에게 소리를 지른다.

'나는 이상하게 네가 정말로 나를 좋아할 거라고 생각했어. 내가 평생 절대로 한눈판 적이 없기 때문이지.'

이 장면을 어떻게 기억해야 할지 잘 모르겠다. 사바나가 아주 고약한 사람이라는 것을 이제는 안다. 앙심을 품고 있고, 잔인하

505

다. 하지만 한편으로는 사바나에게 동정심이 생기기도 한다. 사바나의 목소리에서 사바나가 진심으로 앤드류를 사랑하는 게 느껴졌기 때문이다. 심지어 몰래 바람을 피우고 있어도 말이다. 사바나는 아마 자신의 매력적인 인생이 쭉 계속될 거로 생각했을 것이다. 하지만 생각과 달리 부모님은 이혼했고, 낯선 사람들이 집에 들어와서 같이 사는 걸 봐야만 했으며, 동화와 같은 꿈이 악몽으로 변하는 것을 지켜봐야만 했을 것이다.

'그 애니? 내 동생. 항상 개야. 밤에 내 동생이 몰래 밖으로 나가는 걸 한두 번 본 줄 알아? 개가 어디로 가는지 내가 모른다고 생각해?'

사바나는 모든 것을 정확하게 알고 있었지만, 한편으로 틀린 점도 있다. 그렇다. 스카이는 여름 내내 몰래 밖으로 빠져나갔다. 하지만 스카이는 마이런을 만나러 나간 거지, 앤드류를 만나러 나간 게 아니다. 그렇다. 사바나의 약혼자 앤드류는 바람을 피웠다. 하지만 앤드류가 같이 잔 사람은 스카이가 아니었다. 자신이 견뎌 온 모든 무시와 모욕을 그대로 갚아주고자 혈안이 된 15살짜리 소녀였다.

그날 밤이 마침내 내 마음속에서 완성되었다. 기억의 나머지는 마치 퍼즐의 마지막 조각처럼 제자리를 찾았다. 더 이상의 그늘은 없다. 나를 진실에서 멀어지게 하는 닫힌 문도 더 이상 없다. 나는 스카이가 본 것을 보았다. 사바나가 앤드류와 헤어지고 하면서 앤드류의 뺨을 세게 때리고, 울면서 연회장을 가로질러 저쪽의 높은 문을 열고 테라스로 나갔다.

정원으로, 푸른 잔디밭으로.

그리고 절벽으로 갔다.

연회장 밖의 복도에 있던 스카이가 사바나를 따라갔다. 스카이는 오해를 풀지 않고 넘어갈 수 없었다. 스카이는 사바나에게 사바나가 어떻게 생각하든, 둘 사이에 어떠한 긴장과 경쟁심이 있었든 간에 절대로 앤드류와 자지 않았다고 말할 참이었다. 스카이가 절대로 넘지 못하는 선이 분명히 있다고. 그러니까 스카이 자신은 아니라고 말이다.

나는 연회장 가운데 서서 눈을 감고 스카이의 기억이 내 온몸에 밀어닥치기를 기다렸다.

무언가 소리를 들었다. 과거가 아니라 지금이다. 나는 다시 실제 세상으로 돌아왔다. 여자의 날카롭고 새된 울음소리가 복도에서 울려 퍼졌다. 비명처럼 들렸고, 이내 누군가 무엇을 떨어뜨리는 육중한 소리, 그리고 달려가는 발소리가 들렸다.

몇 초 후 바람이 마치 마녀처럼 휘익 저쪽 높은 문을 통해서 불어 들어왔다.

내가 복도에 나갔을 때 로쉘이 바닥에 있었다. 로쉘은 일어나려고 애쓰면서 흐느끼다가 다시 주저앉았다. 로쉘은 머리 뒤통수에 손을 대고 있었고 손가락 사이로 피가 새어 나왔다. 나는 로쉘이 일어나도록 도왔고, 로쉘은 키 큰 창문을 잡고 간신히 균형을 잡았다.

"토리인가요?"

내가 물었다.

로쉘은 고개를 끄덕였다.

"절벽 쪽으로 갔어요."

"경찰에 신고해요. 이제는 경찰에 신고해야 해요."

"네, 알았어요. 하지만 토리를 먼저 찾아야 해요. 토리를 안전하게 지켜야 해요. 경찰이 토리를 죽이는 것을 원치 않아요."

집 뒤편으로 테라스를 향하는 문이 활짝 열려서 바람에 흔들리고 있었다.

"여기 계세요."

내가 로쉘에게 말했다.

나는 혼자 복도를 따라갔다. 번개가 번쩍일 때마다 창문에 내 모습이 비치는 게 보였다. 내 마음속에서, 내 기억 속에서 나는 10년 전 스카이가 사바나를 잡으러 정원으로 달려가는 걸 보았다. 몇 발짝 걷다가 이내 나도 스카이처럼 달리기 시작한다. 나는 문을 나가 태풍이 몰아치는 밖으로 몸을 던진다. 강풍이 내 온몸을 뒤흔들고 태풍이 마치 바다를 통째로 들어 절벽 꼭대기에 비로 내리는 것 같다.

내 앞으로 푸르른 잔디밭으로 가는 계단이 있다. 나는 서둘러 테라스에서부터 번개가 번쩍일 때마다 토리를 찾았지만, 토리는 보이지 않았다. 밤하늘이 순식간에 낮으로 변할 때 내가 본 건 포세이돈이 전부다. 나는 옷을 입지 않은 채 나를 내려다보고 있는, 바다를 향해 삼지창을 던질 만반의 준비가 되어있는 신의 발밑에 선다. 아래를 내려다보니 젖은 땅이 마구 파헤쳐져 있다. 누군가 동상의 바닥 부분을 파기라도 한 듯, 잔디와 흙이 섞여 있다.

기억이 더 살아났다.

스카이는 살인 현장에서 도망갈 때 골프채를 손에 쥐고 있었다. 골프채를 숨겨야 했다. 스카이는 엘리야를 보호하고 싶었다. 그래서 스카이는 골프채를 부드럽게 젖은 잔디와 동상의 바닥 사이 바로 이곳에 묻어 놓았다. 그 오랜 세월 동안 살인에 쓰였던 골프채는 그렇게 땅속에, 포세이돈의 비호를 받으며 묻혀 있었다.

하지만 이제 더 이상 아니다. 지금은 토리가 골프채를 가지고 있다. 어떻게 찾은 걸까?

이내 깨달음이 왔다. 내가 알려준 거다. 최면치료 중에 내가 무엇을 했는지 말했다.

그러면 토리는 어디에 있나?

나는 절벽 쪽으로 향했다. 땅이 멀어지면서 끝으로 갈수록 잡초가 무성하게 자라 있었다. 내 밑으로 하얀 파도가 축축한 검은 바위에 부딪혀 부서졌다. 번개가 더욱 가까이서, 너무 가까이에서 쳐서인지 천둥소리가 날 때마다 내 몸이 찌릿하고 울리는 게 느껴졌다. 천둥소리는 너무 커서 귀를 막지 않을 수 없었다. 나는 절벽의 가장자리를 따라 미끄러지는 발을 질질 끌며 달렸다. 한 발만 잘못 내디디면 스카이를 따라서 절벽 아래로 떨어질지도 모른다.

그렇게 멀리 갈 필요도 없다. 저기. 바로 저기다.

나는 모든 일이 일어난 장소를 보았다.

푸른 잔디밭이 넓게 펼쳐진 근처의 벼랑 끝으로 나무와 풀이 무성한 수풀을 이루고 있었다. 나는 그 자리로 달려갔다. 이제 모든 게 생생하게 기억난다. 잔디밭에서 사바나가 무릎을 꿇고 앉아서 주먹으로 자기 이마를 치는 모습이 보인다. 사바나는 스카이를 향해 소리 지르고 있는데, 얼굴이 온통 분노와 눈물로 범벅이다.

'네가 모든 걸 망쳤어! 내 인생을 망쳤어! 어떻게 할 거야?'

그리고 스카이는 사바나에게 그게 아니라고, 사바나가 오해한 거라고 이야기한다. 계속해서 스카이는 사바나에게 자신을 믿어달라고 애원한다. 스카이는 절대로 앤드류와 바람을 피운 적이 없다고. 앤드류와 잔 적이 없다고 말한다.

두 자매가 있다.

내가 어떻게 되는지 보지 않고 싶다고 눈을 감을 필요도 없다. 마치 마음속에서 영화가 상영되듯이 나는 사바나가 벌떡 일어나서 스카이에게 다가가 불신을 가득 담은 목소리로 스카이에게 소리치는 것을 본다.

'네가 아니면, 누구야? 대체 누구냐고?'

나는 그 대답을 듣는다.

대답은 절벽 쪽에서 들린다. 기억 속에서가 아니다. 실제다.

"나였어."

40

토리가 숲 사이에서 골프채를 손에 쥔 채 나타났다. 빗속이지만 나는 샤프트에 묻은 검은 핏자국을 똑똑하게 볼 수 있었다. 과거의 기억에 충격을 받아 내가 있던 그 자리에 나는 꼼짝도 못 하고 얼어붙어 있다. 그 찰나의 순간이 토리에게는 충분한 시간이었다. 토리는 야구방망이를 흔들 듯 골프채를 흔들었다. 너무 세게, 너무 빠르게 휘두르는 바람에 나는 도망갈 생각조차 할 수 없었다. 샤프트는 내 어깨에 정면으로 맞았다.

내 팔이 부러졌다. 뼈가 부러지는 소리가 들렸다.

마음속까지 고통이 느껴지는 그 순간 토리는 골프채를 다시 한번 휘둘렀다. 토리가 두 번째 휘두를 때, 골프채의 머리는 내 왼쪽 무릎을 강타했다. 무릎 관절이 부서지면서 다리가 꺾여 나는 자연스럽게 휘청거렸다. 땅에 쓰러진 내 눈에 젖은 풀 위로 빗줄기가 떨어지는 모습을, 번개로 하늘이 주황색으로, 노란색으로 물드는 것이 보였다. 내가 느끼는 감정은 모두 고통 뒤에 오는 충격의 연속이었다.

내가 고통스러워하는 동안 토리가 내 옆에 쪼그려 앉았다. 토리의 곱슬머리가 얼굴에 붙어있었다.

"핼리, 핼리, 핼리, 내가 뭐라 그랬어요? 스카이의 집에 가지 말라고 했지. 하지만 당신은 내 말을 듣지 않았어. 거기서 멈췄어야지, 안 그래?"

나는 울지 않으려고 안간힘을 썼다. 내 왼쪽 팔은 아무 쓸모가 없고 실질적으로 움직일 수조차 없다. 왼쪽 다리는 마치 불이 붙은 것처럼 타는 듯이 아팠다.

토리는 말을 계속해서 이어 갔다.

"나는 당신을 구하려고 했어. 정말로 그랬지. 솔직히 말해서 나는 당신의 머릿속에 마이런이 범인이라는 생각을 심어주는 것만큼 고상한 생각은 없다고 생각했어. 당신은 최면치료 내내 저항했지만 나는 당신이 포기할 때까지 계속해서 밀어 넣었지. 그렇게 끝났으면 아무 일도 일어나지 않았을 거야. 이미 다 끝났겠지. 하지만 아니, 아니, 당신은 계속해서 진실을 찾아갔어."

"경찰, 경찰이 오고 있어요."

내가 간신히 말을 이었다.

토리는 비가 얼굴로 쏟아지는 가운데 슬쩍 웃어 보였다. 토리는 미친 것 같지도, 화가 난 것 같지도, 사디스트 같아 보이지도 않았다. 토리는 라스베이거스에서 매 상담 때 보았던 것처럼 전혀 동요가 없어 보였다. 이 지점이 가장 무서웠다. 자신이 하는 일에 대해서 아무런 감정도 동요도 보이지 않는다니.

"아니, 오지 않아. 우리 엄마가 아주 그럴듯하게 이야기를 하기는 했지만, 절대 나를 경찰에 넘기지 않을 거야. 내가 어릴 때 겪었던 일이 모두 자기 탓이라고 생각하거든. 아무도 부르지 않을걸? 나는 당신을 절벽 아래로 떨어뜨린 다음에 엄마에게 얼마나 미안한지, 어떻게 끝이 났는지 말할 거야. 그리고 이런 일은 다시는 일어나지 않을 거라고 당부할 거야. 엄마는 나를 용서할 테고 지난 10년간 그래왔듯이 입을 다물고 있겠지. 핼리 당신은, 음, 모두 스카이의 기억 때문에 미쳤다고 생각할 거야. 더 이상 견딜 수 없어서 스카이의 발자취를 따라 스스로 절벽에서 몸을 던졌다고 생각하겠지."

나는 계속해서 토리에게 말을 시키기로 했다.

토리가 말을 하는 한 나에게 아직 기회는 있다.

"사바나에 대해서 미안해할 필요는 없어. 한대로 받은 것뿐이니. 사바나가 나를 뭐라고 불렀는지 알아? 스카이의 기억 속에 그런 것도 들어있나? 내가 여기에 나타나서 앤드류랑 잔 여자가 나라고 말했을 때 사바나는 수년 동안 나에게 던졌던, 세상에 있는 모든 흑인 비하 발언을 있는 대로 다 외쳤어. 사실 나는 사바나를 죽이려고 나온 건 아니었어. 당신도 잘 알고 있겠지만. 그저 네 약혼자랑 잤다고 뻐기고 싶었지. 그런데 사바나가 나를 도발했고, 어렸을 때부터 몇 년간 당했던 폭력이 폭탄처럼 터져버렸어. 나는 골프채를 집어 들고 사바나의 머리를 가격했어. 스카이가 나를 말리려 해서 나는 스카이도 쳤지. 스카이는 넘어지고 말았어. 솔직히 그래서 스카이가 아무것도 기억하지 못하는 게 아닌가 싶기는 해. 거기서 끝낼 수 있었는데, 사바나가 잔디밭에 넘어져 있는 것을 보니 사바나를 때리는 게 얼마나 기분이 좋은지 새삼 알게 된 거야. 그래서 나는 다시 한번 사바나를 쳤지. 한 번 더 치고. 또 한 번 치고. 한 번 더 치고. 골프채로 계속 때리니 마침내 종이 쪼가리처럼 되더군. 나는 모든 빚을, 사바나가 아홉 살 때부터 나한테 한 모든 짓에 대해서 다 갚아주었어. 그리고 나는 골프채를 떨어뜨리고 도망쳤지.”

나는 골프채를 바라보았다. 이제 토리는 한 손으로 골프채를 가볍게 앞뒤로 흔들고 있었다.

“그럼 스카이는 어떻게 된 거예요?”

내가 물었다.

‘계속 말해라.’

‘나에게 기회가 올 수 있도록.’

토리는 스카이의 이름에 흠칫하는 것 같았다. 스스로 만족하는 듯한 미소가 얼굴에서 싹 사라졌다.

“스카이한테는 미안하게 생각해. 나한테 참 잘 해줬거든. 사바나와 같지 않았어. 스카이가 아무것도 기억하지 못한다고 할 때 나는 솔직히 그 말이 거짓말인가 싶었거든. 그런데 스카이는 나를 보호하기로 한 것 같아. 골프채를 감췄잖아. 골프채에는 내 지문이 온통 묻어 있었으니까. 그냥 두었으면 경찰이 분명히 나를 찾았을 거야. 어쨌든 스카이는 정말로 아무 기억도 나지 않던 거야. 당신이 그 증거지. 어쨌든 10년이 흘렀고 그동안 스카

514

이는 그 날밤에 대해서 아무 말도 하지 않았어. 나는 내가 안전하다고 생각했지. 그런데 작년 크리스마스 때 갑자기 스카이가 라스베이거스에 있는 나에게 전화를 했어. 이곳에서 만나고 싶다고 했지. 스카이는 그날 살인의 기억이 난다고 했고, 사바나가 살해당할 때 절벽에 있었던 것 같다고 이야기했어. 스카이는 내가 자기 기억을 되찾는 데 도움이 될 거라고 생각한 것 같아. 운명의 장난이야, 그렇지? 마치 당신처럼 말이야. 그래서 이곳에서 스카이를 만났어."

"스카이는 기억하고 있었어요."

내가 말했다.

"맞아. 나와 함께 이곳에 있으면서 스카이는 기억해냈어. 스카이는 내가 모든 걸 인정하기를 바랐지. 경찰에 가서 자수하라고 했어. 그래서 나는 스카이를 제거했어야 했어. 스카이는 아무것도 보지 못했어. 스카이는 끝까지 나를 너무 믿었던 거지. 세상에는 스카이의 죽음이 자살로 알려졌어. 아무도 의문을 제기하지 않았어. 스카이는 죽었고, 마침내 모든 것이 끝났지. 항상 불안하게 살았었는데, 드디어 나는 자유를 찾은 거야."

토리는 골프채의 가죽 손잡이를 주먹으로 꽉 쥐었다. 갑자기 분노가 폭발했는지, 토리는 일어서서 골프채를 아래로 세게 내리쳤다. 골프채의 커다란 머리가 내 머리의 왼쪽, 불과 몇 센티미터 떨어진 곳에 내리박혔다. 하지만 부러진 팔로는 골프채를 잡을 수 없었다.

"그런데 스카이가 진짜 죽은 게 아니었어. 진짜 아니었지. 앤드류 덕분에. 그리고 당신 덕분에 말이야."

토리는 다시 골프채를 내 얼굴 위에서 휘둘렀고, 내 얼굴에 너무 가까이 휘둘러서 골프채가 가르는 공기의 흐름이 느껴질 정도였다. 그리고 나더니 내가 골프채를 확 잡아채기도 전에 골프채가 눈앞에서 사라졌다.

"앤드류. 그놈이 진짜 구제 불능 멍청이지. 절대로 나를 놓지 못했어. 사바나가 죽은 바로 그다음 날도 나랑 잤으니까 말이지. 앤드류는 내가 한 일을 상상도 하지 못했어. 엘리야가 그랬다는 시나리오를 받아들였지. 사바나의 죽음에 자신도 일말의 책임이 있다고 생각하는 것보다는 그편이 좀 더 마음이 편했던 거야. 그 이후로 우리는 쭉 연인 사이였어. 나는 앤드류 인생에 그 누구보다 영향력을 강하게 미치는 사람이었지. 타일러보다도, 그 아내보다도 말이야. 연구에서 진척이 있을 때마다 나에게 다 말해줬어. 나에게 감동을 주고 싶어 했지. 앤드류는 자신의 연구가 몇십억 달러의 가치가 있다고 했고, 앤드류의 말이 맞았어. 그 말을 듣고 나는 폴 템플에게 접근했어. 폴 템플은 앤드류에게 정보를 받아서 넘겨주는 대가로 나에게 어마어마한 거액을 보내줬어. 라스베이거스에서 그날 밤? 카지노 파티? 나는 그곳에 앤드류를 만나러 간 거야. 앤드류가 늦었어. 또 다른 운명의 장난이었지. 앤드류가 도착했을 때 나는 마침 파티를 나가려고 했고, 바로 그때 누군가 우리 사이에 끼어든 거야."

"그게 바로 나군요."

나는 눈을 감았다.

"당신, 핼리. 나의 비쩍 마르고, 술에 취한, 폭식증이 있는, 자살시도를 했던 환자. 당신이 죽었고, 앤드류는 영웅이 되었지."

토리는 내 옆에 다시 무릎을 꿇고 앉았다. 골프채가 나에게 가까이 놓여 있지만, 골프채를 토리의 손에서 뺏을 만큼 나에게 힘이 남아 있는지 모르겠다. 나에게 기회는 오직 한 번뿐이다. 만약 내가 시도했다가 실패하면 토리는 나를 골프채 근처에도 가지 못하게 할 것이다. 토리는 골프채로 내 머리를 날린 뒤 내 몸을 절벽 아래로 떨어뜨릴 것이다. 스카이처럼.

"그날 밤늦게, 앤드류는 자신이 한 일을 인정했어. 당신에게 기억을 넣었다고 이야기하더라고. 하지만 누구의 기억을 넣었는지에 대해서는 말하지 않더군. 나는 그때부터 앤드류가 나를 의심하기 시작했다고 생각해. 어쨌든, 그때 나는 조심해야겠다는 신호로 받아들여야겠다고 생각했어. 병원에서 당신이 무슨 말을 하는지조차 모르면서 언니가 살해당했다고 이야기할 때 나는 당신의 머릿속에 들어있는 기억이 스카이의 기억이라고 확신했어. 그 말인즉슨 내 비밀이 그 안에 있는 거지. 그래서 나는 얼른 손을 써야 했어."

"그래서 나를 죽일 사람을 고용했군요."

토리가 어깨를 으쓱했다.

"라스베이거스에서 아주 재밌는 사람들을 만났을 거야. 특히 내 수하에서 일하는 사람들을 말이지."

"더튼이군요."

"맞아. 나는 당신을 미행하라고 더튼을 사주했어. 당신이 보스턴으로 갈 때, 더튼에게 보스턴까지 당신을 따라가라고 했지. 더튼이 중국인들을 위해 하던 '작업'은 오히려 나한테 도움이 되었어. 사람들이 회복 중인 당신에게 말해줄 수 있는 시나리오니까, 그렇지? 그래서 당신이 당신 머릿속에 들어있는 기억으로 인해 목표물이 된 것처럼 보이게 했어. 그래서 나는 더튼이 당신을 미행할 때 폴 템플을 제거해달라고 부탁한 거야. 그러다 보니 거짓말이 늘었지. 게다가 굳이 가능성을 남겨둘 필요 없잖아. 폴 템플이 어디 가서 내가 자기 스파이라고 말할 수도 있고."

"그렇다면 앤드류는요? 왜 그런 거예요?"

토리는 한숨을 쉬었다. 토리는 서서 골프채를 흔들기 시작했다. 이제 토리는 나의 반대쪽에 있다. 내 오른쪽. 아직 다치지 않은 쪽이다. 골프채의 머리는 내 손에서 불과 몇 센티미터 떨어지지 않은 곳에서 공기를 가르며 오락가락하고 있다.

"앤드류가 결국 알아냈어. 당신이 폴 템플에게 스파이가 있다고 이야기하면서, 앤드류가 당신에게 한 일을 알게 됐을 거라고 말했지. 폴 템플이 이렇게 빨리 알게 되는 방법은 딱 하나야. 나지. 그래서 앤드류는 그날 밤 나에게 전화를 했어. 모든 걸 샅샅이 캐기 시작했지. 그 뿐만이 아니었어. 스카이도. 사바나도. 그러고 나서 모든 게 다 나였다는 걸 알게 된 거야. 나는 내가 보스턴으로 가서 다 설명하겠다고 말했어. 근데 그전에, 나는 바로 더튼을 보냈어. 당신 둘을 처리하도록 했지."

토리는 나를 내려다보았고, 나는 토리를 올려다보았다.

토리의 이야기는 거의 끝나간다. 나는 이제 시간이 없다.

골프채는 마치 시계의 추처럼 내 몸 위를 오락가락하고 있다. 토리 뒤로 번개가 치면서 하늘이 밝아지자 토리의 모습이 어두움 속에서 실루엣으로 어른거린다. 딱 1초, 딱 1초 사이 토리가 나에게서 눈을 떼고 태풍으로 비가 내리는 하늘을 바라보았다.

나에게는 마지막 기회다. 나는 기회를 잡았다.

손가락으로 골프채 머리 바로 위의 샤프트를 꽉 잡고 골프채를 토리의 손아귀에서 빼앗았다. 그리고 나는 내 온 힘을 다해 마치 창으로 찌르듯이 토리의 배를 골프채로 찔렀다. 그 여파로 토리는 캑캑거리면서 뒤로 물러서다가 균형을 잃었다.

절벽의 끝이 바로 토리 뒤에 있다.

몇 센티미터밖에 되지 않는 거리다.

나는 토리가 땅에 발을 붙이려고 안간힘을 쓰면서 마리오네트처럼 휘청휘청 움직이는 것을 지켜보았다. 번개가 다시 한번, 그 어느 때보다 가깝게 내리쳤고, 이어서 천둥이 쳤다.

토리가 뒤로 떨어지기를 바랐다. 토리의 다리가 젖은 잔디 위에서 미끄러져 공중에 붕 뜨는 것을 보았다. 다른 쪽 다리는 구부러졌고, 토리의 입은 당황스러움에 크게 벌어졌다. 토리는 하반신이 절벽에서 달랑거리자 몸통을 앞쪽으로 던졌다. 토리의 손은 진흙 바닥을 꽉 잡았지만, 여지없이 미끄러졌다. 토리가 절벽 아래로 사라지면서 내 눈에 보이는 건 토리의 머리와 어깨가 전부였다.

토리의 순간이 멈췄다. 토리의 얼굴은 여전히 잡초 위에 있고, 토리의 눈은 나를 바라보고 있다. 토리는 떨어지지 않았다.

나는 길을 잃었다.

신음과 함께 토리는 풀을 잡고 몸을 일으켜 단단한 땅으로 다시 올라왔다. 땅에서 막 파낸 몸처럼 흙으로 온통 뒤덮인 토리는 두 발로 일어서 휘적휘적 걸어왔다. 토리는 헉헉거리고 있었다. 나는 잽싸게 달려서 도망가려고 했지만 한 손으로 땅을 짚고 일어나려고 하는 그 순간 나는 다시 넘어졌다.

토리는 나를 향해서 당당하게 걸어왔다. 내가 잡고 있던 골프채를 홱 비틀어 빼앗았다. 이제 토리의 손이 젖은 그립을 잡고 있다. 토리의 까만 눈은 번개의 번쩍이는 불빛이 반사되어 두 개의 전구처럼 보였다. 토리가 나를 내려다볼 때, 토리는 나를 헬리 또는 스카이로 생각하는 것 같지 않았다. 토리는 10년 전 그 소녀였다. 나는 사바나고, 토리는 나를 다시 죽이려고 한다.

마치 벌목꾼이 도끼를 휘두르듯, 토리는 골프채를 머리 위로 높이 들었다. 골프채의 머리를 내 두뇌에 조준해서 내리치려는 순간 토리는 크게 숨을 들이쉬었다. 나는 골프채의 머리가 움직이는 것을 보았다. 마치 별똥별처럼, 은색의 섬광이 비쳤다. 얼마나 아플지 궁금했다.

내 아래서 그 순식간의 순간에 땅이 꿈틀거렸다.

나는 마치 내 몸 위로 수백만 마리의 벌레가 꿈틀거리는 것 같은 이상한 느낌을 받았다

그때 커다란 번개가 치면서 온 세상이 마치 소음으로 폭발하는 것 같았다. 바로 우리 머리 위에서. 땅에서는 마치 지옥에서 바로 온 것 같은 불꽃이 튀어 올랐다. 골프채의 머리는 불기둥을

내뿜었고, 토리가 하늘로 골프채를 로켓처럼 들어 올리자 내 머릿속에서는 엑스레이 이미지 같은 섬광이 번쩍했다.

내 몸이 불타고 있다. 눈은 보이지 않는다. 귀에서는 피가 난다.

내 머리를 강타하는 충격이 있었다. 나는 정신을 잃었다.

41

꿈.

꿈은 참으로 이상하다. 우리가 전혀 원치 않는 곳으로 우리를 데리고 가고, 우리가 절대로 보고 싶지 않은 것을 보여준다. 잔디밭에서 번개의 충격으로 의식을 잃은 동안 내 꿈은 나를 완전히 다른 어딘가로 데리고 갔다. 바로 내가 열 살 이후 회피했던 바로 그 장소로 말이다.

우리 엄마의 집이다.

스카이가 그곳에서 나를 기다리고 있었다. 스카이는 나에게 웃어 보이며 팔로 내 어깨를 둘렀다. 스카이의 긴 금발 머리가 내 얼굴을 간지럽힌다. 나는 왜 스카이가 나를 이곳에 데리고 왔는지 안다. 그리고 나도 이제는 더 이상 두렵지 않다.

"우리의 과거를 막을 수는 없어요. 할 수 있는 건, 그저 과거와 함께 살아가는 거예요."

스카이가 말했다.

"나도 알고 있어요."

"이제 무슨 일이 있었는지 다 기억나지요?"

스카이가 다시 한번 물었다.

"그럼요."

"나에게 보여줘요."

스카이가 다시 말했다.

그래서 나는 스카이 말대로 했다. 이 집에서 우리는 혼자가 아니다. 그리고 우리와 함께 작은 소녀가 한 명 있었다. 우리 엄마의 방으로 향하는 복도의 그늘에 서 있었다. 딱 열 살짜리 키. 그리고 헝클어진 검은 머리. 창백한 피부. 예쁘다. 아이는 두 손을 귀에다 대고 "방문객들"의 노랫소리를 막으려고, 침실에서 새어 나오는 비명을 막으려고 안간힘을 쓰고 있었다. 엄마의 절박한 목소리가 닫힌 문틈 사이로 흘러나왔다. 엄마는 아이를 부르며 제발 도와달라고 애걸한다. 제발 도와달라고.

"멈춰줘! 제발 멈춰줘!"

오, 엄마. 오, 엄마가 헤쳐 나가야 하는 공포에요.

열 살짜리 핼리가 손으로 머리를 꽉 감싸 쥐고 엄마가 말하는 걸 듣지 않으려고 안간힘을 쓴다. 나는 안다. 이 세상은 작은 소녀가 영원히 그 소리를 듣지 않기에는 단순히 너무 시끄럽다.

"도와줘! 오, 신이시여, 핼리, 핼리, 도와줘! 네가 나를 도와 줘야 해."

"엄마가 핼리 양에게 원하는 게 뭐예요?"

스카이가 부드럽게 묻는다.

나는 스카이에게 대답한다. 이제 나는 엄마가 나에게 원하는 게 무엇인지 똑똑히 기억하기 때문이다. 나는 마침내 그 결과를 볼 준비가 되었다.

"엄마는 나에게 자기를 죽여달라고 하는 거예요."

내가 말했다.

작은 소녀는 복도를 흐느적흐느적 걷기 시작했다. 소녀는, 아니 우리는 안다. 문 저쪽에서 무슨 일이 벌어지고 있는지. 그리고 그 방에서 소녀가 무엇을 해야 하는지. 스카이와 함께 나는 마치 공포영화처럼 광경이 펼쳐지는 것을 지켜본다. 나는 소녀가 방으로 가서 청동 문손잡이를, 어두움 속에서 환하게 빛나는 손잡이를 잡는 모습을 본다.

문은 지난 19년 동안 내 머릿속에서 언제나 닫혀있었다.

이제 나는 나 스스로 문을 열고 안으로 들어가는 것을 본다.

"자신을 봐요. 지금까지 본 중 가장 용감한 행동이라고 생각해요."

스카이는 일종의 존경심을 담아 말했다.

우리는 어린 소녀를 따라 열린 문으로 들어가서 이제는 침실에 있는 소녀를 본다. 소녀가 들어간 방에는 벽에 온통 괴물들이 그려져 있고, 창문에 덕지덕지 덕테이프가 붙여져 있으며, 거울이 깨지면서 유리 조각들이 온통 바닥에 떨어져 있다. 그리고 우리 엄마가 있다. 엄마도 방에 있다. 우리 엄마. 옷은 더럽고 찢어졌으며, 머리는 며칠은 감지 않은 것 같고, 얼굴은 악마를 내쫓기 위해 머리를 벽에 찧어서 생긴 상처로 피범벅이다.

엄마는 손에 총을 들고 있다.

엄마는 슬픔과 공포와 탈진과 광기로 울부짖고 있다. 엄마의 눈은 동공이 풀려 있고 번쩍인다.

"멈춰줘, 멈춰줘, 제발 나를 도와줘. 오, 핼리, 멈춰줘. 더 이상은 견딜 수 없어. 더 이상은."

작은 소녀가 처음으로 말을 한다. 소녀는 매우 침착하다. 아니, 나는 매우 침착하다.

"엄마 사랑해요."

"이렇게 살 수 없어. 노력해 보았지. 너도 알다시피 노력해 봤지만 안 되겠어. 너무해."

"네, 알아요."

엄마는 무릎을 꿇고 앉았다. 눈물이 엄마의 얼굴에서 흘러내렸다. 하지만 현실은 순식간에 엄마에게서 사라져 버렸다. 다시 상황이 나빠졌다. 금세 바뀌어 버린다. 엄마는 벽을 향해 주먹을 쥐고 마치 늑대처럼 울부짖는다. 엄마의 이가 늑대의 이빨같이 번득인다. 으르렁거리는 소리가 엄마의 목에서 나온다. 엄마는 벽에서 멀어지더니 어느새 총을 가지고 소녀의 얼굴에 겨눈다. 총구가 너무 가까이 있어 마치 이마를 누르고 있는 것 같다. 하지만 작은 소녀는 움직이지도, 꼼짝을 하지도 않는다. 죽음이 목전에 있는데도 두려운 기색이 없다.

"그 사람이 너를 보냈지? 악마가 너를 보냈어! 나를 고문하라고 너를 보낸 거야! 악마가 여기에 있어!"

"아니에요, 엄마, 저 핼리예요."

엄마는 하늘을 향해 우렁찬 소리를 내었다.

"악마의 피를 마시고 다시 태어나겠어! 나는 안드로메다 여신이다! 나는 별에서 왔다! 누구든 내 앞에 무릎을 꿇지 않으면 죽을 것이다. 악마여, 너는 죽을 것이다!"

"나예요, 엄마. 핼리요."

"핼리…"

발작은 마치 해를 가린 구름처럼 순식간에 지나간다. 우리 엄마는 천천히 무릎을 꿇고 앉는다. 엄마의 전신이 떨린다. 엄마는 눈을 감았다가 뜨고, 감았다가 뜬다. 정신이 멀쩡해진 순간 엄마는 나를 보고 또 나에게 무슨 짓을 하려고 했는지를 본다. 엄마는 총구를 돌려 내 손으로 총을 잡게 하고 방아쇠에 내 작은 집게손가락을 말아놓는다.

"빨리, 아가야. 빨리. 너는 해야만 해. 늑대가 다시 돌아오기 전에 해야만 해. 시간이 없어."

엄마가 내 손을 움켜쥐고 총으로 엄마의 가슴을 겨눈다. 엄마의 심장이 있는 곳이다.

"죽여줘. 제발, 핼리, 네 도움이 필요해. 너는 나를 죽여야 해."

"내가 할 수 없을 것 같아요."

"오, 핼리, 제발, 이렇게 살 수는 없단다. 네가 나를 자유롭게 해줘. 제발, 오, 핼리, 제발, 제발, 제발."

"엄마, 엄마, 난 할 수 없어요."

"늑대가 오고 있어! 오, 신이시여, 안돼, 핼리, 핼리! 늑대가

오고 있어. 나는 늑대를 막을 수 없어. 지금 당장 총을 쏴, 지금 당장, 제발, 늑대를 억누를 수 없어. 늑대가 나를 다시 차지하면….”

늑대가 다시 돌아오자 엄마의 얼굴은 빨갛고 잔인하게 변해 갔다.

아바는 방문객들을 부른다.

열 살 핼리는 눈을 감고 방아쇠를 당긴다.

한 방이었다.

그리고 모든 게 끝났다. 끝이다. 엄마는 죽었고, 나의 과거였던 소녀는 사라졌다. 내 과거의 어딘가에서 그 소녀는 밑에 있는 게 무엇인지 절대로 보지 않으려고 할 것이다. 침실에서의 그 순간을 짙은 검은색으로 칠하면서 라스베이거스의 텅 빈 거리를 뛰어 레드 록 캐니언으로 향할 것이다.

스카이와 나는 함께 서 있다. 우리가 있는 하얀 방이 텅 비어 있는 데다가 너무나 조용해서 내 심장이 뛰는 소리가 들릴 정도다. 나는 내 손을 내려다보았다. 손은 엄마의 피로 물들어 있다.

“내가 엄마를 죽였어요.”

내가 말했다.

스카이가 자기 이마를 내 이마에 대고는 진실을 말해준다.

“아니요, 핼리, 당신이 어머니를 구한 거예요.”

42

누군가가 나를 흔들었다.

손이 내 팔을 만지다가 내 얼굴을 만지는 것을 아주 어렴풋이 느낄 수 있었다. 비는 계속 내렸다. 가벼운 보슬비를 맞으며 천천히 무의식에서 깨어나는 중이다. 축축하고 추웠으며, 머리에서는 좀처럼 사라지지 않을 것 같은 벨소리가 계속해서 징징 울렸다. 입에서는 쇠 맛이 났다. 나는 눈을 깜빡여 보았다. 처음에는 주황색의 희한한 불꽃놀이 외에는 아무것도 보이지 않았다. 다시 눈을 떴다. 어두움이 가장자리에서부터 스멀스멀 모여들어 빛을 몰아내는 것 같았다. 내 주변은 아직도 깜깜한 밤이다.

무언가 중얼거렸는데, 나도 내 목소리를 들을 수 없었다. 솔직히 벨소리 외에는 아무것도 들리지 않았다. 귀찮아서 아무도 받으려 하지 않는 전화처럼 계속 울렸다. 나머지 세상은 마치 내가 긴 터널 안에 들어가 있는 것처럼 먹먹하게 들렸다. 멀리서, 저 멀리서, 누군가가 나를 향해 소리치고 있지만, 그 목소리는 메아리에 묻혀 마치 속삭이는 것처럼 들렸다. 그럼에도 나는 내 목소리를 들은 것 같았다.

"햄리."

나는 눈을 다시 떴다. 내 머릿속의 플래시 전구가 잠잠해지자 마이런이 내 옆에 무릎을 꿇고 있는 것을 볼 수 있었다. 마이런의 입이 움직이고 있지만 나는 그가 하는 말을 알아듣지 못했다. 그가 오른손으로 내 귀를 만졌는데 온통 피범벅이었다.

마이런이 나를 다시 불렀다. 그의 목소리가 마치 터널 반대쪽 끝에서 들리는 것 같았다.

"햄리, 괜찮아요?"

내가 대답이랍시고 아주 큰 소리로 욕을 했나 보다. 내 말에 마이런이 웃었고, 젖은 잔디밭 위에 몸을 편하게 앉는 모습이 긴장이 풀린 것 같았다. 마이런은 손을 뻗어 내 손을 잡았다. 나는 마이런이 내 손을 꽉 잡는 것을 느낄 수 있었다. 또 나는 마이런의 얼굴을 좀 더 또렷하게 볼 수 있었다. 즉, 나는 살아있다는 것을 알 수 있었다.

하지만 엄청난 고통이 밀려왔다. 내가 힘을 주어 땅에서 일어나려고 할 때, 내 어깨는 뜨거운 전기레인지에 손을 댄 아이의 것 같았다. 나는 무너졌다. 무릎도 욱신거려서 다리를 굽히거나 움직일 수 없었다. 나는 다시 한번 땅에서 일어나려고 해보았으나 이내 주저앉았다.

마이런이 나에게 기대어 내 귀에 대고 큰 소리로 말을 해서 똑똑히 들을 수 있었다.

"움직이지 말아요. 구급차를 불렀어요. 곧 도착할 거예요. 경찰도 곧 올 거고요."

나는 목을 쭉 빼고 주변을 둘러보았다. 무슨 일이 일어났는지 이해해 보려고 했는데 마음속이 온통 어지러웠다. 내 안은 단지 빈 슬레이트, 아니면 하얀 공간이었다. 내가 지금 어디에 있는지, 왜 여기에 있게 된 건지에 대해 아무런 생각이 없었다. 무슨 일이 일어난 건지 기억할 만한 단서가 있나 찾아보다가 마침내 저 멀리서 치는 번갯불에 드러난, 정원을 내려다보고 있는 포세이돈 동상을 보았다.

모든 기억이 물밀듯 밀려왔다. 현재. 과거. 스카이의 기억.

그리고 나의 기억.

"토리, 토리는 어디 있어요?"

나는 갑자기 물었다.

마이런이 머리를 저었다.

"못 봤어요."

"무슨 일이 있었던 거예요? 토리는 어디에 갔어요?"

"나도 모르겠어요. 여기에서 당신을 발견했고, 그게 내가 아는 전부예요. 당신이 심하게 다친 것 같아서 도움을 요청했고."

나는 그 간지러움이 기억났다. 내 온몸을 기어 다니던 벌레들.

"번개에요. 우리는 벼락을 맞았어요."

나는 마치 혼잣말을 하듯 말했다.

"살아있다니 운이 좋은 거예요."

하지만 나는 별로 운이 좋다는 생각이 들지 않았다.

"그 골프채요. 혹시 골프채 봤어요?"

내가 물었다.

마이런이 고개를 끄덕였다.

"절벽 근처에 있던데."

"토리."

나는 다시 한번 말했다.

"토리는 도망간 게 분명하오. 여기에 없었어요."

"당신은요? 어떻게 여기에 온 거예요?"

"찾으러 오겠다고 말했잖아요. 결국 여기로 올 것 같아서 곧장 이 저택으로 왔어요. 안에서 토리의 어머님을 만났어요. 토리의 어머니가 토리와 무슨 일이 있었는지 다 이야기해 줬고… 나는 절벽 쪽으로 나왔고 당신이 잔디밭에 누워있었고."

"나를 구하러 여기까지 와주었군요."

"당연하지 않소."

"내가 그런 심한 말을 했는데도요."

"당신이 그걸 다 곧이곧대로 믿고 그랬던 건 아니었을 거라고 생각해요."

나는 안도의 한숨을 쉬며 잔디밭에 다시 누워 눈을 감았다. 이 순간 내가 바라는 유일한 것은 고통이 사라지는 것이다. 무감각함이 사라지자 나는 끙끙 앓기 시작했다. 마이런이 내 손을 꼭 잡았고, 나는 기억이 되살아나면서 몸서리쳤다.

토리가 골프채를 나에게 휘두른다.

토리가 절벽의 낭떠러지에서 다시 기어 올라온다.

토리가 내 머리를 부술 준비가 되었다는 듯 골프채를 내 머리 위로 휙휙 휘두른다.

토리가 벼락을 맞고 공중으로 튕겨 나간다.

내 눈이 갑자기 번쩍 떠졌다. 그도 그럴 것이 토리가 어디에 있는지 알 것 같았기 때문이다. 나는 다시 일어서려고 하다가 할 수 없음을 느끼고 소리를 질렀다.

"나를 일으켜 줘요, 나를 일으켜 줘요, 나를 일으켜 줘요."

나는 마이런에게 부탁했다.

"왜 그래요? 핼리. 구급차가 오고 있어요. 당신 지금 많이 다쳤어요."

"아니, 아니에요. 나는 당장 일어나야 해요. 나를 절벽으로 데려다주세요!"

나는 내 멀쩡한 팔을 마이런의 어깨에 두르고 꼭 잡았다. 마이런이 내키지 않는 듯 팔을 내 허벅지 밑에 넣었다. 마이런은 마치 힘이 하나도 들지 않는 것처럼 나를 들고일어났다. 나의 왼쪽 팔은 쓸모없이 달랑거리고, 무릎의 통증은 거의 기절할 지경으로 심했다.

"절벽으로 나를 데려다주세요."

내가 다시 말했다.

마이런은 팔로 나를 잘 감싸 안았다. 우리는 짧은 거리를 지나 절벽의 낭떠러지로 향했다. 태풍이 지나가면서 바람은 조금 잠 잠해졌지만, 아직도 저 아래 파도는 여전히 세게 바위에 부딪히고 있었다. 마이런은 할 수 있는 최대한 낭떠러지 쪽으로 몸을 기울였고 나는 마이런을 꼭 잡았다. 우리는 아래를 내려다보았지만 시커먼 물이 들어와서 소용돌이치고 있을 뿐이었다. 처음에는 절벽 아래가 보이지 않아서 어떤 것도 자세히 볼 수 없을 것 같았다. 그런데 저 멀리서 치는 번갯불에 다시 한번 물이 반짝 빛났고 나는 토리를 보았다.

토리는 바위 위에 떨어져 있었다. 덩굴 모양의 해초가 토리의 몸에 감겨 있었다. 토리의 팔과 다리는 기괴한 각도로 꺾여 있고, 토리의 머리는 목이 부러진 방향대로 한쪽으로 꺾여 있었다. 파도는 들어왔다 나갔다 하면서 토리의 몸에 물을 뿌렸다. 번개 때문인지 아니면 추락해서 죽은 건지는 알 수 없지만 어쨌든 토리는 죽었다.

나는 자유다.

모든 것으로부터 자유다. 죄책감, 징벌, 그리고 후회로부터 자유다.

"됐어요. 이제 내려놓아도 돼요."

내가 마이런에게 말했다.

"집 안으로 들어갑시다. 안이 훨씬 따뜻해요."

마이런이 나를 안고 너른 잔디밭을 가로질러 갔다. 가는 길에 몸이 흔들리면서 마구 떨렸지만, 마이런의 품에서 나는 안전함을 느꼈다. 우리는 정원 근처를 돌아 포세이돈 동상 옆을 지났다. 처음부터 포세이돈은 스카이였다. 스카이가 나에게 어떤 의미인지를 나타내는 우뚝 솟은 상징이었다. 포세이돈 동상을 보는데도 아무 느낌도 나지 않아서 놀랐다. 지난 며칠 동안 내 기억에 항상 등장했던 이 청동으로 만든 신을 보는데도, 내 마음에서는 아무런 감정도 일지 않았다. 왜 그런지 모르겠지만 허전함이 희한하게 상실감을 안겨주었다.

우리는 테라스 계단을 올랐다. 누군가 집안의 불을 켰는지 저택 전체가 환하게 빛나고 있었다. 문은 여전히 열려있었고, 우리는 안으로 들어갔다. 나는 밝은 빛에 눈살을 찌푸렸다. 눈에서부터 두통이 시작되는 것 같았다. 하지만 처음으로 나는 이 저택의 아름다운 모습을 볼 수 있었다. 저택의 아주 섬세하게 세공한 조각들을. 여러 가지 색깔로 되어있는 대리석 기둥을. 일일이 손으로 그려 넣은 천장을. 아무리 비어있다고 하더라도 스카이의 집은 도금시대의 박물관이었다.

하지만 여전히 나는… 아무것도 느껴지지 않는다. 이 허전함이 나를 당황스럽게, 또 두렵게 만들었다.

"나를 연회장으로 데려가 주세요."

나는 다급히 말했다.

"헬리, 당신은 쉬어야 해요."

"제발요. 연회장을 보고 싶어요."

마이런이 나를 안고 연회장 문을 지났다. 마이런이 지나가자 니스칠을 한 나무 바닥에서 축축하게 끼익 소리가 났다. 나는 어깨너머로 벽화에 그려져 있는 승천하는 천사들을 바라보았다. 샹들리에의 빛 사이로 보이는 먼지를, 벽의 금빛 그림을 보았다. 하지만 그게 다였다. 그냥 예쁜 빈방일 뿐이었다. 우울감이 밀려왔다. 슬픔과 작별이 물밀듯 밀려왔다.

"왜 그래요?"

마이런이 내 표정을 읽고 나에게 물었다.

"무언가 잘못됐어요. 무언가 없어졌어요."

지금 있는 이 연회장은 내가 정말 많은 것을 기억하는 곳이다. 한편으로는 방황하기도 했다. 내 감정이 다 빠져나가자 공허했다. 하지만 미칠 듯이 폭주하던 아드레날린만 빠져나간 게 아니었다. 더 이상 머리가 꽉 찬 것 같지 않다. 너무나 많은 기억이 머리를 쥐어짤 것만 같던 그러한 기분이 사라졌다. 이곳에서 무슨 일이 일어났는지 알지만, 전처럼 그 모든 일이 보이지는 않았다. 그 환영과 감각이 더 이상 내 안에 살아있지 않는다. 존재하지만 죽어있다.

번개의 충격이다.

땅으로 수직으로 꽂혀서 내 몸을 통과한 그 번개가 틀림없다. 내 머리에 심어졌던 기억이 합선된 게 분명하다. 전기가 기억을 내 몸에 가지고 들어왔고, 전기가 기억을 내 몸에서 가지고 갔다.

"스카이가 갔어요."

내가 중얼거렸다.

마이런은 이해가 잘되지 않는 것 같았다.

"무슨 뜻이지?"

"스카이가 갔어요. 이제 스카이가 없어요."

"스카이의 기억 말이오?"

나는 고개를 저었다.

"아니요. 지난 일을 모두 기억은 하는데, 지금은 2차원이에요. 기억이 살아있지 않아요. 더 이상 스카이가 느껴지지 않아요. 스카이가 더 이상 나와 같이 있지 않아요."

마이런이 내가 어떻게 느끼는지를 이해해 보려고 애썼다.

"음, 이게 당신이 원하는 바였지 않았어요?"

"그런… 그런 것 같아요."

"이제 당신의 인생을 되찾았군요."

"네, 맞아요."

마이런이 나를 바라보았고, 마이런의 표정이 바뀌었다. 마이런도 내 안의 변화를 알 수 있을 것으로 생각한다. 스카이의 영혼이 이제는 더 이상 마이런을 보지 않는다. 좋든 나쁘든 나는 이제 더 이상 마이런이 꿈에 그리던 이상형이 아니다. 나는 핼리 에버스이며, 그 누구도 아니다. 어디서나 만날 수 있고 서로 알아가고, 발견할 수 있는 그런 사람이다.

어깨가 흔들리면서 얼굴이 축축해졌는데, 비 때문은 아니다. 나는 나에게 무슨 일이 일어났는지 몰랐다. 곧 내가 울고 있다는 걸 깨달았다. 흐느껴 울고 있었다. 속절없이 흐느껴 울었다. 멈출 수 없었다. 눈물이 내 뺨을 따라 흘러내릴 때 놀라움에 고개를 저었다. 마이런이 연회장 한가운데서 팔로 나를 감싸 안고 달래주었다. 내가 할 수 있는 일은 울고, 또 우는 일뿐이었다.

나는 우리 엄마를 위해서 울었다. 나는 스카이를 위해서 울었다. 나는 내가 느끼는 공허함을 위해서 울었다.

나는 며칠 사이 이 세상에서 최고의 친구를 찾았다가 잃었다.

소울메이트이자 처음 만나는 언니였다. 우리 각자의 진실을 찾기 위해 힘을 합쳤고, 이제 다시 각자의 길을 가려고 한다. 애초부터 이렇게 돼야 했을 것 같다.

하지만 나는 스카이가 그리울 것 같다.

43

우리 집 벽에는 작품이 하나 걸려있다.

그림은 벽난로 위에 걸려있는데, 맨피부, 분홍색 입술, 옷을 하나도 걸치지 않는 팔과 다리, 그리고 검은 머리를 형상화한 추상화다. 이게 바로 나다. 마이런의 눈으로 본 진짜 핼리 에버스. 내 주변은 번개와 삼지창으로 가득 찬 하늘이 있다. 그리고 배경에는 시뻘건 구름 속에 숨어있는 천사와 같이 긴 금발 머리의 여자 이미지가 희미하게 남아 있다. 그녀를 보려면 아주 자세히 봐야 한다.

마이런은 이 작품을 '독립기념일'로 불렀다.

뉴포트의 그 절벽에서 사건이 있은 지 1년이 지났다. 새로운 여름이, 따뜻하고 조용하게 지나가고 있다. 그 7월의 일이 아무것도 아닌 게 된 건 아니다. 나는 여전히 한쪽 다리를 절고, 내 오른쪽 팔은 예전처럼 완전히 움직일 수 없다. 두통이 생겼고,

오른쪽 귀의 청력은 보통 사람의 30% 정도밖에 되지 않는다. 하지만 살아있는 것에 비하면 이 모든 건 아무것도 아니다.

나는 라스베이거스로 돌아가지 않았다. 내가 말한 대로, 나는 물을 좋아하는 사람이다. 그리고 스카이 덕분에 새집을 얻었다. 비록 보스턴은 아니지만 말이다. 스카이가 내 안에서 빠져나가자 보스턴은 나에게 이전과 같은 매력이 있지 않았다. 대신 나는 보스턴에서 한 시간 정도 걸리는 글로스터라는 작은 도시에 집을 구했다. 작았지만 나에게 그렇게 큰 공간은 필요 없었다. 집 자체가 정말 말 그대로 해변에 있어서 거실 창을 통해 파도가 치는 것도, 태풍도 볼 수 있다. 뒷마당에는 수영장이 있다. 여름에는 매일 수영을 한다.

당연하지만, 위치 때문에 이 집은 어마어마하게 비쌌다. 나는 그렇게 어마어마하게 부자도 아니고, 폴 템플이 말한 대로 그렇게 되지도 못했지만, 변호사를 찾아서 히포렉스와 그들이 나에게 한 짓에 대해서 상당히 괜찮은 협상을 했다. 그 대가로 나는 히포렉스를 고소하거나 언론의 진흙탕 싸움에 히포렉스의 이름을 끌어들이지 않는 데 합의했다. 타일러의 돈으로 이 글로스터의 바닷가 집을 샀다. 더 이상 돈 때문에 의료기기 회사의 웹사이트를 만들어줄 필요도 없어졌다. 내가 인생에서 하고 싶은 일을 할 수 있게 되었다. 그렇게 사는 게 어떤 건지 아직은 찾아가는 단계지만 말이다.

그렇다. 대부분의 시간, 나는 혼자다. 혼자 있을 때 평화롭다. 마이런이 종종 나를 보러 오고, 나도 종종 보스턴으로 마이런을 보러 간다. 마이런은 좋은 친구고, 때로 연인이지만 우리 둘 다 그 이상을 원하지는 않는다. 그 외에 나의 동네는 고독한 나에게 딱 좋은 곳이다. 쇼핑하거나, 랍스터를 먹으러 가거나, 도서관에 가야 할 때 나는 글로스터에 간다. 이제 동네 사람들은 나를 알아보고 내 이름을 궁금해한다. 내 하루가 어땠는지 물어본다. 단순한 삶이다. 술은 끊었다. 가끔, 와인 한 잔씩은 한다. 약은 안 한다. 억지로 토하는 것도 하지 않는다. 내가 가지지 못한 것을 열망하지도 않는다. 그냥 단순하게 사는 게 행복하다는 것을 알았다.

평생 내가 저지른 짓에 대해, 나를 용서하는 방법을 배우고 있다. 모든 것을 그러니까 내 죄들을. 내가 열 살에 엄마 침실에서 저지른 그 일도 말이다. 엄마가 나를 자랑스러워할 거라고 믿는다.

스카이는… 음, 스카이는 이제 추억의 한 페이지다. 시간이 지날수록 스카이는 점점 더 나의 깊은 속으로 사라졌다. 동시에 소박하게나마 나와 함께 여기에 있다. 나는 피아노 수업을 듣는데, 선생님이 어쩜 이렇게 빨리 배우냐면서 감탄한다. 선생님은 내가 전에 피아노를 한 번도 배워본 적이 없다는 게 믿을 수 없다고 말하고, 그 말에 나는 미소 짓는다. 절대로 나아지지 않는 뻣뻣한 팔로, 보스턴 심포니 오케스트라와 협연하여 라흐마니노프 독주를 할 생각은 없다. 하지만 피아노를 연주할 때마다 스카이가 옆에 있는 것처럼 느껴진다.

이게 오늘의 핼리다. 바로 나다.

참 재미있다. 어렸을 때 내가 유일하게 원했던 건 책을 써서 전 세계를 돌아다니는 거였다. 지금 있는 곳이 집과 같이 느껴지지 않으면 어딘가로 떠나고 싶어지는 것 같다. 하지만 나는 지금, 이 순간 집에 있고 절대 집을 떠나고 싶지 않다. 이제 도망 다니는 건 끝이다.

나는 여전히 글을 쓰고 있다. 그게 나의 일부이고 하나도 변하지 않았다. 하지만 스카이가 나에게 가르쳐 준 게 있다. 내 머릿속에 무궁무진한 이야기가 숨겨져 있다는 것이다. 나는 그저 거울을 보면서 그 이야기들을 찾으면 된다. 그래서 저녁마다 나는 노트북 컴퓨터를 꺼내서 자판을 두드린다.

마이런은 내 이야기로 글을 시작해도 좋을 것 같다고 했다. 그 생각이 아주 마음에 들었다. 핼리 에버스와 스카이 셸든의 진짜 이상한 이야기. 죽었지만 다시 태어난 두 여자의 이야기. 그리고 잠깐이나마 같은 인생을 살았던 두 여자의 이야기.

어떻게 시작할지는 이미 생각해 놓았다.

7월 4일 독립기념일이 얼마나 재수가 없었냐고? 하나씩 차근차근 설명해 주지.

감사의 말

2015년, 내가 『The Night Bird』를 쓰는 동안 아버지가 돌아가셨다. 그리고 2022년에는 『I Remember you』의 최종원고를 넘긴 이틀 뒤에 어머니를 잃었다. 부모님은 내가 어렸을 때부터 내 꿈이 작가인 걸 아셨다. 평생 내 꿈을 지지해주셨다. 지난 세월 동안 내가 작가로서 성장하고 좋은 업적을 남기는 것을 지켜봐 주셔서 감사하다. 여전히 부모님이 그립다.

어떤 작가도 혼자 책을 만들 수 없다. 종이에 문장을 쓰는 건 작가 자신이지만 책이 독자들의 손에 들어가기까지, 그리고 작가로서 삶을 사는 데 있어서 가족, 친구, 에이전트, 출판사, 서점, 도서관 사서, 독자들의 많은 지원이 필요하다. 나는 삶과 사랑에 있어 최고의 파트너를 만났다. 바로 내 아내, 마르시아다. 아내는 내 책이 나올 때마다 가장 먼저 읽고 피드백을 주는데, 그 과정을 통해 모든 작품이 훨씬 더 발전한다. 독자들이 내 소설

542

을 즐겁게 읽을 수 있다면 많은 부분이 아내의 덕이다. 내 원고에 대해 편집적 관점의 피드백을 주는 출판사에도 항상 감사드린다.

이 책을 읽는 독자 여러분께도 감사하다. 내가 2005년 처음 작품 활동을 시작했을 때부터 나를 열렬히 지지해주고, 시리즈나 단독 작품 할 것 없이 방대한 창작 작업에 있어서 나와 함께 있어 주었다. 앞으로도 오랫동안 새로운 주인공을 계속 소개할 수 있기를 소망한다.

I REMEMBER YOU

너를 기억해

초판인쇄 2024년 10월 31일
초판발행 2024년 10월 31일

글쓴이 브라이언 프리먼
옮긴이 최효은
발행인 채종준

출판총괄 박능원
국제업무 채보라
책임편집 구현희
디자인 김예리
마케팅 안영은
전자책 정담자리

브랜드 그늘
주소 경기도 파주시 회동길 230 (문발동)
투고문의 ksibook13@kstudy.com

발행처 한국학술정보(주)
출판신고 2003년 9월 25일 제406-2003-000012호
인쇄 북토리

ISBN 979-11-7217-574-0 03840

그늘은 한국학술정보(주)의 소설 출판 전문브랜드입니다.
더운 여름날 그늘 밑에서 편하게 읽을 수 있는 책이라는 의미를 담았습니다.
세상에 없던 이야기를 발굴하고, 우리가 닿지 못한 세계의 그림자를 찾아봅니다.
스토리 속 일상의 즐거움을 발견할 수 있도록 이야기의 쉼터가 되겠습니다.

@geuneul_book